Ullstein

DAS BUCH

Die Geschichte vom Aufstieg des jungen Jagdfliegertalents Julius von Kramm zur unangefochtenen Nummer eins in General Udets geheimem Jagdkommando, der mit seiner schwarzen Me-109 Sondereinsätze an allen Fronten fliegt. Vor Norwegen rettet er den Kreuzer *Scharnhorst*, sein Erscheinen wirkt bald wie das Phantombild eines wilden Reiters, vor dem die Gegner Reißaus nehmen. Doch dann erwischt es den Schwarzen Baron, wie das Luft-As bei Freund und Feind hochachtungsvoll genannt wird, hinter den feindlichen Linien. Er wird gefaßt und schaut wieder einmal dem Tod ins Auge. In letzter Sekunde gelingt ihm die Flucht …

DER AUTOR

C. H. Guenter wurde 1924 in Franken geboren. Wie viele seiner Altersgenossen legte er im Krieg das Notabitur ab und wurde dann zur Marine eingezogen, der er bis Kriegsende angehörte. Seine wichtigsten Einsätze erlebte er als Seeoffizier, zum Teil auf U-Booten. Seine Laufbahn als Schriftsteller begann C. H. Guenter mit dem Schreiben von Schlagertexten und Kurzgeschichten. Später folgten Drehbücher und Romane. Viele dieser Romane erschienen in den USA, in England, Frankreich, Brasilien, Italien und Rumänien.

C. H. Guenter

Der schwarze Baron

Roman

Ullstein

Ullstein Buchverlage GmbH & Co. KG,
Berlin
Taschenbuchnummer: 24504

Originalausgabe
März 1999

Umschlaggestaltung: Hansbernd Lindemann
Foto: Bildarchiv Preußischer Kulturbesitz

Printed in Germany 1999
Gesamtherstellung:
Ebner Ulm
ISBN 3 548 24504 8

Gedruckt auf alterungsbeständigem
Papier mit chlorfrei gebleichtem
Zellstoff

Vom selben Autor in der
Reihe der Ullstein Bücher:
Das letzte U-Boot nach Avalon
Bd. I: Einsatz im Atlantik
(23925)
Bd. II: U-136 in geheimer
Mission (23926)
Bd. III: Duell der Admirale
(24398)
Kriegslogger-29 (24304)

Die Deutsche Bibliothek –
CIP-Einheitsaufnahme

Guenter, C. H.:
Der schwarze Baron: Roman / C. H. Guenter. –
Orig.-Ausg. – Berlin:
Ullstein, 1999
(Ullstein-Buch; Nr. 24504)
ISBN 3-548-24504-8

Die geschichtlichen Ereignisse in diesem Roman entsprechen der Wirklichkeit. Aber es ist kein Tatsachenbericht.

Das Leben des Jagdfliegers Baron Julius von Kramm wurde frei in die Historie eingeflochten.

Aus Gründen der Dramatik sind gewisse Vorgänge zeitlich geringfügig versetzt. Im übrigen war alles so wie dargestellt. Nichts wurde weggelassen, einiges geändert und hinzugefügt.

Der Verfasser

1

Brandenburg 1938

In Europa herrschte Frieden. Kriege wurden nur im Sandkasten gespielt.

Über dem Fliegerhorst des Sturzkampfgeschwaders IV bei Cottbus-Lübben hing noch die Dunkelheit. Allein in der Einsatzbaracke brannte Licht. Hier stank es nach unausgeschlafenen Männern. Die Piloten von drei Staffeln plus dem Stabsschwarm, insgesamt 29 Offiziere, hörten sich die Instruktionen des Staffelkapitäns an.

Obwohl noch jung hatte der Hauptmann doch schon ein faltiggraues Eulengesicht.

»Nicht weiterpennen, Herrschaften!« Seine kantige Stimme schreckte die gähnenden Piloten auf. »Herhören! Wir fliegen heute ein kriegsmäßiges Manöver. Zielgebiet Spreewald. Anmarsch in Ketten. Voraus der Stabsschwarm. Insgesamt drei Staffeln. Angriffshöhe 3000 Meter. Sturz bis Höhe 100, also eins-null-null. Dann Bomben auslösen. Der Einsatz dient gleichzeitig der Erprobung der neuen Sturzkampfsirenen. Ich hoffe, daß Sie da unten selbst tauben Sumpfbibern das Fleisch vom Knochen trennen. Und noch etwas, Kameraden ...« der Staffelkapitän holte zu einem seiner abgedroschenen Witze aus, »... Kameraden, Sie dürfen nicht nach Hamburg zielen, wenn Sie Berlin treffen wollen. – Uhrenvergleich! – Start 6 Uhr 25. Noch Fragen? – Keine. – Danke.«

Der Meteorologe meldete sich zu Wort und nannte seine Werte: »Nebellage. Wolkenuntergrenze 200. Temperatur auf 3000 Meter, minus 12 Grad. Also zieht die warmen Schlüpferchens an, Leute.«

Stühle wurden gerückt. Einer fiel um. Die Piloten erhoben sich. Ihre Pelzstiefel schliffen auf dem Barackenboden. Sie trugen Kombis und Fliegerhaube. Von ihren Rücken baumelten in Gesäßhöhe die Fallschirme. Sie eilten zu den Maschinen.

Draußen schlug ihnen die Kühle des herbstlichen Morgens entgegen. In der Nacht hatte es geregnet. Die Erde war naß. Im Osten stand schon ein orangefarbener Lichtstreifen.

Ihre weißen Ju-87, die knickflügligen Zweisitzer mit festem Fahrwerk, dessen Radverschalung an Adlerfüße erinnerte, waren voll Tau. Unwillig sprangen die 1000-PS-Junkers-Motoren an. Mit anschwellendem Brausen liefen sie warm. Eine Minute vor Startzeit begann der Stabsschwarm zu rollen, zwei Maschinen geflogen vom Staffelkapitän und seinem Adjutanten. Ihm folgten die Ketten zu je drei Maschinen. Die Motoren heulten in Startleistung auf. Der Propellerwind fetzte die Nässe wie Brillantstaub vom Gras. Mit der Beton-Übungsbombe unter dem Rumpf fegten die Ju-87 über das Rollfeld. Weit draußen rissen die Piloten die fünf Tonnen hinauf in den Himmel. Nach dem Hochziehen sammelten sie im Kreisflug und gingen auf Kurs. Geschwindigkeit 340 km/h. Nach etwa 50 Minuten mußten sie über dem Ziel stehen.

Allmählich begriffen die Piloten, warum es sich um einen kriegmäßigen Einsatz handelte. Sie würden sich ohne Sicht in die Wolken stürzen müssen, kopfüber wie in einen Topf Hafergrütze.

Sie nannten den Fahnenjunker-Unteroffizier v. Kramm den Polacken. Nicht nur, weil er den gängigen Vorurteilen entsprach mit seinem dunklen Haar, den schwarzen Augen, der stämmigen Figur, sondern weil er auch so gammelig daherkam.

Kramm flog in der ersten Kette der zweiten Staffel. Unter dem eckigen Glasdach der Ju-87 mit dem Rücken zu ihm, saß sein Bordschütze und Beobachter.

»Wir liegen eine Minute plus über der Zeit«, meldete der Obergefreite. »Kursänderung auf drei, drei, fünf ... jetzt!«

Der Pilot brachte den Sturzkampfbomber auf neuen Zielkurs. Die Ketten schwenkten mit. Jetzt würde es nur noch wenige Minuten dauern, bis sie abkippten und 3000 Meter tief hinunterhechteten, bis der Magen am Gehirn hing. Anschließend war in einer aufsteigenden Kurve abzufangen, so daß einem schwarz vor Augen wurde.

Kramm hatte wenig Freude an dieser Tätigkeit. Ob er fuhr, ritt oder flog, er machte eben mit, wie man Fingernägel kaut oder in der Nase bohrt. Klar, er hatte Talent zum Fliegen, aber noch mehr Talent hatte er für etwas anderes: für die Jagd, für den Wald. Zumindest glaubte er das.

Immer wieder schaute er sich um, hoffte, daß alles so geordnet ablief, wie hundertmal geübt, und daß es beim Sturz nicht zu Kollisionen kommen würde. Funk hatten sie noch nicht an Bord. Die Geräte sollten bald eintreffen.

Immer wieder ein Blick in die Tiefe. Manchmal riß die Wolkendecke auf. Unter ihnen lag Brandenburg mit den Spreewäldern, ein dunkles Dschungelgrün durchzogen von tausend Kanälen. Alles wirkte so leer wie ein Dorf am Sonntagnachmittag am Amazonas.

Sein Beobachter meldete: »Erste Staffel stürzt jetzt!«

So sah es der Einsatzplan vor: Als erster stieß der Staffelkapitän hinunter, gefolgt von zehn Maschinen. Dann Endanflug für zweite und dritte Staffel.

Die Wolkenlöcher wurden mal kleiner, mal größer. Schon war es wieder ganz zu. Aber eines hatte Kramer im letzten Moment gesehen: Zwar lag tief unter ihnen die Wolkenschicht nahezu auf, doch war es ihm, als blitzte im Grün mehrmals hintereinander etwas wie die Salven einschlagender Artilleriegranaten.

»Scheiße!« rief er. »Was ist das?«

»Noch zehn Sekunden bis zum Sturz ...« sein Beobachter zählte, »... neun ... acht ...«

Da traf Unteroffizier v. Kramm eine gewagte Entscheidung. »Sofort Rot schießen!«

»Das bedeutet Einsatzabbruch, Kramm.«

»Los, raus mit Rot!«

Der Beobachter griff zur Signalpistole, schob den dikken Lauf durch die Öffnung unterhalb der Glaskanzel und feuerte. Der Stern entfaltete sich hoch über ihnen.

»Warum, Kramm, was ist los?«

»Betonbomben explodieren doch nicht. Oder?«

Es schien absolut unmöglich, daß der Alte und seine drei Ketten in die Erde gerammt waren. Doch woher kamen die gelben Feuerpilze? Jetzt schon wieder einer. Hoffentlich glaubte niemand von den nachfolgenden Staffeln, hier mime einer auf rätselhaft.

Wie es aussah, hatten die nachfolgenden Männer den roten Stern erkannt und wendeten geordnet zum Rückflug. Als sie eine Stunde später wieder in Lübben landeten, alle noch mit den Übungsbomben zwischen den Fahrgestellen, tobte der Gruppenkommodore in seinem Kübelwagen auf die erste ausrollende Ju-87 zu.

Wild gestikulierend stellte er Unteroffizier Kramm zur Rede: »Was ist passiert, zum Teufel?«

»Ich gab Sturzwarnung und Befehl zum Umkehren, Herr Major.«

Der Kommodore rastete völlig aus. »Sind Sie verrückt geworden, Mann?«

Immer noch die Rechte salutierend an der ledernen Pilotenhaube meldete Kramm betroffen: »Ich fürchte, Herr Major, einige Maschinen haben sich ungespitzt in die Erde gebohrt.«

Jetzt erst schien der Major zu merken, daß elf seiner Ju-87, jene Staffel, die eigentlich als erste hätte zurückkehren müssen, fehlte.

Von der Flugleitung her hetzte ein Melder über das Rollfeld. Hinter dem Fahrer auf dem Motorrad hockte der Gruppenadjutant. Er sprang vom Sattel, weiß wie Magerquark meldete er keuchend: »Anruf von der Flak in Grunow. Elf Maschinen ... Aufschlagbrand.«

Der Gruppenkommodore schüttelte ungläubig den Kopf. Noch einmal ließ er sich die Hiobsbotschaft wiederholen. Dann ging er völlig erschüttert auf und ab. Plötzlich schrie er den Offizier an: »Sie sind wohl des Wahnsinns fette Beute, Mann!«

»Elf Offizierspiloten und elf Beobachter tot«, wagte der Oberleutnant hinzuzufügen.

Erst einmal herrschte tiefe Betroffenheit.

Offiziell erfuhr die Bevölkerung nichts von der Katastrophe. Bei der feierlichen Bestattung auf dem kleinen Friedhof in Lübben hatte sich trotzdem eine vielköpfige Menschenmenge eingefunden.

Die 22 Toten wurden mit militärischen Ehren begraben. Ein Musikzug spielte ›Ich hatt' einen Kameraden‹. Die Pfarrer, ein katholischer und ein protestantischer, sowie der Geschwaderchef ließen ihren Sermon ab. Die angetretene Ehrenkompanie feuerte Salut. Sogar der Oberbefehlshaber der Luftwaffe, Hermann Göring, war anwesend. Mit ihm die Generäle Milch, Sperrle, Udet und alle möglichen Luftwaffengrößen. Und der Leichenschmaus im Fliegerhorst-Casino war eine traurige Angelegenheit bis General Sperrle ein Ausrutscher unterlief.

»Und vergessen wir über all der Trauer nicht«, sagte er, »daß eine Ju-87 so viel kostet wie fünf Mercedes-Cabriolets.«

Totenstille. Zunächst schwiegen die Piloten an den weißgedeckten Tafeln betroffen.

Doch dann bemerkte einer – es war Kramm: »Aber nur mit Lederausstattung und Radio, Herr General.«

Das löste die peinliche Situation.

Udet begann mit General Milch und dem Geschwaderchef über die Ursache des Massenabsturzes zu diskutieren.

»Natürlich wird das Sache einer Untersuchung werden«, kündete Milch an.

»Das bringt nicht nur nichts«, antwortete der immer flotte Udet, »die Vögel stecken bis zum Arsch im Morast oder sind explodiert. Schon im Ersten Weltkrieg, im Richthofengeschwader, hatten wir diese Störfälle. Das Problem liegt bei den Höhenmessern. Wenn Sie beim Start nicht die richtige Millibar-Einstellung vornehmen, dann schauen Sie bei der Landung verdammt dumm aus der Wäsche.«

»Es lag auch an der falschen Wolkenvorhersage«, ergänzte der Kommodore.

Göring, ebenfalls erfolgreicher Jagdflieger des Ersten Weltkrieges und Pou-le-mérite-Träger, schien endlich munter zu werden. »Die neuen elektrischen Höhenmesser sind noch nicht soweit entwickelt. Die Industrie bastelt daran. Aber das kann noch dauern.«

Es ging auf 16 Uhr. Immer wieder wurde das Essen

von markigen Kopfhoch-trotz-allem-Toasts unterbrochen. Göring winkte seinem Adjutanten und erteilte Anweisungen. Sogleich rief der Hauptmann die Fahrzeugkolonne heran. Es sah nach Aufbruch der hohen Gäste aus.

Dann aber kam Görings Adjutant zu Unteroffizier Kramm und flüsterte ihm zu: »Der Herr Oberbefehlshaber der Luftwaffe möchte Sie sprechen.«

Kramm schob den Teller mit dem Luftwaffen Spezialgericht, Hammelbraten und Rosenkohl – was er ohnehin nicht mochte –, beiseite und folgte dem Hauptmann. Wenig später bugsierte ihn Göring in einen Nebenraum. Dort legte er ihm väterlich die Hand auf die Schulter.

»Mein Junge«, begann Göring, »ich darf Sie doch so nennen? Mit Ihnen hat die deutsche Luftwaffe einen wirklich feinen Fang gemacht. Ihre Aufmerksamkeit und Entscheidungsfreude rettete vierzig Kameraden das Leben. Sie dürfen ...« mitten im Satz unterbrach er sich. »Warum nennt man Sie eigentlich den Zigeuner, Kramm?«

Kramm verbesserte seinen obersten Vorgesetzten: »Den Polacken, Herr Reichsmarschall.«

»Läuft auf dasselbe raus. Warum dieser Spitzname?«

Natürlich hatte er sich Kramms Führungsbogen längst vorlegen lassen und wußte alles über ihn. Offenbar zielte er auf etwas Bestimmtes.

Göring fuhr also fort: »Sie sind doch Baron, oder? Baron Freiherr Julius von Kramm?«

»In erster Linie Schlesier, Herr Reichsmarschall.«

Göring war wirklich stark beleibt. Die weiße Uniform machte seine Lenden noch umfangreicher. Doch er atmete weder asthmatisch noch schwitzte er übermäßig. Nun legte er einen ironischen Unterton auf seine Stimme: »Wie also kommt es zu dem Polacken?«

»Das Gut meines Vaters«, faßte Kramm sich in dürre Worte, »liegt in Niederschlesien bei Glogau an der Grenze zu Polen.«

Göring unterbrach ihn feixend. »Und weil Sie sich nicht rasieren – Ihr fettiges Haar steht ja schon am Kragen auf und baden dürfen Sie auch mal wieder –, daher also der Polacki. Aber wir bringen Ihnen alles bei. Sauberkeit hat mit Fliegerei nichts zu tun. Sie dürfen einen Wunsch äußern, Kramm.«

Der Fahnenjunker-Unteroffizier überlegte nicht lange. »Dann bitte ich um ein Jahr Urlaub.«

Das war nicht gerade bescheiden.

Göring reagierte entsprechend: »Dachte eigentlich, jeder von euch Stukaburschen will Jäger werden.«

»Das bin ich schon, Herr Reichsmarschall. Mit zwölf Jahren habe ich meinen ersten Auerhahn geschossen.«

Die Begründung behagte Göring wenig. »Reden Sie keinen Stuß, Kramm. Jeder gute deutsche Pilot will Jagdflieger werden.«

Doch Kramm blieb dabei. Ein Jahr Urlaub, falls möglich. Sein Vater sei krank, das Gut müsse auf Vordermann gebracht werden.

»Dafür gibt es den Reichsarbeitsdienst«, tat Göring ab, »wir schicken Ihnen einen Zug davon.«

Ungefragt machte Kramm weiter. »Und ich würde gerne ein paar Semester experimentelle Ökonomie und Forstwirtschaft studieren.«

»Mehr Wirtschaft als Forst«, alberte Göring.

Auf irgendeine Weise wirkte der Reichsmarschall beleidigt.

Plötzlich brauste er auf.

»Ist das wirklich Ihr Ernst, Sie Bücherfatzke Sie?«

Kramm wand sich ein wenig. »Tut mir leid, wenn ich Sie enttäusche, Herr Reichsmarschall, falls Sie eine höhere Form von Pflichtgefühl oder Moral erwartet haben. Aber was meinen zukünftigen Beruf betrifft, so fehlt mir in bezug auf andere Karrieren beides in hohem Maße.«

Um diesen Satz verdauen zu können, vergrub Göring die Augen in den Fettpolstern seines Gesichts. »Na ja«, lenkte er ein, »Förster und Waldmenschen braucht das Vaterland vielleicht auch, wenn wir uns erst den nötigen Lebensraum im Osten besorgt haben. Mit Ihnen hat die Luftwaffe wirklich einen merkwürdigen Fang gemacht. Kurzum, Kramm, Antrag gehört und abgelehnt. Sie pakken heute noch die Klamotten und begeben sich zur Jagdfliegerschule nach Schleißheim bei München. Klaro?«

Damit war die Audienz beendet. Die schweren Mercedes-Limousinen rollten vor, Göring selbst bevorzugte einen sechs Meter langen amerikanischen Chrysler, einen gigantischen Apparat, in dem sogar er genug Platz hatte. Dann entfernte sich der hohe Besucher nebst Gefolge.

Das war nicht das letzte Mal, daß Kramm dem Dicken begegnen sollte.

2

Aus der Verkehrsfliegerschule Schleißheim war, ähnlich wie in Döberitz und Zerbst, eine Jagdfliegerschule geworden. Aber der Eingangsbereich sah aus wie in allen Kasernen der Welt: Zäune, Wachhaus, Posten, Schlagbaum, grenzenlose preußische Öde. Es ging das Gerücht, daß selbst Lufthansa-Kapitäne hier wie fliegerische Nullen behandelt wurden.

Beim ersten Appell, bei dem sich alle noch wie erfahrene Piloten vorkamen, sagte ihr künftiger Lehrer:

»Wenn Sie glauben, Sie wissen etwas von der Fliegerei, dann merken Sie sich eines: Sie haben keine Ahnung. Ob General oder Korporal, Sie fangen hier praktisch als Embryo an.«

Das klang stark nach preußischem Kommiß. Kramm machte das wenig aus. Diesen Ton war er von der Segelfliegerei an den Hängen der Rhön oder in den Sanddünen von Rossitten gewohnt. Doch dann, vor einem Jahr, nachdem er mit Pappkarton in der Hand das Tor zur Hauptwache der Grenadierkaserne in Dresden durchschritten hatte, war die Schleiferei erst richtig losgegangen. Gewehrgriffe, das Exerzieren, die Geländemärsche, militärische Grundausbildung. Zum Glück ging es dann in die Motorflugschule, wo sein unmilitärisches Verhalten immerhin durch sein fliegerisches Talent ausgeglichen wurde.

Freundschaften schloß Julius von Kramm selten. Es gab nur ganz wenige, die Jus zu ihm sagen durften. Dazu gehörte auch Joe Meiners, ein durch und durch merkwürdiger Typ. So gut wie einmalig beim deutschen Kommiß.

Der zweite Tag in Schleißheim war mieser als der erste. Spindkontrolle und Bettenbau. Doch Ende der Woche sah es nicht mehr ganz so schlecht aus. Sie durften anfangen auf Hochleistungsmaschinen zu fliegen. Auf der zweisitzigen Klemm-35, der Bücker-131, der Arado, der Gotha, der Stieglitz. Bewußt wurden die Typen laufend gewechselt. Bloß keine Routine.

Nach dem ersten Probeflug mit Lehrer jagte man sie schon allein hinauf. Von dieser Seite gesehen war das Leben zu ertragen. Richtig erfreulich wurde es, als Kramm in der großen Flugzeughalle das grinsende, etwas schiefe Siegfriedgesicht seines Kumpels Joe Meiners entdeckte. Blond, blauäugig, mit fleckenlosem Monteuroverall kam er herüber. Wie immer trug er zum Arbeiten Handschuhe aus Glacé, um sich die Fingernägel nicht zu beschmutzen.

Sie fielen sich in die Arme.

»Von jetzt ab wird alles leichter«, hoffte Kramm.

»Ja, gnadenlos gut.«

Joe Meiners hielt ihn fest bei den Schultern und ließ Kramm nicht mehr los, Joe Meiners, der beste Motorenwart der deutschen Luftwaffe.

Auf irgendeine Weise umgab diesen Meiners ein Geheimnis. Er stammte aus einer stinkreichen rheinischen Industriellenfamilie und war eigentlich zu Höherem bestimmt gewesen. Doch er pfiff darauf, auf Reiten, Tennis und Butler. Sei es aus Mangel an mütterlicher Zuwendung oder weil man Dinge von ihm erwartete, die er nicht abliefern wollte, war er abgehauen. Nächtelang trieb er sich in den Bars zwischen Essen und Düsseldorf herum, immer mit seiner Gitarre. Lieber als alles andere dichtete er Songs, komponierte ein Lied. Schließlich war er ganz aus der Welt der Millionärserben ausgestiegen und machte bei Daimler Benz in Untertürkheim eine Lehre als Motorenschlosser. Wie bei allem, was er anpackte, wurde er auch auf diesem Gebiet zum Genie.

Joe Meiners hatte noch ein paar andere Merkwürdigkeiten. So wie er Motoren liebte – sie haben eine unvergleichliche Melodie, pflegte er zu schwärmen –, so haßte er militärische Zucht und Ordnung. Dazu kam sein Kleidungstick: Maßuniform, Maßhemden, Maßschuhe, meist englische. Während von Kramm immer herumlief wie ein verschwiemelter polnischer Landarbeiter, wirkte Joe stets picobello, wie aus dem Ei gepellt. »Gepflegt, aber gnadenlos mit Stil«, nannte es Meiners. Da konnte man sich scheibenweise etwas von ihm abschneiden.

Kramm hatte also seinen einzigen Freund wiedergetroffen. Das machte ihn froh. Was ihm außer der Fliegerei sonst noch gefiel, war, daß sie bald darauf in Privatquartieren in Schleißheim untergebracht wurden.

Frühmorgens bei Tau und Tag starteten sie die alten abgenudelten Kisten. Die Motoren hatten keine Anlasser. Man warf sie an, indem man an den zweiflügligen Holzpropellern riß, bis sie losfauchten. Warmlauf, rein in die offene Kiste, Bremsklötze weg, Vollgas, anrollen. Langsam ziehen. Das Flugprogramm stand auf einem angeklemmten Schmierzettel.

Die Kunstflugausbildung, die Rollen, die Loopings, Rückenflug, Sturzflug, Trudeln, den ganzen Heckmeck machte Kramer mit links. Sie übten die bekannten Tricks, mit deren Hilfe im Ersten Weltkrieg Immelmann und Richthofen, der Rote Baron, schon gekämpft hatten. Das lag 20 Jahre zurück, galt aber immer noch als Evangelium. Die Ausbildung war offensichtlich nicht ganz auf der Höhe.

Bald kam es zu Schießübungen mit scharfer Munition auf gezogene Luftziele und Erdziele, bewegliche und statische. Kramm war es schon peinlich, daß er immerzu ins Schwarze traf. Fast hätte er sich bemüht, so miserabel zu schießen wie die anderen. Wenn es über Kimme, Korn und Propeller ging, versagten die meisten der Kameraden.

»Herhören, Ihr Arschgeigen!« rief ihr Schießausbilder, ein einfacher Oberfeldwebel. »Wenn Sie einen Gegner vom Himmel putzen wollen, haben Sie bestenfalls 50 Schuß auf 200 Meter Entfernung. Dann muß er purzeln. Aber die meisten von Ihnen treffen nicht mal mit 1000 Schuß die Scheibe. Der einzige, der das noch hinkriegt, ist Gammel-Kramm, aber so was kann man eben nicht lernen. Das ist Begabung. Und dienstgradmäßig hilft Ihnen das auch nicht weiter.«

Einmal nahm der Ausbilder Kramm beiseite und sagte: »Du bist ein echter Kunstschütze, Polski. Wo hast du das eigentlich geübt?«

»Nur Zielwasser getrunken, Herr Oberfeldwebel«, witzelte Kramm, »wir haben da in Niederschlesien eine Quelle.«

Außer dem Standortkommandeur, dem Oberst, war Joe Meiners der erste einzige, der ein Auto hatte. Trotz seiner unausgewogenen Familienverhältnisse. Es war ein weißer Mercedes 170-V, das Sportcabriolet.

»Den hab ich von meiner Tante«, entschuldigte sich Joe, »sie steckt mir manchmal was zu. Mal einen Tausender, mal ein Auto.«

Wenn sie dienstfrei hatten, fuhren sie nach München ins Kino. Die Lichtspielhäuser waren immer brechend voll. In den neuen Marika Rökk Film kamen sie gar nicht erst hinein. Also gingen sie am Stachus nebenan in ein anderes Filmtheater. Da standen auch Schlangen an der Kasse. Der Film hieß: ›Narren im Sommerwind‹. Die Hauptrolle spielte eine ziemlich hübsche Blondine, ein neuer Ufa-Star.

Zwei Stunden später waren sie so hingerissen und begeistert, daß sie glaubten, auf Wolken zu gehen. Es war, als kehrten sie aus einer wunderbaren Welt wieder zurück in die muffige alte.

»Wie heißt die Kleine?« fragte Meiners.

»Ewa Martini, glaube ich. Ewa nicht mit Vau, sondern mit We.«

Meiners schwärmte: »Bei der geht mir die Marika Rökk gnadenlos voll am Arsch vorbei und die Lilian Harvey zweimal. Diese Martini möchte ich mal vögeln. Du etwa nicht, Jus?«

»Meiners, du spinnst.«

»Na ja, und du hast deine Wirtin.«

Kramm verfügte nur über seinen Unteroffizierssold. Manchmal bekam er ein Freßpaket von zu Hause mit Würsten, Schinken, Fleisch in Dosen. Meiners hingegen gebot über unerschöpfliche Geldmengen. Bei einem Kurzurlaub, mitten im Lehrgang, flogen sie mit der Lufthansa nach Barcelona: über die Alpen, über Genf und Marseille hinweg. Kramm sah zum erstenmal das Mittelmeer, die katalanische Stadt voll der prachtvollen Bauten aus Gotik und Renaissance. Mit der Seilbahn fuhren sie vom Hafen quer über Barcelona auf den Tibidabo, spazierten den palmenbestandenen Paseo Colon entlang. An den wackligen Marmortischen, wo immer die Ärmel festklebten, tranken sie ihren Tinto oder ein Bier, das man hier in winzigen Gläsern servierte.

»Wie andalusische Nächte«, spottete Meiners, »total gnadenlos.«

Allzusehr freute sich Kramm nicht auf die Rückkehr nach Schleißheim, denn bald fingen die Prüfungen an.

»Möget Se a Teele, Herr Baron?« rief die aus dem Schwäbischen nach Bayern importierte Hausfrau aus der Küche ihres Hauses in den ersten Stock.

Auf dem Bett in der Dachstube lag Fahnenjunker-Unteroffizier Kramm angezogen bis auf die Schuhe. Durch das Giebelfenster schaute er hinaus auf die Dächer des kleinen Ortes. Schon seit Tagen hatte er hauptsächlich diese Studierstellung inne. Morgen war schriftliche Schlußprüfung.

Wieder rief die Zimmerwirtin.

Schließlich tauchte Kramm aus seiner Konzentration in Navigation und Meteorologie auf und schrie hinunter: »Ich bin hier kein Baron nicht. Aber ich mag ein Teele.«

Wenig später hörte er die Witwe Wallner die Treppe heraufkommen. Stämmige Beine verliehen ihr einen festen Tritt. Das Teegeschirr klirrte auf dem Tablett. Sie hatte sogar ein Stück Kuchen darauf. Unter dem Türrahmen blieb sie stehen. Für Liebhaber von Handfestem, von vollen Brüsten und rundem Hintern, mochte die junge Witwe Wallner absolut begehrenswert sein.

Kramm hatte ihren Ehemann, den Zimmermeister Wallner, nicht gekannt, er wohnte erst vier Wochen in der Bahnhofsgasse zur Untermiete. Zimmermeister Wallner war schon vor einem Jahr zu den Pionieren nach Ingolstadt eingezogen worden. Gleich bei der ersten Übung, dem Bau einer Ponton-Brücke über die Donau, war er ausgerutscht und in den Strudeln ertrunken. So lange war das schon her, daß Emma Wallner kein Trauerschwarz mehr trug. Im Gegenteil, sie prahlte gern mit weit ausgeschnittenen Dirndln. So auch heute.

»Net soviel grüble«, sie setzte das Tablett auf den Tisch, »Se werde es schoo schaffe, Herr Baron.«

»Am Montag ist theoretische Prüfung.«

»Na ja, Se händ eben ein komische Beruf und a paar Nächt zu oft rumgsoffe«, meinte die praktisch veranlagte Wallner mit ihrer rollenden Stimme. »Und Ihr Freund is au immer dabei.«

»Das liegt an den schlechten Zeiten«, erklärte Kramm, »da tickt keiner mehr so richtig.«

Nach einem Seufzer äußerte Emma auf ihre schlichte Weise: »Ja ja, die Jugend. In der Jugend isch ebe alles wie in de Jugend.«

Sie stand da, breitbeinig, nackte Beine, nackte Arme, widerspenstige Lockenpracht, ein feuchter Mund, rot wie Bauernkirschen. Etwas verlegen stemmte sie die Arme in die Hüften.

»Kann i sonscht no ebbes für Se due, Herr Baron? Se brauchet es nur zu sage.«

Er dankte.

»Was immer Se wollet, Herr Baron.«

»Ich sags schon, Emma. Später kommt mein Kamerad Meiners vorbei. Bitte lassen Sie ihn herauf.«

Die Wallner schätzte Meiners nicht sonderlich. »Der Meiners mit dem Mercedesle isch a Windhund, a windiger.«

»Daß er ein Auto hat, ist nicht seine Schuld. Außerdem ist er kein windiger Windhund, sondern ein gnadenloser Windhund«, entgegnete Kramm lächelnd.

»Von mir aus isch er koi Windhund, sondern a Hundwind.« Schimpfend zog Emma ab.

Kramm machte sich über den Malventee und den Napfkuchen her. In einem Punkt mochte Emma recht haben. Von den möglichen Berufen hatte er sich wirklich den bescheuertsten ausgesucht. Von Natur aus konnte der Mensch überhaupt nicht fliegen. Aber nun war er Offiziersanwärter und flog. Und damit basta.

Sie gingen die Gasse hinunter zum Bahnhof. Joe Meiners neben Kramm, fröhlich wie immer. Und wie meistens trug er elegant, aber vorschriftswidrig, Lackschuhe.

»Weiß schon, ich sehe gnadenlos aus wie ein Stenz. Aber mit Zweiundzwanzig Millionär und Motorenschlosser, das ist doch schon was, oder?«

»Eine ganze Menge, Joe.«

»Besser als totgeschossen.« Wenn er schnell sprach, verhaspelte sich Joe bisweilen. »Zur Olympiade hatte ich mich als Jazzgitarrist für eine Berliner Bar gemeldet. Aber sie haben mich gnadenlos abgelehnt. Ich glaube, nur deshalb, weil ich nicht in der Partei bin.«

Die Gasse öffnete sich zu einem staubigen, von mickrigen Bäumen umstandenen Platz.

»Du kommst aus Essen, Joe«, sagte Kramm, »was planst du für die Zukunft?«

»Eis essen.«

»Und danach?«

»Auf keinen Fall gehe ich zur Schlachtfliegergruppe von General Rosenbaum Strichnitzki«, alberte Meiners. Dann deutete er zum Schloß Schleißheim hinüber, das hinter Kastanien hervorlugte. »Ich ziehe mich dorthin zurück, wo ich herkomme. Bin in so einem gnadenlosen Kasten aufgewachsen. Schloß, Villa, Park, Diener, Pferde. Ob du es glaubst oder nicht, wir haben uns den Hintern nicht mit Papier, sondern mit parfümierten Stoffservietten abgewischt.«

»Genau wie ich«, antwortete Kramm trocken, »nur ohne Park und Diener, und am Lokus hing unparfümiertes Zeitungspapier, das Glogauer Tagblatt.«

Sie steuerten auf die Eisdiele zu, die immer noch der Italiener aus Palermo betrieb. Im Freien unter Sonnenschirmen standen ein paar Stühle. Sie bestellten Himbeereis.

»Auf Himbeereis kriegst du keinen Tripper«, sagte Meiners.

»Auf Erdbeereis schon eher.«

Vom Rathaus her schlenderte quer über den Platz ein wunderschönes Mädchen, schlank, rank, mit Hüftgang. Ihr Hintern ging hin und her. Zum gelben Rock trug sie eine gelbe Bluse, locker darüber gehängt eine weiße Leinenjacke.

»Wie die Burgunderkönigin mit blonden Zöpfen und blauen Augen, genannt Kriemhild«, bemerkte Kramm.

»Fast so schön wie die Schnellzuglokomotiven aus dem Meiners seiner Fabrik. Ob du es glaubst oder nicht, mit der würde ich mich langlegen.«

»Aber sie sich wohl nicht mit dir. Bei der geht Nullkommanull bis gar nichts«, fürchtete Kramm. »Die Eiserne Jungfrau von Nürnberg war eine Hure gegen die. Klar, würde ich auch mal gerne mit ihr ...«

»Dann versuch's doch.«

»Dem Diener muß genügen, was an Brosamen vom Tische des Herrn fällt.«

Meiners kicherte nur. »Und das sagt Baron Freiherr von Kramm, der gnadenlos berüchtigte Büchsenöffner von Schleißheim.«

»An Kriemhilde haben sich schon andere den Stiftzahn ausgebissen. Nein, danke.«

Kramm blinzelte in die Sonne. Die schöne Blondine suchte sich ebenfalls einen Platz vor der Eisdiele. Sie winkte sogar, und sie winkten zurück.

Sie rief: »Hallo, wie geht's?«

»Danke, auch schlecht. Sieht man sich am Mittwoch im Kino?«

»Habe den Film schon gesehn.« Wenn sie lachte, zeigte sie zwei Reihen von gletscherweißen Zähnen.

Meiners schlenderte zu Kriemhilde hinüber, sprach mit ihr und schlurfte dann zurück. »Wollte sie zu einem Eisbecher mit Sahne einladen. Sie nimmt nur Eis ohne Sahne.«

»Eigentlich«, äußerte Kramm, ohne die Augen zu öffnen, »bist du ein liebenswertes Kerlchen, Joe.«

»Stimmt«, bestätigte Meiners, »ich bin immer gnadenlos. Ich leihe dir sogar meinen Regenschirm, so lange du willst. Aber nur bis es regnet.«

Am Montag bestand Kramm das schriftliche Examen.

Der Standortkommandeur, ein Oberst, endete seine Ansprache: »... und nun entlassen wir Sie hinauf in die Wolken.«

»Totaler Stuß!« zischte Kramm. »Oben blieb noch keiner.«

Später ging es hoch her. Sie feierten in einer Kneipe. Bier gab es genug, Wein auch. Sie tranken, lachten, machten eine kleine Schwoferei zu Schallplattenmusik. Ganz neu war ›Am Abend auf der Heide‹. Kramm tanzte zweimal mit dieser Burgunderkönigin Kriemhilde. Mit Tuchfühlung ging nichts, da versteifte sie sich, aber sie duftete nach Edelseife und einem blumenfrischen Parfum.

Als sie merkte, wie sich die anderen immer mehr betranken, flüsterte sie: »Bringst du mich nach Hause, Baron?«

Nichts war Kramm lieber als das. Sie spazierten am Kanal entlang. Einmal blieb er stehen und versuchte, sie zu küssen. Sie ließ es nicht zu. Immer wieder wendete sie den Kopf ab.

Weil er nicht aufgab, sagte sie: »Liebe ist bei mir ein Thema, das kaum einen Kilometer weit reicht.«

Sie hatte genau die Haare auf den Zähnen, vor denen man ihn gewarnt hatte. Kurz setzten sie sich auf eine Bank. Kramm probierte es mit vorsichtigem Betasten ihrer Bluse und dem, was darunter war. Sofort schlug sie ihm auf die Finger.

»Wie lange kennen wir uns, Baron?« fragte sie.

»Sag doch Jus zu mir. Also, wir kennen uns vom Kino, vom Eisessen – zwei Wochen ungefähr.«

So hübsch wie sie im Mondlicht aussah, so biestig reagierte sie auch. »Wenn ich mich je mit einem Mann einlasse, dann um zu heiraten. Aber wie könnte eine vernünftige Frau einen neunzehnjährigen Piloten heiraten, der demnächst in den Krieg zieht?«

»Wird's denn einen Krieg geben?«

»Mein Vater behauptet es. Außerdem denke ich überhaupt nicht daran, jemals zu heiraten.«

»Ziehst du die wilde Ehe vor?«

Jetzt wurde sie sachlich. »Ich gehe ein Jahr nach England«, erklärte sie, »da bin ich weit ab vom Schuß, von den Verrückten in Berlin. Mein Vater behauptet immer, daß in Berlin alle spinnen. Goebbels ist ein Irrer, der an Hitler glaubt, und Hitler ist ein Irrer, der an sich selber glaubt.«

Das war's dann, dachte Kramm, jetzt wird's philosophisch; sie ist wie ein Kühlschrank von Bosch, unter Strom mächtig frigide. Er brachte Kriemhilde zu ihrem Haus, machte dann kehrt, schob die Hände in die Taschen, pfiff vor sich hin, ging zurück zu seinen Kameraden und ließ sich vollaufen.

Am Morgen, als ihn seine Wirtin weckte, war Kramm noch reichlich dösig. Auch Emma hatte noch den Schlafrock an.

»Telegramm für Herrn Baron!« rief sie.

Kramm riß es auf und überflog es. Was er las, verstärkte nur seinen Kater.

»Ebbes Schlechtes?« fragte Emma Wallner besorgt.

»Meine Abkommandierung.«

»De send aber pünktlich.«

»Ich muß zur Flugschule nach Dessau.«

Das wunderte sie. »Dachte, Se send scho Pilot.«

»Zum Blindfluglehrgang.«

»Kann ma denn blind fliege?«

»In Nebel und Wolken schon. Alles Übungssache.«

Sie merkte, daß das Telegramm wie ein Schock auf ihn wirkte. Mit weiblicher Raffinesse nutzte sie es aus. »Isch es schlimm, Baron?«

»Ziemlich. Ich mag Schulen nicht so furchtbar gern. Dachte vor drei Jahren schon, ich hätte sie hinter mir.«

Ihre Stimme wurde zutraulich. »Magscht vielleicht an ebbes anderesch denke, Baron?«

»Zum Beispiel an was?« Er gähnte.

»Magscht mi amol«, sie zögerte und setzte neu an, »magscht mi amol nacked sehe?«

Da hatte sie den geblümten Morgenrock schon aufgeknöpft und über die Schultern zu Boden fallen lassen. Genußvoll streichelte sie ihre dicken Brüste, bis die rosa Spitzen sich aufrichteten. Dann streichelte sie auf die gleiche Weise ihre Muschimusch.

»Warum?« fragte Kramm ziemlich fassungslos. Aber eines Tages hatte es ja so kommen müssen.

»Nur zum Abschied.« Sie kam an sein Bett. Mit halbgeschlossenen Augen und feuchtem Mund flüsterte sie: »Weil du ja schon a Ständerle kriegst, Baron. Darfst mi au anfassen.« Sie nahm seine Hand, preßte sie hoch zwischen ihre Schenkel. Dann zog sie ihm die Bettdecke ganz weg und musterte ihn entzückt, ehe sie lächelte. »Hab's doch gwußt. Beim Herrgottle vo Biberach, und wie groß der isch.«

»Polackenkaliber«, sagte er.

Da er immer noch nicht recht wußte, wie ihm geschah, drängte sie: »Also, was isch mit uns?«

»In Ordnung«, sagte er, »komm rüber.«

Bevor jeder Kursteilnehmer sein nächstes Kommando ansteuerte, wurden sie nach Berlin beordert. Göring, hieß es, wolle sie mustern. Der Dicke war aber noch unterwegs, in Augsburg, in Dessau und überall, wo in Deutschland Flugzeuge gebaut wurden. Er wollte den amerikanischen Verteidigungsminister Henderson beeindrucken, indem er ihm die leistungsfähige deutsche Rüstungsindustrie vorführte.

Deshalb empfing Hitler die jungen Flieger zum Tee im Mosaiksaal der Reichskanzlei. Der Haushofmeister, in einer Uniform wie bei Ludwig XIV., dem Sonnenkönig, stieß mit seinem Stab dreimal auf den Marmorfußboden. Die Diener trugen enge, seidene Bundhosen und Schnallenschuhe. Einerseits war das imponierend, andererseits ziemlich lächerlich.

Hitler gab sich jovial. Zum Tee servierte man mürbe Plätzchen, die nach Vanille schmeckten. Die Lehrgangsbesten durften sich für später ein Kommando aussuchen. Kramm bat, nach dem Blindfluglehrgang zu einem Jagdgeschwader an den Rhein zu kommen. Erstens kannte er den Rhein noch nicht, zweitens war der Geschwaderkommodore dort ein erfahrener Weltkriegsflieger.

Dann hielt der Führer eine Ansprache, in der er bedauerte, daß der Versailler Vertrag der Fliegerei so lange Fesseln angelegt habe. Aber deutsche Flugzeuge und Piloten würden längst in Rußland erprobt, und dieses ganze Theater sei sowieso bald zu Ende. Außerdem sagte er noch, als sei er selbst ein alter Hase: »Der erste Abschuß eines Jagdfliegers ist bestimmend für seine Laufbahn, ob er siegt oder verliert. Haben Sie dabei Pech, müssen Sie darauf achten, daß Sie nicht Ihr ganzes weiteres Leben Pech haben.«

Damit war die Audienz beendet.

3

September 1939. Kaum zu glauben, aber seit der Kriegserklärung Frankreichs an Deutschland vor einer Woche war es am Oberrhein friedlich wie nie. Keine Frachtkähne, keine Schlepper, keine Fähren kamen vorbei. Lediglich ein übermütiger französischer Pilot flog mit seinem uralten Morane-Jagddoppeldecker über deutsches Reichsgebiet ein. Seit dem 4. September kam er fast täglich. Allerdings nur bei einem Wetter, das ihm paßte: gute Sicht in Bodennähe, Sonnenschein und am Himmel ein paar niedrighängende Wolken, in denen er sich verstekken konnte.

Dieser Franzose war ein unerschrockener Bursche und exzellenter Flieger. Manchmal schien es, als könne er seinen Doppeldecker um die Ecke werfen wie ein Hase den Hintern, wenn er vom Fuchs gejagt wird.

Die Messerschmitt-Jäger auf den nahen deutschen Feldflugplätzen brachte er zur Weißglut. Sie waren einfach zu schnell für ihn. Sie konnten kaum unter 400 km/h gehen, ohne herunterzufallen, während er mit gemütlichen Hundert dahinbrummte. Seit Wochen schon versuchten sie nun den dreisten französischen Aufklärer abzuschießen – es gelang einfach nicht.

In der Morgendämmerung schwamm Fahnenjunker-Unteroffizier Julius von Kramm gegen die Strömung flußauf. Das Wasser hatte Badewannentemperatur. An manchen Stellen war es türkisgrün, an anderen schimmerte es kosmosblau, aber klar.

Plötzlich wurde alles in blutrotes Licht getaucht. Der Fluß, die Ufer, das Land ringsum. Hinter der Bühler Höhe kam die Sonne heraus. Aus dem Ufergebüsch stiegen Sumpfschnepfen flügelschwingend in die Luft. Leichter Wind kam auf. Etwas hatte die Vögel erschreckt. Unteroffizier von Kramm hörte ein feines Singen, als drehe eine Bäuerin an ihrer Milchzentrifuge. Mit kräftigen Armzügen schwamm er zum Ufer zurück. Es war also wieder soweit. Alarmstart!

Am nahen Frontflugplatz Honau kurbelten die Warte, auf den Flügeln der Messerschmitt stehend, an den Schwungkraftanlassern. Ein jämmerliches Jaulen. Wenn die Anlasser die nötigen Touren hatten, sprang das Ritzel auf den Schwungscheibenkranz. Fauchend zündeten die ersten Daimler und warfen ihre 1200 PS auf die Propeller. Brausen erfüllte die Luft.

Nackt rannte der Unteroffizier Kramm zu seinem Fahrrad und strampelte den Kilometer zum Rollfeld hinüber. Naß und nackt kletterte er in den Führerstand seiner Me-109, setzte die Funkhaube auf und meldete seine gelbe Karo-As klar.

Noch bevor die Startfreigabe kam, steckte er vom Staffeladjutanten einen Anschiß ein: »Start spätestens vorgestern, Herr Baron, gefälligst.«

Doch Kramm machte sich wenig draus. Dieser Leutnant Sibelius war mehr als arroganter Pinsel weniger als guter Flugzeugführer bekannt.

Von der Flugleitung her blinkten sie Startfreigabe. Anrollen – Einschwenken – Vollgas – Abheben – Fahrwerk ein. Binnen weniger Minuten war die Stabsrotte in der Luft. Mit Steigleistung von 15 Metern pro Sekunde gingen sie auf 1500 Meter. Bei ihrer Geschwindigkeit, die so um 450 herum lag, kamen sie ungefähr 700 Kilometer weit.

Rechts außen flog der Staffeladjutant, dieser ziemlich affige Scheitelbubi Leutnant Sibelius. Die Mitte nahm der altgediente Oberfeldwebel Koller ein, zu dem sie nur Papa Holzauge sagten. Ein Brocken von einem Kerl mit gegerbter Haut. Er war über Vierzig und schon 1917 mit Richthofen geflogen. Zur Jägerei hatten sie ihn geholt, weil er mehr davon wußte als die meisten anderen.

Ständig machte Leutnant Sibelius Zeichen. Sprechfunk zwischen den einzelnen Maschinen, wie bei den Bombern, gab es zum Glück noch nicht. Sibelius war mit der Formation unzufrieden. Entweder flogen ihm die anderen zwei zu schnell oder überhöht, oder zu weit auseinander. Der alte Oberfeldwebel Koller machte durch das Kabinenfenster, nur für Kramm erkennbar, einen Ring aus Daumen und Zeigefinger. Das bedeutete Arschloch.

Und was hatte Holzauge noch gesagt: »Mach dir nichts draus, Junge, dieser Sibelius ist eine Quatschmaschine.

Der Vogel, der morgens am lautesten zwitschert, den holt abends die Katze.«

Es wurde der übliche Spazierflug. Benzin noch für etwa 15 Minuten. Da sichteten sie in der Ferne tatsächlich den hellgestrichenen Doppeldecker des Franzosen. Der freche Hund tanzte mit seiner uralten Morane durch die Flußtäler und Auwälder Ballett.

Auch heute reizte er sie, hüpfte ihnen vor der Nase herum. Daß er so wendig und so langsam war, schien ihm den modernen Jagdflugzeugen gegenüber ein Gefühl überlegener Sicherheit zu geben. Er war nur ein Viertel so schnell wie sie. Der Falke hatte immer Mühe, dem Sperling zu folgen, weil der enger kurven konnte.

Der Rottenführer gab nervöse Zeichen. Es bedeutete: Der Franzmann gehört mir, ich gehe tiefer. Sofort schwenkte er ab und setzte hinterher. Es wurde eine Verfolgung wie auf der Achterbahn. Auf und ab, enge Kurven, links, rechts, hochziehen, wegkippen, Spiralen. Der Franzose konnte springen wie eine Maus. Immer wieder wußte er einen neuen Trick, um der Me-109 zu entkommen. Doch dann wollte Leutnant Sibelius es offenbar genau wissen. Er ging auf Schußdistanz. Inzwischen flogen sie schon über den französischen Dörfern der rechten Rheinseite, die alle entweder mit -heim oder -weil endeten, und näherten sich dem Marne-Kanal.

Sibelius zog die 109 hoch, stürzte sich dann wie ein Habicht auf die Morane. Er hatte wohl angenommen, der Franzose könne seinem blitzschnellen Angriff nicht mehr entgehen. Man hörte die MGs von Sibelius rattern, sah ihre Leuchtspuren.

Unten drückte der Franzose ganz tief auf das Wasser des Marne-Kanals. Fast berührten seine Fahrwerkräder die Oberfläche, das Wasser kräuselte schon. Was er vorhatte, sahen zwar die zurückliegenden zwei 109, aber nicht Sibelius. Mit voller Absicht lockte der Franzose den Deutschen auf eine Eisenbahnbrücke zu und wischte zwischen deren beiden Mittelpfeilern hindurch. Er war ein exzellenter Flieger, und ihm gelang das Kunststück.

Seinem Verfolger nicht. Obwohl er in letzter Sekunde noch mit kleinem Schwenk nach links korrigierte, berührte Sibelius' Flächenspitze den Granitpfeiler. Der Flügel riß ein, die Me kreiselte wie ein Bumerang und stürzte im Ringelpiez gegen die steinige Uferböschung, wo sie mit Aufschlagbrand zerschellte.

Der Franzose hatte die eiskalte Vernichtung seines Gegners beobachtet. Doch damit hatte er sein Spiel zweifellos übertrieben.

Leutnant Sibelius vom Jagdgeschwader-4 bekam ein Soldatenbegräbnis mit Reden, Musik – ›Ich hatt' einen Kameraden‹ – und Ehrensalut.

Papa Holzauge, der im Glied neben Kramm stand, murmelte: »Für diesen arroganten Pinsel wären Platzpatronen noch zu schade gewesen.«

»Er war einer von denen, die den Marschallstab im Tornister hatten«, bemerkte Kramm.

Und Holzauge Koller erwiderte: »Er wäre glatt General geworden. Dabei konnte er nicht mal eine nasse Zeitung zerreißen. Da ist uns eine Menge erspart geblieben, schätze ich.«

Sie flogen weiter. Bei gutem Wetter täglich. Unter Alarmbedingungen schafften sie es binnen zwei Minuten in der Luft zu sein. Und jedesmal machte Holzauge dem Unteroffizier Kramm ein Zeichen: geballte Faust, Daumen nach oben. Das bedeutete: Komm gut rauf, mein Junge.

Ihre 109-E, der Standardjäger der Luftwaffe, bereitete keine allzugroßen Probleme. Er stieg bis 11 000 Meter.

Jetzt mit der elektrisch verstellbaren Dreiblatt-VDM-Luftschraube erst recht. Über dem Motor hatten sie eine Kanone eingebaut und zwei MG-17 in den Tragflächen. Der Ölbehälter war jetzt unmittelbar hinter dem Brandschott, der Kraftstofftank saß unter dem Sitz des Flugzeugführers. Über dem Kopf hatte man den Piloten sogar noch eine 8 Millimeter starke Panzerplatte spendiert. Ein Jammer war immer noch das Federbeinfahrwerk. Es wurde mit Öldruck nach außen in die Flügel eingefahren. Aber es war zu schmal. Selbst Könner wie Kramm hatten zu tun, daß die 109 bei Start und Landung nicht ausbrach.

Es ging das Gerücht, daß junge Jagdflieger bei der Schulung schon bis zu tausendmal Bruch fabriziert hätten. Manchmal war es ein Dutzend pro Tag. Meistens bei der Landung. Beim Aufsetzen knickten gern die Federbeine weg. Dann drehte sich die 109. Ergebnis: beschädigte Tragfläche, verbogene Propeller. Kramm hatte es bisher vermeiden können. Aber in der Luft, galt für die 109 das, was selbst internationale Fachleute von ihr behaupteten. Sie sei die beste Kompromißlösung und der schnellste Jagdeinsitzer der Welt. Wendig reagierte sie auf die feinste Bewegung des Steuerknüppels.

Papa Holzauge sagte immer: »Wenn du erst oben, nicht gerade blind und ein Hosenscheißer bist, dann kann dir keiner mehr was anhaben, Junge.«

Post bekam Kramm kaum. Ab und zu einen Brief von Zuhause. Mehrmals hatte er an Joe Meiners geschrieben, der ihm seine Feldpostnummer mitgeteilt hatte. Joe arbeitete bei einem Bombergeschwader irgendwo in Süddeutschland als Motorenwart. Aber Joe gab keine Antwort. Kramm kannte den Grund dafür nicht und wußte auch nicht, wie es dem Freund ging. Aber es gab Stunden, da vermißte Kramm den alten Spötter Meiners sehr.

4

Auf dem französischen Feldflugplatz bei Épinal herrschte trotz Kriegslage und Grenznähe zu Deutschland ein munteres Treiben. Für die jungen Piloten galt der Feind als etwas, mit dem man sich auf fröhliche Art herumbolzte.

Ein paar Tage schlechtes Wetter, und schon fand irgend jemand einen Grund zum Feiern. Morgens, wenn sie aus ihren Baracken traten, streckten sie die Nasen in den Himmel. Regnete es, dann ging gar nichts, solange es naß von den Flächen der Morane-Jäger tropfte. Meist warteten sie bis zum Mittag und strichen durch die Eichenwälder.

Lieutenant Gérard wollte unbedingt ein Wildschwein schießen. »Das gibt eine wunderbare Pastete mit Knochensülze und Gewürzen. Die dunkle heißt Vogesen-Pastete.«

»Die helle nennen wir Ardennen-Pastete«, meinte ein anderer der Offizierspiloten, »allerdings mit etwas Gänsefleisch angereichert.«

Wegen des schlechten Wetters mußte Lieutenant Gérard leider auf sein Hobby verzichten. Daß er die Deutschen schon eine Woche nicht mehr gezwickt hatte, machte ihn ungeduldig. Trotzdem blieb er der Lustigste von allen.

Am Wochenende waren die Pasteten fertig. Es gab eine gewaltige Fresserei mit Musik, Tanz, Rotwein und Champagner. Vorher waren die jungen Männer mit dem Citroen in die umliegenden Dörfer gefahren zum Bauernmädchen einsammeln. Die kamen immer bereitwillig mit.

Einmal fragte Gérard seine Kameraden: »Wir haben doch noch Sommer. Oder?«

»Der Wärme nach schon. Warum fragst du?«

Gérard stieß ihn an. »Das weißt du doch. Im Sommer tragen die Weiber hier keine Unterwäsche. Beim Tanzen hüpfen ihre Titten wie Gummibälle.«

»Und wenn die Röcke fliegen, kann man hinaufgucken bis ins Herz.«

»Und was die für Herzen haben. Großzügig, nahkampffreundlich, entgegenkommend wie junge Katzen.«

Das Fest in dem ausgeräumten Hangar wurde ein durchschlagender Erfolg.

Ziemlich angetrunken schon, prahlte Lieutenant Gérard: »Wenn ich wieder rüberfliege, lande ich in einem deutschen Dorf und gehe auf dem Marktplatz zum Kaffeetrinken.«

»Beweise! Beweise!« forderten seine Kameraden.

»Was soll ich euch mitbringen?« schwadronierte Gérard. »Der Wein drüben ist nicht besser als unserer. Die Pasteten nennen sie drüben Würste, die sind eher schlechter. Baguettes können sie nicht backen, aber ein gutes Schwarzbrot.«

»Und ihre Mädchen am Rhein sind auch nicht hübscher als die unsrigen.«

Trotzdem forderten die Übermütigen Beweise.

»Hat euch die verbrannte Me-109 nicht genügt?« wollte Gérard wissen.

»Was interessiert uns, was gestern war.«

Da hatte Gérard einen Einfall. Er versprach etwas mitzubringen, was die Deutschen besser herstellen konnten als die Franzosen. »Wie wär's mit einem Kasten Bier?«

»Wenn schon, dann ein Faß.«

»Dafür ist kein Platz.«

»Leg es auf den hinteren Sitz oder binde es an die Fahrwerkstreben.«

Weil es nicht immer trüb sein konnte, klarte es endlich auf. Die Sonne schien durch ein paar Wolkenlöcher. Ideales Gérard-Wetter.

Der Tau glitzerte noch auf den Gräsern des Flugplatzes, da ließ Gérard den Doppeldecker auftanken. Sein Wart warf den Sternmotor an, einen Gnôme-Rhône mit neun Zylindern, wie er schon im Ersten Weltkrieg zuverlässig seinen Dienst versehen hatte.

Fröhlich winkte Gérard den Kameraden noch einmal zu, zog die Brille über die Augen herunter und schob die Pulle hinein. Das ungefederte Fahrwerk hoppelte über die Wiese. Nach kurzem Anlauf hob der stoffbespannte Doppeldecker ab.

5

Auf dem Feldflugplatz Honau saßen die Unteroffiziere in der Baracke beim Frühstück. Es war Franzosentag. Sie warteten auf den Einflug des Feindes, um ihm eins auf die Nase zu geben. Die wenigsten von ihnen hatten Leutnant Sibelius gemocht, aber sein schmählicher Tod hatte sie verbittert.

»Heute putzen wir ihn runter«, entschied Papa Holzauge. »Kannst du Blut sehn, Baron?«

»Wenn es nicht mein eigenes ist.«

Holzauge Koller gab aus der silbernen Taschenflasche noch einen Schuß Cognac in seinen Kaffee. »Wenn du einen Gegner vor dir hast, Junge, mach keine Fisimatenten. Dann mußt du draufhalten, bis er kokelt. Wirst schon sehn, du wirst Abschüsse lieben lernen.«

»Wohl weniger den eigenen.«

Der erfahrene grauhaarige Pilot sah Kramm als seinen

Schüler an und erteilte ihm gern Ratschläge der Kategorie: »Der Platz des Jägers ist immer in der Nähe der Beute.« – »Auch die Beute hat Krallen.« – »Schneide sie ihr ab.«

Kramm erwiderte: »Aber das Herz des Jägers soll der Jagd gehören und nicht dem Hirsch, behauptete mein Vater immer.«

»Weil Hirsche nicht zurückschießen können. Und sieh zu, daß du bald Offizier wirst, Junge.«

»Warum wirst du nicht Offizier, Koller?« wunderte sich Kramm.

»Man hat es mir x-mal angetragen. Aber ein alter Oberfeldwebel hat's eben angenehmer als ein Offizier. Er hat fast dessen Rechte, aber nicht seine Pflichten. Und ich muß nicht die ganze Zeit mit diesen Affen im Casino zusammenhocken.«

»Aber ich soll rasch Offizier werden.«

»Klar, Junge, denn ich ernenne dich hiermit zum Erben des Roten Barons. Du hast viel von Manfred Richthofen. Du bist von Adel, fliegst wie er wie eine Sau und kommst immer ein bißchen abgerissen daher. Wie Manfred. Und vor allem hast du sein Glück.«

Kramm wandte ein: »Aber dann, eines Tages, war er doch tot.«

Das hörte der Alte gar nicht. »Du könntest ein Sohn von ihm sein.«

»Wenn meine Mutter einen Seitensprung gewagt hätte.«

Der alte Koller schaute zum Fenster hinaus. Es wurde hell.

»Du hast heute schon den Flugstil von Richthofen«, erklärte er noch mal, »du reißt deine Kiste immer eckig in die Kurve, wie er seinen Fokker-Dreidecker, ebenso eckig gehst du in die Rolle wie in den Abschwung.«

»Man darf dem Gegner nie verraten, was man vorhat«, zitierte Kramm das Handbuch der Jagdfliegerei, »nämlich durch Ankündigen und Einleiten von Flugbewegungen.«

»Hör mir auf mit der Theorie«, winkte Koller ab, »und glaub vor allem deiner Mutter nicht, wenn sie sagt: Flieg nicht so hoch und nicht so schnell, mein Junge. Ich sage dir, flieg immer so hoch und so schnell wie du kannst.«

Alarm! Die an der Grenze verteilten Luftbeobachter meldeten den Einflug des Franzosen. Der Staffelkapitän vom I.JG-4 hatte den Franzosen eigentlich für sich reserviert. Aber er war unterwegs zum Geschwaderkommodore. Nur ein Schwarm stieg auf. Zwei 109. Holzauge und Kramm.

Sie stiegen bis auf 1500 Meter Höhe, wo sie gute Fernsicht hatten. Kramms Motor lief wie eine Nähmaschine, Öl- und Hydraulikdruckmesser zeigten: alles in Ordnung. Und tatsächlich, über den Auwäldern jenseits des Rheins bei Hagenau, sichteten sie über dem dunklen Grün die helle Morane.

Papa Holzauge gab Zeichen. Er wollte Kramm den Gegner überlassen. Doch Kramm wünschte, daß der Alte noch einmal einen großen Erfolg haben sollte. Koller begriff das, als könnte er Gedanken lesen. Durch heftige Handzeichen deutete er an: Mein Motor stottert. Und wendete mit Abschwung. Mutterseelenallein am Himmel hatte Kramm nun den Franzosen vor sich.

Kaum hatte Gérard den Verfolger erkannt, griff er zu seinem alten Trick. Der hatte sich bewährt, und er hoffte ihn wieder anwenden zu können. Etwas Neues fiel ihm offenbar nicht ein. Er kurvte also auf den Rhein zu, flog ganz tief über dem Wasser, mit kaum mehr als vier Metern Höhe, und jagte hinauf Richtung Straßburg. Die stählernen Bögen der Rheinbrücke bei Kehl kamen schon in Sicht. Der Franzose flog jetzt so tief, daß sich das Wasser unter seiner Propellerbö kräuselte.

Trotz Überschußfahrt versuchte Kramm, hinter ihm zu bleiben. Er lockt dich in die gleiche Falle wie den Stabsadjutanten, dachte Kramm. Nur zu … Doch Abschießen wollte er den Franzosen nicht. Das wäre ihm unfair vorgekommen. Man schlug nicht mit dem Hammer einzelne Ameisen tot. Nur herunterholen wollte er ihn. Kramm flog also so langsam, daß die Vorflügel schon heraussprangen. Dazu fuhr er noch das Fahrwerk aus, um zusätzlich Tempo wegzunehmen.

Der Franzose in seinem Morane-Doppeldecker hielt nahezu Südkurs, ging noch einen Zacken tiefer auf das Wasser hinunter und visierte die Lücke zwischen den grauen Granitpfeilern der Stahlbrücke an.

Kramm sah gleich, daß er hier keine Möglichkeit hatte, dem Franzosen zu folgen. Also zog er, der Franzose tauchte schon in den Schatten der Brücke ein, hoch über die stählernen Halbbögen hinweg und stach jenseits davon wieder hinab. Die Morane war jetzt genau unter ihm, als sie aus der Brücke hervorschoß. Kramm fing die Messerschmitt ab und versuchte, seinen Plan in die Tat umzusetzen. Beim Überfliegen berührte er den Franzosen mit einem Fahrwerkbein am Ende der linken oberen Tragfläche. Zweifellos würde er damit die Verspannung beschädigen. Auf jeden Fall brachte er ihn zum Abkippen.

Ein geübter Pilot konnte das in der Regel noch ausgleichen, aber nicht handbreit über dem Wasser. Zudem geriet der Franzose in die Propellerwirbel der Me-109, was ihn schwer nach unten drückte. Er bekam Wasserberührung, tauchte dadurch noch tiefer mit dem Fahrwerk ein. Das bremste, als halte ihn einer unten mit der Faust fest und führte zum Überschlag. Die Flächen der Morane montierten ab. Doch die Holzkiste schwamm recht gut. Und die Strömung driftete das Wrack an das deutsche Ufer hinüber.

Am Nachmittag wurde es von deutschen Pionieren geborgen. Der Franzose, ein Lieutenant namens Gérard, war tot.

»Genickbruch beim Aufschlag«, stellte der deutsche Stabsarzt fest.

Etwas gab jedoch Rätsel auf: Im Rumpf der Morane hinter dem Pilotensitz befand sich ein Fünfzig-Liter-Holzfaß mit deutschem Bier.

An der Rheingrenze stromauf und stromab hatte man ein dichtes Netz von Beobachtungsposten errichtet. Unter dem Begriff Flugmeldewesen starrten Freiwillige und Reservisten mit mehr Idealismus als Können in den Himmel. Eine dieser Flugwachen aus Leutesheim erkannte in den Abendstunden mehrere französische Flugzeuge, die aufgeregt den Rhein absuchten. Der Posten gab die Botschaft an die Flugmeldezentrale des Luftgaus. Dort faßte man die Meldung mit anderen zusammen. Nach Erstellung einer primitiven Art von Luftlage wurden daraufhin Jäger und Flak eingesetzt. Doch für die Flak waren die Maschinen nicht erreichbar; es handelte sich entweder um Aufklärer vom Typ Potez-63 oder Curtiss. Sie suchten ihren Kameraden Gérard.

Um 16 Uhr 15 startete in Honau die Alarmrotte. Sie flog über den Rhein, dann nach Süden bis Straßburg und weiter. Aber es waren keine französischen Flieger auszumachen. Die Suche blieb eine Stunde ergebnislos. Dann sichtete Kramm über sich Feindflugzeuge. Er wollte auf 7000 Meter steigen, aber die Potez-63 griffen sofort an. Tapfer, doch ungeübt wie sie waren, schossen sie viel zu früh. Es gab die übliche Kurbelei am Himmel. Ein Franzose haute ab, zwei blieben und stellten sich zum Kampf. Beim Kurven bemerkte Kramm, daß die Me-109 einer anderen Staffel brennend hinunterging. Der Pilot hing am Fallschirm.

Indem er ihr die Kurve abschnitt, griff Kramm eine Curtiss an. Kaum hatte er sie im Visier, beschoß er sie voll mit Kanone und MGs. Sie schwamm ab, hatte aber wohl nicht genug, sondern zog hinter ihm hoch und schoß zurück. Allerdings zu weit. Kramm hatte die Sonne im Rükken. Geblendet drehte der Gegner in entgegengesetzter Richtung ab. Kramm setzte nach und schoß auf die Maschine, bis grauer Qualm aus ihrem Motor quoll und sie zu trudeln begann.

Am Himmel rechts schlug sich die zweite Me-109 seiner Rotte mit einer Morane herum. Die versuchte abzuhauen, suchte sich durch Kurven dem Beschuß zu entziehen. In diesem Augenblick war Kramm noch etwa 4000 Meter hoch. Plötzlich hing einer der Franzosen hinter ihm und ballerte aus allen Rohren. Es knallte und funkte durch Kramms Kabine. Der Gashebel war zerschossen, der Steuerknüppel haute nach vorn. Senkrecht ging Kramms 109 nach unten.

Nichts wie raus, dachte er. Aber am Fallschirm würde er hinter den französischen Linien landen. Also versuchte er noch einmal die 109 abzufangen, und es gelang ihm. Der Motor hatte jedoch etwas abbekommen. Die Drehzahlen des Daimler fielen in den Keller. Trotzdem erreichte Kramm bei letztem Licht den Boden und konnte die Me-109 auf dem Platz in Honau ausrollen lassen.

Noch einige Fehlzündungen. Die Luftschraube schwang und stand. Die Mechaniker sprangen auf die Fläche. Sie stemmten den durch Beschuß verbeulten Rahmen des Kabinendaches auf, machten Kramm von den

Gurten los und zogen ihn heraus. Kramm war reichlich benommen, aber unverletzt.

»Abschuß Nummer zwei!« Papa Holzauge gratulierte ihm.

»Jetzt brauch' ich erst mal einen Schnaps«, verlangte Kramm erleichtert.

Der Geschwaderkommodore bestellte Kramm zu einer Art Rapport. Erst belobigte er ihn und sagte dann: »Sie sind für schwere Einsätze geradezu prädestiniert. Unteroffizier. Wir haben hier kaum einen Piloten, der schon so weit ist wie Sie. Trauen Sie sich Fernerkundung zu?«

»Mit dem richtigen Flugzeug schon, Herr Oberst«, erklärte Kramm. Er dachte gleichzeitig darüber nach, ob der Kommodore aufrichtig mit ihm sprach, oder ob man ihn nur irgendwie loshaben wollte, denn beliebt war er nicht sonderlich. Andererseits hielt er den alten Flieger und Pour le mérite-Träger für eine ehrliche Haut.

»Wir haben eine neue Me-109 speziell ausgerüstet«, fuhr der Oberst fort, »zwei Zusatztanks à 300 Liter. Damit kommen Sie über 1000 Kilometer weit. Die Kiste hat zwar Übergewicht, und man kriegt sie nur kitzelig hoch, doch bei gutem Gegenwind, mit Gott und Ihrem Talent werden Sie das schon schaffen. In die Bodenluke für das Funkgerät wurde eine Motorleica eingebaut. 60er Vorsatzlinse. Auslösung durch Bowdenzug. Damit geht es nach Frankreich hinein.«

Sie hatten Kramm, bevor er startete, noch ein Höhenatmungsgerät mitgegeben. Auf dem Rollfeld sah er Papa Holzauge stehen, geballte Faust, Daumen nach oben: Komm gut rauf, Junge! Kramms Auftrag lautete, Bahnhöfe, Bahnlinien, Kasernen, Depots hinter der Maginot-Linie zu fotografieren.

Beim zweiten Mal führte ihn der Flug sogar bis Paris.

Doch dort wurde das Wetter schlecht, mit nahezu aufliegender Wolkendecke. Nach Karte und Flugzeit war er jedenfalls kurz vor Paris. Aber irgend etwas stimmte nicht. Kramm hatte die Orientierung verloren. Kompaß und Höhenmesser spielten verrückt, und andere Navigationseinrichtungen hatte die Me-109 nicht. Trotz der Gefahr von Flak empfangen oder von Potez-63 gejagt zu werden, stieß Kramm durch die Wolken nach unten. Null Sicht. Waschküche. Der Dunst hörte und hörte nicht auf. Sein Höhenmesser, dem er nicht traute, zeigte noch 300 Meter an. Überall nur Milchsuppe, wallende Nebel. Plötzlich erkannte er über den Wolken etwas senkrechtstehend Schwarzes. Das muße die eiserne Spitze des Eiffelturms sein!

Endlich wußte er, wo er war und flog in weitem Bogen über Nord Richtung Heimat. Unten klarte es zusehends auf. Kramm folgte dem Lauf der Oise, konnte bald sogar fotografieren. Aber kurz vor Lille waren längst alle Zusatztanks leer. Im Haupttank hatte er gerade soviel Sprit, daß er damit nach Hause kam. Trotz Flakfeuer schlug er noch einen Bogen und fotografierte Truppenansammlungen.

Die Auswertung in Honau ergab, daß bei Lille das britische Expeditionscorps zusammengezogen wurde, um die französischen Truppen zu ergänzen.

Mitten in der Nacht wurden sie geweckt. Die besten Piloten vom Jagdgeschwader-4 erhielten Befehl, sofort zu verlegen. Den Grund kannte keiner. Sie sollten nur Richtung Magdeburg fliegen und dort zwischentanken.

Mit kleinstem Gepäck, den Koffer hinter dem Pilotensitz, machten sie sich fertig zum Start in der Morgendämmerung.

Papa Holzauge, der mit Kramm noch für eine Zigarettenlänge beisammenstand, sagte: »Ich glaube, es geht nach Rügen.«

»Was sollen wir in Rügen? Im Herbst auf einer Ostseeinsel? Etwa baden?«

»Da muß was im Gange sein.«

»Was denn? Der Polenfeldzug ist doch fast zu Ende. Heute oder morgen ist Warschau eingeschlossen.«

»Ja, deine alten Kameraden vom Stuka-Geschwader-4 haben zum Blitzsieg mächtig beigetragen«, erwähnte Koller.

»Und wir hocken am Rhein und drehen die Daumen«, bemerkte Kramm abfällig.

»Damit wird es bald vorbei sein, Junge.«

»Woher weißt du das alles, Papa?«

Der Alte zog nur das untere Lid seines rechten Auges Richtung Nase. »Holzauge sei wachsam. Verbindungen mußt du haben, die richtigen Kumpels an der richtigen Stelle. Merk dir, Baron, ohne die richtigen Freunde, zumindest ohne einen richtigen Freund, bist du gar nichts.«

6

Auf der Insel Usedom gab es eine große Funkmeßstelle. Der Gitterschirm des neuen Freya-Gerätes hatte das Eindringen eines Wellington-Bombers der Royal Air-Force registriert. Unter dem Begleitschutz von Hurricane-Jägern flog er an der Küste entlang weiter Richtung Polen. Eine Ju-87 folgte der Gruppe, verlor sie aber außer Sicht. Der Vorfall wurde sofort nach Berlin und auch der deutschen Abwehr gemeldet.

Im Amt des Canaris-Geheimdienstes glaubte man nicht, daß der einsame Wellington-Bomber und die paar

Jäger auf irgendeine Weise in den Kampf in Polen eingreifen könnten. Hitler telefonierte aufgeregt mit dem Admiral.

Der Blitzfeldzug war nahezu beendet. Warschau stand vor der Kapitulation. Was, zum Teufel, hatte dieser Einflug zu bedeuten? Und wo war diese Air-Force-Gruppe abgeblieben?

Inzwischen waren die Experten des Amtes Canaris nicht untätig. Ihre Ostagenten hatten schnell herausgefunden, daß der Wellington-Bomber auf dem letzten noch offenen Flugplatz der eingeschlossenen polnischen Hauptstadt gelandet war.

Hitler wollte den Grund dafür erfahren. Canaris äußerte ungern Vermutungen. In diesem Fall konnte er nicht anders, formulierte seine Antwort aber so, als handle es sich um Tatsachen.

»Der polnische Marschall Perutzki soll Warschau verlassen. Er ist der fähigste Mann im polnischen Generalstab, voll Energie und Ideen. Sie brauchen ihn in London, um eine polnische Befreiungsarmee aufzubauen.«

Hitler forderte, den verdammten Flugplatz zu bombardieren.

»Da macht wohl das Wetter einen Strich durch die Rechnung, mein Führer«, sagte Canaris erschrocken und verblüfft über den unbeherrschten Wortausbruch des Oberbefehlshabers.

Hitler forderte eine Vorhersage über den Rückweg der Kohorte ein.

»Schätzungsweise werden sie noch vor der Kapitulation zurückfliegen, mein Führer. Den Rest müssen wir der Luftwaffe überlassen.«

Unbefriedigt von dieser Antwort beendete Hitler das Gespräch.

Am 24. September 1939 sah es aus, als würde Polen kapitulieren. Überall lauerte man auf den Wellington-Bomber der Royal Air Force mit dem polnischen Marschall an Bord. Doch er kam nicht.

Stunde um Stunde verging, es wurde Abend, es wurde Nacht, es wurde wieder Tag. Schon äußerten manche die Befürchtung, Marschall Perutzki könne Richtung Rußland oder über das neutrale Schweden geflohen sein. Dann meldete das Funkmeßgerät Freya auf Usedom erneuten Einflug von Engländern, aber nicht von Polen her, sondern aus Westen.

Es waren ausschließlich Hurricane-Jäger. Daraus schlossen die Deutschen, daß sie das Empfangskomitee für den Marschall bildeten. Der Wellington-Bomber war also schon unterwegs.

Auf dem Fliegerhorst nahe Saßnitz auf Rügen hatten die Piloten der Messerschmitt-Jäger Sitzbereitschaft, die zweithöchste Alarmstufe. Es dauerte nicht lange, dann kam der Alarm tatsächlich. Der Wellington-Bomber und seine Begleiter flogen extrem hoch. Die Messerschmitt reichten kaum hin. Die Hurricanes hatten sich inzwischen mit der polnischen Gruppe zu einer extrem starken Abwehr vereinigt. Die Taktik der deutschen Jäger bestand nun darin, den Gegner aus Überhöhung mit Fahrtüberschuß anzugreifen.

Im Steigflug Richtung Feind fiel Kramm ein Rat von Papa Holzauge ein: Man kann die bewährten Taktiken anwenden, aber etwas Neues zu erfinden ist immer besser, weil überraschend ...

Kramm war klar, daß ihm die fliegerische Reife noch fehlte. Er war bisher nur in einen einzigen ernsthaften Luftkampf verwickelt gewesen. Den anderen Piloten des Geschwaders ging es nicht besser, alle die gleichen Grünschnäbel wie er. Beruhigend war, daß Papa Holzauge

Koller neben ihm flog. Und bald tauchten die Engländer in etwa 100 Grad, wenige Kilometer von der Küste seewärts auf. Eine Menge schwarzer Punkte, in ihrer Mitte ein dickerer schwarzer, der zweimotorige Wellington-Bomber.

Die Deutschen entsicherten ihre Waffen, machten sich fertig zum Angriff. Kramm gab dem Motor Kampfleistung, suchte sich einen Gegner aus. Es ging los.

Die Engländer wehrten sich hartnäckig. Gleich zu Anfang schossen sie zwei Me-109 ab. Es lag wohl daran, daß die Engländer die Kühlerempfindlichkeit der Me-109 kannten und versuchten, ihre Treffer auf diese sensible Stelle zu setzen. Aber im Luftkampf war die Hurricane der Me-109 unterlegen. Ganz egal wie erfahren diese Fighter-Squadron war, sie mußte Federn lassen. Die deutschen Jäger holten einige Hurricanes herunter, aber stur flog die Wellington weiter ihren Strich. Als Kramm auf den Bomber zustach, hingen sofort zwei Hurricanes hinter ihm. Eine konnte er abschießen, die andere versuchte er auszukurven, was ihm nicht gelang. Es sah übel aus. Aber schon saß eine weitere Me-109 dem Engländer im Nacken, und der Engländer ließ von Kramm ab. Kramm stürzte in den Abschwung. Seine Me-109 nahm enorm Fahrt auf und dann hatte er diese Idee: Pack ihn von unten!

In einer weitgezogenen Parabol-Kurve setzte er zum Looping an, und zwar so, daß er den Wellington-Bomber über sich hatte. Er kam für den Gegner also von dessen Bauchseite. Die Wellington wuchs riesengroß im Fadenkreuz. Ein leichter Tritt ins linke Seitenruder, und Kramm hatte sie genau vor sich. Er feuerte mit allem, was er hatte, zwischen die Tragflächenwurzel, daß die Fetzen flogen. Links brachen ein Motor und die Fläche ab. Die Wellington brannte sofort.

Während sie ins Meer taumelte, wurde Kramms Kabinenscheibe noch von ihrem auslaufenden Benzin geduscht. Doch nun hatte er den Rest der Hurricanes am Hals.

Aber der Erfolg mit der Wellington schien ihn zu beflügeln. Mit unglaublichem Mut und völliger Rücksichtslosigkeit gegen sich selbst schoß er noch zwei von ihnen ab. Dann waren seine Munitionsgurte leer. Noch eine letzte Hurricane hängte sich an ihn. Schon fürchtete Kramm, sie nicht mehr auskurven zu können. Wird wohl nichts werden mit dem Erbe als Roter Baron, dachte er, während ihn der Engländer mit MGs beharkte. Doch wieder einmal tauchte hinter dem Engländer ein schwarzer Schatten auf. Und dann geschah etwas Unfaßbares.

Die deutsche Me-109 hinter dem Engländer war vermutlich auch leergeschossen, deshalb rammte sie den Engländer am Schwanz. Nur ein Knäuel aus Eisen, Stahl und Aluminium, das schwarzqualmend zu Boden ging, blieb übrig.

Die Me-109 und die Hurricane fielen wie ein einziger Stein zur Erde.

Auf dem Flugplatz von Saßnitz glatt gelandet, hätte Kramm gerne seinen Erfolg gefeiert. Doch da trat einer der Bodenwarte zu ihm, gratulierte ihm mit steinernem Gesicht und sagte: »Papa Holzauge hat's erwischt.«

Kramm konnte es nicht fassen, zweifelte aber nicht daran, daß es sein Freund, Oberfeldwebel Koller, gewesen war, der ihn durch Rammen der Hurricane gerettet hatte.

Kramm versank in Bitterkeit. Nie mehr würde er vergessen, daß es im Krieg keine Gnade gab. Und er begann, seine Gegner wütend zu hassen.

Papa Holzauge war tot.

Und von Joe Meiners gab es nach wie vor kein Lebenszeichen.

Kramm wurde nach Berlin bestellt zwecks Berichterstattung beim Reichsmarschall im Luftfahrtministerium. Göring empfing ihn im Reichsjägermeisterwams.

»He, Baron!« rief er kumpelhaft. »Was, Sie sind immer noch Unteroffizier?« Sein Lächeln blieb in dem fettigen Gesicht stehen, als er fortfuhr: »Ich habe Sie nicht aus den Augen gelassen, Sie Polacke Sie. Und Sie haben mich nicht enttäuscht.«

Göring paßte mit dem Hintern gerade in den großen Clubsessel. Es gab Cognac, feine Zigaretten, Virginia blended. Kramm mußte erzählen. Von dem Husarenstück, wie er den Doppeldecker im Rhein versenkt hatte, wie er der Perutzki-Horde Herr geworden war, wie er in 7000 Metern Höhe den Ring der Hurricanes genarrt und den Wellington-Bomber von unten angegriffen hatte.

»Von unten, das ist ja ganz was Neues«, tat Göring begeistert. »Schreiben Sie das nieder. Wir werden es in die Luftkampfanweisungen für Flugzeugführer aufnehmen.«

Kramm erhielt das Eiserne Kreuz Erster Klasse und die Frontfliegerspange in Gold. Außerdem beförderte ihn der Luftwaffenchef zum Oberfähnrich. Dann ermahnte ihn Göring noch: »Weiter so!«

Zwar wußte man nie genau, ob er meinte, was er sagte, aber diesmal meinte er es auch so, als er andeutete: »Wir halten Sie immer im Blickfeld, Kramm, denn wir, General Udet und ich, haben etwas Besonderes vor mit Ihnen. Ist aber noch zu früh um darüber zu reden. Und jetzt amüsieren Sie sich ein paar Tage in Berlin.«

Kramm war schon halb gegangen, da rief Göring noch:

»Versorgt man Sie von zu Hause mit genügend Finanzen?«

»Ausreichend«, log Kramm.

Kramm genoß die drei Tage Sonderurlaub in Berlin. Den Bars am Kurfürstendamm stattete er nur einen Pflichtbesuch ab. Dort war alles viel zu teuer für einen Mann mit seinem spärlichen Sold. Aber das locker elegante Leben gefiel ihm, er schloß sogar einige Bekanntschaften.

Eines Abends in der Femina-Bar nippte er an seinem Cognac und beobachtete, daß der Barmixer immer öfter auf die Uhr schaute.

»23 Uhr 15«, sagte Kramm, »Luftwaffenzeit.«

»Bald ist es soweit«, deutete der Barmixer an.

»Was ist soweit? Gibt es Freisekt?«

»Sie werden schon sehen.«

Prompt schwang wenig später die Tür auf. Der rote Samtvorhang wurde beiseite gerissen. Begleitet von einem Schwarm gutaussehender Zivilisten betrat eine beunruhigende Frau das Nachtlokal. Es war wie ein Revueauftritt.

»Sie ist die Schönste von Berlin«, murmelte der Barmixer atemlos.

»Die Schönste, die ich je gesehen habe«, ergänzte Kramm. Er hatte sie schon früher einmal gesehen in dem Film ›Narren im Sommerwind‹. Es war der Ufa-Star Ewa Martini.

»Ist die überhaupt volljährig?« fragte Kramm.

»Gerade mal neunzehn«, sagte der Barmixer.

Von nichts war Kramm jemals so fasziniert gewesen wie von dieser Frau. Nicht einmal als er die erste Messerschmitt gesehen hatte. Wie sonst konnte es ihr in so kurzer Zeit gelungen sein, an die Spitze der Ufa-Stars zu gelangen und zur absoluten Primadonna des Revue-Theaters Metropol zu werden, wenn nicht mit ihrer Ausstrahlung? Und das mit neunzehn Jahren? Sie war also gerade so alt wie Kramm. Da mußte eine Art göttliches Wunder im Spiel sein.

7

Böhmerwald 1937. Eigentlich war sie eine geborene Slawoka. Ewa Slawoka. Der Künstlername Martini war eine Hommage an ihren Vater.

Das Leben des Martin Slawoka, Ewas Vater, änderte sich am 29. September. Alles ereignete sich an einem Tag und in einer Nacht.

Am Morgen war Martin Slawoka zu seinem Todfeind, dem Sägewerkbesitzer Strasser gerufen worden. Der stand, aufgeblasen wie ein Ballon, in seinem Büro und schimpfte los, als habe er seinen leibeigenen Knecht vor sich.

»Jetzt gehört mir der ganze Wald, und du gehörst zu meiner Holzfällermannschaft. Kapiert?«

Martin dachte, wie es seiner Art entsprach, lange nach, ehe er ruhig und entschieden antwortete: »Für Arschlöcher arbeite ich nicht.«

Schon ließ der mickrige Sägewerkbesitzer eine Drohung los. »Dann zeige ich dich an, Martin.«

»Von mir aus, du Bastard.«

»Wegen antideutscher Umtriebe«, schrie der Strasser.

Aber da war Slawoka schon draußen am Holzplatz. Doch an einem zweifelte er nicht. Dieses Schwein meinte es ernst. Zuviel hatte sich in all den Jahren zwischen ihnen aufgestaut.

Slawoka mußte weg, verschwinden mit Frau und Tochter. Höchste Zeit. In München hockten sie schon drei Tage zusammen, die Großkopferten. Mister Chamberlain aus London, Monsieur Daladier aus Paris, Signor Mussolini aus Rom und natürlich Hitler, Adolf, der Dekorationsmaler aus Braunau. Wie es hieß, wurde noch heute der Vertrag geschlossen, um die Krise im Egerland und in den Sudeten beizulegen.

Das Egerland begann nur wenige Kilometer östlich.

Die Slawokas packten zusammen, was sie tragen konnten. Bei Dunkelheit zogen sie los. Im Tal und im Wald kannte Martin Slawoka jeden Fußbreit Boden. Von der Anhöhe aus schauten sie sich noch einmal um. Unten am Fluß lag ihr Dorf. Vereinzelte Lichter brannten.

»Beim Teufel«, fluchte Martin, »ich laß' mich lieber totschlagen, als für die noch einen Baum umzuhauen.«

Maria, seine Frau antwortete: »Es gibt eben schlechte Jahre, Martin.«

»Und ganz schlechte. Die schlechten haben wir schon hinter uns, Mutter.«

Bevor sie in den Wald tauchten, sagte Martin Slawoka noch: »Ich habe nie im Leben einen umgebracht, nicht einmal daran gedacht, habe ich. Aber ich werde mich bessern. Das schwöre ich. Und mit diesem Schwein Strasser fange ich an.«

Begonnen hatte alles so friedlich.

Im Dorf Rittsteig, nahe der Grenze zur Tschechei, lebte der Waldarbeiter Martin Slawoka mit seiner Familie. Geboren vor 39 Jahren in Rittsteig, gehörte er mindestens die Hälfte seines Lebens der Kommunistischen Partei an. In seiner Jugend war er der stärkste Bursche im Dorf gewesen, in der Schule der hellste und bei den Mädchen der Umgebung der gefürchtetste Schlüpferstürmer.

Nach sieben Klassen Landschule hatte er im Wald sein

Geld verdienen müssen, denn seine Eltern, der Vater Flickschuster, die Mutter Bauernmagd, waren bettelarm. Unter besseren Voraussetzungen hätte es Martin Slawoka vermutlich zu etwas gebracht, vielleicht sogar zum Pfarrer. Aber für Holzfällen und Arbeit im Forst gab es echtes Geld. Anfangs immerhin 18 Pfennige die Stunde.

Martin Slawoka besuchte regelmäßig die Zusammenkünfte der KP in Furth im Wald. Stets lief er die 20 Kilometer hin und 20 Kilometer zurück. Im Sommer barfuß, um die Schuhe zu schonen. Damit war es vorbei, als die Nazis ans Ruder kamen und die KP verboten wurde. Slawoka betätigte sich nicht mehr politisch, galt aber weiterhin als Roter.

Fortan verlegte er sich auf den Sport. Mit einem geliehenen Fahrrad gewann er die Böhmerwald-Rundfahrt. Beim jährlichen Dauerlauf auf den Arber schlug er zweimal hintereinander sogar anerkannte Olympiaathleten. Im übrigen kümmerte er sich nur noch um seine Arbeit, um die junge Familie und vor allem um Ewa, seine Tochter.

Ewa wurde jetzt siebzehn und war, wenn man dem Gerede glauben durfte, das schönste Mädchen der bayrischen Ostmark. Jedenfalls kamen am Sonntag die Burschen von weit her, nur um sie anzustarren, wenn sie zur Kirche ging. Kein Wunder, Ewas Mutter war fast so hübsch wie ihre Tochter. Beide strahlten etwas aus, das jeden Mann verzauberte.

Genau damit hatte vor zwanzig Jahren das Unheil begonnen. Grund der Urfehde war der Sohn des Sägewerkbesitzers, ein schmächtiger arroganter Hänfling. Zur Kenntnis genommen wurde er überhaupt nur, weil sein Vater ein reicher Sack war.

Als Martin Slawoka noch Drachen aus Zeitungspapier mit Mehlleim zusammenklebte, hatte der reiche Erich

Strasser schon ein Flugzeug mit Propeller und Gummimotor. Nur brachte er es nie richtig zum Fliegen. Aus reiner Blödheit. Strasser hatte auch als erster ein Fahrrad mit Ballonreifen und eine Luftdruckpistole. Sein Vater besaß ein Auto, einen Opel Laubfrosch. Aber in der Schule mußte Strasser bei Slawoka abschreiben, weil in seinem Hirn mit: »Neun plus vier gibt siebzehn« Schluß war. Nie lernte er richtig schwimmen, nicht einmal den Hundstrab. Auf Obstbäume kam er nie allein rauf und stets wie Fallobst runter. Einmal löste jemand am Doktorwagen die Bremse. Das Auto rollte die Straße abwärts, beschädigte den Brunnen und seine eigene Stoßstange. Erich Strasser verbreitete, Martin sei der Übeltäter gewesen. Zum Glück hatte ihn aber die Krämerin gesehen. Ein andermal kamen im Pfarrhof Eier und Hühner weg. Eierschalen und Hühnerfedern fanden sich bei dem Haus am Ortsrand, in dem die Slawokas lebten. Wieder behauptete dieser Mistkerl von Sägewerkbesitzerssohn, Martin sei der Dieb. Aber die Pfarrersköchin hatte ihn beobachtet. Eigentlich wollte sie lieber schweigen und das Geld bei Erichs Vater eintreiben, aber – wegen soviel Gemeinheit gegen Martin – machte sie beim Gendarm ihre Aussage.

Erich kam nach Furth ins Gymnasium. Dort fiel er so oft durch, daß er im Alter von 18 Jahren immer noch in der vierten Klasse herumsaß. Aber er konnte den Frauen nachsteigen, vorwiegend älteren Damen und Witwen. Bei denen ging es leichter. Er warf auch ein Auge auf die schöne Maria Kinkereder. Das war sein Pech. Bei einer Bauernhochzeit spannte ihm Martin die Maria aus. Von da an tanzte Maria nur noch mit dem bärenstarken, immer fröhlichen Holzfäller.

Eines Nachts lauerten sie Martin auf, Erich Strasser mit zwei Kumpanen. Es stand drei gegen einen. Sie hatten

Knüppel und Messer dabei. Martin Slawoka bekam einiges zu tun. Aber er wurde mit ihnen fertig und warf sie in den Mühlbach. Er selbst bekam nur einen Stich in den Unterarm.

Als er dann Maria Kinkereder heiratete, brach zwischen ihm und Strasser offene Feindschaft aus.

Immer noch ging Martin Slawoka zu seinen KP-Genossen. Erich Strasser aber schloß sich der SA an. Kaum hatte Hitler in Berlin die Macht übernommen, wehte auch im Bayrischen Wald ein anderer Wind. Der alte Sägewerkbesitzer starb. Erich, sein einziger Sohn und Erbe schenkte der Gemeinde eine neue Motorfeuerspritze. Dafür wurde er Bürgermeister. Er heiratete. Seine Frau hatte eine Fehlgeburt und starb. Ein Jahr später ernannten ihn die Nazis zum Ortsgruppenleiter.

Einmal sagte Martin Slawoka beim Bier: »Nichts über unseren Ortsgruppenleiter und seine Freunde. Sie sind bestimmt nicht die größten Idioten auf Erden, aber auch nicht die kleinsten.«

Jedes Wort wurde dem Sägewerkbesitzer hinterbracht. Von da an hatte Martin Slawoka kein angenehmes Leben mehr. Nur wegen seiner enormen Stärke und weil er und seine Frau im Dorf beliebt waren, konnte er sich halten.

Auch Ewa trug dazu bei. Überhaupt Ewa, diese wunderhübsche Ewa mit dem goldgelben Haar, den aquamarinfarbenen Augen und dem Körper einer griechischen Göttin, die hatte nicht nur alles, die hatte zuviel von allem.

»Mit der nimmt es ein böses Ende«, flüsterten die alten Jungfern im Dorf.

Jeder mochte Ewa. Sie lachte den ganzen Tag. Wo sie ein Radio aus dem Fenster plärren hörte, blieb sie stehen, lauschte, sang mit und tanzte dazu. Der Schlager dieses Sommers war ›Da draußen auf der Heide‹.

Ewa war klug, schlau und witzig. Sie sang auch im Kirchenchor mit ihrer glockenhellen Stimme. Der Pfarrer hatte einen Blick für Anmut und Schönheit und mochte sie fast ein wenig zu sehr. Er schenkte ihr seine alte Gitarre.

Ewa brauchte nicht lange zu üben. Sie konnte gleich darauf spielen. Immer konnte sie alles, was sie sich vornahm, sofort. Bei neuen Tänzen schaute sie nur einmal zu und ahmte die Schritte nach. Foxtrott, Tango, Walzer, Polka. Sie hörte einen Schlager und behielt die Melodie und den Text.

Sogar der Sägewerkbesitzer machte ihr Augen.

Als Martin, ihr Vater, es erfuhr, brüllte er ziemlich laut: »Er soll es nur versuchen, dann mache ich aus seinen Eiern Pfannkuchen.«

»Halt bloß dein vorlautes Maul«, warnten ihn alle im Dorf.

»Ach was«, tat Martin es ab, »wer wird schon vor diesen Stinknazis zittern! Sie bohren in der Nase, fressen, saufen, vögeln und scheißen wie alle anderen auch.«

Wieder wurde alles dem Ortsgruppenleiter zugetragen. Erich Strasser schien zu spüren, daß er in Martin einen erstklassigen Feind hatte. Dieser Mann brauchte einen Gegner. Vor allem einen, den er irgendwann zerquetschen konnte. Jedenfalls spitzte es sich zwischen ihnen gehörig zu. In diesem Jahr heiratete der Sägewerkbesitzer zum zweitenmal. Eine etwas überständige reiche Bauerntochter aus Schwarzenberg wurde seine Frau. Als Ersatz für Schönheit brachte sie 900 Hektar Wald mit in die Ehe. Den Wald, in dem Martin Slawoka jahrelang gearbeitet hatte.

Am Morgen nach dem Streit mit Erich Strasser wußte Slawoka, daß der Gipfel seines Lebens erreicht war, daß es jetzt nur noch abwärts gehen konnte.

Auf überwucherten Pfaden schleppten die Slawokas ihre Sachen durch den Wald. Erst kam dichtes Unterholz, dann eine Schonung, dann Nebel und die Grenze zur Tschechei. Nichts rührte sich. Keine Grenzer, keine Zöllner. Endlich waren sie auf der anderen Seite.

Ein Mann wie Slawoka fand überall Arbeit. Jetzt fällte er eben für andere die Bäume. Ihr Quartier in Klettau war einfach aber sauber.

Leider dauerte das kleine Glück des Neuanfangs nicht lange. Hitlers Armee marschierte zwischen dem 1. und 10. Oktober im Sudeten- und Egerland ein. Noch hielt Hitler sich an das Abkommen mit Prag. Doch die Slawokas mußten bei Nacht und Nebel weiterziehen, denn in der Nähe von Pilsen war es für Martin nun nicht mehr sicher genug.

Durch tschechische KP-Freunde bekam Martin in einer Papierfabrik nahe Prag Arbeit. Die ganze Familie schuftete bis zum Umfallen, um sich eine neue Existenz aufzubauen. Maria half in einer Gärtnerei, die schöne Ewa schloß sich einer Gruppe von Musikanten an. Mit ihr zog sie in ihrem kornblumenblauen Sonntagskleid durch Prag, sang, spielte und tanzte und verdiente ein paar Kronen damit.

Der Frieden hielt nur den Winter über. In Berlin liefen längst die Vorbereitungen für den Fall einer militärischen Auseinandersetzung. Am 15. März 1939 brach Hitler das Münchener Abkommen. Seine Truppen besetzten die ganze Tschechei. Das Protektorat Böhmen/Mähren wurde gegründet. Auf dem Hradschin wehte die deutsche Fahne.

Frankreich und England ließen die Tschechei im Stich. Besonders für Frankreich sollte das ein böses Nachspiel haben. Nun übten deutsche Fallschirmtruppen an den tschechischen Verteidigungsanlagen im Altvatergebirge deren Bekämpfung, denn Frankreich besaß an der Maginot-Linie ähnliche Festungswerke und die Niederlande so berühmte Forts wie Eben-Emael ...

Himmlers Kommunistenfänger waren schnell. Sie holten die Familie Slawoka noch aus dem Flüchtlingszug nach Kattowitz. Ewa mußte mitansehen, wie Vater und Mutter abgeführt wurden. Allein und verlassen stand sie mit ihren Habseligkeiten auf dem Bahnsteig. Völlig ratlos ging sie in die Stadt. Mitten auf der Moldaubrücke spürte sie den Wunsch, sich in den Fluß zu stürzen. Später suchte sie sich aber doch ein Zimmer und fand ein schäbiges. Sie hatte nur noch die Gitarre und vierzehn Kronen.

Abends zog sie weiter mit den Musikern durch die Kneipen. Der eine, ein Pole, spielte Klarinette, der Student Harmonika. Leider dauerte es nicht lange, und der Pole trennte sich von ihnen. Er hatte eine Stelle beim Opernorchester ergattert. Nun machten sie zu zweit weiter. Doch was der Student aus der Harmonika quetschte, war weder nach Ewas Geschmack noch nach dem des Publikums. Ewa wollte Schlager singen, ›Träumen von der Südsee‹ und ›Am Golf von Biskaya‹ oder freche Songs. Der Student aber hatte es mit dem Volksliedgut. Deutlich spürte Ewa, daß aller Applaus nur ihr und ihrer Gitarre galt. Also trennten sie sich.

Sie kannte jetzt die Stadt, die Wirtschaften, die Nachtlokale und die Bars, wo sie auftreten durfte. Ewa sang und tanzte. Danach sammelte sie mit ihrer frechen Schiebermütze Kleingeld ein. Weil sie gut war und immer das Neueste vom Film und aus dem Radio brachte, konnte sie gut leben. So verging der Sommer.

Tagsüber suchte sie verzweifelt nach ihren Eltern.

Sie hatte gehört, daß es im Land viele Lager gab. Also fuhr sie bis nach Preßburg, bis in die Sudeten, nach

Ostrau und Olmütz. Vergebens. Die Behörden, die Verwaltungen, gaben keine Namen heraus. Und wenn es ihr gelang, einen Lagerinsassen am Zaun zu sprechen, so stieß sie immer nur auf Kopfschütteln.

Nachts zog sie weiter durch Prag. Eines Abends sprach sie auf der Straße ein Mann an. Er trug braune Chauffeurlederjacke, wirkte hochgeschlossen, ein wenig düster. Sein flaches slawisches Gesicht war grau wie Gerstenpfannkuchen. Er packte sie fest beim Arm.

»Ich bin Boris. Muß dich sprechen.« Sein Deutsch hatte leichten polnischen Akzent. Er fackelte nicht lange, sondern bugsierte Ewa in das kleine Café gegenüber.

»Meine Arbeit«, wehrte sie sich, »kann nicht warten, ich muß Geld verdienen.«

»Was ich dir zu sagen habe, ist wichtiger«, herrschte er sie an.

Sobald die Kellnerin in der Nähe des Tisches erschien, verstummte er. Wenn die Luft rein war, sprach er weiter.

»Du bist zu gut für diese Arbeit.«

»Wovon soll ich leben?«

»Ich bringe dich nach Berlin«, erklärte er entschieden.

Verärgert erwiderte sie: »Warum nicht gleich nach Hollywood?«

»Nicht unverschämt werden, mein Fräulein. Berlin genügt fürs erste.«

»Nach Berlin. Klar. Zum Film«, bemerkte sie frech und rührte den Zucker in den Tee.

In diesem Punkt mußte er sie enttäuschen. »Nicht einmal für das Theater reicht es. Aber vielleicht hast du Anfängerglück bei einer Revue.«

Boris behauptete, er habe sie beobachtet, kenne auch ihre Sorgen. Aber sie sei ein verteufelt schönes Weib – er benutzte das Wort Weib – und außerdem hoch begabt. Daraus ließe sich etwas machen.

»Mein Angebot kannst du nicht abschlagen, Slawoka«, drängte er. »Also, was ist?«

»Geht nicht«, wich sie aus. »Ich muß meine Eltern suchen.«

Er blies den Rauch seiner Zigarette zur Decke.

»Ohne Hilfe findest du sie nie. Oder willst du mit einem dieser SS-Knechte ins Bett?«

»Eher bringe ich mich um.«

Nun faßte er sich kurz. Seine Stimme wurde eindringlich. »Ich habe Beziehungen, finde deine Eltern schon. Also, in drei Tagen wieder hier, gleiche Stunde, gleicher Ort. Einverstanden?«

Am Freitag kam sie erst einmal zu spät. Boris saß schon am Ecktisch und schob ihr einen Zettel hin. »Troppau. Ein Männer- und ein Frauenlager. Da sind deine Eltern. Hauptsächlich Kommunisten, Juden und religiöse Sektierer hat man dort eingesperrt.«

Lange sagte Ewa kein Wort. Dann wischte sie sich die Tränen ab. »Warum tust du das für mich, Boris?«

Zögernd rückte er damit heraus. »Wir brauchen Frauen wie dich, aus denen etwas werden kann. Schön, klug, schlagfertig, mutig und begabt.«

Sie fiel ihm ins Wort. »Und zu allem bereit, meinst du.«

Sein grobes Gesicht brachte ein erstaunlich feines Lächeln zustande. »Erst einmal muß aus dir etwas werden, Kleine.«

Sie wiederholte ihre Frage: »Und warum tust du das für mich?«

»Nicht ich«, gestand er, »sondern wir. Wir sind eine mächtige internationale Organisation. Wir arbeiten in der ganzen Welt.«

»Wer steckt dahinter?« wollte sie hören.

»Das erfährst du ein andermal«, wich er aus. »Nur soviel noch: Mit den Nazis haben wir nichts zu tun.«

Er begleitete sie durch zwei Lokale. Sie war an diesem Abend brillanter als je zuvor. Manchmal erhoben sich die Gäste von ihren Stühlen und klatschten im Stehen. Sie hätte auch Erfolg gehabt, wenn sie auf der Bühne nur das ABC gesungen hätte.

»Aber sei beim nächstenmal pünktlich«, forderte Boris beim Abschied.

In seinem DKW-Zweitakter brachte Boris Ewa nach Troppau. Immer wieder schaute er auf die Uhr im Armaturenbrett.

»Dein Vater wartet um Mittag herum am Zaun zwischen dem Süd- und dem Osttor.«

»Und meine Mutter?«

»Ich hörte, daß es ihr schlechtgeht. Sie holte sich beim Transport auf dem offenen Waggon eine Lungenentzündung. Sie liegt noch in der Krankenbaracke im Frauenlager.«

Boris hielt einen Kilometer vom Lager entfernt an. Offenbar wollte er nicht gesehen werden. Ewa stieg aus. Fest packte er ihre Hand und gab ihr noch etwas mit auf den Weg.

»Dieser Halunke, der euch das alles eingebrockt ...«

»Erich Strasser?«

»Den meine ich. Ihn hat ein Baum erschlagen. Eine 30 Meter hohe Tanne. Er kam nicht schnell genug weg, als sie umfiel. Oder niemand hat ihn gewarnt. Dein Vater wird sich jedenfalls freuen, hoffe ich.«

Ewa marschierte die lange Allee hinunter zu der Barakkenstadt. Sie brauchte nicht lange zu suchen. Von weitem sah sie ihren Vater in seinem karierten Holzfällerhemd und der zerschlissenen Cordsamthose stehen und winken. Er war kleiner geworden, abgemagert und nicht mehr der Bär vom Böhmerwald.

Ihre Finger berührten sich durch den Zaun. Sie hatten viel zu reden. Doch wie es weitergehen würde, das wußte Martin Slawoka auch nicht. Nur die Hoffnung, daß die Mutter bald wieder gesund würde, das machte ihn glücklich.

»Vertraue diesen Leuten«, riet er seiner Tochter beim Abschied. Doch wer »diese Leute« waren, das verriet er ihr nicht.

Bevor Ewa ging, erwähnte sie noch den Unfall im Wald bei Rittsteig.

Da zuckte es im stoppeligen Gesicht ihres Vaters vor Enttäuschung. »Ich möchte nicht hören, daß er tot ist«, stieß er hervor, »ich will sehen, daß er tot ist.«

Am Nachmittag fuhren Ewa und Boris nach Prag zurück.

»Was wird mit ihnen geschehen?« fragte Ewa immer wieder. Klar, daß sie ihre Eltern damit meinte.

Boris machte eine vage Andeutung. »Wir werden versuchen, sie herauszuholen.«

»Und wohin sollen die dann?«

»Wo sie sicher sind.«

»Und wo sind sie sicher?«

»In Moskau, in Leningrad. Dein Vater ist ein treuer bewährter Altkommunist. Er würde sich lieber totschlagen lassen, als die Partei und die Genossen zu verraten. Solche Männer lassen wir nicht im Stich.«

Wenige Tage später erhielt Ewa von Boris einen Umschlag. Er enthielt eine Fahrkarte nach Berlin, eine Adresse und etwas Geld.

»Freunde von mir helfen dir weiter. Aber bald mußt du auf eigenen Füßen stehen«, verlangte er. »Ich schaue gelegentlich nach dir. Und noch etwas: Schmier dich nicht so mit Lippenstift voll. Du siehst aus wie ein bemaltes Flittchen, das anfängt, auf den Strich zu gehn.«

Berlin 1938

Im Metropol Theater liefen die Proben für die neue Revue-Operette ›Maske in Blau‹. Es war 11 Uhr 20 vormittags. Durchlauf erster Akt. Die Dekoration, eine elegante Hotelhalle mit breiten Glastüren, die zu einer Meeresterrasse mit Palmen führten, stand schon. Die Diva hatte ihr ›Frühling in San Remo‹ geschmettert. Später folgte der Auftritt der Soubrette mit einem Lied, das ein erfolgreicher Schlager war.

Die etwas pummelige Blondine sang und tanzte, ›Die Julischka, die Julischka, aus Buda-Budapest, die hat ein Herz aus Paprika, das keinem Ruhe läßt‹. Der Dirigent legte Tempo zu, um den Schwung der Soubrette zu beschleunigen. Doch es nützte wenig, sie war zu hölzern.

In der vierten Sesselreihe des leeren Theaters saßen Leute aus der Direktion und von der Presse. Der Kritiker der *BZ* flüsterte seinem Kollegen von der *Abendpost* zu: »Die beste Julischka aller Zeiten wird die aber nicht.«

Der andere zuckte links mit der Schulter, als sei sein Sakko zu eng. »Der Regisseur hätte gerne die Rökk gehabt. Doch erstens war Marika die Rolle zu klein, und zweitens war ihre Gagenforderung zu hoch.«

»Wie hoch?«

Der Mann von der *BZ* antwortete: »Die männliche Hauptrolle singt Heesters, die weibliche Lizzi Waldmüller. Die kassieren schon 1000 Mäuse pro Abend. Darunter hätte es die Rökk auch nicht gemacht.«

»Tausend pro Abend?« staunte der andere Kritiker. »Und was verdienst du?«

Sein Kollege steckte sich eine Zigarette an, obwohl das während der Proben nicht gerne gesehen wurde. »Auf dem letzten Gehaltsstreifen hatte ich 720.«

»Pro Zeile?«

»Was denkst du! Im Monat.«

Die Stars lieferten ihre Nummern routiniert ab. Heesters war noch nicht im Frack, sondern lässig in grauer Flanellhose, Pullover und Schal. Die Waldmüller trug, elegant wie immer, ein cremefarbenes Sommerkleid aus Seide.

»Das hatte sie schon in ihrem letzten Film an«, höhnte der Kritiker der *Abendpost.* »Die Stars stauben Klamotten ab, wo es nur geht. Aber die Ufa hat's ja.«

Während die Proben weiterliefen, warteten in den Kulissen links von der Bühne zwei Ballettmädchen. Das eine wirkte eher müde, das andere, eine Blonde, mächtig aufgekratzt. Leise sprach die Blonde den Dialog der Soubrette mit, sang fast lautlos ihr Lied und deutete deren Tanzschritte an.

»Du kannst aber die Rolle«, staunte das zweite Ballettmädchen gähnend.

»Ich habe sie studiert.«

»Girls wie wir kriegen nie ein Solo. Nicht mal die dritte Besetzung.«

»Ich bin besser als diese Hupfdohle da draußen«, entgegnete die blonde Ewa.

»Steh erst mal an der Rampe, Schätzchen.«

»Das werde ich eines Tages.«

»Das wollten alle mal«, meinte die andere resigniert.

»Nichts anderes mußt du wollen, dann klappt es auch.«

»Na klar, für Ewa Martini legt das Schicksal goldene Eier.«

Der Ballettmeister klatschte in die Hände. Aus den Kulissen wirbelte seine ungarisch kostümierte Truppe auf die Bühne.

Ewa Slawoka hatte mehrere Wochen an der Scala als Ersatz für ein Tillergirl getanzt, das angeblich von einem Rittmeister geschwängert worden war. Dabei hatte sie rasch erkannt, daß der Name Slawoka nicht ankam. Er klang alles andere als künstlerisch und verriet sofort ihre Provinzialität. Also wählte sie den Vornamen ihres geliebten Vaters, hängte noch ein i an und war fortan Ewa Martini.

Vormittags besuchte sie die Steppschule, danach hatte sie Sprech- und Gesangsunterricht. Im Studio schnappte sie auf, daß im Metropol Theater eine neue Glitzeroperette einstudiert wurde. Sofort ging sie hin. Vor dem Personalbüro standen die Mädchen Schlange. Aber Ewa bekam die Stelle im Ballett.

Sie hörte noch, wie der Inspizient zum Regieassistenten sagte: »Die hat was. Ausstrahlung hat die wie ein Scheinwerfer.«

Bei der Arbeit war sie pünktlich und zuverlässig wie alle, die in diesem Beruf weiterkommen wollen. Sie leistete sich auch keine durchfeierten Nächte.

An einem Dienstag, als sie die Tanzschule Xylander an der Friedrichstraße verließ, stand nebenan, vor dem Schaufenster der Parfumerie, ein Mann. Sie erkannte die hagere Gestalt in der Lederjacke schon von hinten. Also betrachtete auch sie die Auslage.

Boris Kuriakin fragte: »Wie läuft es?«

»Die Premiere war ein Riesenerfolg. Das Theater ist jeden Abend proppenvoll.«

»Ich meine, wie es bei dir läuft, Kleines.«

»Abgesehen von der Sorge um meine Eltern recht gut.«

Er schaute sich um und kam wie immer, wenn sie sich in der Öffentlichkeit trafen, rasch zur Sache.

»Hast du die Julischka-Rolle drauf?«

»Im Traum.«

»Dann hol sie dir.«

Sie lachte ziemlich bitter. »Das ist unmöglich. Es sei denn, die erste Besetzung trifft der Blitz, und die zweite holt sich eine Lungenentzündung. Aber selbst dann stehen noch zehn andere vor mir in der Reihe.«

»Verlaß dich auf uns«, deutete Boris an.

»Auf wen?« zweifelte sie gereizt.

»Du wirst sehen, das geht in Ordnung. Du kriegst deine Schanx«, er sprach das Wort Chance schon berlinerisch aus. Auch sein Akzent war fast verschwunden. »Mach's gut, Schätzchen.«

Boris drehte sich um und ging. Ewa sah, wie er in den U-Bahn-Eingang tauchte.

Dann wurde es unheimlich. Die erste Soubrette, die Wienerin Nelli Heimburger, wurde am Alexanderplatz von einem Taxi gestreift und brach sich den Knöchel. Gleichzeitig meldete sich die zweite Besetzung krank. Sie litt angeblich an einer Darminfektion.

Im Metropol Theater brach die Welt zusammen. Sie telefonierten in der Provinz nach Ersatz herum. Es gab aber keinen. Eilends wurden Proben angesetzt. Der Regisseur wollte einige der Mädchen aus Chor und Ballett ausprobieren. Doch da drängte sich Ewa Martini vor. Sie flüsterte dem Pianisten etwas ins Ohr und begann unaufgefordert mit dem Auftritt der Julischka. Sie sang, tanzte, steppte und chargierte wie ein Orkan, so kreuz und quer und diagonal über die Bühne, als ginge es um Leben und Tod.

Der Regisseur schrie, sie solle aufhören. Er drohte, sie von Bühnenarbeitern wegbringen zu lassen und sei es mit Gewalt. Aber der Metropol-Direktor hinderte ihn daran. Er nahm den Regisseur beiseite.

»Sind Sie blind, Clemens?« fragte er. »Die Kleine ist doch Zucker. Besser als die Heimburger. Um Klassen sogar.«

Nach der Probe war Ewa schweißnaß, aber sie hatte die Rolle. Schon am Abend stand sie zum erstenmal als Soubrette in einer Operette auf der Bühne. Sie bekam sogar Szenenapplaus. Am Schluß gingen neun der elf Vorhänge auf ihr Konto.

Der Kritiker der *BZ* sagte zu seinem Kollegen von der *Abendpost*: »Und siehe da, es geschehen noch Zeichen und Wunder. Diese Frau ist die beste Julischka, die je geboren wurde. Und sie wird es wohl auch bleiben. Wie war doch ihr Name?«

»Irgendwas mit einem Wermut oder einem Cocktail. Ach ja, Martini.«

»Den muß man sich merken.«

Ewa Martini sah sich zum erstenmal mit Bild und Text in der Zeitung. Noch immer machte ihr der raketenhafte Aufstieg Angst. Kaum ein paar Monate in Berlin und schon so ein Erfolg. Oft weinte sie vor Glück.

Ganz von selbst kamen Einladungen zu Gesellschaften und Festivitäten. Jeder prominente Junggeselle aus der Berliner Oberschicht wollte sich in Begleitung dieser schönen Frau sehen lassen. Nicht nur Bankiers mit ihren Wannsee-Villen rissen sich um Ewa, auch Nazigrößen.

Eines Tages landete ein riesiger Blumenstrauß in Ewas Garderobe.

Ihre Friseuse flüsterte: »Gelbe Rosen vom Reichsminister.«

»Woher weißt du das?«

»Es steht auf der Karte. Außerdem hat Goebbels auch der Waldmüller Blumen geschickt. Aber nicht so schöne.«

Als Ewa Martini ihren fünfundzwanzigsten Auftritt als Julischka in ›Maske in Blau‹ feierte, lernte sie einen jungen Mann kennen. Einen bildhübschen Zigeunerjungen, schwarzes Haar, dunkle Augen, gebräunte Haut, nicht viel älter als sie. Er hieß Danielo und machte sich an sie heran. Mit allen erlaubten und unerlaubten Tricks versuchte er ihr näher zu kommen. Aber sie ließ ihn abblitzen. Er probierte es immer wieder, doch sie blieb kalt.

Ende der Woche rief ein Ufa-Regisseur sie an. Er trug einen berühmten Namen und hatte erfolgreiche Revue-Filme inszeniert. Er bestellte Ewa zu Probeaufnahmen nach Babelsberg.

Pünktlich erschien sie im Studio. Sofort mußte sie in ein enges Goldlamé-Trikot schlüpfen und in goldene Schuhe mit hohen Absätzen. Für den Text ließ man ihr zehn Minuten Zeit zum Lernen. Sie sollte ein Lied singen und dazu tanzen, wie es ihr gerade einfiel. Das Lied hieß: ›Ich tanze für dich, ich singe für dich heute nacht‹.

Ewa improvisierte und hoffte, daß sie gut gewesen war. Kommentarlos schickte man sie mit dem Taxi nach Hause. Normalerweise dauerte es Tage, bis Probeaufnahmen kopiert waren und die Filmproduzenten entschieden, wer die Rolle bekam. Doch schon am Abend rief der Regisseur an.

»Du hast die Rolle, Ewa«, sagte er. »30 000 Märker für den Anfang.«

Sie war sprachlos vor Verblüffung. Dann brachte sie doch heraus: »Bin ich so gut?«

»Ja, du bist verdammt Klasse, Baby«, erklärte der Regisseur, »aber einer der Gründe, warum ich mich für dich entschieden habe, ist Danielo.«

Sie mußte erst nachdenken. »Meinen Sie den hübschen Zigeunerbuben?«

»Ja. Wir sind ...«, der Regisseur machte Andeutungen, »wir leben zusammen. Er ist mein ... hm ... Freund.«

Ewa hatte gehört, daß dieser Regisseur homosexuell sei. Trotz der Strafandrohungen in Paragraph 175 kam das in Künstlerkreisen häufig vor. In Berlin gab es sogar weltberühmte Theaterleute, die man zum Professor und zum Staatsrat ernannt hatte, obwohl sie schwul waren. Gründgens zum Beispiel.

»Gratuliere«, sagte sie, »Danielo ist ein wirklich netter Bursche.«

»Ich weiß, er hat sich an dich rangeschmissen, Ewa. Danielo räubert ein bißchen hier und dort, mal hüben, mal drüben vom Fluß. Ich danke dir, daß du dich mit ihm nicht eingelassen hast. Jetzt ist er wieder bei mir, und wir sind glücklich. Und noch etwas: Wir werden einen fabelhaften Film machen, das schwöre ich dir.«

Von morgens sieben bis nachmittags um vier drehte Ewa Martini bei der Ufa ›Narren im Sommerwind‹. Abends spielte sie auf der Bühne des Metropol die Julischka. Und dies ohne Pause, den ganzen Sommer 1939.

Sie war wie im Himmel. Man merkte ihr die Doppelbelastung nicht an. Im Gegenteil, sie wurde lockerer und immer strahlender.

Der Film war abgedreht. Schon beim Rohschnitt zeigte sich, daß er sensationell werden würde, denn alles stimmte: der Stoff, ein modernisierter Klassiker, die Musik, die Tänze. Alles war nahezu perfekt.

Die Filmkritiker waren voll des Lobes. Die ohnehin gut besuchten Kinos meldeten neue Zuschauerrekorde. Irgendwie gelangte eine Kopie des Filmes nach Amerika. Eines Mittags klingelte Ewas Telefon.

Frau Martini erhielt den Anruf eines Hollywood-Agenten. Er wollte wissen, ob sie prinzipiell bereit sei, nach Kalifornien zu kommen und dort einen oder zwei Filme zu machen. Sie sei eine zweite Ginger Rogers. Ginger würde schon ein bißchen alt ...

Ewa war so überrascht, daß sie nichts zu sagen vermochte. Der Hollywood-Agent versprach ihr per Clipper-Luftpost ein schriftliches Angebot zu übersenden. Schon eine Woche später hatte Ewa Martini Brief und Vorvertrag in der Hand. Das Problem stellte jetzt die Reichsfilmkammer dar. Sie sprach mit ihrem Ufa-Regisseur.

Der war begeistert und riet ihr zu. »Ich mache diesen Banausen im Ministerium klar, was für ein Luxus-Exportartikel du bist, Schätzchen«, schwärmte er. »Seit der Dietrich haben wir keinen wirklich erfolgreichen Künstler mehr beim amerikanischen Film untergebracht. Ich tu, was ich kann. Nur eines versprich mir: Nimm mich als deinen Leib- und Magenregisseur, notfalls auch als deinen Kofferträger mit. Ich muß endlich raus hier.«

Ewa wußte warum. Immer wieder wurden Hetzjagden auf Homos veranstaltet. Selbst Generäle und Künstler waren nicht mehr immun.

Es dauerte nicht mehr lange, und man bestellte sie zur Reichsfilmkammer. Um ihre Macht auszuspielen, ließen die Ministerialbeamten Ewa Martini erst einmal warten. Das dauerte ihr zu lange, und sie ging wieder. Daraufhin erhielt sie eine neue Vorladung. Diesmal in freundlicherem Ton. Offenbar war schon eine Entscheidung gefallen.

»Der Herr Reichsminister«, hieß es, »ist unter bestimmten Umständen und Bedingungen bereit, Sie freizustellen und nach Hollywood ausreisen zu lassen.«

Die inzwischen selbstsicher gewordene Ewa Martini fragte: »Zu welchen Bedingungen?«

»Daß Sie sich drüben in den USA nicht aufführen wie gewisse andere Damen und daß Sie das Reich würdig vertreten.«

»Was, bitte, ist würdig?« bat sie um Aufklärung.

»Das wird Ihnen der Herr Minister persönlich erläutern. Nächste Woche beim Tee. Wir rufen Sie an.«

Wie eine Teestunde bei Goebbels ablief, darüber wußte Ewa Martini inzwischen Bescheid. Seine Einladungen endeten meist als Sofa- oder Bettstunde. Andererseits übte ein Ruf nach Hollywood auf jeden Schauspieler ungeheuren Reiz aus. Ewa dachte nicht an die Konsequenzen und schob moralische Bedenken beiseite.

Aber dann kam der Strich durch die Rechnung.

Boris Kuriakin meldete sich. Sie trafen sich am Wannsee auf einem gemieteten Segelboot. Boris hatte eine gute und eine schlechte Nachricht. »Deine Mutter ist raus aus dem Lager. Wir konnten sie nach Leningrad schleusen.«

»Danke, Boris«, sagte Ewa nervös. »Aber was ist mit meinem Vater?«

»Ihm geht es weniger gut. Offenbar hat man herausgefunden, daß an der Entlassung deiner Mutter gedreht wurde. Jetzt muß der alte Bär aus dem Böhmerwald das büßen. Aber er ist ja hart im Nehmen. Wir arbeiten an einem Fluchtplan für ihn.«

Das traf Ewa schwer. Außerdem fürchtete sie, daß es noch dicker käme. Um ihr das mitzuteilen, gab es einen der üblichen Wege über einen toten Briefkasten. Wie sie Boris inzwischen kannte, lockte er mit Zuckerbrot, doch hinten zog er die Peitsche blank. Boris wendete das Boot im Wind.

»Ewa«, setzte er an, »du bist uns doch zu Dank verpflichtet, oder?«

»Nie werde ich vergessen, was ihr für mich getan habt.«

»Schön«, fuhr er fort, »dann vergiß Hollywood.«

Sie erschrak zutiefst. »Es ist aber schon genehmigt.«

»Du mußt absagen. Wir haben Wichtigeres mit dir vor. Jetzt, wo es bald Krieg gibt.«

Es wirkte wie ein Dreierschlag, gleichzeitig in den Magen, gegen das Herz und auf den Kopf.

»Es gibt nichts Wichtigeres«, äußerte sie forsch, »für mich.«

»O doch, Gnädigste.«

»Was habt ihr vor?«

»Du mußt ...«, Boris versuchte, es ihr so schmerzlos wie möglich beizubringen, »wir brauchen unbedingt Kontakt zu einem der wichtigsten Männer in der Führungsspitze. Ungeheuer viel, einfach alles, hängt davon ab.«

»Auch meine Zukunft«, erwiderte sie enttäuscht.

Nun wurde Boris grob. »Was heißt Zukunft. Ohne uns hättest du gar keine«, entgegnete der Russe scharf. »Deine Karriere ist sensationell und steil. Du bist noch nicht einmal zwanzig. Und wer hat dir den Weg geebnet?«

Sie schluckte und unterdrückte gewaltsam die Tränen. »Was habe ich also zu tun?«

»Dich heranzumachen an den Knaben.«

»An welchen Knaben?«

»Einen zufälligerweise recht netten.«

»Um ihm mein Hymen zu opfern«, ergänzte sie.

»Hymen, was ist das?« fragte Boris.

»Meine Unberührtheit«, umschrieb sie.

»Woher hast du diesen Begriff?«

»Ich bin ziemlich ungebildet«, gestand sie, »also habe ich mir Bücher gekauft. Es gibt nur ein wichtiges Buch, ein Universallexikon: Zwölf Bände Brockhaus. Jede Nacht lese ich darin und lerne es auswendig.«

»Tüchtig!« lobte er ironisch. »Aus dir wird noch eine Mata Hari.«

»Man hat Mata Hari erschossen. Worauf ich wenig Wert lege. Also, wer ist der prominente Knabe?«

»Ein Generaloberst der Luftwaffe. Näheres erfährst du noch.«

Der Polenfeldzug begann. England und Frankreich erklärten Deutschland den Krieg.

Tage später, als der erste Rummel vorbei war, rief Ewa Martini bei der Reichsfilmkammer an. Sie bedauerte, das Angebot aus Hollywood nicht annehmen zu können. Sie sei künstlerisch noch nicht soweit, um Deutschland jenseits des Atlantischen Ozean würdig zu vertreten. Außerdem fühle sie sich nicht wohl. Angeblich litt sie an einer schwachen Form von Anämie. Und letzten Endes hasse sie die angloamerikanische Sprache und Lebensart. Immerhin befinde sich Deutschland seit kurzem mit England im Krieg, und die USA stünden auf Seiten der Briten.

Jedes ihrer Argumente war völlig erlogen. Aber die Reichsfilmkammer akzeptierte sie.

8

Oberfähnrich Baron Julius von Kramm saß immer noch vor seinem Cognac und starrte auf diese faszinierende Frau.

Die Kapelle spielte nicht. Niemand war auf der Tanzfläche. Die Welt um Kramm existierte nicht mehr. Er war wie weggetreten. Erst allmählich nahm er die Umwelt wieder wahr. Zum Beispiel dieses Schild: Swingtanzen ist verboten!

Trotzdem swingten alle auf der Tanzfläche, die sich langsam drehte und deren Mattglas von unten beleuchtet war. Dazu spielte ein ausgezeichnetes Trio. Ein Mann an der Jazzgitarre, einer am Schlagbaß und ein Neger, den sie offenbar in Berlin vergessen hatten, bearbeitete den Flügel. Mit rauher Stimme sag er dazu ›Goody goody for me‹ von Teddy Stauffer.

Ab und zu schaute eine Polizei-SS-Streife herein, ob nichts Undeutsches getrieben wurde. Sobald sie die hohen Offiziere mit den Generalsstreifen oder die von der SS mit ihren weißen Aufschlägen an den schwarzen Uniformen erkannten, zogen sie wieder ab.

Als kleiner Oberfähnrich fühlte sich Kramm ziemlich fehl am Ort. Doch als das Trio erneut einsetzte, stach ihn der Hafer. Er forderte die Martini zum Tanzen auf.

Von den Offizieren trug ihm das böse Blicke ein. Die Martini aber schaute ihn nur an, nickte und stand auf. Sie tanzte wundervoll. Graziös und leicht wie ein Schmetterling. Sie war schlank, fast kam er mit dem Arm um ihre Taille, aber mit zwei deutlichen Apfelbrüsten ausgestattet. Und wie sie duftete, wundervoll frisch nach Moos und Frühlingswiese.

Sie hatte ein ovales Gesicht, unter der blonden Haarfülle wirkte es herzförmig, zartbraun getönte Haut und Augen in einer Mischung aus Blau und Grün, so wie man sich das Wasser in den Lagunen der Fidschi-Inseln vorstellte. Und was für einen unsagbaren Mund ... die Oberlippe ein wenig aufgeworfen, fast vorwurfsvoll.

Weil Kramm nicht wußte, ob er etwas sagen sollte, er war kein routinierter Gigolo, holte er Luft und setzte an: »Ich bin Ihnen schon einmal begegnet, Gnädigste.«

Ein erstaunter Augenaufschlag. »Wo soll das gewesen sein?«

»Das ist mir leider nicht momentan. Doch, klar, es war in einem Film in einem Kino in München.«

»Und daran erinnern Sie sich?«

»An schöne Sachen immer. Gegen mich ist ein Elefant wie ein Tier ohne Gedächtnis.«

Später fragte er sie noch, ob das ihre Lieblingsbar sei.

Sie antwortete mit einem Schulterzucken. »Wissen Sie, was ich an der Femina liebe?«

»Was, Gnädigste?«

»Nichts«, sagte sie, »gar nichts.«

So viel Ironie machte ihn lockerer. »Darf auch ich Ihnen etwas verraten?«

Da lächelte sie nur und schüttelte den Kopf. »Bitte nein. Bitte keine Komplimente oder sowas.«

Viel zu früh war der Tanz zu Ende.

Was hatte die Martini noch gesagt, als er sie an ihren Tisch zurückführte und bemerkte: »Die Herren Generäle warten ungeduldig auf Sie, Gnädigste.«

»Mir kommen gleich die Tränen«, war ihre Antwort gewesen.

Wie benommen saß Kramm noch eine Weile an der Bar und leerte sein Glas. Eine Steigerung des Abends war kaum möglich. Also bezahlte er und ging hinaus.

Droben am Ku'damm, die frische Luft und das Erlebte benebelten ihn, überquerte er beschwingt die Straße. Was konnte jetzt noch kommen? Was kam überhaupt noch?

Der Polenkrieg war zu Ende. Der Sitzkrieg im Westen ging weiter.

Kramm kehrte zu den Kameraden, zu seinem Jagdgeschwader zurück.

Holland 1940. Am 10. Januar, einem klaren aber kalten Wintertag mit Schnee bei minus 15 Grad, bestieg Major Reinberger am Fliegerhorst Münster ein Kurierflugzeug. Bei sich hatte er eine schwarze Aktentasche mit Vorhängeschlössern an den Schlaufen. Die Tasche enthielt Material der Geheimstufe ›gekados‹, in der Hauptsache Operationspläne. Major Reinberger wollte sie eiligst nach Bad Godesberg fliegen. Im Armeekommando West warteten sie schon darauf.

Reinberger gurtete sich im Pilotensitz des Fieseler Storch an. Der Bodenwart half ihm.

»Schöner Tag zum Fliegen«, sagte der Unteroffizier.

»Ja, prächtig«, bemerkte Reinberger knapp.

»Darf ich mir erlauben, Herrn Major zur Beförderung zu gratulieren.«

»Ist das schon rund?« staunte Reinberger.

»Ich habe es in der U-Messe gehört.«

Auf kleinen Fliegerhorsten war nichts zu verheimlichen. Auch Reinberger hatte erst heute früh davon erfahren, daß er sich den Stern des Oberstleutnants auf die Majorsschulterstücke stecken durfte. Leider hatte er im Moment keinen Stern zur Hand gehabt. Doch auch so hatte der Tag gut begonnen.

»Wenn jetzt noch der Motor anspringt«, rief der Bodenwart grinsend, »Herz, was willst du dann mehr.«

Der Hirth-Motor der Fi-156 war als miserabler Starter gefürchtet. An ihm hatten Mechaniker schon bis zur totalen Erschöpfung herumgeorgelt. Warm nahm er seine Arbeit besonders unwillig auf.

»Wäre zu schön, um wahr zu sein«, sagte Reinberger noch.

Ohne Zündkontakt drehte der Wart den Propeller zweimal durch und steckte den Daumen aus der rechten Faust. Reinberger zog den Gemischhebel auf Fett, schaltete die Zündung ein, dann drückte er den Anlasser. Erstaunlich, mit der ersten Umdrehung sprang der Motor an, hustete kurz die Zylinder frei und lief sofort rund.

»Guten Flug!« wünschte der Bodenwart.

»Bin bis zum Abend zurück«, sagte der frischgebakkene Oberstleutnant.

Tief im Bauch hatte er jedoch ein unangenehmes Gefühl. Es war einfach zu glatt gegangen heute. Die Beförderung, das prima Wetter, der folgsame Motor. Alle guten Dinge sind nicht drei, dachte er, sondern höchstens zwei. Wenn zu viel stimmt, mußt du aufpassen.

Die verglaste Haube schnappte zu. Der Motor hatte Betriebstemperatur erreicht. Reinberger rollte zum Start. Die Flugleitung gab ihn mit Blinksignal frei. Minuten später war Reinberger in der Luft und stieg auf 400 Meter. Wie gewohnt umflog er das Ruhrgebiet. Über der endlosen Landschaft aus Hochöfen, Bergwerken und Fabriken war es meist diesig. Die besten Orientierungen lieferten dagegen Flüsse, Kanäle oder Eisenbahnlinien.

Reinberger folgte zunächst dem Dortmund-Ems-Kanal. So kam er am sichersten zum Rhein.

Durch einen winzigen Fehler im Kompaß jedoch, den offenbar niemand beim Kompensieren bemerkt hatte, bekam er zuviel Ablenkung. Plötzlich flog er über dem Wesel-Datteln-Kanal. Ohne den Irrtum zu bemerken, blieb Reinberger auf Kurs, fürchtete dann aber, sich verfranzt zu haben. Die Stadt unter ihm, das konnte nicht Duisburg sein.

Doch zum Glück glitzerte von ferne der Rhein mit seinen Windungen im Frühlicht. Reinberger schwenkte auf Südkurs, zumindest nahm er das an. Der Kompaß zeigte 177 Grad. Tatsächlich flog er aber 198 Grad, also mehr südwestlich.

Deutsche Luftbeobachter, die an ihrem Freya-Gerät saßen, hielten den Piloten in dem Fieseler Storch für einen Deserteur. Sei meldeten seinen Einflug nach Belgien sofort an die Zentralstelle. Diese wiederum alarmierte das Jagdgeschwader-4.

Das JG-4 lag jetzt an einem Platz nahe dem Dreiländereck Deutschland-Holland-Belgien. Dort, wo sich der Fieseler Storch gerade herumtrieb.

Über dem Fliegerhorst hing an diesem Morgen eisiger Dunst. Und es war bitterkalt. An solchen Tagen überließen die Offizierspiloten Einsätze, zu denen sie keine Lust hatten, meist dem Oberfähnrich Kramm. Was keine Ehre brachte, mußte der Baron übernehmen. Und er machte alles mit Begeisterung. Er war so verrückt aufs Fliegen, daß er in der Staffel schon als Wildling galt.

»Dieser Kramm«, hieß es, »überwindet die Zeit. Er ist schneller in der Luft, als er startet.«

Kaum hatte Kramm den Startbefehl, raste er schon mit dem Kübelwagen hinaus zu seiner Me-109. Das weißliche Gras war so gefroren, daß es unter den Reifen knirschte. Die Mechaniker kurbelten sich dann am Anlasser die Seele aus dem Leib. Ihr Atem gefror zu milchigen Nebelfahnen. Aber das Mistvieh von 109 wollte nicht anspringen. Erneut nahm der Schwungkraftanlasser singend Drehzahlen auf. Endlich zündete der Motor. Schwarzer Qualm stieg aus den Auspufftöpfen. Aber ganz in Ordnung war der DB-600 nicht; trotz Kerzenwechsel und nachjustierter Einspritzpumpe. Wieder einmal vermißte Kramm seinen Freund Joe Meiners, das Motorengenie mehr als nur sehr ... Und nicht nur Meiners fehlte ihm, auch Papa Holzauge, der in der Ostsee vor Rügen lag und dem man nicht einmal Blumen aufs Grab legen konnte.

Kramm jumpte in den Führersitz. Die Haube schloß sich. Man hatte die Gläser innen noch mit Spiritus eingerieben, damit sie nicht so schnell beschlugen. Dann Gas hinein, anrollen, ausrichten, abheben. Bei solchem Dunst war das Fliegen ekelhaft. Ohne Horizont hatte man keine Bezugspunkte für die Fluglage. Selbst auf mickrigen 200 Metern Höhe waren die Konturen der Landschaft schwer erkennbar.

Kramms Me-109 wurde von den Luftbeobachtern am Freya-Gerät eingewiesen. Schon jenseits der Grenze entdeckte er den kurios geformten Hochdecker von Fieseler, dieses Gebilde aus Leinwand, Sperrholz und Aluminium. Gleichzeitig sah er aber auch von Norden her drei Punkte kommen, die sich rasch vergrößerten. Es waren belgische Jagdflugzeuge. Und die stürzten sich auf den Storch.

Erst versuchte Kramm, sie abzudrängen, doch ohne Schießen ging da heute nichts. Er kurvte sich ein, entsicherte die Bordwaffen. Druck auf alle Knöpfe. Die Leuchtspuren jagten hinaus.

Die Belgier mußten völlige Anfänger sein. Erschrocken spritzten sie auseinander. Binnen weniger Minuten holte er zwei von ihnen herunter, der dritte haute ab. Die zwei Hurricanes machten Bauchlandung auf einem verschneiten Acker. Eine davon brannte.

Nun suchte Kramm wieder den Storch und stellte fest, daß auch der tiefer ging.

Als Reinberger auf den linken Flächentank umschaltete, fing die Maschine zu stottern an. Er war ein erfahrener Pilot und bewegte das Gas rasch vor und zurück, um den Motor aufzumuntern. Auch ging er auf den zweiten Magneten. Nützte aber alles nichts. Er verlor immer mehr an Fahrt und Höhe und mußte herunter. Zum Glück war der Storch ein Flugzeug, das auf kürzestem Weg landete. Dazu genügten achtzig Meter.

Reinberger suchte also nach einem Stück gerader Straße oder nach einem Feld. Knapp rutschte er über einen Eisenbahndamm. Im Augenwinkel glaubte er sogar, den Namen der Station erkennen zu können. Das war der nächste Tiefschlag. »Mechelen« hatte er gelesen.

Unmöglich! Mechelen lag in Belgien!

Voraus ein breiter Acker, davor ein Streifen Birkenwald. Reinberger riß den Fi-156 darüber hinweg. Alle seine Sinne konzentrierten sich auf die Landung. Links zog sich ein Entwässerungsgraben hin, weiter rechts eine

Böschung. Der Acker gab ihm die Gewißheit, heil anzukommen. Mit stehendem Propeller setzte der Storch auf, hüpfte einmal und rollte in einer Wolke aus braunweißem Staub aus. Erst als der Vogel stand, wurde Reinberger klar, was er tun mußte, damit es nicht zu einer Katastrophe kam.

Er gurtete sich ab, kletterte aus dem Sitz und holte von hinten das Kuriergepäck. Er mußte die Operationspläne unbedingt vernichten. Aber womit?

Mit Benzin. Wie brachte man Sprit aus den Tanks?

Zunächst holte er Holz um ein Feuer zu machen. Es gab nur nasse Äste. Also riß er die Pistole aus der Tasche und schoß von unten in die Tragfläche. Mehrmals schoß er hinein, ohne daß ein Tropfen Benzin rann. Schon sah er Bauern auf dem Feldweg näherstürmen. Leider war es tatsächlich eine belgische Militäreinheit.

Die Belgier hatten Mannschaftstransportwagen, einen kleinen Panzer und Motorradschützen dabei. Panikartig versuchte Reinberger zu entfliehen. Mit ihren Motorrädern holten sie ihn ein und nahmen ihn gefangen. Auch die Kuriertasche gelangte in ihre Hände.

Erst einen Tag nach seiner Landung erfuhr Kramm, daß die Alliierten so in den Besitz der deutschen Aufmarschpläne für den Westfeldzug gekommen waren. Zwar hatte er den Storch noch in Brand geschossen, aber mehr konnte er nicht ausrichten. Der Tascheninhalt war so brisant, daß Hitler, als er in Berlin davon hörte, einen seiner Tobsuchtsanfälle bekam.

Binnen kürzester Zeit mußten also neue Pläne erarbeitet werden. Nicht allein aus diesem Grund, sondern vorwiegend wetterbedingt, wurde die deutsche Offensive beinahe ein dutzendmal verschoben.

Tatsache war aber auch, daß Canaris dem Oberbefehlshaber einen Rat erteilt hatte, den nur ein erfahrener Geheimdienstchef so geben konnte. »Schlage vor, mein Führer«, sagte Canaris, »die Aufmarschpläne nur geringfügig zu ändern. Das OKW muß den Gegner in dem Glauben lassen, daß man ihm die Pläne absichtlich in die Hände gespielt hat, um ihn irre zu führen. Die Alliierten sollen so darauf reagieren, als habe eine totale militärische Umorganisation stattgefunden.«

Der Rat von Canaris wurde befolgt. Das alte Schlieffenmodell ›Macht mir den rechten Flügel stark‹ wurde nach wie vor ohne Einschränkung benutzt.

Dann aber ereigneten sich Dinge, die aus anderen Gründen den Verlauf des Krieges kurzzeitig beeinflußten.

9

Immer wieder flog Oberfähnrich Julius von Kramm die harten Nummern. Man hatte seine Fähigkeiten sowohl als Jäger wie als Aufklärer erkannt und schickte ihn als Fernspäher Richtung englische Küste.

Behängt mit zwei schweren Zusatztanks und einer neuen Reihenbildkamera kam seine Me-109 so schwer hoch wie ein Albatros. Stets mußte Kramm seinem Motor Notleistung abfordern, bis er ein paar tausend Meter Höhe gewonnen hatte. Meist startete er spät nachmittags oder morgens noch bei Dunkelheit, doch immer so, daß er nach Überquerung von Nordsee und Ärmelkanal bei gutem Licht die britische Ostküste erreichte. Und ständig änderte er seine Routen, damit nicht ein Empfangskomitee auf ihn wartete. Doch um diese Zeit schlief die Abwehr schon oder noch, und die Wing-Commander nahmen gerade ihr Breakfast.

Im Anflug auf Harvich, auf Yarmouth oder in die Washbucht konnte er seine Zusatztanks abwerfen. Von da ab fürchtete er keinen Gegner mehr. Jetzt war er leicht, wendig und bis zu 700 km/h schnell, ließ sich aber trotzdem auf keine Scharmützel ein.

Kramm unternahm diese gefährlichen Flüge im März und Anfang April stets allein. Dabei leicadisierte er die Küste der Grafschaften Northfolk, Suffolk und Kent hinauf und hinunter. Anfang April stellte er fest, daß sich in den östlichen Häfen in zunehmendem Maße britische Flotteneinheiten versammelten. In den Buchten ankerten Truppentransporter, Begleitschiffe, Zerstörer. Sogar schwere Einheiten der Home-fleet stießen dazu.

Bei der Auswertung der Fotos gab es bald kein ratloses Kopfschütteln mehr.

»Da steht etwas bevor«, meinten die Experten. »Aber was?«

»Wollen die Engländer vielleicht insgesamt auswandern?«

»Wohin? Die mag doch keiner, nicht mal die Inder.«

»Dahin, wo der Pfeffer wächst«, schlug einer vor, »oder zum Südpol.«

Tatsächlich sah es bei Kramms letztem Aufklärungsflug am 6. April so aus, als wolle sich ein alliiertes Expeditionscorps über die Nordsee in Marsch setzen.

Um sich endgültig zu vergewissern, schickte das Oberkommando West noch einen Ju-88 Aufklärer hinüber. Wie befürchtet, wurde jedoch der dicke, bedeutend langsamere Brummer von den britischen Radarstationen entdeckt und so mit Flakfeuer zugedeckt, daß er in der Nordsee notlanden mußte.

Was Kramm erkundet hatte, entsprach den Tatsachen. In der Frühe des 8. April setzten sich alliierte Invasionseinheiten in Marsch, um Norwegen zu okkupieren.

Vom deutschen Geheimdienst und dem Oberkommando der Wehrmacht waren die Meldungen Stein für Stein zu einem Mosaik zusammengesetzt worden.

»Darüber besteht kein Zweifel mehr«, äußerte Generalstabschef Halder bei der Lagebesprechung im Führerhauptquartier, »die Engländer wollen uns zuvorkommen und uns keine militärische Ausgangsbasis in Skandinavien in den Schoß fallen lassen. Sie sind bereits unterwegs mit Hunderten von Transportschiffen und Bewachungseinheiten der Royal Navy.«

Kurz entschlossen befahl Hitler den Blitzfeldzug zur Einnahme Dänemarks und Norwegens. Er bekam den Namen »Weserübung«. Binnen vierundzwanzig Stunden überschritten deutsche Einheiten die Grenzen zu Land und zur See. Transportschiffe jeglicher Art, Kohlendampfer, Bananendampfer, die ältesten Stinnes-Pötte fuhren, überladen mit Ausrüstung und Soldaten, Richtung Norwegen. Geschützt wurden sie von Zerstörern und Jägern gegen britische Angriffe von See her und aus der Luft.

Das Wetter war schlecht. Hoher Seegang mit Sturm und Regen herrschte vor. Gut für eine solche Operation, aber verheerend für die Infanteristen und Gebirgsjäger, die das Meer bisher nur auf Postkarten gesehen hatten. Sie kotzten sich die Seele aus dem Leib. Bis zur totalen Kampfunfähigkeit.

Das Jagdgeschwader-4, zu dem Kramm gehörte, sicherte das deutsche Invasionscorps auf dem langen Weg nach Norden, soweit es die Reichweite zuließ. In größter Hast mußten in Dänemark und Südnorwegen für die Zwischenlandungen Notfliegerhorste hergerichtet werden. Dann folgten pausenlos Alarmstarts. Im Laufen stülpte man die Schwimmwesten über den Kopf, zog die Gurte zwischen den Beinen durch, das Flugzeug, verdreckt und verstaubt, stand irgendwo auf einem Acker oder auf einem Stück Weideland.

Anlassen, rollen, abheben, Fahrwerk ein, Propeller auf größere Steigung, Klappen einfahren, Gashebel ein wenig zurück.

Um den Gegner überraschen zu können, stiegen sie meist auf Maximalhöhe. Dann mußten sie die Sauerstoffmaske anlegen, denn oft kam es vor, daß man durch Sauerstoffmangel einnickte. So konnte es leicht zu Abstürzen kommen.

Es wurde Mode, sich für das Mundstück des Sauerstoffschlauches ein eigenes schnitzen zu lassen. Kramm hatte sich ein altes Saxophonmundstück zurechtgemacht. Er verwendete es anstelle der Atemmaske, die für die Sicht hinderlich war.

Gegen rollende britische Angriffe geleiteten Jäger die deutschen Schiffe. Erst bis Bergen, dann weiter hinauf bis Christiansund, bis zu den Lofoten und schließlich Dietls Gebirgsjäger bis Narvik.

Die Marine verlor durch britische Torpedoflugzeuge, denen es immer wieder gelang durchzustoßen, mehrere Zerstörer.

Wenn Kramms Staffel startete, wirbelte trockener Staub auf wie in der Wüste bei einem Ghibli. Manchmal vertrieb der Wind von den Bergen den Dunst. Sobald man von der Küste über See flog, kam es einem vor, als laufe der Motor doppelt so laut. Dann fuhr manchem der Schreck in die Glieder, und er dachte an einen Schaden.

Alles Erfahrungssache, auch der Umgang mit dem Schock ...

Die Landung in Nähe der hohen Küstenberge war oft schwierig. Meist traf der Wind in einem Winkel von 45 Grad seitlich auf das Rollfeld. Dabei gingen viele Maschinen zu Bruch. Einmal war Kramm nahe daran, seine Me-109 hart hinzuhauen. Das hätte Totalschaden bedeutet. Im letzten Augenblick ließ er, in einem wahren fliegerischen Kunststück, die empfindliche 109 in den Windschatten der Baracken sacken. Mehr oder weniger gut fielen auch die anderen Kameraden ein.

Die Nacht kam nur langsam in dieser Jahreszeit und in diesen Breiten. Sie war nur dämmriges Halbdunkel. Um Mitternacht konnte man im Freien noch Zeitung lesen.

Die Piloten begannen ständig herumzumeckern.

Einsätze pausenlos Tag und Nacht, aber keine zuverlässige Munition. Früher waren die Patronenhülsen aus Messing gewesen, jetzt nur noch aus lackiertem Blech. Und das hatte schlechtere Gleiteigenschaften. Es gab keine neuen Motoren, zu wenig Benzin. Manchmal mußten sie mit halbvollen Tanks starten. Die Unterkunft bestand meist aus Zelten, das Essen war miserabel, Stockfisch, Stockfisch oder Konserven. Dazu der Regen, die Kälte, die Mücken. Alle jammerten.

»Kein anständiger Fraß, tagelang keine Dusche, keine Sonderrationen«, hieß es.

»Aber nie keine Ausreden«, kritisierte sie Kramm.

Wie alle anderen auch kam er schon auf mehr als 100 Einsätze. Manchmal waren die Maschinen eiskalt, fast daß sich Reif bildete, dann wieder voll klebriger Feuchtigkeit.

Um mehr Gefühl bei den Seitenrudern zu haben, ließ sich Kramm weiche Schuhe aus Chromleder anfertigen, aus jenem Material, mit dem man die Tanks schützte. Verboten zwar, aber gelobt sei, was nützlich ist. Dann flog er wieder bis zur körperlichen Erschöpfung.

An diesem Tag hatte er freie Jagd zwischen den Lofoten

und der Fjordküste. Über Funk wurde eine Staffel britischer Torpedojäger gemeldet. Und tief unter ihm zog der Kreuzer *Scharnhorst* eine weiße Kielwasserspur. Mit äußerster Kraft fuhr er Richtung Narvik.

Genaugenommen war Kramm auf dem Rückweg zu seinem Stützpunkt am Bronoy-Sund. Die rote Warnleuchte flackerte schon und kündete den Reststand von Benzin in den Tanks an. Da marschierten aus Südwest die Torpedoflugzeuge an, in Dreierformation wie beim Manöver. Die alten britischen Seacloster-Doppeldecker, trotz 850 PS Sternmotoren 400 km/h schnell, kamen 700 Kilometer weit. Sie mußten von einem Träger gestartet sein.

Jeder Closter trug einen Torpedo, den er meist im Tiefflug auf das Ziel abfeuerte. Geschützt wurden die Closters von Spitfires.

Kramm nahm den Kampf auf. Trotz des Verhältnisses fünf zu eins. Mit offenen Augen flog er durch die Leuchtspuren der Spitfires, die ihm entgegenspritzten wie aus einer Gießkanne, stürzte sich hinunter auf die Torpedoflugzeuge. Tatsächlich konnte er zwei von ihnen abschießen, ehe sie nahe genug an die *Scharnhorst* herangekommen waren, um die Torpedos fallen zu lassen. Aber der letzte war ein ganz hartnäckiger Bursche. Außerdem hatte Kramms Maschinengewehr Ladehemmung und das Magazin der Kanone war leergeschossen.

So, wie er es gelernt hatte, löste der letzte See-Closter-Pilot seinen Torpedo aus. Der vier Meter lange Aal mit seiner tödlichen Ladung klatschte ins Wasser. Eine deutliche Schraubenspur ziehend lief er vierkant auf die *Scharnhorst* zu.

Doch dort war man äußerst wachsam geworden. Mit Hartruderlage konnte das Schiff ausweichen. Der Torpedo passierte mit wenigen Metern Abstand das Heck.

Um den Spitfires zu entkommen, sah Kramm nur noch einen Fluchtweg, nämlich nach oben. Er kam bis auf 9000 Meter. Hohe Zirren retteten ihn. Dann stotterte der Motor. Sein Tank war leer. Kramm schaltete die Zündung herunter, um die Magnete zu prüfen. Noch einmal nahm der Motor Drehzahlen auf.

Eine merkwürdige Müdigkeit ergriff Kramm. Er japste nach Sauerstoff. Bei jedem Atemzug öffneten und schlossen sich die hellgelben Kontrollscheiben am Kopf des Sauerstoffgerätes. Doch die Flaschen waren leer. Da wußte er, um was es ging. Alles kam zusammen. Die Höhenkrankheit, die bleierne Müdigkeit, kaum noch ein Tropfen Sprit, keine Munition, die Ladehemmung der MGs. Na fabelhaft!

Jetzt bloß keine Mattscheibe kriegen, dachte er und hungerte sich tatsächlich bis zur Küste, zum Fjord, zum Stützpunkt.

Wie ihm das gelungen war, konnte er hinterher beim besten Willen nicht mehr sagen. Irgendein höheres Wesen mußte den Daumen dazwischengehalten haben.

Der Norwegenfeldzug war noch nicht beendet. In Narvik war Dietl noch in schwere Kämpfe verwickelt, aber die Engländer sahen wohl ein, daß Norwegen für sie vorerst verloren war. Sie zogen ihre Flotteneinheiten und die Royal Air Force zurück. Auch das Jagdgeschwader-4 wurde wieder in die Nähe von Aachen verlegt.

Wegen seiner Tapferkeit vor dem Feind, seiner Abschüsse und der Rettung der *Scharnhorst* wurde Julius von Kramm zum Leutnant befördert und erhielt als einer der jüngsten das Ritterkreuz des Eisernen Kreuzes.

10

Berlin, April 1940.

In der Zeit zwischen 1938 und 1940, als Julius von Kramms Laufbahn bei der Luftwaffe begann, hatte auch bei Ewa Martini die Karriere eingesetzt. Kramm und die Martini waren nahezu gleichaltrig, kamen aus den östlichen Marken des Reiches, waren beide talentiert – wenn auch auf verschiedenen Gebieten – und außerordentlich ehrgeizig.

Ewa Martini, zielstrebig geführt von Boris – der angeblich schwedischer Diplomat war – erkletterte rasch die Leiter vom Tanzgirl zur Soubrette, zum Metropol-Star und zum Film. Nachdem sie eine Berühmtheit geworden war und von Männern umschwärmt wurde, führte Boris sie behutsam dem gemeinsamen Ziel entgegen. Abends brachte er sie oft in Nachtlokale und Clubs, in die Jockey-Bar, ins Trocadero, in die Femina, ins Haus Vaterland. Immer in die Nähe hoher Offiziere. So konnte er es arrangieren, daß ein charmanter General von kleiner Statur, aber umwerfendem Charme neben Ewa saß. Es hieß, er sei ein berühmter Jagd- und Kunstflieger aus Zeiten des Ersten Weltkrieges und Freund von Göring. Also einer, der zur obersten Führung gehörte und sehr viel darüber wußte, wie dieser Krieg weiterlaufen sollte.

»Dieser Mann ist wichtig«, schärfte Boris der Martini ein, »merk ihn dir. Unsere Leute haben großes Interesse daran, im voraus zu erfahren, welche strategischen Ziele dieser Krieg letzten Endes haben wird. Halte dich also bereit.«

Boris Kuriakin rief immer wieder an. Er telefonierte nie länger als zwanzig Sekunden, denn erfahrungsgemäß schalteten sich die Geräte des Abhördienstes erst nach einer halben Minute ein. »Heute abend«, sagte Kuriakin, »Trocadero-Bar. Mach dich noch hübscher, als du schon bist, meine Schönste.«

Es war der Tag der 100. Vorstellung von ›Maske in Blau‹. Ewas Clique hatte beschlossen, die dreistellige Zahl zu feiern.

»Wohin möchtest du, Ewa?« fragte Clemens.

»Ins Trocadero. Da war ich noch nie.«

»Fein«, sagte der Regisseur, »ich mag diesen Bumsladen, auch wenn sie ihn jetzt frisch aufgemöbelt haben. Musik und Champagner sind gut.«

Da keiner der Künstler noch über ein zugelassenes Privatauto verfügte, bestellten sie zwei Taxis. Gegen 23 Uhr brachen sie in die Ku'damm-Bar ein. Sie bot eine angenehme Nachtlokalatmosphäre. Man ging ein paar Treppen hinunter, und schon duftete es nach Parfum, nach dem Rauch guter Zigaretten und nach Cognac. Links schwang sich die Bar lang hin. Davor gab es eine viereckige, von unten beleuchtete Tanzfläche.

An den Wänden zogen sich Nischen mit samtig bezogenen Sesseln und Sofas entlang. Das Licht war gedämpft. Das Bartrio spielte irgendeine französische Nummer. »Premier Rendezvous« oder etwas ähnliches. Der Pianist sang schmalzig wie Rudi Schuricke. Fast alle Nischen waren besetzt. Neben der für das Metropol-Theater reservierten amüsierten sich frontuntaugliche Casanovas mit mächtig aufgedonnerten Damen. Einer der Herren schien Ewa zu erkennen und ließ die Augen nicht mehr von ihr. Beute-Champagner kam in silbernen Kübeln, dazu gab es noch Lachs- und Tatarschnitten.

Unvermittelt stand einer aus der Gruppe auf und bat

Ewa zum Tanz. Er war eher klein, hatte schütteres Haar, aber ein sympathisches Lächeln. Sein dunkelblauer Zweireiher stammte zweifellos von einem der besten Berliner Schneider. Ewa wollte nicht unhöflich sein. Außerdem liebte sie langsamen Foxtrott. Der Tänzer, nicht ganz so groß wie sie, führte elegant und locker.

»Obwohl alle Sie bewundern, Ewa«, sagte er, »muß auch ich sagen: Sie sind eine wunderschöne Frau. Aber habe ich das nicht schon einmal betont? Ich wiederhole mich nicht gern.«

Er war charmant und witzig, keine Spur preußisch, aber schon angetrunken, um die Fünfzig, und er gehörte gewiß jener Generation an, die sich bis auf den Wunsch, das Leben zu genießen, alles abgeschminkt hatte. Manchmal kam er unangenehm nahe an Ewa heran.

»So schön wie Luzifer«, fuhr er fort, Komplimente zu machen, »wie Luzifer, der Engel, der sich aus Haß gegen Häßlichkeit und Keuschheit gegen Gott auflehnte.«

»Warum bringt man immer Schönheit mit Unmoral in Verbindung?« fragte Ewa, nur um irgend etwas zu sagen. Sie fand ihre Bemerkung nicht sonderlich gescheit.

»Die meisten Frauen haben keinerlei Pfiff«, sagte der kleine Lebemann, »sie sind entweder langweilig oder brav oder beides. Selten sündhaft. Höchstens sündhaft teuer.«

Mit einem Mal hörte er auf zu tanzen.

»Eine Trauermusik, finden Sie nicht auch, Ewa?«

»Man darf keinen Swing mehr spielen«, erinnerte sie ihn.

»Wenn ich es will, dann darf man.«

Er rief etwas zu dem Trio hinüber. Sie verstanden und setzten sofort mit ›Tisket tasket, had'n yellow basket‹ ein.

»Die sind recht folgsam«, stellte Ewa fest, »und hören auf Ihr Kommando.«

»Ich bin Stammgast hier. Komme jeden Freitag, falls ich nicht gerade in Spanien bin, in Sizilien, in Belgrad oder ...«

»Oder in New York«, spottete sie. »Aber was passiert mit den Musikern, wenn eine SS-Streife reinschaut?«

»Wer ist die SS«, tat der kleine Mann großspurig.

Allmählich fiel er Ewa auf die Nerven. »Und wer bitte sind Sie?«

»In der letzten Berliner Illustrierten waren Fotos von mir.«

»Pardon, das muß ich übersehen haben, Herr General.«

Die Nummer war zu Ende. Der Tänzer führte Ewa zu ihrem Platz. Aber schon beim nächsten Slowfox stand er wieder da.

Sie wollte ablehnen, doch Clemens, der Regisseur, flüsterte: »Tanz mit ihm. Man weiß nie, wie man den mal braucht.«

»Und wer ist dieser Angeber?«

Diesmal benahm sich der Unbekannte, als würden sie sich schon eine Ewigkeit kennen. Er tanzte sehr eng, fast hautnah. Er preßte seinen Körper an den ihren, besonders jenen Teil unterhalb des Nabels. Voller Ekel spürte Ewa, wie er seinen bleistiftdünnen steifen Penis gegen ihren Schoß drückte. Das ging ihr endgültig zu weit. Sie löste sich von ihm, schob ihn weg und versetzte ihm blitzschnell eine Ohrfeige.

Der Getroffene reagierte überraschend beherrscht. »Es gibt immer einfache Lösungen für komplexe Probleme, Gnädigste«, dabei massierte er seine gerötete Wange, »aber die einfachen sind meist die falschen. Je einfacher, desto falscher.«

»Hauen Sie bloß ab!« zischte Ewa, »Sie schmieriger Lümmel.«

Sie ließ ihn einfach auf der Tanzfläche stehen.

Der Vorgang war zwar bemerkt worden, doch im Trocadero bedeutete das offenbar nichts Besonderes. Man ging sofort drüber weg. Laut, ausgelassen, fröhlich.

Eine Blumenverkäuferin wanderte von einem Tisch zum anderen. Sie kam auch zu Ewa Martini und ihren Künstlerfreunden. Sämtliche Rosen, die sie im Arm hatte, legte sie Ewa in den Schoß.

»Von wem sind die?« fragte Ewa erstaunt.

Die Blumenverkäuferin deutete zum Nebentisch.

»Der Herr da drüben bittet Sie um Verzeihung.«

Ewa warf das Dutzend Rosen in den Sektkübel.

»Gehen wir!« sagte sie zu ihren Freunden.

Clemens brachte sie nach Hause. Ewa lehnte in der Fondecke des Taxis und war verärgert über den verpfuschten Abend.

»Wer ist dieses arrogante Arschloch?« wollte sie wissen, obwohl sie es längst wußte.

Clemens erwiderte grinsend: »Er verführt gern kleine Mädchen.«

»Wie klein?«

»So von siebzehn bis neunzehn. Du mußt verrückt gewesen sein, Ewa«, Clemens seufzte, »ihm eine zu knallen.«

»Du weißt, ich bin nicht verrückt. Ich bin eine Wahnsinnige, wenn man mir zu nahe kommt. Also, wer zum Teufel ist dieser geile Bock?«

Der Regisseur räkelte sich bequem. »Ernst Udet«, erklärte er genüßlich.

»Und wer bitte ist Ernst Udet?«

»Der Herr Generalluftzeugmeister.«

»Luftzeug, was ist das?«

»Die gesamte großdeutsche Luftwaffe.«

»Ist mir total egal. Scheißegal ist mir das.«

Clemens hatte jedoch den Eindruck, daß Ewa nicht völlig desinteressiert war. Er begann zu erzählen, was er wußte.

»Dieser Charmebolzen Udet ist der erfolgreichste noch lebende Jagdflieger des Ersten Weltkriegs. Hat so um 60 Abschüsse und ein paar zerquetschte. Duzfreund von Göring, mit dem er im Richthofen-Geschwader flog. Udet ist ein Allerwelts-Hansdampf von beneidenswert glücklicher Lebensart. Er war immer obenauf. Nach dem Krieg arbeitete er im Flugzeugbau, verdiente sein Geld aber vorwiegend mit Kunstflug. Er bereiste die ganze Welt.«

»Ist Udet der Kerl«, unterbrach in Ewa, »der im Tiefflug mit der Tragfläche ein Taschentuch vom Boden aufheben konnte?«

»Einen Damenschlüpfer«, verbesserte Clemens. »Er hatte noch gewagtere Kunststücke drauf. Später filmte er mit Leni Riefenstahl.«

»War das in ›SOS Eisberg‹?«

»Und mit Louis Trenker drehte er Bergfilme. Er begleitete Expeditionen nach Afrika, trieb sich in Süd- und Nordamerika herum. Überall kennt man ihn dort – und liebt ihn. Beim Aufbau der Luftwaffe trat er wieder als Offizier ein.«

Ewa bat um eine Zigarette. »Woher weißt du das alles?«

»Als Student war ich Hitlerjunge. Da lernt man das Leben seiner Helden und Vorbilder kennen. Vor zwei Jahren machte Göring Udet zum Generalleutnant, verbunden mit dem Amt des Generalluftzeugmeisters. Damit übernahm Udet die Verantwortung für die gesamte Luftrüstung. Seine Freunde behaupten, daß ihn das überfordert.«

»Davon habe ich nichts bemerkt«, äußerte Ewa. »Wie mir scheint, ist er recht gut in Schuß. Er hat einen gewissen Klang in der Sprache. Kommt er aus Hessen?«

»Aus Frankfurt, glaube ich«, sagte Clemens. »Er müßte jetzt so um die Fünfundvierzig sein. Jedenfalls ist er ein Mann mit zwei Leben. Nachts in Bars, tagsüber das kaum zu bewältigende Geschäft im Oberkommando der Luftwaffe.«

»Und er verführt kleine Mädchen«, ergänzte Ewa verächtlich. »Doch was geht es uns an.«

Sie schlief nicht gut in dieser Nacht. Am Samstagmorgen wurde sie früh geweckt. Ein Bote brachte Chrysanthemen und französisches Parfum

In dem beiliegenden Briefchen stand:

»Darf ich Sie zum Essen ins Adlon einladen? Ernst Udet.«

Ewa Martini dachte ungern daran. Nein, dieser Udet war kein Mann zum Träumen.

Es war Freitag, als sich Boris meldete. Er sagte nur: »Post ist angekommen.«

An Sonntagen hatte Ewa nur Nachmittagsvorstellung. Sie konnte also bald schlafen gehen. Am Montag stand sie zeitig auf, holte sich in der Reitschule ein Pferd und ritt im Tiergarten spazieren. Daß sie überhaupt Reitstunden genommen hatte, ging ebenso wie die Autofahrschule auf Drängen von Boris zurück. Immer wieder hatte er betont, das müsse sie alles können, denn man wisse nie, wie man es eines Tages brauche. Angeblich gab es Leute, die verloren ihr Leben nur deshalb, weil sie im entscheidenden Moment nicht wußten, wie man mit einem Gaul umging oder wie man einen Motor startet.

Ewa hatte diesen Rat befolgt, obwohl sie sich auf so mächtigen Tieren wie Pferden nicht wohl fühlte.

An diesem milden Frühlingsmorgen waren kaum Menschen unterwegs. Sie ritt die üblichen Sandwege entlang. An der Kreuzung stand eine alte Rotbuche. Einer der Äste hing tief in den Reitweg hinein. Man mußte den Kopf einziehen, um darunter vorbeizukommen. Der Ast hatte nur noch wenige Zweige und diese noch weniger Blätter. Eines davon war besonders groß und grün. Doch es handelte sich nicht um ein Blatt, sondern um einen zusammengefalteten moosfarbenen Briefumschlag. Die Buche war ein toter Briefkasten.

Im Vorüberreiten riß Ewa den Umschlag aus dem Gummiband, mit dem er befestigt war, und steckte ihn oben in die Bluse. Erst daheim riß sie ihn auf.

Boris hatte eine erstaunlich kleine rundliche Handschrift. Seine Nachricht lautete: »Ich war im Trocadero. Du konntest mich nicht sehen. Gelungene Tarnung, hoffe ich. Habe trotzdem alles mitbekommen. Gut gemacht, mein Schatz. Udet wird sich jetzt voll an dich werfen und wird dran bleiben. Halte ihn erst hin, ehe du auf seine Einladung eingehst. Auch wenn die Sache dich anekelt. Udet ist der Mann, von dem ich sprach, und er ist netter, als du glaubst. Sehr wichtig!« Die letzten Worte waren dreimal unterstrichen.

Boris liebte solche konspirativen Spielchen, aber sie waren als Verständigung mitunter notwendig, wenn er rasch verreisen mußte und nicht in Berlin war.

Ewa zerriß den Brief und spülte die Schnipsel durch das Klosett.

11

Anläßlich der Verleihung des Ritterkreuzes genoß Kramm Kurzurlaub in Berlin. Den Besuch bei seinen Eltern auf dem Gut verschob er. Genaugenommen hatte er nur ein Ziel, das ihm sein Gefühl diktierte. Er wollte die Martini sehen. Wie besessen dachte er immerzu an sie.

Ewa Martini trat im Metropol auf. An einem Abend spielte sie die Wirtin im ›Weißen Rößl‹, am nächsten die Eveline in ›Maske in Blau‹.

Kramm ergatterte zwei Parkettkarten in den vorderen Reihen für jede Vorstellung. Er war bis über die Ohren verknallt in sie. Mitunter schalt er sich einen dummen Jungen. Einerseits kam er sich vor wie ein altes Frontschwein, andererseits war er im Herzen doch ein romantischer Zwanzigjähriger.

Hingerissen von der Martini schickte er ihr Rosen in die Garderobe. Dazu einen kurzen Brief. Für das, was ihr andere Verehrer schenkten, Schmuck, Perlen, Diamanten vermutlich, reichte es bei ihm nicht.

Leider konnte er Ewa nirgendwo direkt erreichen. Weder im Theater noch in den Ufa-Studios in Babelsberg noch in ihrer Wannsee-Villa. Mit seinem ungestümen Durchsetzungsvermögen versuchte Kramm alles, glaubte sich aber auf irgendeine Weise abgeblockt. Er bekam Ewa ebensowenig ans Telefon, wie sie auf seine Blumen und Briefe reagierte.

Niedergeschlagen startete er nach der Vorstellung die übliche Kneipentour. Spätabends gelangte er in die Jokkey-Bar, schaute sich ein bißchen um, ließ sein Ritterkreuz bewundern und setzte sich auf einen der hohen Hocker. Und dann traute er fast seinen Adleraugen nicht. Dieser Typ in der weißen Jacke und dem Mixerkäppi, nein, das war keine Fata Morgana. Hinter der Theke stand sein Freund Joe Meiners und schüttelte Cocktails.

Joe starrte Jus an, Jus starrte Joe an, wischte sich über die Augen und schüttelte den Kopf.

»Das kann nicht wahr wein. Spinne ich!«

»Es ist die gnadenlose Wirklichkeit, Baron.«

Großes Hallo. Über die Bar hinweg fielen sie sich in die Arme. Eine Weile kamen beide aus der Verblüffung nicht heraus. Meiners über Kramms gnadenlos rasche Beförderung, den Halsorden, Kramm darüber, daß er den Freund wiedergefunden hatte.

»Was treibst du hier in diesem Bums, du Blödmann?«

»Wie du weißt, hat die Luftwaffe mit mir einen schlechten Fang gemacht.«

»Warum zum Teufel meldest du dich nicht, Joe?«

»Bin abgetaucht wie ein U-Boot.«

Meiners, wie immer tipptopp vom Scheitel bis zur Sohle, fleckenlos, fast steril, goß dem Baron Cognac ein, vom besten des Hauses, ohne Eis.

Meiners arbeitete hinter der Bar mit den anderen so lässig zusammen, als hätte er nie im Leben etwas anderes getan. Zwischendurch unterhielten sie sich meist kurz.

»Ich wollte doch nie Soldat sein.« Wieder kam Joe vorbei. »Konnte dem Barras entwischen. Bin sterbenskrank. Gnadenlos.«

Natürlich hatte er das nur vorgetäuscht. »Und total farbenblind.« Er mixte irgend etwas Exotisches grün in gelb, siebte das Eis ab, goß ein, stellte das Glas dem Gast hin. »Habe außerdem enorme Hörschwierigkeiten. Hat mir der Chefarzt von der Charité attestiert.«

»Und der ist ein guter Freund deiner Tante.«

»Stimmt.«

Meiners goß Rosafarbenes zu blauem Curaçao, schüttelte es durch.

»Aber irgendwann wird man dir auf die Schliche kommen, Joe.«

Der Trompeter der Kapelle blies ›Märkische Heide‹ total verswingt, mit Riesenapplaus.

Meiners kannte den ganzen Klatsch von Berlin über Marika Rökk, die nichts mit Johannes Heesters hatte, über den Bergfex Louis Trenker, der es mit der Riefenstahl trieb, über die Leander, die nichts dagegen hatte, wenn man ihr an den Hintern griff, und über die Söderbaum, bei der man immer irgendwie den Wunsch spürte, Tinte über sie zu schütten.

Meiners, respektlos und ironisch wie immer, erzählte und erzählte. Es war ein Stakkato von Kurzberichten, immer unterbrochen von seiner schwungvollen Tätigkeit. Natürlich wußte er auch einiges über die Martini. Kramm konnte ihm da nichts vormachen, Joe hatte ihm angesehen, daß Kramm rettungslos in die Diva verschossen war. Deshalb gab er ihm ein paar Tips.

»Sie hat einen gnadenlosen Bewacher, den dunkelhaarigen Boris. Er weicht kaum von ihrer Seite. Angeblich schwedischer Diplomat. Athletisch, undurchsichtig, halb Leibwächter, halb Manager.«

»Na und.«

»Wenn du die Martini jemals treffen willst, mußt du bei Boris einen Antrag stellen, schriftlich.«

»Aber sie ist ein verdammt heftig schönes Weib«, seufzte Kramm.

»Befreundet mit Nazi-Bonzen. Vom General aufwärts. Am besten, du läßt die Finger von der Dame, Baronjunge.«

Kramm wollte wissen, wo er sie finden konnte.

Ausweichend erklärte Meiners, daß sie wohl seit gestern oder vorgestern irgendwo in der Tschechei einen Film drehte.

Plötzlich schrillte das Telefon unter der Marmorplatte der Theke. Meiners hob ab, hörte nur kurz hin, legte fluchend auf und verschwand.

»Komm mit, Jus!« rief er Kramm zu.

In einem elegant eingerichteten Hinterzimmer holte Joe aus dem Tresor eine Flasche französischen Napoleon-Cognac.

»Der Anruf eben kam von einem Kollegen in der Rigoletto-Bar. Eine SS-Streife ist unterwegs. Der begegne ich allzu ungern.«

Kramm verstand.

»Du steckst bis zum Arsch im Krokodil, stimmt's?«

»Ja, gnadenlos. Ich ziehe mich, wie man so schön sagt, unter meine eigene Vorhaut zurück.«

Sie tranken. Kramm schaute sich um.

»Aber hübsch bequem hast du es hier. Beinah elegant. Wie konntest du da unterschlüpfen?«

Meiners winkte, wie immer bübisch grinsend ab. »Dieses Haus mit der Bar und links und rechts noch zwei Häuser gehören Siemens.«

»Na schön, du magst ja sein, wer du willst, aber Siemens bist du nicht, nicht einmal der ›& Herr Halske‹.«

»Aber meine Tante ist eine verwitwete Siemens.«

Meiners stand auf, um den Tresor zu schließen, nahm aber ein in Leder gebundenes Buch heraus.

»Mein Tagebuch«, protzte er, »wenn diese gnadenlose Hitlerscheiße mal vorbei ist, werde ich einen Roman schreiben. Titel: Als es Nacht war über Berlin.«

Kramm konnte sich nur wundern. Was war schon seine Begabung als Pilot gegen diesen Burschen. Joe konnte musizieren, komponieren, wunderbare Cocktails mischen, und von Motoren verstand er soviel wie kaum ein anderer.

Meiners blätterte in seinen Notizen. »Was interessiert dich?«

»Alles.«

»Über Adolf: Bester Vegetarier aller Zeiten. Göring: größter Kokainschnupfer aller Zeiten, vermutlich impotent. Über SS-Heydrich: Sadist, begabtester Stehgeiger der SS mit Ambitionen auf das Amt des Reichsführers, dafür von Himmler als Reichsprotektor für Böhmen/Mähren abgeschoben. Über Himmler: Erfolgreichster Hühnerzüchter Westeuropas. Drahtbrille 0.5 Dioptrin. Über Geheimdienstchef Canaris: Raucher längster Havanna-Zigarren in der Flotte, sofern diese auf nackten Jungfrauenschenkeln handgerollt. Sonst in Ordnung.«

»Jungfrauenschenkel Innenseite«, ergänzte Kramm.

Meiners machte eine Pause, steckte sich eine ›Nil‹ an und schlug das Buch zu. »Langweilt es dich?«

»Keineswegs. Erzähl mir von der Martini«, drängte Kramm.

Meiners blätterte weiter in seinem Buch, fuhr aber mit G wie Goebbels fort: »Großmäuliger Weiberheld, begnadeter Redner mit teuflischer Intelligenz. Geilster Hengst aller Behinderten. Wurde von dem Filmschauspieler Gustav Fröhlich geohrfeigt, weil er ihm sein Schatzi, die Lida Barova wegschnappte. Und jetzt wird es international. Hör zu, Baron! Über Churchill: Arrogant und überheblich wie ein Schüler, der das Abitur nicht schaffte, stottert – etwas mehr als ich. Der Spanier Franco wäre ohne Hilfe Deutschlands heute noch ein unbedeutender, vermutlich degradierter General. Benito Mussolini, Volksschullehrer, Historiker im Eigenstudium, träumt von neuer Größe seines verweichlichten sangesfrohen Volkes.«

Kramm unterbrach ihn. »Fehlt noch Roosevelt.«

»Den habe ich auch. Roosevelt, amerikanischer Präsident, spät von Kinderlähmung befallen, ist an den Rollstuhl gefesselt. Seine Politik wird stark von Ehefrau Eleanor beeinflußt. So, wen haben wir denn da noch? Ach ja, Heß, Rudolf, war schon in psychiatrischer Behandlung. Geisteskranker, unberechenbarer, zu Überraschungen fähiger Stellvertreter Hitlers. Und was haben wir über den großen Meister Adolf selbst: Er leidet an den Vorzeichen der Zitterlähmung. Medizinisch nennt man das die Parkinsonsche Krankheit. Sie wird spätestens 1945 zum Ausbruch kommen.«

»Über Udet?« erkundigte sich Kramm.

»Als Lebemann wie als Flieger begnadet. Von seinem Amt als Generalluftzeugmeister zweifellos überfordert.«

»Und Ewa Martini?« wiederholte Kramm hartnäckig seine Frage.

Abermals überging es Meiners, als habe er nichts gehört. »Meine Dossiers haben vermutlich einen höheren Wahrscheinlichkeitsgehalt als die von Admiral Canaris. Unser Geheimdienstadmiral wagt ohnehin nicht mehr, den Kopf zu heben. Er ist zwar international anerkannt und gefürchtet, doch hierzulande leidet er unter Verleumdungen. Angeblich soll er dem Widerstand gegen Hitler angehören.«

»Gibt es den denn?«

»And not too knäpp, mein Junge.«

Joe Meiners wußte so gut wie alles über jeden. Ein Archiv mit Charakterstudien war das, mit den sexuellen Gewohnheiten, Ticks und versteckten Krankheiten der Prominenten.

Als er ein wenig atemlos geendet hatte, wiederholte Kramm seine Frage ein letztes Mal: »Und Ewa Martini?«

Meiners senkte beschwörend die Stimme: »Man flüstert, sie treibe es mit Udet. Also, laß die Finger von der.«

Das Telefon ging. Meiners bekam Entwarnung. Die Streife war wieder verschwunden.

»Ewig geht das mit dir so nicht weiter«, fürchtete Kramm.

Da eröffnete ihm Freund Joe seinen Plan. »Ich möchte irgendwo im Westen untertauchen. Möglichst in Frankreich, möglichst Paris.«

»Du kannst immer auf mich zählen«, versprach Kramm. »Aber spiel nie wieder den toten Mann. Ansonsten bist du der Alte, immer auf dem Quivive und gnadenlos pervers.«

Am nächsten Morgen rief ein Telegramm Kramm an die Front. Der Westfeldzug hatte begonnen.

12

Der Beginn der Westoffensive, auch ›Fall Gelb‹ genannt, war auf den 5. Mai 1940 festgelegt worden. In Nordnorwegen wurde aber noch schwer gekämpft, auch spielte das Wetter nicht mit. Am 7. Mai verschob Hitler den Beginn der Offensive abermals. Aber am 10. Mai traten seine Armeen an.

Fallschirmjäger eroberten die holländischen Forts, Panzer rollten nach Belgien hinein und in weitem Bogen von dort nach Nordfrankreich. Vom Osten durchstießen andere Panzerdivisionen die Maginot-Linie. Täglich kamen die deutschen Armee um mehr als fünfzig Kilometer voran. Der Westfeldzug schien erfolgreich zu verlaufen. Zug um Zug wurde Frankreich besetzt. Die deutschen Jäger hielten den Himmel frei und griffen auch in die Bodenkämpfe ein.

Voralarm ließ Leutnant von Kramm normalerweise kalt. Das störte ihn wenig. Erst bei Vollalarm fuhr er mit dem Kübel-VW hinaus zu seiner Me-109. An manchen Tagen war es schon glühend heiß. Man startete mit naßgeschwitztem Hemd. Auf Angriffshöhe war es dann so, als hätte man einen Eisbeutel im Rücken befestigt – Prima für die Nieren. Im Kampf gegen die französischen Moranes und britischen Spitfires holte sich Kramm seinen 35. Abschuß.

Einmal hatte er einen ganz hartnäckigen todesmutigen Burschen vor sich. Er schoß ihn absturzreif, hatte es von ihm aber tüchtig zurückbekommen und mußte mit brennendem Motor notlanden. Im Côte d'Or bei Salon-sur-Saône fand Kramm passendes Gelände und brachte seine 109 unbeschädigt herunter. Das Feuer ging aus, kokelte noch ein wenig stinkend. Er öffnete die Haube. Was für eine unwirkliche Stille. Nur im Motorraum knisterte es, und ein schwaches Summen war zu hören.

Sein Funkgerät war noch eingeschaltet. Doch zu seinem Schrecken stellte Kramm plötzlich fest, daß er sich nicht auf einem Kleeacker, sondern auf einem französischen Frontflugplatz mit gutgetarnten Gebäuden, Hangars, Fahrzeugen und Flugzeugen befand. Alles tpyisch französisch.

Bald wurde die Stille von Schüssen unterbrochen. Sie kamen näher. Kramm hastete hinüber zu den Splitterschutzgräben, um Deckung zu beziehen. Er preßte sich an die Erde. Atemlos. Schon klirrten hinter ihm Panzerketten. Er schielte hin. Was für eine Erleichterung. Die Panzer trugen an den Türmen das Balkenkreuz. Deutsche Truppen also. Ein Armee-Vorauskommando.

Es gab Tage, da startete Kramm pausenlos vom Morgen bis in die Nacht. Bei der Landung wurden die Motoren oft gar nicht abgestellt. Auftanken, munitionieren und wieder in die Luft. Kramm schien unverwundbar zu sein. Völlig übermüdet flogen alle in jenen Tagen, als es kritisch wurde und Hitler aus unerklärlichen Gründen seine Armeen am Kanal stoppte. Vielleicht, um den Engländern in Dünkirchen den Rückzug zu ermöglichen. Aber soviel Fairneß war ihm nicht zuzutrauen.

Bald hatte Kramm 40 weiße Striche auf dem Leitwerk.

»Wenn es so weitergeht«, sagte er zum Ersten Wart, »fehlt uns der Platz. Dann malen wir einen dicken Strich für zehn.«

Als die Engländer in Dünkirchen endlich ins Meer geworfen waren und einigermaßen Ruhe an den Fronten einkehrte, besuchte auch Göring das Jagdgeschwader-4. Er teilte Orden aus. Kramm wurde zum Oberleutnant befördert und erhielt das Eichenlaub zum Ritterkreuz. Am Ende des kurzen Besuches nahm ihn Göring noch einmal beiseite.

»Halten Sie sich in nächster Zeit ein bißchen zurück, Baron. Wir haben etwas Besonderes mit Ihnen vor. Die Sache ist Gekados, aber sie konkretisiert sich.«

Wie immer das gemeint sein mochte, Kramm blieb jedenfalls keine Stunde am Boden, wenn über dem Ärmelkanal zur freien Jagd geblasen wurde. Aber seine Erfolge stiegen ihm ein wenig zu Kopf. Kein Wunder bei einem Zwanzigjährigen, daß er ab und zu verrückt spielte.

Eigentlich erlaubte er sich alles, was verboten war. Seine liebste Übung bestand darin, unter den Bögen der Seinebrücken hindurchzufliegen, pflügende Bauern auf dem Feld zu ängstigen oder den Eiffelturm zu umrunden, als säße King-Kong auf dessen Spitze. Kramm war der erste, der das halsbrecherische Spiel erfand, im Tiefflug zwischen den Häusern der breiten Pariser Boulevards hindurchzudonnern.

Oft kehrte er von seinen Feindflügen, Kopf nach unten,

Fahrwerk nach oben, flächenwackelnd zurück. Doch wegen seiner Siege sah man ihm vieles nach. Auch, daß er unmilitärisch auftrat, daß er immer noch schlampig und unrasiert war, das Haar nackenlang trug, daß er kein Vorbild abgab mit seinen schwarzgerandeten Fingernägeln und der speckigen Uniform.

Die Pause im Krieg dauerte nur einen Atemzug lang. Die abgenutzten und ausgeleierten Maschinen wurden gewartet und überholt, soweit es ging. Die Mehrzahl von ihnen war seit Jahren im Einsatz. Auch die Piloten ließen es sich einigermaßen gutgehen. Aus Beständen, die die Engländer bei Le Mans zurückgelassen hatten, verbesserten sie ihr Frühstück. Es gab Eier mit Speck und Würstchen, Luncheon-Meat, flaumiges Weißbrot, Orangenmarmelade, indischen Tee und etwas, das Kramm in seinem Leben noch nicht gekostet hatte: Erdnußbutter.

Doch dann kam es dick. Die Luftschlacht um England begann.

Mit pausenlosen Bombenangriffen wollte Hitler die Insel zermürben und reif schießen für die Invasion. Angeblich sollte das Unternehmen den Namen ›Operation Seelöwe‹ führen.

Die deutschen Jäger begleiteten die Bomber nach England. Die Heinkel-111 und Junkers-88 waren schwerbeladen. Voll mit Benzin, Öl, in den Schächten Spreng- und Brandbomben.

Die Motoren gedrosselt, schlichen die Me-109 neben den Bombern her. Oft so langsam, daß die Vorflügel heraussprangen.

Regelmäßig tauchten schon bald die spitzen Nasen der Hurricanes auf.

Kramm, der links von der Bombergruppe flog, schob die Pulle rein und bog ab. Kurvend versuchte er hinter zwei Engländer zu kommen. Doch in seinem Nacken hing ein Dritter. Die weißen Leuchtspuren der Hurricanes spritzten vorbei. Kramm riß am Knüppel, trat ins Pedal. Er rollte die Me-109 in den Kopfstand und ging in scharfen Spiralen abwärts. 3500 Meter unter ihm das grüne Wellengewoge des Ärmelkanals. Abschwung-Aufschwung. Wieder im Nacken der Spitfire schoß er sich mit den MGs ein und gab ihr mit der Kanone den Rest.

Hoch über ihm zogen die Junkers und die Heinkel weiter. Inzwischen schlugen sich die deutschen Jäger mit der Übermacht der Engländer herum.

Es blieb nicht aus, daß Kramms Flächenkühler getroffen wurde. Glykol stäubte heraus. Er leitete einen langen Gleitflug ein, Fehlzündungen knallten aus dem Motor. Endlich sah er unter sich den hellen Strich der Küste. Dahinter flaches Land, kleine Buckel, Sand und Büsche. Nicht gerade geschaffen für eine Bruchlandung.

Er setzte seine Me-109 auf den Bauch, immer noch mit der Geschwindigkeit von Caracciola in seinem Rennwagen auf der Avus. Gurte los und raus, bevor die Kiste zu brennen anfing.

Kramms 109 wurde geborgen. Für Asse wie ihn stand immer eine Ersatzmaschine bereit. Görings Ermahnung, er möge sich zurückhalten, hatte er längst verschwitzt. Von vagen Andeutungen hielt er ohnehin wenig. Wie alle Kameraden flog er die Einsätze meist bis zum letzten Schuß, bis zum letzten Tropfen Benzin, mit.

Einmal, als die Staffel zurückkehrte und bei einem jungen, noch verhältnismäßig unerfahrenen Piloten der Motor schon stark unrund lief, dabei schwarze Wolken ausstieß, sah es aus, als würde er bei der Landung in die abgestellten Maschinen rasen und ein halbes Dutzend von ihnen zerstören.

»Sofort Rot schießen!« befahl der Staffelkapitän, Hauptmann Geiger. »Der macht mir meine schöne Hundertneun kaputt. Er soll es noch einmal versuchen.«

»Noch eine Platzrunde, das schafft er nicht mehr«, äußerte Kramm, den Kameraden im Fernglas beobachtend.

Trotzdem ließ Geiger rotes Signal schießen, was einem Landeverbot gleichkam.

Der Pilot in der kranken Me-109 mußte also noch eine Platzrunde drehen. Er zog leicht hoch, schaffte es tatsächlich, um weiter östlich am Rand des Rollfeldes erneut aufzusetzen. Doch da stand sein Propeller schon. Er sackte durch, verlor soviel Fahrt, daß es böse aussah. Um mit dem Fallschirm auszusteigen, war er mit 50 Metern zu niedrig. Jeden Augenblick konnte seine Maschine herunterfallen wie ein Stein. Prompt folgte der harten Bauchlandung ein Überschlag.

Alle rasten hinaus, wollten den Kameraden aus dem Führerstand ziehen, bevor die 109 explodierte. Zu spät. Auslaufendes Benzin entzündete sich. Explosion. Ein Feuerball blowte hoch. Da half auch der Löscheinsatz mit dem Minimax-Wagen nichts mehr. Der Kamerad verbrannte bei lebendigem Leib. Sie hörten ihn schreien.

»Den haben sie umgebracht, Geiger!« stieß Kramm wütend hervor.

Geiger blieb eiskalt. »Für Sie immer noch Hauptmann Geiger, bitte.«

Unbeeindruckt von der Zurechtweisung machte Kramm dem Hauptmann Geiger, seinem Staffelkapitän und Vorgesetzten, bittere Vorwürfe. Vor aller Augen wies ihn Geiger erneut zurecht. Merkwürdigerweise hatte Kramm bei diesem Streit die anderen Offiziere nicht auf seiner Seite. Doch er ahnte auch warum.

Man beneidete ihn wegen seiner Erfolge und wegen seiner Auszeichnungen. Heimlich nannten sie ihn einen Protegé Görings und legten ihm Steine in den Weg, wo es nur ging. Das passierte immer öfter. Einmal war seine 109 nicht voll aufgetankt, einmal die Patronengurte so schlecht munitioniert, daß es zur Ladehemmung kam. Dann wieder fiel Kramms Funk aus. Ein lockerer Röhrensockel, hieß es. Manchmal fand er sich mutterseelenallein am Himmel gegen drei angreifende Spitfires. Kramm fühlte, daß etwas gegen ihn im Gange war, und er beschloß, sich vorzusehen.

Das alles blieb nicht ohne Wirkung auf seine Gemütslage. Hinzu kam, daß er von Ewa Martini nichts hörte. Aus den anderen Mädchen, den Französinnen und Luftwaffenhelferinnen, besonders einer gewissen Traudl Hofer, die hinter ihm her war, machte er sich nichts.

13

Kanalküste. Oktober 1940.

Operation ›Adlertag‹, die Luftschlacht um England, hatte im August begonnen. Tag und Nacht flogen deutsche Bomber, begleitet von den Messerschmitts, über den Kanal nach England, nach London, Portsmouth und Southampton, um ihre tödliche Last abzuladen.

In einem wesentlich Punkt jedoch hatte sich die deutsche Führung geirrt. Die britische Jagdabwehr lag keineswegs wie gehofft am Boden. Immer wieder griffen Geschwader zusammengeflickter Spitfires die deutschen Bomberströme an und brachten ihnen schwere Verluste bei. Allein im KG-7 waren innerhalb weniger Wochen 13

Ju-88 mit 50 Mann Besatzung nicht zurückgekehrt. Die Ausfälle nahmen eher noch zu, und die Flieger sehnten Tage herbei, an denen die Wetterlage keinen Einsatz zuließ. Das waren dann Stunden, an denen sie nicht damit rechnen mußten, daß jeder zehnte von ihnen in der Luft explodierte oder eine andere Art von Heldentod starb.

Heute war so ein Tag mit Regentief und dicker Wolkendecke von Höhe 300 bis 4000 Meter. Das hielt auch die Jäger am Boden.

Kramms Kamerad, ein Wiener, kam auf sein Zimmer im Schlößchen. Links hatte er die Cognacflasche, rechts zwei Gläser. »Was ist, Baron«, rief er, »gehn ma a bissel den Oberleutnant feiern? Bist ja eh außer der Reihe befördert worden.«

»Wer behauptet das?« fragte Kramm auf der Pritsche liegend.

Immerhin zierten jetzt zwei Sterne die silbernen Klappen seiner Schultern.

»Na, wer schon, der Hauptmann Geiger, der Neidhammel.«

»Was genau hat er gesagt?«

Der Österreicher trank, goß ein, trank wieder und grinste. »Daß man halt Baron sein muß, lästert der Geiger herum, und der Herzbubi vom Reichsmarschall.«

Insgeheim mußte Kramm zugeben, daß etwas dran war. Möglicherweise trug seine Personalakte einen Vermerk, der ihn bevorzugte.

»Geiger ist älter als du«, fuhr der Wiener fort, »und wäre wenigstens mit dem Deutschen Kreuz drangewesen. Und bei dir baumelt schon das Eichenlaub. Aber Ostfriesen genießen wohl einen Malus.«

»Nur meine Abschüsse zählen«, erwähnte Kramm, »und das mit der *Scharnhorst*.«

Doch fortan wirkte er nachdenklich und einsilbig, bis der Wiener ihn mit einem Schlag auf die Schulter wieder zurechtbog. »Los, komm mit! Gehn ma a bissel Maderln zerzupfen in Schärbuurr.« Er meinte Cherbourg.

Kramm hatte absolut keine Lust. Die pausenlosen Einsätze hatten ihm nervlich zugesetzt. Auch interessierten ihn die Frauen wenig. Nur Ewa Martini ging ihm nicht aus dem Kopf. Je weniger er von ihr hörte, desto mehr fraß sich das Bild dieser Frau in seinem Inneren fest. Aber herumhocken und Trübsal blasen half auch nichts.

Und sein Kamerad, der Österreicher, schwärmte: »Prima Laden, prima Weiber, prima Musik, prima Schampus, prima Betten. Glaub's dem Fachmann, einem alten Wiener Strizzi aus dem vierten Bezirk.«

Schließlich quetschte sich Kramm in eines der überfüllten Autos. Sie fuhren also nach Cherbourg. Der Abend lief besser als erwartet. Die Luftwaffenhelferinnen der Nachrichtenzentrale traten in Massen auf. Sie waren in einem eleganten Strandhotel untergebracht. Blitzsaubere Dinger, meistens Abiturientinnen, die sich freiwillig gemeldet hatten, um das vorgeschriebene Pflichtjahr, nämlich Arbeit in einer kinderreichen Familie, zu umgehen.

Tagsüber saßen sie in der Einsatzzentrale der Luftflotte II in Cherbourg. Die war meist überhitzt. Die Belüftungsanlagen arbeiteten immer noch unzureichend. Der 500 qm große Raum, halbrund und stufenartig aufgebaut, glich einem antiken Amphitheater. Nur, daß er sich tief unter der Erde befand, mit einer bombensicheren Stahlbetondecke darüber.

Die uniformierten Helferinnen bedienten Telefone, Fernschreiber und Funkgeräte. An der Wand aus Glas schoben sie Flugzeugmodelle hin und her, markierten Feind und Freund.

Bei Dienstfrei tobten sie sich aus. So wie heute. Leider war auch Hauptmann Geiger da. Eines der Mädchen tat sich durch besondere Fröhlichkeit hervor. Sie war bildhübsch, rundum walnußbraun. Das Haar, die Augen die Haut. Sie hatte ein Taubenlachen, und sie lachte ständig zu Kramm hinüber, als habe sie ihn ausgespäht wie ein Jäger den Platzhirschen.

Obwohl Kramm alles andere als ein genialer Tänzer war, zog sie ihn immer wieder aufs Parkett. »Ich bin die Hofer Traudl«, sagte sie forsch.

»Und ich der Kramm Julius.«

»Ich weiß, der Baron.«

»Du kommst aus Tirol?«

»Nein, aus Bayern. Mit dem Hofer Andreas weder verwandt noch verschwägert.«

»Warum läßt du den Hauptmann Geiger immer abblitzen?« fragte Kramm.

»Weil der ein Oasch ist.«

»Und was bedeutet Oasch auf Hochdeutsch?«

Sie gab sich selbst einen Klaps auf den prallen Hintern.

»Das, was man am Rücken unten hat.«

Sie war nett, locker und aufgeschlossen, aber Kramm machte sich nichts aus ihr und hätte sie gern Geiger überlassen.

»Wenn ich bayrisch spreche«, plapperte sie munter fort, »und Geiger friesisch, dann ist das, wie wenn ein Eskimo mit einem Chinesen redet.«

»Außerdem hast du mindestens drei Sterne im Baedeker«, schwang sich Kramm zu einem Kompliment auf, »und Geiger nicht einen halben.«

Es wurde heiß in der Hotel-Bar. Sie gingen auf die Terrasse und ließen sich vom kühlen Meerwind anblasen.

»Außerdem«, gestand des walnußbraune Mädchen, »wenn du einen Mann magst, dann ist er meistens schnell weg. Nur wenn du einen nicht magst, dann ist er immer und andauernd vorhanden.«

»Das hat was für sich«, meinte Kramm. »Liebe vergehet, doch die Treue bleibet ewiglich.«

»Sowas zählt vielleicht, wenn du ans Heiraten denkst.«

»Vergiß es«, riet er ihr. »Für uns gibt es keine Zukunft. Das schenkt uns aber auch ein fabelhaftes Gefühl von: Ihr könnt mich mal.«

Sie schmiegte sich an seine Seite. »Du gefällst mir, Baron«, flüsterte sie und noch mehr solchen Unsinn. Aber was immer sie sagte und andeuten wollte, es ging bei Kramm ins linke Ohr hinein und aus dem rechten wieder hinaus. Wie bei einer Abflußröhre.

Offenbar merkte sie, daß er nicht so leicht zu knacken war. Sie schlenderten wieder hinein zu den anderen. Und Traudl Hofer wäre kein raffiniertes Luder gewesen, wenn sie jetzt nicht auch mit Hauptmann Geiger getanzt und ihm Augen gemacht hätte.

Ziemlich spät, schon in angetrunkenem Zustand, quasselte Geiger Kramm von hinten an. »Damit das klar ist, Polski, sie ist mein Mädchen.«

»Wer?« gab sich Kramm erstaunt.

»Traudl Hofer.«

»Ach die.«

Die erste Gruppe, die acht Mann stark mit dem viersitzigen Opel gekommen war, fuhr als erste ab. Die anderen blieben noch. Einige behaupteten, sie müßten die Mädchen zu Bett bringen und das Licht ausschalten.

Kramm war noch nicht in den VW-Kübel eingestiegen, als ihn jemand beim Ellbogen packte und ins Dunkel zwischen die Büsche zog. Es war die Walnußbraune.

»Ich bin noch Jungfrau«, sagte Traudl tiefatmend, »aber kein sexuell unterentwickeltes Land. Eigenhändig entjungfert.«

Kramm blieb die Spucke weg. »Dann kennst du dich ja aus«, erwiderte er verblüfft.

Sie küßte ihn. »Bitte vergiß mich nicht, Baron.«

»Nie im Leben«, log er.

Im VW-Kübel zwängte sich Kramm neben den Kameraden aus Wien.

»Die is haaß auf dich«, sagte der Wiener, »aber aufpassen, höllisch aufpassen.«

»Wegen Geiger meinst du?«

»Und wegen ihrer Familie.«

»Warum, sind das Syphilitiker?«

»Im Gegenteil, vuil schlimmer. Die san vom neuen Hochadel«, deutete der Wiener an und raunte seinem Kameraden Kramm etwas zu, das nur für dessen Ohren bestimmt war.

Sie flogen Begleitschutz auf eine mittelenglische Panzerfabrik. Die Bomben der Ju-88 hatten einigermaßen gut gelegen. Dort würden die Engländer so schnell keine Tanks mehr ausliefern.

Noch über der britischen Küste erwischte Kramms Me-109 eine Flakgarbe. Aus dem Zusatztank sprudelte der Sprit in Strömen. Über dem Ärmelkanal fing der Motor an zu kokeln. Kramm nahm Gas zurück, stellte ihn ab und trimmte sofort um. Versuchsweise ließ er den Motor wieder laufen. Er lief, wenn auch nur mit 1000 Touren.

Dreiviertel des Benzins waren weg. Kramm berechnete die Distanz 30 Kilometer bis zur Küste, also noch 40 bis nach Hause. Notfalls mußte er früher runter.

Von den Staffelkameraden war weit und breit keiner zu sehen. Glücklicherweise aber auch keine Spitfire. Mutterseelenallein flog er dahin. Was von dem Bombergeschwader noch übrig geblieben war, hatte ihn bis auf den einen oder anderen Nachzügler längst eingeholt und abgehängt. Die Motortemperatur stieg jetzt gefährlich an. Kramm nahm die Drehzahl weiter zurück und erleichterte dem Motor die Arbeit, indem er langsam die Einsatzhöhe verließ und schon frühzeitig den Sinkflug einleitete.

Gegen 8 Uhr 15 tauchte im Frühlicht endlich die bretonische Küste auf. Mit Erleichterung sah er unter sich weiße Gischt gegen die Felsen branden.

Kramm wußte nicht, was an seinem Vogel beschädigt war. Also fuhr er das Fahrwerk aus. Mehrmals betätigte er den roten Griff. Nichts ging. Elektrikschaden.

»Verdammich!« fluchte er leise und gab einen Notruf an Adlernest. »Motorschaden. Fahrwerkschaden. Versuche Bauchlandung.«

Wenig später hatte Balogne bestätigt. Mit dem letzten Tropfen Sprit und dem letzten Öldruck hungerte Kramm sich an den Platz heran. In weitem Bogen ausholend, suchte er das ebenste Stück der Graspiste. Mit einem stummen Stoßgebet bereitete er sich auf die eierkuchenzarte Bauchlandung vor.

»Notreserve Sprit Ende!« meldete er.

Der Motor schüttelte und stotterte. Der Propeller schwang in Segelstellung. Um so besser, dachte Kramm, so gibt es keinen Aufschlagbrand. Innerlich sprach er sich Mut zu und zog die Gurte nach. Er war noch einen halben Kilometer vom Platzrand entfernt. 80 Meter hoch und halbwegs auf Kurs.

In den letzten entscheidenden Sekunden donnerte plötzlich etwas von hinten heran wie ein D-Zug. Dicht über ihm zog ein Schatten vorbei und haarscharf vor ihm slippte eine völlig intakte Me-109 mit angekippter Fläche herein. Sie schnitt ihm praktisch den Weg zur Landebahn ab. Das war Geiger, diese Drecksau.

»Verdammt! Ist der verrückt geworden – hat der nicht

mehr alle«, fluchte Kramm ins Kehlkopfmikro. »Spinnt der?« Nur wenige Meter fehlten, und es wäre zu einer Landekollision gekommen. Kramm arbeitete verzweifelt an Knüppel und Pedalen. Träge folgte die kranke 109 den Ausschlägen. Die erste Berührung mit dem Erdboden war eine brutal harte Angelegenheit. Bei der zweiten flogen die Fetzen.

Kramm schlug auf, daß die Kiste zu bersten drohte, daß ihm fast die Plomben aus den Zähnen fielen. In dieser Ecke glich der Platz einer buckligen Schafweide.

Zum Glück war die Me-109 jetzt unten. Sie sprang noch mehrmals, bäumte sich hinten auf, fiel aber wieder auf den Schwanz zurück. Die Fahrt von über 130 km/h endete in einer Staubwolke zwischen prasselnden Rasenstücken.

Als die Maschine stand, verließ Kramm sie, so schnell er konnte. Er sprang durch die offene Haube, kroch die rechte Fläche entlang, rutschte zu Boden und rannte um sein Leben.

Die kaputte Me-109 lag da, ohne genug Kraft, um noch zu explodieren. Sie stank nur nach Benzin, nach verbranntem Motoröl und schmorender Elektrik. Der Feuerwehrwagen brauchte nicht zu löschen.

Auf dem Trittbrett stehend fuhr Kramm zur Einsatzleitung. Dort stieß er mit Geiger zusammen.

»Fliegen sollte man können«, hetzte der albinoblonde Hauptmann, »reinslippen mit einer Me-109 ist eben Kunst.«

»Fär wor dös net grad«, mischte sich der Wiener ein.

»Wer zuerst kommt«, bürstete der Hauptmann ihn ab, »der trinkt auch als erster sein Bier, oder Heurigen meinetwegen.«

»Spaß beiseite«, bemerkte Kramm abfällig, »aber dort, wo die Ostfriesen hausen, da laßt uns vorübersausen.

Gott strafe die Engländer und schenke ihnen die Friesländer.«

Geiger gab es ihm knallhart zurück. »Und Gott strafe Niederschlesien und schicke ihm seinen oberschlauen Alleskönner Baron von Kramm zurück.«

Der um keinen Wiener Schmäh verlegene Leutnant aus Österreich bemerkte: »Sondermeldung! Hier wurde soeben ein neuer Kriegsschauplatz eröffnet.«

14

Südtirol, Herbst 1940

Die zweimotorige Siebel des Generals landete in München-Oberwiesenfeld. Dort stand ein Auto für ihn bereit. Ein BMW 328 Sportcabriolet, zweifarbig in Schwarz und Hellblau.

Der General, der schon die schönste Frau besaß, fuhr mit dem rassigsten Wagen, der je ein deutsches Automobilwerk verlassen hatte, nach München, um die Dame abzuholen.

In der Staatsoperette am Gärtnerplatz führte der Star noch eine Regiebesprechung. Trotzdem pünktlich, eine Seltenheit bei Künstlerinnen ihres Ranges, erschien Ewa Martini am Bühnenausgang. Noch ehe sie beim Einstieg Knie zeigte, hob sie ein paar Finger.

»Drei Tage!« rief sie und küßte ihren Liebhaber flüchtig auf die Wange.

»Oder vier oder fünf«, erweiterte Udet das Angebot.

Der General in Zivil startete mit Druck auf den weißen Anlasserknopf. Der Sechszylinder lief samtweich. Sie fuhren nach Süden auf der Olympiastraße bis Garmisch, weiter über Mittenwald über den Zirler Berg nach Innsbruck.

»Ein Wochenende in Südtirol«, schwärmte die Martini, »himmlisch! Kaum zu fassen.«

»Ich kann es auch noch nicht glauben«, gestand Udet. »Gehn wir in Innsbruck ins Goldene Dachl Palatschinken essen?«

»Keinen Hunger«, sagte sie. »Wie weit willst du heute noch kommen, General?«

»Bis Brixen. Im Hotel Elefant sind Zimmer bestellt.«

»Wie viele?« fragte sie ironisch.

»Zwei mit Verbindungstür.«

Udet deutete auf den kleinsten der Koffer hinter dem Sitz. Darin hatte er seinen Cognac-Vorrat und die silbernen Becher.

»Bitte einzuschütten, Gnädigste.«

Sie füllte den Becher randvoll.

»Ich brauche das«, sagte er, »weil es mir schmeckt, weil es mich locker macht und aus Gründen des Ansehens. Besser ein bekannter Trinker als ein anonymer Alkoholiker. General Ernst Udet säuft im Kasino, am Steuer eines Flugzeugs, im Auto und mitunter nachts schlafend im Bett. Einmal ist er sogar vor unserem heißgeliebten Führer sternhagelbesoffen erschienen.«

»Hitler ist sowieso nur total blau zu ertragen«, äußerte Ewa.

Udet stutzte kurz und nahm einhändig fahrend noch einen kräftigen Schluck. »Ich hatte meine pikfeine nagelneue Generalsuniform an. Ritterkreuz und Pour le mérite umgebaumelt. Sowas putzt gegen einen, der nur Gefreiter war.«

»Immerhin war er Meldegänger«, ergänzte Ewa, »und gasblind.«

»Ach was, von wegen Meldegänger. Kaffeeholer war er. Vor Ehrfurcht hat er gar nicht bemerkt, wie ich nach Rauch und Schnaps stank.«

An der Grenze, am Brenner oben, schien einer der Posten etwas zu merken. Der Beamte vermochte aber den angetrunkenen Mann mit der wunderschönen Frau und dem nagelneuen BMW-Authenrieth-Cabrio nicht recht einzuordnen. Er kontrollierte dementsprechend scharf. Sicherheitshalber fragte er: »Wo kommen Sie denn her?«

»Das sehen Sie doch, Mann«, lästerte Udet. »Ich bin Indianer und die Dame Eskimo.«

Deutlich schnappte der Beamte ein. »Haben Sie etwas zu verzollen?«

»Nur einen leichten französischen Tripper«, lallte Udet.

Kopfschüttelnd ging der Beamte ins deutsche Grenzerhaus, kam aber rasch wieder und salutierte zackig.

»Dann gute Reise, Herr General.«

»Scheißgeneral«, murmelte Udet. »Warum muß man immer erst General werden? Vorher bist du Flieger Nullarsch und sonst gar nix.«

Bis zum Brenner war es düster und wolkig gewesen. Nun fuhren sie das sonnige Eisacktal hinunter. Udet trank und stimmte fröhliche Lieder an:

»O hätt ich das gewußt,
Daß ich bezahlen muß,
Dann hätt ich diese Nacht,
Nicht mit dir zugebracht... – mit dir natürlich schon, Ewaschatz.«

Bald war diese Flasche leer.

Bei ihrem trostlosen Anblick wurde Udet sentimental. »In Italien sehne ich mich nach Norwegen, und in Norwegen träume ich von der Südsee.«

»Und bei mir?« wollte Ewa wissen.

Udet legte den Arm um sie. »Immer nur von dir, meine dreimal Schönste.«

Sie hörte es nicht ungern, spürte aber nichts dabei. – Widerwillig hatte sie sich überhaupt mit ihm eingelassen. Nur weil Boris es verlangte. Sie waren miteinander ins Bett gegangen, und sie hatte Udet die Orgasmen stets so vorgegaukelt, daß er sich wie der Größte vorkam. Dabei dachte sie immer: Was ist schon dabei, wenn er mit seiem dünnen Dingsda drei Minuten in mir herumstochert. Vergiß es.

Den Abend verbrachten sie in fröhlicher Bauernrunde in einer Cantina. Auf Holzplatten, die aussahen wie Baumscheiben, lagen Kastanien, Nüsse, Tiroler Speck und das Fladenbrot, das sie hier Vorschlag nannten. Dazu gab es jede Menge Rotwein und Musik. Spät kehrten sie ins Hotel zurück.

Im Dunkel der Nacht, wenn er betrunken war und nicht einschlafen konnte, öffnete Udet seiner Geliebten das Herz. Er erzählte von verblichenem Ruhm und daß man heute Dinge von ihm forderte, die er nicht leisten konnte. Er zweifelte nicht nur an seinen Fähigkeiten, sondern auch am Staat, und ob dieser Scheißkrieg überhaupt Sinn hatte. Bevor er in Depressionen verfiel, nahm er Ewa in den Arm und sagte: »Wenn ich dich nicht hätte.«

»Dann gäbe es eine andere, General.«

»Niemals.«

»Du hattest tausend Frauen, Udet«, erinnerte sie ihn, denn sie haßte jede Art von Weinerlichkeit.

»Aber du wirst die letzte sein«, schwor er. »Meine ganz große einmalige Liebe.«

Das Wetter hielt sich. Im bunten Glanz des Hochherbstes fuhren sie weiter.

Südlich von Bozen, wo sie durch die Arkaden und den

Obstmarkt geschlendert waren, sagte Ewa: »Das ist aber nicht mehr das heilige Land Tirol.«

»Sondern das Trentino.«

»Wollten wir dahin?«

»Eine Überraschung«, deutete er an.

Hinter Trient kamen sie auf kurvige Nebenstraßen. Sie führten über einen kleinen Paß. Auf der ersten abwärtsführenden Serpentine hielt Udet unvermittelt an. Von diesem Punkt aus war zum ersten Mal der Gardasee zu sehen. Wie ein dunkler Aquamarin schimmerte seine Bläue zwischen den Bergen herauf.

»Für mich ist das der schönste Punkt in Europa«, schwärmte Udet.

Sie stiegen aus. Ewa schlüpfte in ihren nerzgefütterten Trenchcoat und fröstelte leicht.

»Wenn es so wunderbar ist, warum bleibst du nicht hier?« fragte sie.

»So dumm, um ins Exil zu gehen, wenn es keiner verlangt, bin ich nicht«, antwortete er.

In der alten k.u.k. Stadt Riva mit den ersten Palmen hatte Udets Büro im Palazzo-Hotel Zimmer bestellt. Sie spazierten die Platanenallee hinunter, am Castello vorbei, um den Hafen herum. Ständig entdeckte Udet neue Bars. Er ließ keine aus und zog eine Spur von leeren Gläsern und vollen Aschern. Beschwingt legte er seinen Arm um Ewas Hüften. Einmal sagte er: »Ich hatte immer verdammt viel Glück. Aber über zuviel Glück hängt irgendwann der Hammer.«

Im Hotel hatte Berlin eine Nachricht hinterlassen. Der Adjutant des Generals kündigte an, sich wieder zu melden. Deshalb beeilte sich Udet, daß sie am nächsten Morgen rasch weiterkamen.

Sie fuhren auf der neuen Gardesana, die Mussolini als Arbeitsbeschaffungsprogramm am Westufer in den Fels hatte schlagen lassen, am See entlang bis Saló. Im Grandhotel Gardone gab es eine Panne. Udets Büro hatte die falschen Zimmer bestellt. Nicht hinaus zum See und nicht mit Bad.

Udet protestierte, erreichte damit aber nichts. Ab morgen sei das Hotel durchreserviert, hieß es.

»Von wem?« fragte er.

»Von General Missoni und seinem Stab.«

»Ein Freund von mir«, erwähnte Udet. Doch es half wenig.

Aber dann entdeckte der Hoteldirektor auf der Titelseite einer römischen Illustrierten das Bild von Ewa Martini. So bekamen sie doch die gewünschte Suite mit Seeterrasse.

Es war weiterhin sonnig, klar, aber kühl. Ewa hatte die falschen Sachen eingepackt, mehr die für den Sommer. Sie streiften durch die Läden in den Gassen. In einem eleganten Geschäft, wo die vornehmen Damen aus Verona und Mailand einkauften, hing ein Silberfuchsmantel weit und reich geschnitten mit goldfarbener Seide gefüttert. Sehr teuer. Udet kaufte ihn sofort. Aus Freude über Ewas Entzücken leerte er später eine halbe Flasche Grappa.

Doch Ewas Blick fiel auf den Kalender an der Barwand.

»Schon drei Tage um«, erinnerte sie ihn.

»Wir hängen einfach einen bis zwei dran. Ich verantworte das. Ich bin der General.«

Sie verbrachten noch einen stillen Tag in Saló. In der Nacht war Udet so betrunken, daß er bei dem Versuch, sie zu lieben, versagte. Ewa tröstete ihn.

»Vögeln ist nicht alles, Udet«, sagte sie.

»Mag sein, aber ohne Vögeln ist alles nichts«, erwiderte er.

»Es war auch so sehr schön. Du bist doch mein Tiger.«

»Tiger haben Borsten an der Penisspitze«, erwähnte er schon halb im Traum, »darum bin ich kein Tiger. Ohne Borsten und Krallen bist du einfach keiner.«

Am Morgen hatte die Rezeption ein Telegramm für Udet. Er riß es auf, las und legte es wortlos neben sich auf den Frühstückstisch. Danach wirkte er merklich abwesend.

»Udet, was ist?« wollte sie wissen.

»Ich höre stets lieber das Schlechte«, sagte er, »weil ich es leid bin, mit dem Guten belogen zu werden. Muß dringend zurück nach Berlin. Da läuft etwas mit der neuen He-177 schief. Motorbrände. Außerdem erwartet man von mir Beratung in einer geheimen Operation.«

Das weckte ihre Neugier. Klugerweise fragte sie nicht danach, sondern tat, als interessiere sie das nicht. Sie machte aber auf traurig, daß sie in solcher Eile aufbrechen mußten.

Udet hatte vor, in einem Zug bis München durchzufahren. Acht Stunden, schätzte er. Dann konnte er noch spätabends in Berlin landen.

Es wurde eine bedrückend stille Rückreise über drei Pässe und 400 Kilometer, davon 60 Kilometer im Nordtiroler Neuschnee. Udet wärmte sich mit Cognac, aber in Stimmung kam er nicht. Auf München zu wurde es diesig. Es fing zu regnen an und dunkelte rasch.

»Kannst du bei diesem Wetter fliegen?« erkundigte sich Ewa.

»Ein Udet schon«, prahlte er.

»Ist das schon der Hammer«, fragte sie besorgt, »der über jedem Glück hängt?«

»Der Oberbefehlshaber erwartet mich.«

Allmählich kam Udet auf die geheime Operation zu sprechen. Er mußte darüber reden, um den inneren Druck loszuwerden.

»Der Deckname der Operation lautet ›Barbarossa‹. Kannst du dir darunter etwas vorstellen, Ewa?«

Nicht umsonst hatte sie nächtelang Lexika studiert.

»Ein alter Kaiser mit rotem Bart, Friedrich der römisch Erste«, bemerkte sie mit gespieltem Desinteresse.

»Gut aufgepaßt in der Schule«, lobte er. »Genau um diesen Burschen geht es.«

Sie wollte mehr erfahren und versuchte es mit aufreizendem Spott.

»Führt das dritte Reich jetzt schon Kreuzzüge gegen Sagengestalten?«

»Ich bin Realist«, gestand Udet, »und habe wie alle Realisten mit Historie wenig am Hut.«

»Dieser Hut ist ja auch schon 700 Jahre alt, General.«

Viele Kilometer weiter sagte er: »Ich weiß nur soviel, daß Deutschland Getreide und Öl braucht. Das will man sich im Osten holen, um danach neue weltweite Eroberungsstrategien zu entwickeln. Aber, zum Teufel, die spinnen schon alle da oben.«

Ewa Martini wußte, daß sie bald alles darüber erfahren würde. Bloß nicht bohren.

Udet hatte eine Schwachstelle. Er konnte rasend eifersüchtig sein, und sie verstand es, Männer eifersüchtig zu machen. Oft wurde er dann ausfallend. Bei den darauffolgenden Versöhnungen suchte er stets reumütig ihr besonderes Vertrauen zu gewinnen, indem er Staatsgeheimnisse ausplauderte. Heute war es nicht so, deshalb redete sie vorsichtig um den Brei herum von etwas anderem.

»Man munkelt von einer Invasion nach England«, wechselte sie das Thema. »Operation ›Seelöwe‹.«

»Fällt wohl aus«, erklärte Udet kurz, »wegen Mangel an Schmalz.«

»Meinst du Butter?«

»Nein, im Sinne von Saft und Kraft. Was einer

Schwachmarke, die am Reck hängt und den Klimmzug nicht schafft, eben fehlt. So wie uns.«

Nun wagte sie etwas. »Und der Krieg im Osten fällt auch aus?«

»›Barbarossa‹ ist wohl auch nur ein Planspiel«, erwiderte er. Doch wenn Udet log, dann log er schlecht.

In Portionen erfuhr sie, was sie wissen wollte.

»Im Osten sollen schon Truppen zusammengezogen werden«, deutete sie an.

»Nur Jagdkommandos gegen polnische Partisanen.«

Sie wechselte erneut das Thema, was aber nur einen Anlauf in Richtung ›Barbarossa‹ bedeutete.

»Es heißt, bei Junkers arbeiten sie an einem völlig neuen Flugzeugantrieb.«

»Ja, mit Gummimotor«, witzelte er.

Sie gab nicht auf. »Ohne Propeller. An dessen Stelle sitzt eine Düse, die die Luft vorne ansaugt und hinten ausstößt.«

Udet lachte lauthals. »Du weißt mehr als ich. Wie soll das funktionieren bitte?«

Stückchenweise gelang es ihr, viel von Udet zu erfahren. Eigentlich alles, weshalb sie diese Reise mit ihm angetreten hatte.

Spät erreichten sie München. Es war schon Nacht. Hinzu kam die Verdunkelung aller Straßenlaternen, der Fenster in den Häusern und der Autos.

Udet setzte Ewa am Hotel Vier Jahreszeiten ab. Dort würde sie während der nächsten Wochen in München wohnen. An der Bar nahmen sie noch einen Schluck.

»Martinis für mich und Frau Martini«, bestellte Udet bei dem Barmixer, den er wie die meisten Barmixer der Welt gut kannte. »Mein Martini darf auch ohne Wermut sein, dafür mit mehr Gin.«

Später beim Abschied standen tatsächlich Tränen in seinen Augen.

»Zur Premiere bin ich wieder da«, versprach er, »und danke für die wunderschönen Tage. Ich werde sie nie vergessen.«

15

Die Offiziere von Jagdgeschwader-4, soweit sie Flugzeugführer waren, wurden wieder einmal zusammengerufen. Es gab die üblichen Belehrungen. Der Geschwaderkommodore erzählte ihnen, daß nach statistischen Erhebungen sich die Abschußentwicklung verschlechtert habe. Ein Gegner sei aus 500 Metern mit mindestens 48 Schuß, aus 1000 Metern mit 120 Schuß und aus 1500 Meter Entfernung mit 440 Schuß herunterzuholen. Salvendauer 8 Sekunden. Er erzählte auch von dem neuen Motor, den DB-605 mit 1600 PS, den sie bald bekommen sollten. Dabei faselte er etwas von Methan-Einspritzung, was er offenbar selbst nicht verstand.

»Das wird dann der neue Standardjäger«, schwärmte der Kommodore, »die 109-G. Sie bekommt ein größeres Leitwerk, Schlitzquerruder, einziehbares Spornrad, eine neue Vierblatt-Luftschraube, ein Riesending, Durchmesser fast vier Meter. Die Tanks werden innen gummibeschichtet, haben mehr Fassungsvermögen, die Bewaffnung zwei MG-131 und Motorkanone 108. Also rundum fabelhafte Aussichten.«

Gähnen machte sich breit. Das hatten sie doch alles schon gehört.

Mit erhöhter Lautstärke wandte sich der Oberst an seine Jäger-Asse: »Wie man erfährt, wird an der Bewaffnung herumgemeckert. Unsere großen Schützenkönige mit den Falkenaugen landen oft mit vollen MG-Gurten, aber die Kanonenmagazine sind leergeschossen. Wir wissen auch warum. Bei den Herren Abschußkünstlern liegt schon der zweite Feuerstoß im Ziel. Wir können aber an der Bewaffnung nichts ändern, denn die weniger guten Schützen wollen auf ihre Maschinengewehre nicht verzichten, um sich nach den Leuchtspuren zu richten. Erst wenn die im Gegner liegen, drücken sie auf den Knopf der Kanonen. Es bleibt also wie es ist.«

Offenbar hatte der Kommodore noch etwas in petto. Er hängte die Supervergrößerung eines Fotos an die Tafel. Die Aufnahme zeigte ein Flugzeug, das kaum einer von ihnen je gesehen hatte. Es handelte sich um die sagenhafte De-Havilland-Mosquito.

Tief luftholend begann der Kommodore: »Diese Zweimotorige macht uns schwerste Sorgen. Der Engländer hat einen sehr schnellen und hochfliegenden Jagdbomber mit Druckkabine entwickelt. Die neuen Rolls-Royce-Merlin-Motore machen die oder den oder das Mosquito fast so schnell wie die Me-109. Die Mosquito überquert Deutschland hoch als Fernaufklärer, ganz nach Lust und Laune, wie es ihr paßt. Sämtliche Versuche, dieses Flugzeug abzuschießen oder halbwegs unzerstört in unsere Hände zu bringen, mißlangen. Selbst die besten Jäger, wie Galland und Mölders, erreichen sie nicht.« Dazu lieferte er noch einige technische Einzelheiten: »Besatzung zwei Mann, vier Motorkanonen, Rolls-Royce-Motoren mit je 1800 PS. Groß ist das Ding zwar nicht, aber es müßte zu finden sein. Spannweite 16 Meter, Länge 13 Meter. Der, die, das Mosquito kommt bis auf 11 000 Meter hinauf und ist 670 km/h schnell, bei einer Reichweite von über 3000 Kilometern.«

Das erzeugte nun doch erstauntes Gemurmel.

»Können wir nicht ein paar davon kriegen?«

Der Geschwaderkommodore endete seinen Vortrag: »Holt mir so eine Mosquito herunter. Wäre schön, wenn wir den Erfolg an die Fahne des JG-4 heften könnten.«

Bei der Zweiten Staffel des Jagdgeschwaders in der Bretagne kam ein superstarker Daimler Benz Versuchsmotor mit Menthan-Einspritzung an. Angeblich hatte er 1800 PS. Den Motor begleitete die Order, ihn in die Me-109 von Oberleutnant von Kramm einzubauen. Ebenso die neue Vierflügel-Luftschraube, dieses Riesending mit dem Durchmesser von drei Männern, die sich auf den Schultern standen.

Nach einigen Probeflügen wartete von Kramm zunehmend ungeduldig auf den Tag und die Stunde. Immer wieder wurden Mosquitoeinflüge gemeldet, aber zu weit entfernt, entweder in Holland, in der Deutschen Bucht, oder gar tief über dem Reichsgebiet. Da reichte er ebensowenig hin wie die Flak.

Doch eines Morgens war auch in der Bretagne bei leichtbewölktem Himmel ein typischer Mosquitotag.

Die Funkmeßstation Le Havre meldete einen einzelnen Einflug, sehr hoch, mit Ostkurs. Oberleutnant von Kramm startete, stieg, so weit er konnte und lauerte der gemeldeten Mosquito in 12 000 Meter Höhe auf.

Kramm atmete Sauerstoff und hatte schon die Hälfte seines Tankvorrats verflogen, da sichtete er unter sich einen Punkt, der von Wolkenloch zu Wolkenloch stur Kurs hielt. Zweifellos eine Zweimotorige. Und mit Sicherheit eine Mosquito. Sie kam daher wie ein einsamer Rennläufer auf der Eierwiese.

Die Mosquitopiloten fühlten sich sicher wie immer, weil sie glaubten, daß es kein Gegner noch höher schaffe als sie.

Kramm begann sie zu jagen. Der Gedanke an Ewa Martini beflügelte ihn dabei. Was wäre das für ein toller Hammer, ihr eine Mosquito als Geschenk zu machen. Eine Mosquito, das war etwas, was keiner ihrer Verehrer, egal wer, ihr bieten konnte. Der Gedanke gefiel ihm. Eine Mosquito statt Blumen. Er, der Sohn einer verarmten Adelsfamilie, Jahrgang 1919, hatte sonst ja nichts. Seine Mutter, eine geborene Finkelstein, hatte wenig in die Ehe mitgebracht. Das väterliche Gut in Niederschlesien, Wälder in der Hauptsache, war verschuldet. Kaum hatte der Vater mal ein paar Festmeter Bauholz verkauft, verspielte er das Doppelte. Genaugenommen verstand der alte Baron von Forstwirtschaft nicht allzuviel, um so mehr aber von der Jägerei, die er leidenschaftlich betrieb.

Und Julius, sein einziger Sohn, war schon mit Problemen zur Welt gekommen. Die Geburt, die das Leben seiner Mutter bedrohte, hätte beinahe eine Katastrophe heraufbeschworen. Julius, bald nur noch Jus genannt, glich dem Vater sehr. Er bewunderte an ihm, wie leicht er das Leben nahm und eiferte ihm nach. Ebenso in der Nachlässigkeit gegen die wichtigen Dinge des Lebens, speziell in seinem Erscheinungsbild. Schon im Alter von neun Jahren, kaum daß er das Gewehr richtig halten konnte, nahm ihn sein Vater mit auf die Jagd. Jus schoß seinen ersten Auerhahn. Statt zu lernen, begleitete er den Vater immer wieder auf seinen Pirschgängen. Die Leute in den Dörfern ringsum wunderten sich nur, wie abgerissen die beiden daherkamen. Von Körperpflege hielten sie nicht allzuviel, weder der alte noch der junge Baron. Ab und zu schwamm Jus im See nahe dem Schloß. Das reichte dann wieder für einen Monat. Im Winter, wenn der See zufror, mußte das Herbstbad für ein halbes Jahr ausreichen.

»Kernseife, was ist das«, sagte er immer wieder, »riecht nicht gut, schmeckt nicht gut, beißt und brennt.«

Man sah es an seinen schwarzen Fingernägeln, dem struppigen langen Haar, den ungewaschenen Ohren.

Andererseits war Jus vielseitig begabt. Im Gymnasium erhielt er sogar einen Freiplatz. Schon von früher Jugend an schaute er gern hinter die Dinge. Er zerlegte Uhren, Spielzeug und wollte auch dringend wissen, was die Mädchen unter den Röcken hatten. Das ging nicht lange gut. In der 7. Klasse des Gymnasiums wurde er von der Schule gewiesen, angeblich wegen eines Techtelmechtels mit der jungen Direktorsgattin im Klo. Die Verführung ging aber von der Dame aus. Einmal im Leben wollte sie einen Baron oder Grafen haben. Offenbar begriff das der Direktor nicht und ließ sich scheiden. Und Kramm mußte sein Abitur in Glogau machen.

Seine Hobbies waren Flugzeugmodelle, die man frei fliegen lassen konnte. Nach dem Abitur tat er alles, arbeitete, sparte jeden Pfennig für einen Kurs in Segelfliegen. Er kam in die Rhön. Strohlager, Malzkaffee, morgens eine Stulle mit dünnen Kunsthonigaufstrich.

»Was hat Goebbels gesagt«, spottete er, »›und weil unsere Gegner behaupten, wir verstünden nichts von Kunst, habe ich meinen Freund Göring beauftragt, Kunsthonig noch und noch herzustellen‹.«

Knochenarbeit in der Werkstatt an bruchgelandeten Schulgleitern. Leim, Draht, Sperrholz, Zaponlack war ihr Material. Dann die ersten Hüpfer am Hang. Gummiseilstart. Ziehen, laufen, los.

Schon nach zwei Wochen erwarb Kramm das blaue Abzeichen mit der Möwenschwinge. Bei Ende des Lehrgangs hatte er das blaue Abzeichen mit den drei Möwenschwingen und kurz darauf die Silber-C mit dem Lorbeerkranz. Die erwarb er sich auf wunderbare Weise.

Es lag daran, daß ihm sein Fluglehrer, ein bärbeißiger Bursche mit Holzbein, zutraute, eine Hochleistungsmaschine, ein Grunau-Baby, ins Tal zu fliegen. Kramm blieb fünf Stunden in der Luft, erntete bei der Landung wüste Beschimpfungen, hatte damit aber den silbernen Kranz um die blauen Schwingen erworben.

Beim nächsten Kurs machte er den amtlichen Flugzeugführerschein für Segelflugzeuge. Nun konnte er auch als Fluglehrer arbeiten. Nebenbei leitete er einen Kurs für Flugzeugbauer. Bald wurde er für die Luftwaffe gemustert.

Nach der militärischen Grundausbildung kam er auf Grund seiner Vorkenntnisse zur Motorfliegerei und schulte speziell auf die Ju-87, den Stuka. In seiner Beurteilung hieß es: »Der Flieger Julius von Kramm zeigt ein hervorragendes fliegerisches Gefühl. Seine Begabung, Motorflugzeuge zu führen, sein scharfes Auge, beweisen ein außergewöhnliches Talent. Sein Zielgefühl ist besonders auffallend.«

Immer ein Einzelgänger gewesen, hatte Kramm wenig Freunde. Nur diesen anderen Einzelgänger, diesen Joe Meiners, vom stinkreichen Meiners-Haufen. Gegensätze ziehen sich an. Der Flugzeugmotorenmechaniker Joe, ein echter Sonnyboy, war in vielen Dingen das Gegenteil von Kramm. Stets von oben bis unten frisch gewaschen, frisch gebügelt, frisch pomadisiert, bewegte er sich unauffällig aber elegant.

Wo zum Teufel mochte der gnadenlose Joe Meiners jetzt stecken? Kramm hatte seit Berlin nur noch einmal von ihm gehört.

Kramm stürzte in die Tiefe wie ein Kunstspringer vom 10-Meter-Turm. Das brachte ihn dicht hinter die Mosquito, und er erwischte sie, als seien die Piloten ahnungslos beim Kaugummikauen oder beim Lutschen von Cadbury-Schokolade.

Sie versuchten, mit dem Fluchtgeschlängel einer Viper zu entkommen.

Nicht mit ihm. Kramm schnitt das Gekurve durch eine Gerade ab und feuerte immer wieder. Er schoß sie aber so an, daß nur ein Motor ausfiel, ein Flächentank Benzin abließ und die Mosquito noch notlanden konnte.

Ständig blieb er dicht hinter ihr, biß sich in ihrem Genick geradezu fest. Die Mosquito-Piloten sollten endlich begreifen, was los war: Daß der Verfolger in der Messerschmitt sie nicht töten wollte – das hätte er mühelos gekonnt – sondern daß er ihr Flugzeug wollte.

Zweifellos hatten die Engländer diesbezüglich strenge Order. Aber auch bei ihnen galt der Grundsatz: Besser fünf Minuten feige, als ein ganzes Leben tot. In der Hoffnung, die Jagd zu überleben, landeten sie südlich vor Paris auf freiem Feld.

Oberleutnant von Kramm richtete es so ein, daß er in Paris Villacoublay heruntermußte, indem er einen Kühlerdefekt vortäuschte. Angeblich zeigte sein Motor auch gefährlich schwankenden Öldruck.

Das Ganze hatte einen tieferen Grund. Er brauchte ein paar Tage in Paris. In der Frontzeitung hatte er gelesen, daß seine angebetete Ewa Martini in der Moulin-Rouge-Revue an der Seine gastierte.

16

Im Mosaiksaal der neuen Reichskanzlei fand ein Empfang statt. Wer Rang und Namen hatte, war eingeladen. Es handelte sich um eine Art Siegesfeier.

Wie es aussah, stand Hitler auf dem Höhepunkt seiner Macht. Bei vielen galt er schon als gottähnliches, allwissendes Genie. Feierliche Kleidung war vorgeschrieben. Die Zivilisten trugen mindestens Smoking, die Offiziere Galauniform, die Damen großes Abendkleid.

Im Laufe des Abends suchte Admiral Canaris im Gedränge der 1000 Gäste einen bestimmten Mann. Schließlich entdeckte er ihn im Kreis von Kameraden, die alle Luftwaffen-Festtags-Gala anhatten. Mit einiger Distanz stellte Canaris sich so auf, daß ihn Ernst Udet trotz seiner Kleinheit sehen mußte. Prompt löste sich Udet aus der Runde. Ein Glas deutschen Edelsekt in der Rechten schlenderte er auf Canaris zu, der lieber dem Mosel zusprach.

Mit einstudiertem Lächeln handelten sie todernste Dinge ab. Dabei faßten sie sich kurz.

»Schon Ergebnisse?« fragte Udet. Er war einer der wenigen Eingeweihten.

Canaris nickte unmerklich. »Es entwickelt sich. Muß nur alles nochmal durchgerechnet werden. Gegnerstärke, eigene Stärke, ob Marine und Luftwaffe den Schutz garantieren können.«

»Für wie lange?«

»Für 72 Stunden.«

General Udet schaute sich um. »Was sagt Raeder, der Herr Großadmiral?«

»Den hält keiner mehr für kompetent.«

»Wo ist Himmler?« fragte Udet weiter.

»Angeblich hat er Grippe. Der wahre Grund für sein Verschwinden liegt wohl in seinen Differenzen mit den Generälen Keitl und Jodl über den weiteren Verlauf des Krieges.« Canaris begrüßte eine aufgedonnerte Industriellengattin von der Ruhr, indem er flüchtig ihre Hand küßte. Dabei zischelte er Udet zu: »Der Führer läßt also von seinem Vorhaben nicht ab.«

»Er will unbedingt die Invasion nach England«, betonte Udet, »der Plan hat schon seinen endgültigen Namen: Unternehmen ›Seelöwe‹. Die Vorbereitungen laufen auf vollen Touren. Der Generalstab ist allerdings hin und hergerissen. Die einen behaupten, die Engländer seien nach Dünkirchen fix und fertig, jetzt müsse man sofort nachstoßen. Andere hingegen meinen, daß es etwas anderes sei, ob die Engländer Frankreich verteidigen oder ihre eigene Teetasse. Ein Unterschied wie einsamer kranker Wolf auf der Flucht und Wolfsrudel im eigenen Wald.«

»Da holen wir uns eine blutige Nase«, befürchtete Canaris, »und erst recht am Balkan, wo uns die Italiener mit Sicherheit hineinreiten werden. Man hört, Mussolini hätte einen Angriff auf Albanien vor.«

»In Nordafrika ziehen sie die Stiefel auch schon verkehrt herum an«, höhnte Udet, »nämlich fluchtmäßig. Und der Plan ›Barbarossa‹ via Moskau, der in Hitlers Kopf herumspukt, wird sein Waterloo.«

»Mann Gottes!« brach es aus Canaris heraus.

»Mann Teufels!« erlaubte sich Udet ein Wortspiel.

Sie trennten sich mit Gesichtern, als sei es lediglich um ein Rezept gegen Heuschnupfen gegangen.

17

Der ehemalige Pariser Verkehrsflughafen Villacoublay diente jetzt hauptsächlich der deutschen Luftwaffe als Basis. Die Ju-52 Linienmaschinen Berlin-Paris-Madrid-Lissabon wurden auf die alte Landebahn beim Hauptgebäude abgeschoben.

Oberleutnant von Kramm rollte seine Me-109 bis zu einem der offenen Hangars, die von der Wachkompanie streng abgeriegelt wurden. Den Pilotenoverall und die Funkhaube ließ er in der Maschine zurück. Für die Pelzstiefel mit den schlackernden Schäften hatte er allerdings keinen Ersatz.

Drüben bei der Flugleitung führte er mehrere Telefongespräche. Beim Jagdgeschwader-4 meldete er, wo die Mosquito heruntergegangen war. Dort wußte man schon Bescheid und gratulierte ihm.

»Fachleute aus Berlin sind bereits unterwegs«, übermittelte ihm Oberst Schneidewind. »Sie werden die Mosquito untersuchen. Inzwischen wissen wir aber, daß sie beinahe gänzlich aus Holz besteht, wenn auch in genialer Konstruktionsweise.«

Kramm meldete, wo er notgelandet war und daß die Reparatur seiner Me-109 vermutlich einige Tage dauern würde. Er hatte es nicht besonders eilig.

»Lassen Sie sich ruhig Zeit«, sagte der Geschwaderkommodore. »Paris ist ja nicht das Letzte vom Letzten. Aber kommen Sie mir nicht unter die Räder.«

Auf einer zerknitterten Postkarte, die den Eiffelturm und die Seine zeigte, hatte Kramm eine Adresse, die er zuerst aufsuchen wollte. Der Horstkommandant von Villacoublay, der Kramm einen großartigen deutschen Helden nannte, brachte ihn mit seinem Dienstwagen in die Stadt. Am Hotel Lutetia stieg der Major aus.

»Guten Aufenthalt«, wünschte er. »Haben Sie genügend Francs?« Mein Fahrer lädt Sie ab, wo Sie wollen.«

Kramm ließ sich zum Pigalle fahren. Dort ging er ein Stück zu Fuß durch die Gassen und über die Treppen Richtung Montmartre. Es war ein Tag wie im Frühling. Die Mädchen trugen dünne Kleidchen, Sprengwagen spritzten den Asphalt feucht. Sogar der verdunstende Wasserstaub roch pariserisch.

Kramm fragte sich zu einer Adresse durch. Die Bar lag

in einem Eckhaus der Rue Jeanette. Aber jetzt, am Mittag, war sie noch geschlossen. Kramm betätigte solange die Klingel, bis ihm geöffnet wurde. Den Concierge mit der Baskenmütze fragte er nach einem bestimmten Monsieur Josephe.

»Vielleicht kennen ihn die Mädchen.« Der Franzose schob die gelbe Maispapier-Zigarette in den anderen Mundwinkel. »Die wissen immer alles.«

In dem düsteren Nachtclub brannten nur einige Wandlampen, und auch die waren noch mit roten Seidenschirmen abgedämpft. Es stank nach Schnaps, nach Tabakrauch, nach Parfum und einem feinen Hauch nach Toiletten. Ein paar Mädchen, noch ungeschminkt, manche in Trainingsanzügen, das Haar einfach zurückgebürstet, zu einem Knoten gebunden oder mit Spangen gehalten, saßen herum. Sie strickten oder fingen an ihren Seidenstrümpfen die Maschen auf.

Kramm nahm sein ganzes Schulfranzösisch zusammen und stellte noch einmal die Frage nach Monsieur Josephe.

Die Mädchen blickten sich an, schüttelten die Köpfe, verneinten: »Non, Monsieur, Josephe est ne pas ici.«

Angeblich kannte keine von ihnen den Gesuchten. Aufgefallen war Kramm aber, daß eine der Damen ihrer Kollegin zugeblinzelt hatte. Er konnte sich irren, fürchtete aber, Joe Meiners habe seine Arbeitsstelle schon wieder gewechselt.

»Kann ich einen Cognac haben?«

»Die Bar ist noch nicht geöffnet, Monsieur.«

Was konnte er anderes tun, als zu gehen. Schon halb draußen, zwischen dem Filzvorhang und der Tür, berührte jemand von hinten Kramms Schulter.

»He Kumpel, wird's denn werden?« Es war die Stimme von Joe.

Sie verschwanden ins Büro, einen Raum, bei weitem nicht so elegant wie der in Berlin, mehr eine Abstellkammer für Wein und Konserven.

Meiners erzählte. Weil er schnell sprach, verhaspelte er sich wieder ein wenig. »Also, ich habe mich mit meinem 170-V nach Paris durchgeschlagen. Wie du siehst, arbeite ich immer dort, wo es mir gefällt, in einer Bar oder im Puff. Aber sie sind gnadenlos hinter mir her. In Berlin bekam ich einen Gestellungsbefehl, konnte gerade noch abzwitschern.«

Kramm hockte auf einem zerschlissenen Barhocker.

»Was praktisch einer Desertion gleichkommt«, bemerkte Kramm. »Und wo wohnst du? Hier in diesem Kabuff?«

»Ich wechsle immer wieder mein Versteck. Zur Zeit liegt es in der Avenue Foche.«

»Unter dem elegantesten Viertel von Paris tust du es ja nicht. Ich meine, ohne Luxus geht nix bei dir.«

»Reiner Zufall«, erklärte Meiners.

Bei der trüben Beleuchtung bemerkte Kramm, wie schlecht er aussah. Graue Haut, Magenfalten, Ringe um die Augen.

Meiners fuhr fort: »Die Wohnung gehört meinem Vater. Er war ein Freund von Maurice Chevalier. Der Herr Kommerzienrat kaufte das Domizil, als Maurice nach Hollywood ging, um drüben einen einzigen Film zu drehen. ›Die lustige Witwe‹ – ›Love parade‹.«

»Wer's hat, der hat's.«

»Mit der Wohnung übernahm mein Alter auch Chevaliers damalige Freundin. Und bei der bin ich untergekrochen.«

»Unter den Rock«, bemerkte Kramm anzüglich.

»Geht nicht, sie trägt nur Bananen«, witzelte Meiners.

Kramm wollte wissen, um wen es sich handelte.

Meiners grinste nur bübisch. »Na, wer wohl, die einzige Frau der Welt, die nackt mit Bananen tanzt.«

Kramm erriet es. »Josephine Baker also. Bist du auch sicher, Joe, daß das nicht vielleicht doch deine Tante ist?«

»Da bin ich fast gnadenlos überzeugt.«

»Aber irgendwie wahnsinnig sind wir doch, wir beide. Ich Hochseilartist und du Parterreakrobat.«

»Aus Mangel an Mutterliebe«, sagte Meiners.

»Dann muß bei mir ein Mangel an Vaterliebe vorherrschen.«

Hier, in diesem Verlies, war die Bar geöffnet. Es gab Cognac nur vom feinsten. Kramm erfuhr von Meiners, wo die Martini auftrat und in welchem Hotel sie wohnte. Im George V.

»Nur wegen dieser Nutte bist du ja hier«, stellte Meiners fest und warnte seinen Freund abermals.

»Erstens«, entgegnete Kramm, »nimmst du das Wort Nutte zurück. Zweitens kannst du dir jede Wettervorhersage sparen.«

»Ich weiß, das ist gnadenlos hoffnungslos bei dir. Meine Tante hatte immer folgenden Spruch drauf: Die Bezeichnung Hurenvolk von Bühne und Film ist eine Beleidigung für die Huren.«

»War sie vom Theater?«

»Nein, sie hatte eines.«

Joe Meiners, der seine Verbindungen hatte, besorgte Kramm eine Karte für die Abendvorstellung im Moulin Rouge. Kramm mußte ihn anpumpen. Man flog im Einsatz selten mit Geldbeutel. Dann verkleidete sich Meiners, auch als Franzose elegant, und begleitete Kramm in die Stadt. Vorher stellte er ihm allerdings ein Paar seiner besten Lackslipper zur Verfügung, ein weißes Hemd und feine Saffianlederhandschuhe.

Obwohl es deutschen Offizieren verboten war, sich privat in Hotels einzumieten, nahm Kramm ein Zimmer im George V. Der Mann an der Reception zögerte zwar, aber ein Blick von Meiners genügte.

Telefonisch bestellte Kramm dann einen Strauß Rosen. Dazu verfaßte er drei Zeilen. Meiners gab sie auf dem Rückweg zum Montmartre in Ewas Garderobe ab.

Die Abendvorstellung faszinierte Kramm. Noch nie hatte er den Körper der Martini, entkleidet bis auf einen Hauch Textilien, gesehen. Als sie die Bühne betrat und frenetischer Beifall deutscher Soldaten und Offiziere sie empfing, blieb ihm fast das Herz stehen.

Obwohl er einen Logentisch hatte, fiel er mit seinen hohen Auszeichnungen auf. Die Vorstellung war noch nicht zu Ende, aber der Auftritt von Ewa Martini. Während jetzt barbusige Girls auf der Bühne herumhüpften, ging Kramm ins Hotel zurück. Dabei machte er einen Umweg. Er begann die Atmosphäre dieser Stadt, auch wenn sie besetzt war, zu lieben. Eine Stunde spazierte er an der Seine entlang, fuhr dann mit der Metro wieder Richtung Elysee.

Im Hotel hatte Meiners, als sei er der Unterweltkönig von Paris, Kaviar und Champagner organisiert. Kramm ließ alles auf Ewas Zimmer servieren. Als der Etagenkellner die Suite verließ, schlüpfte Kramm hinein.

»Ist da jemand?« wurde gerufen.

Die Martini kam aus dem Badezimmer. Drinnen rauschte Wasser in die Wanne. Sie staunte zwar, Kramm zu sehen, sie begrüßten sich aber wie Leute ihres Alters.

»Hallo Ewa«, sagte er, »bonjour.«

»Hallo, Baron«, antwortete sie, »bon soir. Sie gehören wohl zu den Fixen und den Schnellen.«

»Aber nicht zu den Homosexuellen«, reimte er.

Sie bat ihn, Platz zu nehmen. Jetzt, ohne Schminke, wirkte sie müde und abgespannt.

»Sie haben nichts dagegen, wenn ich rasch bade.«

Dabei ließ sie die Tür offen. Er sah ihren Schatten, als sie in die Wanne stieg.

Plötzlich rief sie: »Kommen Sie ruhig her. Man kann sich besser unterhalten. Aber nur bis zur Tür.«

Sie lag im Schaum des Badewassers und zeigte zweifellos eine Menge mehr als in ihren Filmen. Das war keine zensierte Leinwandszene mehr, die ihren Körper meist bis zum Brustausschnitt verhüllte. Ausgestreckt lag sie in dem Wasser, zartgrün gefärbt von der Fichtennadel Brausetablette. Busen, Bauch und sonst alles, waren kaum bedeckt. Das Haar hatte sie mit einem weißen Frotteetuch turbanartig umwickelt. Auf den Fliesen lagen Strümpfe, Büstenhalter, Höschen. Sie schien seine Verblüffung zu genießen.

»Sie verstehen das doch bitte nicht falsch, oder?« fragte sie.

Bevor sie aus der Wanne stieg und sich abtrocknete, mußte er verschwinden. Wenig später erschien sie parfumduftend in einem beigeseidenen Schlafanzug mit französischem Höschen. Erschöpft ließ sie sich in den Sessel fallen und die Arme hängen.

»Nach der Vorstellung bin ich immer ziemlich kaputt. Aber das war die letzte heute.«

»Was für ein Glück«, sagte er, »nachdem ich Sie schon in Berlin verpaßt habe.«

»Ich hatte in Italien zu tun«, erklärte sie.

Obwohl Ewa die Augen schloß, gewann Kramm den Eindruck, daß sie gerne mit ihm redete. Allerdings konnte er es nicht lassen, bitter zu bemerken: »In Italien mit Udet.«

»Wir sind Freunde«, tat sie ab.

Sie tranken Champagner, löffelten den Kaviar auf Toast. Das Hotel hatte ihnen sogar Zitronen mitgeliefert, deren Saft sie auf den Beluga träufelten.

Kramm wählte die Form der negativen Annäherung. »Ich will natürlich nicht versuchen, Sie zu verführen, Ewa.«

»Das hätte auch wenig Sinn«, erwiderte sie, stand auf, küßte ihn flüchtig und fuhr mit den gespreizten Fingern durch seine Frisur. Plötzlich verfiel sie ins Du.

»Haare hast du wie ein Elefant am Rüssel.«

Beide lachten sie. Wenn es anfangs noch Verlegenheit gegeben hatte, löste sie sich jetzt. Durstig leerte Ewa das zweite Glas Champagner. Im Sessel ließ sie wieder Beine und Arme baumeln.

»Ich war wirklich überrascht, als ich deine Blumen bekam. Ich dachte, ich steh' auf einer Frühlingswiese. Würde es dir etwas ausmachen, die Fenstertür zu öffnen, Baron?«

Er tat, was sie wünschte, zog aber den dicken Brokatvorhang wegen der Verdunkelung wieder zu, damit kein Licht hinausfiel. Als er sich umdrehte, lag Ewa auf dem Bett. Sie klopfte mit der Hand neben sich.

»Leg dich zu mir, Baron.«

Nebeneinander ruhten sie auf dem breiten Eineinhalbschläfrigen, schwiegen sich an und starrten zu dem Kronleuchter an der Decke. Vorsichtig tastete Kramm nach Ewas Hand. Sie ließ es geschehen.

»Erzähl mir was«, bat sie ihn.

Er begann von sich zu sprechen, von seiner Familie, von seinem nahezu bankrotten Vater, aber nicht vom Krieg.

»Du bist heute gut in Form, wie ich merke«, sagte sie, »es könnte halbwegs auch meine Geschichte sein. Was meinen Vater betrifft, er war ein alter, nahezu mittelloser Kommunist, bevor er im Konzentrationslager in Prag starb. Ende. Laß uns über etwas anderes reden, Baron.«

»Über was? Daß ich dich liebe, Ewa?«

Hell auflachend nahm sie den Ernst aus seinen Worten. »Liebe ist so selten wie eine Rose in der Sahara.«

»Ist das nicht der Text aus einer Operette? Du lebst wohl schon in deinen Rollen, Ewa?«

Sie nickte. »Warum nicht? Librettos sind oft sehr lyrisch. Erstens gebe ich alles für den Erfolg«, gestand sie, »zweitens ist Bühnentext eine wundervolle Tarnung. Man kann sich dahinter verstecken.«

Es wurde warm im Zimmer. Sie traten auf den Balkon mit dem hüfthohen gußeisernen Gitter. Die Lichterstadt Paris lag im Dunkel. Kaum Verkehr. Es war fast windstill. Die laue Luft duftete nach späten Blüten. Ein Rest von Sommer.

Am frühen Morgen weckten Kramm Sonnenflecken an der Tapete, Lastwagenlärm, in der Ferne Marschtritt und ein Soldatenlied. Als es wieder ruhig war, vernahm er Kinderlachen von der Straße her. Ewa schlief fest. Ihr Kopf lag auf einem Lockenkranz. Ohne Schminke war sie noch schöner.

Kramm hinterließ ihr eine kurze Nachricht, er müsse sich um sein Flugzeug kümmern und verließ das Hotel. Er fühlte sich beschwingt und voller Hoffnung. Was hatte Ewa angedeutet? ›Vielleicht wird etwas aus uns, wenn du wieder in Berlin bist. Wir wollen uns Zeit lassen!‹

Kaum war er den Boulevard ein Stück Richtung Metro-Station entlanggeschlendert, hielt neben ihm ein Mercedes 170-V-Cabriolet. Cremefarben, gewaschen und poliert. Die rechte Tür schwang auf. Kramm schlüpfte unter das niedere Stoffdach. Im ledernen Sitz hinter dem Lenkrad kauerte Joe Meiners. Er wirkte gehetzt. In den Mundwinkeln hatte er getrockneten Speichel.

»Hab auf dich gewartet. Wird leider ziemlich gnadenlos für mich.« Hinten im Wagen lagen Kramms Pilotenstiefel. »Die und so manches andere dürfen sie nicht bei mir finden. Jetzt, wo sie mich schon in Paris aufgespürt haben.«

Trotz all seiner Schwierigkeiten war Meiners wie immer schneidersalonmäßig gekleidet. Selbst die französischen Tarnklamotten machten eine gepflegte Erscheinung aus ihm. Doch das nützte wenig. Er konnte Kramm nichts vormachen. Die Sorgen hatten ihn gezeichnet.

»Magengeschwüre«, erklärte Joe, »na ja, und der Alkohol. Das haut den gnadenlosesten Optimisten um.«

Kramm brauchte nicht viel Vorstellungskraft, um zu erkennen, in welcher Klemme Meiners steckte. Also machte er ihm ein Angebot. »Wie es aussieht, werde ich bald einen zuverlässigen Motormechaniker brauchen.«

»Das wäre ja eine Rückkehr in die Krammsche Hölle. Da ist mir mein gnadenlos beschissenes Paradies in Freiheit immer noch lieber.«

»Du würdest ausschließlich mir zur Verfügung stehen. Und bei den Motoren hast du Hände wie ein Chirurg. Da bist du ein echter Künstler«, malte ihm Kramm aus.

»Notgedrungen, gnadenlos notgedrungen«, erklärte Meiners eine Art Einverständnis. »Ich sorge für deinen Motor und kümmere mich wie früher schon mal um deine äußere Erscheinung. Schlimm, wie du manchmal daherkommst. Wer von uns beiden ist eigentlich der Baron?«

Ein paar Straßen weiter Richtung Odeon trennten sie sich. »Notfalls werde ich dich schon finden«, versprach Kramm.

»Oder ich dich.« Zum Abschied gab ihm der Freund noch einen Rat: »Laß die Finger von der Martini. Wie eine Bienenkönigin ist sie umschwärmt. Von Nazi- und Militärgrößen. Die tut es nur vom General aufwärts.«

»Zu spät.« Kramm versuchte Ewa zu entschuldigen. »Vielleicht hat sie auch andere Gründe. Vielleicht ist es nur eine Art Kostüm, eine Mimikry, die sie trägt, weil ihr Vater als Kommunist im Konzentrationslager umkam.«

Trotzdem warnte ihn Meiners erneut. »Und dieser Boris Kuriakin in Berlin ist auch nicht astrein.«

»Aber er fördert ihre Karriere.«

»Ja, ja, Scheißkarriere. Diese Frau denkt an nichts anderes. Die ist doch ein echter Wanderpokal. Kaum bist du aus der Tür, vögelt sie einen andern.«

»Das sieht nur so aus.« Kramm ließ sich seine Meinung über Ewa nicht vergiften.

In der Metro nach Villacoublay konnte Kramm der Kontrolle nicht entgehen. Drei Mann Feldgendarmerie in Stahlhelm und Brustplakette hielten ihn an und verlangten seine Papiere. Kramm konnte weder Urlaubsschein noch Marschbefehl vorweisen.

Der Offizier der Streife, ein Leutnant, war sich seiner Macht bewußt und äußerst ungnädig. Martialisch blickte er Kramm unter dem Stahlhelmrand hervor an. Er hatte das erstarrte Gesicht des Oberbuchhalters in einem Steinbruch. Auf der Armbinde stand ›Feldpolizei‹, am Koppel hatte er eine Luger 08. Gewöhnlich fingen sie immer so milde an, daß man darauf hereinfiel. Dieser Granitknochen aber nicht. »Was machen Sie in Paris, Oberleutnant?«

Da führte Kramm nur die rechte Hand zum Ritterkreuz mit dem Eichenlaub und ließ es baumeln.

»Ich mußte mit meiner Messerschmitt in Villacoublay notlanden. Kommen Sie ruhig mit und zählen Sie die Striche meiner Abschüsse. Sie werden mehr finden, als Sie Zähne haben. Dann dürfen Sie auch meinen Geschwaderkommodore Oberst Schneidewind anrufen.«

Sein Auftreten und die Orden genügten offenbar. Der Leutnant der Feldpolizei machte einen Aufschrieb. »Name, Dienstgrad, Einheit?«

»Oberleutnant Julius von Kramm, Jagdgeschwader-4.«

Sie ließen ihn laufen. Immer wenn die entfernte Möglichkeit bestand, daß es Ärger gab, zogen sie die Schwänze ein. Aber eine Meldung an das Geschwader würde es bestimmt kosten.

18

In den kommenden Nächten warfen deutsche Bomber Magnetminen in der Humber-Mündung. Jede Ju-88 oder He-111 etwa 3000 Kilo. Eine andere Gruppe, die oben in Belgien lag, nahm sich die Themse vor. Sie hatte den kürzeren Anmarschweg. Ständig begleiteten sie Jäger und schützten sie.

Als die Piloten vom Jagdgeschwader-4 vom Einsatz zurückkehrten und kaputt in ihren Sesseln fläzten, bemerkte Hauptmann Geiger und er meinte es sogar ernst: »Bomber begleiten ist doch eine wunderfeine Erbauung, oder?«

In der Runde saß auch ein junger Oberfähnrich. Er hatte blondes Haar und blaue Augen. Die Stirn war edel geformt, fast ein schöner Jüngling, wenn ihn der Alkohol nicht schon ein wenig verwüstet hätte. Es gab eben Tage, da hielt jeder vom Fliegen gegen den Feind nicht mehr allzuviel und schüttete sich mit Schnaps zu. Was sollte so ein Leben den jungen Leuten schon bieten? Und dann dieser Ausspruch des Staffelkapitäns. Das schien den Oberfähnrich zu reizen.

»Bomber begleiten ist Scheiße«, sagte er, »mit Verlaub. Man fliegt hin, die Bomber schmeißen ihre Bomben bis Feuer und Blut zum Himmel spritzt, und zum Abendessen ist man wieder zu Hause. Dann badet man natürlich. Das nenne ich pervers.«

Aus dem Blick, mit dem Geiger den Oberfähnrich musterte, erkannte Kramm, daß der junge Pilot in Geiger keinen Freund mehr haben würde.

Da alle anderen schwiegen, sprang er ihm helfend bei. »Ganz meiner Meinung. Eine wirklich oberperverse Erbauung.«

Am Morgen landete eine Siebel, das bevorzugte Generalsflugzeug, in Balogne. Ein Mann vom OKL mit weißen Biesen an den Hosen befand sich auf Rundreise und informierte die Offiziere der einzelnen Geschwader über den neuesten Stand der Strategie. Er hielt seine Nullachtfünfzehn-Ansprache.

»Kameraden!« begann er. »Nach der Katastrophe des britischen Rückzugs von Dünkirchen, der Besetzung von Paris, dem Waffenstillstand mit Frankreich, will die Führung nun die Gunst der Stunde weiter nützen. Und zwar durch eine Invasion auf der britischen Insel. Das Unternehmen ist, wie Sie wahrscheinlich wissen, unter dem Decknamen ›Seelöwe‹ in Vorbereitung. Alle irgendwie verfügbaren Kräfte von Luftwaffe und Marine sind bereits zusammengezogen. Zuerst werden Fallschirmeinheiten landen. Große Lastensegler sollen je einen Zug Infanterie transportieren. Geschwader von Messerschmittjägern haben den Luftraum abzuschirmen. Die Flotte schützt und übernimmt den Transport schwerer Waffen. Dazu wurden Landungspräme mit Flugzeugmotoren und Propellern ausgerüstet. Sogar Betonschiffe haben wir gebaut, um den Nachschub rüberzuschaffen. Aus besonderem Grund bekommen einige von Ihren Maschinen

Aufhängevorrichtungen am Rumpf zwischen den Fahrwerksbeinen zwecks Aufnahme einer 250-Kilo-Bombe. Wer einen Jäger fliegen kann, kann es auch mit einem Jagdbomber. Das soll uns helfen, ein äußerst wichtiges Problem zu lösen.« Er holte kaum Luft, quatschte wie ein Gramophon weiter: »Was unsere Landung unter anderem behindern könnte, sind die britischen Funkmeßstationen. Sie nennen es drüben Radar. Noch kennen wir ihre Wirkungsweise und Reichweite zu wenig. Das muß erkundet werden.«

Kaum war der General abgezittert, erfuhren die im Casino versammelten Offiziere, wie diese Erkundung aussehen sollte. Dem JG-4 hatte man die Insel Wight zugeteilt. Sie lag vor den zwei Einfahrten nach Portsmouth und nach Southampton. An der Ostflanke von Wight zwischen Niton und Ventnor waren über Nacht die Masten von Radarstationen aus dem Boden gewachsen. Sofort meldete sich Hauptmann Geiger freiwillig für den scheinbar ungefährlichen Einsatz.

Ein Leutnant, der neben Kramm saß, zischte: »Geiger ist ein so geiziger Hund, daß er sogar noch einen Groschen mit den Zähnen aus der Scheiße zieht. Und von Geiz stammt das Wort Ehrgeiz ab. Um den zu stillen, geht Geiger über Leichen.«

»Der Geiger is' a ganz besonders erlesener Armleuchter«, meinte der Wiener, »klassisch vornehm ausgedrückt.«

Doch plötzlich hieß es, die Radarstationen sollten direkt angegriffen werden und zwar mit einer 250-Kilo-Sprengbombe. Sofort machte Geiger einen Rückzieher.

Kramm hörte, wie sein Name aufgerufen wurde. Es war die Stimme des Gruppencommodore Oberst Schneidewind.

»Sie, Kramm, übernehmen die Radarstationen auf

Wight«, entschied er, »da können Sie mal vorführen, ob das neue Jabo-Zielgerät etwas taugt. Ich erhoffe mir eine brauchbare Demonstration. Start morgen in aller Frühe. Angeblich ist das Wetter günstig. Sie werden zunächst alleine fliegen, Kramm, wassernah. Begleitschutz hinterher. Genaue Einweisung eine Stunde vor dem Start. Sonst noch Fragen? Keine Fragen. Danke, meine Herren, gute Nacht!«

Das war bei Gott keine Bevorzugung. Kramm hatte den Einsatzbefehl nur erhalten, weil er als Draufgänger mit Schweineglück galt.

Hauptmann Geiger war glatt übergangen worden. Man traute ihm nichts zu. In Geiger hatte Kramm nie einen Freund gehabt, jetzt aber hatte er einen erklärten Feind.

1800 PS rissen das Jagdflugzeug, diesen Pfeil aus Stahl und Aluminium empor. Hinter sich her zog es einen Schwall sengend heißer Abgase, als brenne die Luft.

Im Morgengrauen donnerte die einsame Me-109 im Tiefflug, kaum 30 Meter hoch, über den Ärmelkanal. Die Propellerböen zeichneten sich auf der leicht bewegten See als Schaumstreifen ab. Immer wieder schaute Kramm nach oben. Nirgendwo war von seinem Jagdschutz etwas zu sehen. Diese verdammten Halunken schliefen noch, die ließen ihn mit seiner 250-kg-Bombe, die ihn unbeweglich machte, wie einen Rennläufer mit Rucksack, glatt verhungern. Na ja, sie würden schon noch kommen. Kramm hörte den Feindfunk ab. Allein im Einsatz ging er oft auf die Welle britischer Sender. Um diese Zeit brachten sie Breakfast-Musik. Louis Armstrong sang: ›Jeepers-Creepers‹. Dazwischen Lagedurchsagen.

Auf der Gegenseite war noch kein Alarm. Also kam er unverhofft zum Frühstück. Mahlzeit!

Die Entfernung von Balogne bis Isle of Wight beträgt 140 Kilometer, entsprechend einer Flugzeit von 18 Minuten. Bald schon flimmerte im Westen ein grauer Strich. Es war die kalkige Steilküste.

Sanft zog Kramm den Steuerknüppel heran und begann zu steigen. Seine Angriffshöhe betrug 200 Meter. Der Plan sah vor, die Insel von Catherinas Point her zu überfliegen und die zwei Radarstationen nacheinander aufzurollen. Doch soviel stand schon fest: Die Reichweite der Stationen mußte geringer sein als befürchtet. Angriffe im Tiefflug registrierten sie wohl überhaupt nicht.

Kramm passierte den Leuchtturm des Kaps. Kurs 79 Grad. Er machte die Bombe scharf. In der Ferne der erste Radarturm wie ein fahler Strich gen Himmel. Leider noch immer nichts von dem versprochenen Jagdschutz zur Ablenkung der Flak. Die Gittermasten der Radarstation von Niton kamen rasend schnell näher. Kramm visierte, hielt genügend vor, aber auch nicht zuviel. Er löste die Bombe. Eine Mischung aus Spreng-, Splitter- und Brandmaterial. Erleichtert machte die 109 einen Hopser. Die Bombe torkelte abwärts. Der Aufschlag. Der Blitz.

»Treffer!« rief Kramm ins Kehlkopfmikrofon. »Die ging voll ins Eingemachte.«

Mit Kampfleistung des Motors flog er ab, schnitt die Buchten der Küste. Schon tauchten die Türme der zweiten Station von Ventnor auf. Die beschoß er aus der Kanone mit vollen Salven, kam noch einmal zurück und gab ihr mit den MGs den Rest.

Jetzt war die Maschine leicht und wendig. Sie mußte sich fühlen wie eine Henne, die auf einen Sitz ein Straußenei losgeworden war. Zwar hatte die Hälfte seiner Bordwaffentreffer danebengelegen, aber auch von Ventnor war ein Mast umgeknickt.

Im Abdrehen sah Kramm Feuer und einen Rauchpilz aufsteigen. Fahrzeuge, die bei der Station geparkt waren, explodierten gleich reihenweise.

Die Me-109 lag jetzt auf Heimatkurs. Plötzlich die Durchsage eines entfernten Jägerpiloten.

»Spitfires in 11 Uhr.«

Schon sah Kramm sie auftauchen. Gleich mehrere Rotten. Punkte wie Fliegenschisse. Sie stachen von schräg vorne aus der Sonne auf ihn zu. Das mußte die Morgenpatrouille sein, die sich auf dem Rückflug befand.

Kaum hatten die englischen Jäger den Deutschen erkannt, teilte sich ihre Formation zum Angriff. Einer kam von unten, drei von oben. Dann hämmerten ihre Kanonen und MGs los. Viel zu früh. Kramm antwortete gehörig. Seine Leuchtspuren jagten in die obere Spitfire hinein. Er gab Dauerfeuer, schwenkte mit, während die Spitfire über ihn wegzog.

»Verdammt, dir geb ich's!« fluchte er erbost, aber auch entzückt, denn schon zog die Spitfire einen dunklen Schweif brennenden Motoröls hinter sich her.

Eine Spit stürzte, die anderen kamen wieder. Diesmal von hinten. Kramm kurvte und gab dem Motor Notleistung. Das hielt der Daimler nicht lange aus. Ein paar Minuten vielleicht. Die Höhe betrug jetzt etwa 1000 Meter. Die Spits flogen hintereinander und gingen mit Linkskurve in Schußposition. Im letzten Moment wich Kramm scharf eckig nach rechts aus. Doch eine der wendigeren Spits erkannte den Trick und schnitt ihm den Weg ab. So gelangte Kramm für Sekunden in ihr Reflexvisier. Der Gegner drückte auf alle Waffenknöpfe, schoß aber ins Blaue. Sein Vorhaltewinkel stimmte nicht.

Nun saß ihm Kramm im Nacken. Hart schlugen die Treffer drüben ein. Klatschend und pfeifend. Glas splitterte, Verkleidungsbleche flogen weg. Der Spitfire-Motor stotterte. Nach wenigen Umdrehungen stand die Latte. Festgefressen. Der Merlin fing weiß zu qualmen an.

Schon dachte Kramm, das wär's gewesen, aber da kamen die anderen zurück. Sie spickten Kramm mit Kugelstahl voll wie eine Rehkeule mit Speckstreifen. An der engsten Selle des Ärmelkanals wäre Kramm noch bis zur Küste gekommen, aber hier weitete sich der Kanal bereits. Kramm hatte mindestens noch 60 Kilometer bis Frankreich.

Er überlegte nicht lange. Mit der zerfetzten Kiste kam er nicht nach Hause. Sein Motor schweißte aus allen Löchern. Das bedeutete aussteigen, wohl oder übel. Er machte sich fertig. Kabinendach weg und raus. Er sprang ab, kam frei. Die Höhe dafür war noch günstig, 800 Meter, weder zu wenig noch zu viel. Man hing nicht zu lange in den Fallschirmgurten, hatte aber genügend Zeit, die Reißleine zu ziehen. Leider blieb ihm keine Wahl. Er mußte sich dem Fallschirm anvertrauen.

Seine Gurte waren zu locker. Mit einem Knall öffnete sich der Schirm und riß ihm fast die Eier weg. 40 Sekunden bis zum Wasser, rechnete Kramm. Dann kam das Zweitschlimmste. Der Aufprall. Erst der Ruck, mit dem sich der Schirm nach dem freien Fall geöffnet hatte, und jetzt gleich der Aufprall. Weit vor sich sah Kramm seine Me-109. Ungesteuert geriet sie ins Trudeln und stürzte ab. Klatsch und weg. Noch 100 Meter bis zur Meeresoberfläche. Zehn Sekunden, ein paar mehr.

Eine Spitfire flog erneut an.

Der wird dich schon nicht abknallen wie einen Pappkameraden auf dem Schießstand, dachte Kramm. So unfair war der Spitfirepilot nicht. Vermutlich ein erfahrener Jagdflieger, wandte er ein viel subtileres Verfahren, eine mehr künstlerische Form des Tötens an. Dicht über

Kramms Fallschirm hinwegfliegend zog er steil nach oben. Durch den Druck seines Propellerwindes wurde der Schirm erst seitlich eingedellt, ehe er völlig zusammenbrach. Wie ein Stein fiel Kramm in die Tiefe.

Als die Spit zum zweiten Mal kam, war Kramm schon im Wasser und drohte dem Engländer mit der Faust. Den beeindruckte das allerdings wenig. Flächenwackelnd, grinsend vermutlich, flog er heimwärts.

Kramm löste den Lyrer-Stecker am Gurtschloß und gab Preßluft in die Schwimmweste.

Nach Stunden kam eine Suchmaschine und kreiste über ihm. Kramm riß den Farbbeutel auf. Damit zeigte er seine Position an. Sie schossen Erkennungssignal, konnten ihm aber nicht helfen. Es war eine He-111 ohne Schwimmer.

Es wurde Mittag, Nachmittag, es wurde Abend. Wind kam auf, machte die See kabbelig. Jetzt im Herbst hatte das Wasser in der Meeresstraße nahe Dover und Calais höchstens 18 Grad. Kramm kühlte aus. Er fror und wurde müde. So fing es an, wenn man sich aufzugeben begann.

14 Stunden trieb er jetzt schon im Gezeitenstrom. Als es dunkel wurde, schaltete er die Signallampe der Schwimmweste an, aber ohne große Hoffnung. Nur noch im Dämmerzustand bekam er mit, wie es schweinwerferhell um ihn wurde und sie ihn aus dem Bach fischten. Ein deutsches Schnellboot hatte ihn an Bord genommen und gerettet.

19

An den Wänden hingen Übersichtskarten der Normandie und der Bretagne, sowie Karten der englischen Südküste jenseits des Ärmelkanals. Diese zeigten insbesondere die Grafschaften Cornwall, Devon, Sussex, Kent und dazu die großen Hafenstädte.

Zwei der stufenartigen Terrassen der Kommandozentrale waren voller Telefone, Fernschreiber und Funkgeräte. Den Boden des Ganzen bildete eine riesige Glasplatte, die von unten beleuchtet war. Auf ihr wurden alle militärisch wichtigen Vorgänge durch kleine Schiffe, Flugzeuge, Fahrzeuge oder Soldaten markiert. Die Modelle der Deutschen waren blau, die britischen rot. Sie wurden, je nach Einsatzlage, mit langen Stöcken, ähnlich denen der Groupiers im Spielcasino, verschoben, hin und her, vor und zurück bewegt. Die Anweisungen dazu erteilten Luftwaffen-Stabsoffiziere. Von ihnen kamen auch die befehlsmäßigen Entscheidungen.

Einlaufende und ausgehende Meldungen hingegen wurden von Luftwaffenhelferinnen, auch Blitzmädchen genannt, entgegengenommen. Jede Sechsstundenschicht in der Zentrale Cherbourg beschäftigte ein Dutzend Offiziere vom Major aufwärts und etwa 50 Mädchen.

Zwischendurch gab es auch ruhige Minuten für eine Kaffee- oder Zigarettenpause.

Traudl Hofer führte die Aufsicht über die Telefonistinnen. Sie nützte eine der Pausen und rief per Sonderleitung zum Feldtelefon Balogne hinaus.

Erst war Oberleutnant von Kramm nicht erreichbar. Traudl Hofer schaute in den Einsatzplänen nach.

»Ist er noch nicht zurück?« fragte sie den zuständigen Adjutanten beunruhigt.

»Wir haben laufend Landungen.«

»Verluste?«

»Bewegen sich im Rahmen«, deutete der Offizier an. Das hieß, sie lagen unter fünf Prozent. Zehn Prozent Ausfälle galten inzwischen als normal. Von hohen Verlusten sprach man beim Oberkommando West erst, wenn Flugzeuge von der Anzahl einer Staffel nicht zurückkehrten.

Traudl Hofer versuchte es eine Stunde später noch einmal. Jetzt wurde Kramm herbeigerufen.

»Du machst dich rar«, sagte sie vorwurfsvoll. »Habe ich die Beulenpest oder was? Weiß schon gar nicht mehr, wie du ausschaust, Baron.«

»Du kennst unsere Einsatzdichte«, erwiderte er. »Tag und Nacht. Wenn der Tag ein paar Stunden mehr hätte, würden sie uns viermal rüberjagen.«

Sie kam jetzt rasch zur Sache, denn jede Sekunde konnten die Signallampen wieder von Grün auf Alarmrot schalten.

»Ich muß dich sehen, Baron. Dringend.«

»Was ist los?«

»Heute noch.«

Er fragte das für einen Mann nächstliegende: »Bist du so scharf auf mich?«

Sie lachte hell mit einer Spur Frost in der Stimme. »Klar, Monsieur. Wann also? Das Wetter wird schlechter.«

Die Einsatzzentrale hatte auch hier, wie immer, die besseren Informationen.

»Um was geht es?« wollte er endlich wissen.

Nach einer Pause traf sie eine Feststellung. »Du wirkst nervös, Baron, und gereizt. Gibt es wieder Ärger mit Geiger?«

Allwissend waren sie bei der Luftflotte offenbar auch nicht.

»Es hat sich ausgegeigert, Madame.«

»Ist er am Feind geblieben?«

»Leute wie Geiger sind unzerstörbar«, bedauerte Kramm, »aber sie haben ihn bei der Beförderung zum Major übergangen. Trotz 100 Feindflügen bekam er nicht mal das Deutsche Kreuz in Gold. Dazu die Niederlage, daß das Verfahren gegen mich wegen Paris bis jetzt nicht eröffnet wurde. Wahrscheinlich fragt er sich, warum, erhält aber trotz seiner spinnenhaften Verbindungen keine Antwort.«

»Er ist unbeliebt«, erwähnte Traudl. »Denunzianten mag keiner aus Angst, man könnte selbst der nächste sein.«

»Die Staffelkameraden schneiden Geiger. Dadurch sieht er beim KG-4 keine Zukunftchancen mehr. Er beantragte seine Versetzung. Wie man munkelt, will er zum OKL nach Berlin oder sogar zur Waffen-SS. Das Gesuch wurde aber bis jetzt nicht genehmigt.«

»Leider.«

»Jetzt stänkert er nur noch mehr herum«, endete Kramm. »Aber eines muß man ihm lassen, darin ist er nicht zu überbieten, nämlich als Feigling, als rücksichtsloser krummer Hund. Der Satan soll ihn holen und in der Hölle wegsperren.«

»Da paßt er hin«, äußerte Traudl befriedigt.

Sie konnten dieses offene Gespräch führen, weil die Leitung als abhörsicher galt. Jetzt schalteten die Signallampen aber auf Rot. Traudl beeilte sich. »Ich habe eine Einladung nach Paris. Kannst du 48 Stunden Urlaub kriegen?«

»Nur, wenn es regnet, nebelt, hagelt oder schneit.«

»Mein Vater möchte dich kennenlernen. Ich glaube, er hat etwas Wichtiges mit dir zu besprechen.«

Kramm fürchtete zu wissen, um was es ging. In der Ferne hörte er schon das bedrohliche Läuten von Hochzeitsglocken. Wie es aussah, kam er da aus Paris lebend nicht mehr zurück. »Mal sehen«, drückte er sich.

»Also Freitag«, legte sie ihn fest. »Wir haben die neuesten Wetterberichte von U-Booten aus der Irischen See vorliegen. Es wird regnen, nebeln, hageln und schneien.«

»Dann bis übermorgen.«

Nachdem er aufgelegt hatte, seufzte er tief und ging duschen. Kramm ahnte nicht, daß er Traudl Hofer noch brauchen würde. Verdammt dringend sogar.

Der letzte Feindflug vor Ankunft der Schlechtwetterfront führte zu enormen Verlusten. Die Abwehr des Gegners verstärkte sich von Tag zu Tag. Beim Anmarsch empfingen sie Spitfires, über dem Ziel dann massiertes Flakfeuer und Sperrballone.

Werftreif geschossen, aber noch flugfähig, landete Kramm seine Me-109 in der Abenddämmerung in Balogne. Bei der Maschine vor ihm war es wegen Fahrwerkschadens zu einem Überschlag gekommen. Die nächste hinter ihm kreiselte auf einem Rad über die Landebahn wie ein Bumerang. Mit dem letzten Tropfen Sprit rollte Kramm zu seinem Abstellplatz. Die Warte und Mechaniker standen schon bereit, um die schwersten Schäden zu beheben, die Maschinen neu zu betanken und zu munitionieren.

»Geht's noch mal rüber, Herr Oberleutnant?« fragte sein Erster Wart übermüdet.

Durch das Kabinenglas schielte Kramm nach Nordwesten, wo sich der Himmel zu einem dunklen Streifen zusammenzog.

»Luftdruck?«

»Fällt rapide.«

Kramm löste sich aus den Gurten. »Jetzt kommt es darauf an, wer schneller ist. Das Wetter oder ihr, Herrschaften. Erst mal aussteigen und aufs Scheißhaus.«

Er war müde zum Umfallen. Todmüde. Kramm nahm nur die FT-Haube ab und schnallte den Fallschirm los. In der Fliegerkombi nahm er einen Schluck Kaffee.

20

Die Schlacht um England ging weiter.

Verbissen kämpfend holte sich Kramm einen Abschuß nach dem andern. Mit viel Glück hatte er bis jetzt nicht einen einzigen Streifschuß abbekommen. Die Meldung aus Paris wegen unerlaubter Entfernung von der Truppe lag beim Gruppenkommandeur, wurde aber auf höhere Weisung zunächst niedergeschlagen.

Die Abteilung erhielt die neue Me-109-E-3. Die Rahmen der Kabinenverglasung waren verstärkt. Sie hatte die Motorkanone GF/FFM-2cm-Kaliber, dazu drei MG-17. Ihre Feuerkraft war damit stärker als die von Hurricane und Spitfire. Das Fluggewicht stieg allerdings auf 2600 kg.

Der für die Jagdmaschinen verantwortliche General Luftzeugmeister Udet überzeugte sich persönlich, ob das Gerät von der Truppe angenommen wurde. Anläßlich seiner Rundreise kam er auch beim JG-4 vorbei. Udet belobigte die Einheit für ihre Einsatzzahlen und Oberleutnant von Kramm wegen des Abschusses der Mosquito.

Als sie sich mit einem Glas Cognac kurz gegenüberstanden, stellte der kaum einsachtzig Meter lange Kramm, der selbst kein Riese war, fest, daß er von oben auf Udets Scheitel sehen konnte. Trotz der extrahohen Absätze, die der eitle Udet an seine juchtenledernen

Schaftstiefel hatte nageln lassen. Udets Gesichtszüge zeigten die Andeutung eines permanenten Lächelns und erinnerten an den Filmschauspieler Heinz Rühmann, wenn der zwanzig Jahre älter, gebräunt und windgegerbt gewesen wäre.

»Was ich noch erwähnen wollte«, sagte Udet gedämpft, »Gruß vom Reichsmarschall. Sie sollen die Nase nicht immer vorneweg in den Wind halten. Die Logistik für das Sonderkommando Kramm ist so gut wie fertig. Machen Sie sich täglich auf eine Abkommandierung gefaßt. Alles weitere in Berlin. Betrachten Sie die Sache als Gekados.«

Udet konsumierte locker einige Doppelte aus dem Hause Cognac, steckte sich eine Zigarette an und verschwand mit seinem Dienstflugzeug, der Siebel, um beim nächsten Geschwader einzufallen.

Die Flüge nach England wurden immer verlustreicher. Man begann, sie konsequent in die Nächte zu verlegen, was den Begleitschutz der Jäger erschwerte, die nicht mit Nacht- und Blindflugeinrichtung ausgerüstet waren.

Kramm erlaubte sich daran herumzumäkeln und machte sich unbeliebt. Er nannte die Einsatzführung falsch, bezeichnete das Flugzeugmaterial als unterlegen, und dies, obwohl ihm wegen Paris noch das Kriegsgerichtsverfahren drohte. Seine Sorgen versuchte er durch erhöhten Einsatz zu verdrängen. Im Pas de Calais trat ein neues Problem auf. Sowohl Marineeinheiten als auch Versorgungsfrachter, nötig für die Truppen an der Normandie- und Bretagne-Küste, waren gezwungen, die schmalste Stelle zwischen Dover und Calais, diese kaum 50 Kilometer breite Seestraße, zu durchfahren. Die Passage war durch die britischen und deutschen Minenfelder obendrein eng und gefährlich.

Der Einsatzoffizier des JG-4 erklärte Kramm die Lage anhand der Karte. »Tagsüber trauen sich die Engländer mit ihren Schnellbooten nicht aus den Häfen. Aber diese verdammten Langrohrgeschütze auf dem Hochufer von Dover beharken den ganzen Bereich. Sie haben sich auf nahezu jede Pißecke eingeschossen. Sie treffen jedes beliebige Quadrat von 50 Metern Kantenlänge beim dritten Schuß. Mit ihrer Reichweite könnten sie sogar bis Frankreich feuern. Aber es genügt ihnen, die langsamen Frachter zu beschießen. Leider haben sie schon manchen zu den Fischen geschickt.«

Kramm wußte, worauf das hinauslief. »Eine Batterie von Langrohrgeschützen braucht eine Feuerleitstelle. Ohne die sind sie blind.«

Der Gruppen-I A zeigte Kramm Fotos von Fernaufklärern, auf denen die britischen Batterien deutlich zu erkennen waren. Die Fotos waren so vergrößert, daß man sogar die Norton-Motorräder der Melder unterscheiden konnte.

Mit der Lupe betrachtete Kramm die Luftbilder und reichte sie zurück. »Danke, ich weiß Bescheid.«

»Eine gut plazierte 250kg-Bombe auf die Feuerleitzentrale müßte genügen, um sie für eine Weile außer Betrieb zu setzen.«

Kramm nickte nur, tippte einen lässigen Gruß an den Mützenschirm und verschwand aus der überhitzten Einsatzzentrale. Dann wartete er nicht erst lange auf passendes Wetter. Leider herrschte gutes an diesem Tag. Er riskierte es trotzdem.

Den Rüstsatz für die Aufhängung einer 250kg-Bombe hatte er bereits am Rumpf seiner Me-109 montiert. Seine Helfer fuhren die Bombe heran und klinkten sie ein. Kramm sprach noch mit den Kameraden ab, bis wann er zurück sein würde. »Wahrscheinlich sind die Spits dann hinter mir her wie eine Meute Fox-Hounds hinter dem Hasen. Also seid bitte zur Stelle und schließt mich in eure Arme.«

Dann machte er sich fertig. Schwimmweste, Fallschirm, Signallampe, gerade daß er damit noch in den Führerstand hineinkam. Sein Wart reichte ihm FT-Haube, Atemmaske und Signalpistole nach.

Ein Blick auf die Uhr. Sechzehn-null-vier. Die Warte kurbelten am Anlasser. Kramm spritzte den Motor ein, stellte die Luftschraube auf 12 Uhr. Anlassen, Zündung. Fauchend sprang der DB-605 an. Kramm nahm das Gas zurück. Mit 600 Umdrehungen in der Minute lief der Motor warm. Kabinendach zu, Daumen nach oben. Bremsklötze weg. Rollen zum Startpunkt. Trimmung auf Null, Gashebel vor bis zum Anschlag, Knüppel an den Bauch. Mit der rasanten Beschleunigung nahm die Schwerelosigkeit der Maschine zu. Abheben, Gas zurück, Fahrwerk ein, Propeller auf kleine Stellung. Kramm flog.

Erst nahm er Kurs an der Küste entlang. Querab von Calais ging er auf 245 Grad am Kompaß. So tief wie möglich blieb er über dem grünen Wasser des Kanals. Bis Dover brauchte er noch vier Minuten.

Beim Anblick der weißen Küste zog er steil hoch. Aber da empfingen sie ihn schon mit Flakfeuer. Am Kliff entlangbrausend drückte er die Stoppuhr. In neun Sekunden mußte die Stellung der Langrohrkanonen in Sicht kommen. Prompt tauchte sie auf. Wie die Rohre aus ihren Betonkasematten ragten, das erinnerte an Frankfurter Würstchen in einer Semmel. Kramm flog eine S-Kurve, entdeckte die Leitstelle. Nicht zu verfehlen mit ihren Antennen und Radarmatratzen. Aber er war schon darüber hinweg.

In ausholendem Oval flog er erneut an, visierte, klinkte

seine Bombe aus, die Fallkurve anhand seiner Geschwindigkeit und der Entfernung zum Ziel über den Daumen berechnend. Ein erfahrener Jäger lag bei seinen eigenen Schätzungen meist besser als eine Rechenmaschine.

Kramm gab dem Motor Kampfleistung, drehte ab. Im Tiefflug mit direktem Kurs auf den Heimatflughafen suchte er sein Heil. Ob er zu diesem Zeitpunkt bereits Spitfires aufgescheucht hatte, wußte er nicht. Jedenfalls empfingen ihn in der Bucht vor dem Cotentin zwei Rotten Kameraden. Sie schirmten ihn auf den letzten 50 Kilometern ab. Schon längst blinkte seine Reststandwarnlampe. Er kam nicht nur mit dem letzten Tropfen hin, sondern mit einem Propeller, den nur noch der Luftstrom bewegte. Wieder einmal hungerte er sich an den Platz heran.

Eine ohnehin landesensible Me-109 ohne Motorunterstützung glatt hinzukriegen, das kam einem Kunststück gleich. Es war nicht das erstemal, und Kramm hoffte, es zu schaffen.

Er war noch nicht am Boden, wollte gerade zu dem gelben Landetuch slippen, als der Kübelwagen des Staffelkapitäns das Rollfeld querte. Er schnitt Kramms Maschine doch glatt den Weg ab. Kramm zog so dicht über den Kübelwagen hinweg, daß er dem Fahrer und Geiger beinah die Köpfe abrasierte. Durch Gegenslippen gelang es Kramm, seine abschmierende Maschine vor einer Bruchlandung zu retten.

Der Werkstattkranwagen kam heraus und schleppte ihn unter sein Tarnnetz.

Kramm war wütend auf den Staffelkapitän. Doch als er die Einsatzbaracke betrat, war Hauptmann Geiger schon Richtung Unterkunft verschwunden.

Am Abend eines nebelverhangenen Tages erfolgte der neue Einsatzbefehl.

Auf dem Feldflugplatz der 2. Staffel von Jagdgeschwader-4/Balogne fand die Vorbesprechung statt. In der Baracke neben der Flugleitung saßen die Staffelkapitäne, ihre Stellvertreter und die Piloten auf Klappstühlen. Vor ihnen, von einem erhöhten Podest herab, erläuterte der Gruppen-I A die Operation. Dabei deutete er mit einem Stab auf die große Karte hinter sich. Die Karte zeigte Teile der westfranzösischen Küste, den Ärmelkanal und einige Grafschaften von Ostengland. Der I A nannte Angriffshöhen, Kurse, Uhrzeiten und den Zielort der Bombergeschwader.

Als der Name der Stadt Coventry fiel, lief erstauntes Murmeln durch die Reihen der Offiziere. Heute ging es also zum ersten Mal nicht gegen Flugzeugfabriken, nicht gegen Motorenwerke, Werften, Docks und Ölhäfen an der Themse. Diesmal hatten die Ju-88 ihre Bomben auf eine friedliche Stadt zu werfen.

So, daß jedermann es hören konnte, bemerkte Kramm: »Coventry ist eine alte historische Stadt mit keinerlei kriegswichtigen Zielen, ausgenommen natürlich die mittelalterliche Kathedrale und die Universität.«

Der Kommodore, Oberst Schneidewind, bat um Ruhe. »Kein Kommentar, meine Herren. Über Coventry wissen wir ohne Belehrung durch Herrn von Kramm auch einigermaßen Bescheid. Vertrauen Sie der Operationsabteilung der Luftflotte.«

Der Einsatzoffizier fuhr fort: »Die Bomber, die wir begleiten, werfen 850 Tonnen Spreng- und Brandmittel. Erst die Spreng-, dann die Brandsätze. Wir fliegen staffelweise rollierend mit. Ein Nachtaufklärer unter Oberleutnant Fischer setzt über dem Zielgebiet Leuchtsignale ab.«

Nach ihm kam der Meteorologe zu Wort. Umständlich faselte er über das Wetter, über die Windverhältnisse, über Wolkenbedeckung und Mondstand, und daß ein

Tief aufkomme. »Uhrenvergleich!« wurde befohlen. »Es ist jetzt genau 21 Uhr 46 deutscher Sommerzeit.« Wie üblich endete der Kommodore mit: »Noch Fragen?« Fragen hatte keiner.

Nur Kramm reagierte empört: »Das ist ein Terrorangriff gegen die Zivilbevölkerung. Genau das, was vom Propagandaminister nach dem Bombenwurf auf Freiburg verurteilt wurde. Inzwischen weiß jeder, daß es Fehlwürfe unserer eigenen Verbände waren. Eigentlich sollten sie die Maginot-Linie treffen.«

»Die Maschinen klarmachen!« hieß es.

Oberst Schneidewind winkte Kramm zu sich und nahm ihn ins Gebet, aber so, daß kein anderer mithören konnte. »Machen Sie sich durch Ihr vorlautes Mundwerk nicht unglücklich, mein Junge. Sie haben nicht nur Freunde. Überall gilt es Neider und Denunzianten. Selbstverständlich werden Sie diesen Begleitschutz mitfliegen.«

»Und wenn ich mich weigere, Herr Oberst?« wagte Kramm zu erwidern.

Der Kommodore lächelte feinsinnig. »Zuviel Eifer schadet nur. Und zuviel falsche Moral auch. Das ist tödlich und außerdem dumm, weil zwecklos. Im angedeuteten Fall müßte ich Sie sofort degradieren, festnehmen lassen und wegen Befehlsverweigerung vor dem Feind. Na, Sie wissen schon.«

Notgedrungen flog Oberleutnant von Kramm den ersten Begleitschutz gegen Coventry mit.

In dieser Nacht kamen dort 18 000 Zivilisten ums Leben.

Noch bei Dunkelheit kehrten sie vom Feindflug zurück. Die Offiziere fuhren zum Schloß hinüber, um erst einmal zu schlafen.

Schon kurz nach 8 Uhr wurde Kramm durch ein Klopfen geweckt. Der Melder übergab ihm einen verschlossenen Umschlag. Kramm riß ihn auf.

Maschinenschrift: »Sie haben sich um 10 Uhr beim Gruppenchef zum Rapport zu melden. Dienstanzug, umgeschnallt. – gez. Adjutant JG-4. –« Kramm fand keine Ruhe mehr. So stur war er nicht, um sich jetzt noch einmal auf der Matratze umzudrehen. Er wienerte seine Reitstiefel blank und bürstete die Ausgehuniform. Punkt 10 Uhr betrat er das Dienstzimmer in der Schloßbibliothek.

Vor seinem Schreibtisch stehend nahm der General die Rapportmeldung entgegen. Dann kreuzte er die Arme und musterte den jungen Oberleutnant mit einer Andeutung von Kopfschütteln. »Kramm, wie konnte Ihnen als Adliger das passieren? So ein Ausrutscher, so eine Entgleisung? Mir liegt eine Meldung auf dem Tisch. Sie sollen sich der Wehrkraftzersetzung und der unerlaubten Entfernung von der Truppe schuldig gemacht haben.«

»Von wem geht die Meldung aus, Herr General?«

»Dies preiszugeben, bin ich nicht befugt«, erklärte der Gruppenchef. »Leider stammt sie von einem Herrn Kameraden, der dabei war. Er ist übrigens nicht der einzige Zeuge. Er kann zwei Dutzend davon aufmarschieren lassen. Bei der Kriegsgerichtsverhandlung, die nicht zu vermeiden ist, werden Sie näheres erfahren.«

»Also Hauptmann Geiger«, stieß Kramm heraus, »dieser Bastard von einem Denunzianten.«

»Keine Namen«, verbat sich der General.

»Klar, alle Staffelkapitäne und ihre Stellvertreter waren stets anwesend.«

Der General, dem die Geschichte offenbar nicht geheuer schien und sie lieber abgebogen hätte, fragte: »Nun erzählen Sie mal, was ist da eigentlich passiert? Es sollen

Worte wie ›Terrorangriff gegen Zivilbevölkerung‹ gefallen sein, und daß das einzige militärische Ziel in Coventry die Kathedrale aus dem 14. Jahrhundert sei.«

»Die Jahreszahl wurde von mir nicht erwähnt«, antwortete Kramm, »sie ist außerdem falsch. Zweifellos hat sie Hauptmann Geiger von sich aus hinzugefügt. Im übrigen ...«

Der General hob abwehrend die Hand. »Im übrigen schweigen Sie am besten, Kramm, sonst reden Sie sich noch um Kopf und Kragen. Aber wie auch immer, die mir zur Verfügung stehenden Disziplinarstrafen reichen leider nicht aus. Die Angelegenheit kommt zweifellos vor die Militärgerichtsbarkeit der Luftflotte. Dann gnade Ihnen Gottvater. Im übrigen haben Sie bis auf weiteres Startverbot.«

Der General deutete einen Gruß an. Kramm baute ein Männchen, machte kehrt und marschierte ab.

Das war noch nicht alles an diesem Tag. Beim Mittagessen im Casino kam es zu einem weiteren Zwischenfall, einer echten Provokation.

Es war Sonnabend. Meistens gab es am Wochenende Schweinebraten zu Gemüse und Kartoffeln. Die Offiziere saßen am langen Tisch im Speiseraum.

Schräg gegenüber von Kramm bemerkte Hauptmann Geiger ziemlich laut: »Schweine werden, soviel mir bekannt ist, beim Schlachten nicht geschächtet, das heißt ausgeblutet. Außerdem sind sie unrein, also nicht koscher. Wie mir scheint, verstößt einer der Anwesenden deutlich gegen seine Religion.«

Der Kommodore sah kommen, daß hier einer Stunk machen wollte und versuchte, es zu unterbinden. »Damit bleiben Sie aber unter Ihrem Niveau, Hauptmann Geiger«, rügte er.

»Er wird noch tiefer unter sein Niveau sinken«, parierte Kramm diesen Angriff, »und außerdem die Unwahrheit sagen. Hauptmann Geiger wird nämlich behaupten, ich sei Jude.«

Schlagartig hörten nicht nur das Besteckklappern, sondern auch die Kaubewegungen der Offiziere auf. Alle starrten Geiger an.

Der konterte erregt: »Mich der Lüge zu bezichtigen ist eine Unverschämtheit«, erklärte er wütend. »Sie sind nicht Jude, Kramm, sondern Halbjude.«

Die Stille war jetzt so vollkommen, daß man draußen das Hüpfen der Vögel in den Ästen hörte. Der Kommodore hielt sich klugerweise heraus und spielte mit seiner Gabel im Salat.

»Falsch geschnüffelt, Geiger«, entgegnete Kramm noch ruhig. »Meine Mutter ist eine geborene Finkelstein. Ihr Vater war Jude und Berater des Kaisers. Ich gelte bestenfalls als Vierteljude. Meines Wissens bin ich damit nicht wehrunwürdig und unterliege keinem Paragraphen der Nürnberger Gesetze. Vierteljuden sind anderen Staatsbürgern gleichgestellt.«

Kramm goß sein Glas mit Rotwein randvoll, erhob sich, als wolle er einen Toast auf die tapferen Vierteljuden aller Länder ausbringen, beugte sich schräg über den Tisch und schüttete Hauptmann Geiger den Wein ins Gesicht. Wie Blut lief er über dessen albinoblondes Haar und die weiße Casinojacke.

»Das läßt sich«, höhnte Kramm, »mit der Milch Ihrer frommen Denkungsart wieder beseitigen.«

Zum Gruppenkommodore hin machte Kramm eine Verbeugung und verließ das Casino. Doch Geiger, der das nicht auf sich sitzen lassen konnte, ohne sich lächerlich zu machen, eilte hinter ihm her, packte Kramm bei der Schulter, beleidigte ihn auf das Schlimmste.

»Sie kritisieren die Einsatzbefehle des Führers«, schrie Geiger, »aber Juden können sich das ja leisten.«

»Vierteljuden«, verbesserte ihn Kramm. »Außerdem hat doch jeder von uns Judenblut in sich, besonders die guten Leute.«

Breitbeinig stand Geiger da, errötend vor Wut. »Dann bin ich als Vollarier Ihrer Meinung nach nur ein Mensch zweiter Klasse.«

Kramm deutete auf das lächerliche Eiserne Kreuz des Staffelkapitäns. »Nicht nur dies, Herr Hauptmann Geiger, sondern außerdem ein gemeines Aas, ein Kameradenmörder und ein Feigling. Und noch etwas, Sie großartiger Held. Wenn Sie mir schon vor den Kameraden solche Vorwürfe machen, dann bitte mitten ins Gesicht. Jeder kann zu mir Arschloch sagen, aber er muß mir dabei in die Augen sehen und das Kinn hinhalten.«

Zwangsläufig führte das zu einer tätlichen Auseinandersetzung. Zwar griff Geiger als erster an, doch Kramms Polakenfaust traf bei Geiger die knochige Kinnspitze. Geiger taumelte zurück. Kramm setzte noch mit einem Haken nach, bis der Hauptmann am Boden lag.

Schweigend und völlig tatenlos hatten die anderen dabeigesessen. Eingreifen wäre ohnehin nicht möglich gewesen, alles ging viel zu schnell. Aber der Zwischenfall rückte Kramms Schuldkonto total in die Miesen. Zu allem kam jetzt noch der Angriff auf einen ranghöheren Offizier dazu.

Der Nachteinsatz wurde wegen schlechten Wetters abgeblasen.

In seinem Zimmer im Schlößchen auf dem Feldbett liegend, dachte Kramm nach, versuchte den Hergang der Auseinandersetzung noch einmal zu überdenken.

Diesmal bist du zu weit gegangen, fürchtete er. Jetzt ist

alles erst recht verfahren. Der Teufel muß dich geritten haben, Junge. Das Kriegsgericht ist nicht mehr aufzuhalten. Und dazu noch die offene Fehde mit Geiger. Man würde alles in einen Topf werfen, dann umrühren und ihn verknacken. Das konnte böse enden. Vielleicht kam sogar einer daher und äußerte den Verdacht, Kramm sei ein Feindspion. Ob er sich an Göring wenden sollte? Kramm verwarf den Gedanken. Da mußte er alleine durch.

Stundenlang grübelte er über seine Situation nach. Am Ende sah er nur einen einzigen Weg, um heil durchzukommen. Aber der Weg war gefährlich und mühsam.

Er ging zur Schreibstube und führte ein Gespräch mit Cherbourg. Am späten Abend schnappte sich Kramm einen VW-Kübel und fuhr zu seiner Verabredung. In Cherbourg traf er die walnußbraune Traudl Hofer, die er immer Haselnuß nannte.

Sie war überrascht, aber auch glücklich, daß er kam. Sie gingen in ein Lokal essen, wo nach dem Dessert Schalen mit Wasser und Tücher zum Händewaschen gereicht wurden. Auf dem Wasser schwamm sogar eine Zitronenscheibe.

Gegen Mitternacht suchten sie noch eine Bar auf. Franzosen hingen herum und deutsche Soldaten. Im hinteren Teil spielte einer Billard, vorne einer auf dem Akkordeon. Dazu sang er ›Parlez moi d'amour‹.

»Erzähl mir von Liebe«, Traudl summte leise mit, »oder etwas anderes. Wie geht es dir ansonsten, Baron?«

»Pfadfindermäßig. Du weißt schon. Jeden Tag eine gute Tat, jeden Tag ein Feindflug.«

»Das nervt. Stimmt's?«

»Nun, Vergnügungssteuer wird dafür nicht erhoben.«

Sie tranken. Kramm nur soviel, daß er das, was zu tun war, mühelos können würde. Die Luftwaffenhelferin dagegen trank zuviel. Schon bald hatte sie den gewissen Punkt erreicht.

»Gehn wir«, schlug sie vor.

»Wohin, Fräulein Haselnuß?«

Sie befeuchtete die Lippen mit der Zungenspitze. »In eine Absteige oder auf meine Bude.«

»Hast du dafür eine Sondergenehmigung?«

»Als Tochter vom alten Hofer schon.«

Sie fuhren hinaus zum Strandhotel. Es schien nichts Ungewöhnliches zu sein, daß ein Mädchen einen Freund mit hinaufnahm. Oben hatte Traudl eine Flasche Chablis unter laufendem Wasser stehen. Es gab Zigaretten und ein Grammophon. Sie tranken weiter, rauchten, redeten, tanzten immer enger. Plötzlich verschwand sie hinter einem Paravent. Was nach einiger Zeit wieder hervorkam, war ihr nackter Arm. Sie löschte das Deckenlicht. Die kleine Lampe mit dem bunten Schirm neben ihrem Bett ließ sie brennen. Als sie die Deckung des Wandschirmes verließ, war sie nackt bis auf Seidenstrümpfe und hohe Schuhe.

Sie war wirklich walnußbraun bis auf wenige Stellen, den Mund, die dunklen Spitzen ihrer Brüste und die rosa Muschi, zart wie gekochter Schinken.

»Noch in Stiefeln«, sie deutete auf Kramm, »mit Schlips, Koppel und Pistole? Genau das mag ich.«

Er war erstaunt, wie unkompliziert alles ging. Es lag wohl daran, daß er sich nichts aus ihr machte. Er fand sie zwar reizvoll, aber nicht mehr. Erst mit den Händen, dann mit den Lippen suchten sie sich im gegnerischen Gelände zurechtzufinden. Bald hatte Traudl genug aufgetankt. Mit einem Lustschrei warf sie sich auf ihn, spreizte die Beine und nahm sein Glied zu sich. Nach anfänglich sanften Bewegungen turnte sie gelenkig wie eine Äffin auf ihm herum. Sie wurde immer geiler. Zwar erregte ihn das, aber innerlich blieb er kühl. So kam es, wie selten beim ersten Liebesakt, zu einem lehrbuchmäßigen Höhepunkt und danach noch zu mehreren. Erhitzt und schweißnaß lagen sie nebeneinander. Sie tranken aus einem Glas, rauchten an einer Zigarette.

»Und es geht doch«, sagte Traudl unvermittelt.

»Was geht?«

»Man kann den Kuchen aufessen und behalten. Beides kann man.«

»Aber man wird dick davon«, spottete Kramm.

»Entweder dick vom Kuchen oder durch die Schwangerschaft. Aber kein Problem, Baron. Ich habe meine empfängnisfreien Tage.«

»Du bist ein Naturtalent«, staunte er.

»Und wie war ich wirklich?«

»Perfekt.«

»Sprichst du aus Erfahrung, Baron?«

»Was gut ist, ist gut«, wich er aus, »das weiß man eben.«

Sie blies ein Tabakbrösel von der Lippe. »Wozu hätte ich mich sonst von meiner Konfirmation an darauf vorbereitet? Wie lange kannst du bleiben, Baron?«

»Wann ist bei euch Bettruhe?«

»Ich genieße hier gewisse Privilegien. Und du, mußt du noch zurück, Baron?«

»Nicht so schnell«, sagte er. »Ich habe Startverbot.«

Sie wollte wissen weshalb und warum.

So erzählte er ihr die ganze Geschichte. Nur, daß seine Schwierigkeiten der Anlaß für ihr Rendezvous waren, verschwieg er wohlweislich. Natürlich fand er sie ganz niedlich, aber er stand nicht eine Sekunde lang auf BDM-Mädchen. Das Herz und der Kopf waren bei einer anderen. Allein die untere Körperhälfte hatte er für Traudl Hofer bereitgestellt. Nicht nur ein schäbiges, dachte er, sondern ein hundsgemeines Verhalten ist das. Doch er sah keinen anderen Ausweg mehr.

»Dieser Geiger ist eben ein Oasch«, kommentierte Traudl Kramms Bericht. »Aber mach dir keine Sorgen. Die Haselnuß mit ihren Beziehungen, die richtet das schon.«

Darauf hatte er gehofft. Doch weil sie es extra erwähnte, fühlte er sich noch mieser.

Zunächst erhielt Kramm zum Startverbot noch Stubenarrest. Das Kriegsgerichtsverfahren gegen ihn war vorbereitet und der Termin festgelegt.

Offenbar hatte Traudl Hofer davon erfahren. Sie besuchte ihn zwei Tage später bei Nacht. Vom Garten aus kletterte sie über das Gitter vor der Fenstertür in die alte Villa. Im Halbdunkel von Kramms Zimmer kam es zu einem geflüsterten Gespräch. Dabei zog sie sich aus und legte sich nackt zu ihm.

»Laß dich wenigstens wärmen«, sagte sie. »Im übrigen hast du wohl wenig Lust.«

»Du wirst dich wundern, ich könnte wahrscheinlich nicht mal.«

»Das ist psychosomatisch eine sogenannte Fickhemmung.«

»Hoffentlich kein Dauerschaden.«

»Ich war gestern in Paris bei meinem Vater«, sagte sie, »der ist zwar ein Fettsack von einem Goldfasan, aber alter Kämpfer mit Parteibuch Nummer 16. Gauleiter, Generalgouverneur von Frankreich Mitte und hoher Kommissar von Paris. Er hat alle wichtigen Fäden in der Hand und drei Telefone auf seinem Schreibtisch.«

Traudl Hofer hatte nicht zuviel versprochen. Das Kriegsgerichtsverfahren gegen Kramm wurde nicht eröffnet, die Anklage niedergeschlagen.

Das alles wäre aber gar nicht nötig gewesen, denn vom Luftwaffenoberkommando traf ein Fernschreiben beim Jagdgeschwader-4 ein. Oberleutnant Julius von Kramm wurde darin zum Hauptmann befördert. Er sollte sich auf schnellstem Wege in Berlin melden. Bei Göring persönlich.

Hauptmann Geigers Prestige war damit restlos im Eimer. Endlich schoben sie ihn ab, nach Breslau, an irgendeinen Schreibtisch im Luftwaffenkommando-Ost. Meldetermin 1. Januar 1941.

21

In Zossen, südlich von Berlin, lag ein Jagdgeschwader, das nur zur Verteidigung der Reichshauptstadt vorgesehen war. Für einige Tage gehörte Kramm dazu. Seine Me-109 wurde dort gewartet, betankt und munitioniert. Die Einflüge über der Reichshauptstadt waren zwar selten, aber nie vorhersehbar.

Der Staffelkapitän, ebenfalls ein Hauptmann, wandte sich einmal an Kramm, vermutlich um herauszufinden, ob er einer von den Hundertprozentigen war oder ein einigermaßen ansprechbarer Kamerad.

»Unser Reichsmarschall Hermann Göring hat behauptet, wenn je ein feindliches Flugzeug Berlin erreichen sollte, dann möchte er Meier heißen.«

»Er heißt längst der dicke Meier«, gab Kramm zu erkennen, daß er nicht vor Ehrfurcht erstarrte, wenn große Namen fielen.

Bei drohenden Angriffen oder Überflügen durch Mosquito-Aufklärer hatte die Staffel Sitzbereitschaft, also die zweithöchste Stufe kurz vor Alarmstart. Bei Sitzbereitschaft durfte man die Maschine nicht verlassen. Wenn die Funkmeßstationen nur die geringste Unregelmäßigkeit am Himmel meldeten, wenn etwas, das größer und schneller als eine Dohle war, Richtung Berlin flog, dann hockten sie oft stundenlang in ihren Flugzeugführersitzen und warteten.

An einem schönen Tag mit konstant leichtem Nordostwind erhielt Kramm einen Anruf aus Berlin.

Er wandte sich an den Staffelkapitän. »Hör zu«, sagte er, »ich bin von heute bis morgen verschwunden. Wird schon keinen Alarmstart geben.«

»Und wenn doch einer kommt?«

»Das wäre Scheiße mit Verlaub.«

»Dann kann ich dich beim besten Willen nicht mehr decken, Baron«, äußerte der Staffelkapitän.

Doch Kramm winkte ab und vertraute auf sein Glück.

Wenig später wurde er von einem Horch-Cabriolet abgeholt.

Wenn der Staffelkapitän sich nicht täuschte, bewegte den Luxuswagen ein Chauffeur weiblichen Geschlechts. Männliche Fahrer hatten in der Regel keine goldblonden Locken. Was sich der Staffelkapitän jedoch nicht erklären konnte, war der Umstand, daß das Luxus-Cabriolet am Kotflügel den Generalstander trug. Auch hatte er nie davon gehört, daß es in der deutschen Wehrmacht weibliche Generäle gab.

Um Mittag herum kam prompt Alarm. Angeblich überquerten Fotoaufklärer die Reichshauptstadt. Binnen drei Minuten war die Staffel in der Luft, denn in allen Messerschmitts hatten brav die Piloten gesessen und auf den Einsatz gewartet. Keiner von ihnen hatte seine Maschine verlassen. Nur in der Me-109 von Hauptmann Kramm war der Flugzeugführersitz leer.

Als die Maschinen in der Luft waren, das orkanartige

Brausen erstarb und der Staub sich legte, blieb nur eine einzige einsame 109 flugklar am Boden. Kramms Messerschmitt.

Zweifellos galt das nicht nur als ein Akt der Befehlsverweigerung, sondern als Desertion und Feigheit vor dem Feind. Selbst für hochdekorierte Vaterlandverteidiger.

Hektisch wurde vom Geschwader nach Kramm herumtelefoniert.

Indessen segelte Hauptmann von Kramm auf dem Wannsee. Es war ein Tag wie Samt und Seide, lau in silbrigem Licht. Mit dem Kajütboot der Schauspielerin Ewa Martini querten sie gemütlich den See. Sie segelten auf der Havel hinunter zur Pfaueninsel, halsten dann Richtung Schwanenwerder bis Klein-Breitehorn, wendeten dort und sailten wieder zurück. Sie tranken eisgekühlten Sekt. Die Köchin der Martini hatte Huhn eingepackt, Würstchen und Salat.

Ewa lag im Zweiteiler, einem amerikanischen Bikini, ausgestreckt auf dem Kajütdach unter dem Segel.

»Ich liebe verstauchte Knöchel«, sagte sie unvermittelt.

»Das kann aber schmerzen.«

»In erster Linie schmerzt ein verstauchter Knöchel meinen Regisseur Willi Forst. Das hat mir den drehfreien Tag beschoren.«

Ewa kurbelte an ihrem Koffergrammophon und legte die neueste Schallplatte auf. Rudi Schurike sang: ›Wenn ich wüßt, wen ich geküßt um Mitternacht am Lido‹.

Das brachte sie auf Paris. Sie sprachen über die Nacht im George-V.-Hotel, und warum er sie nicht noch einmal hatte treffen können. So ergab sich, daß er auch die Probleme andeutete, die es im Jagdgeschwader-4 gegeben hatte. Bei dieser Gelegenheit eröffnete ihr Kramm, daß er Vierteljude sei.

»Aber nicht beschnitten.«

»Na, wenn schon.«

»Meine Mutter hat einen jüdischen Vater.«

Nach auffallend langem Schweigen, er glaubte schon, Ewa habe nicht richtig zugehört, sagte die Marini plötzlich: »Dann passen wir ja gut zusammen.«

»Bist du auch nicht astrein arisch?«

Darauf gab sie keine Antwort, sondern machte ihm einen Vorschlag. »Komm doch zu uns, Baron.«

Es war früh am Nachmittag. Kramm halste noch einmal mit dem Heck durch den Wind und hielt hinüber auf das Kladow-Ufer. Als das Boot auf dem richtigen Bug lag, nahm er den Faden wieder auf.

»Wer ist uns?« wollte er wissen.

Sie zögerte. »So ein paar Leute.«

»Welche Art Leute?«

»Ich hab Vertrauen zu dir, Jus«, sagte sie, »du wirst mich bestimmt nicht verpfeifen.«

»An wen?«

»An die Gestapo und so weiter.«

»Ist die Sache so heiß?«

»Menschen, die diesen Hitlerschen Wahnsinn nicht mehr mitmachen wollen, sind heiß genug, daß man sie jagt, hetzt und aufhängt oder gleich vergast wie die Juden. Und jetzt bereitet dieser Dekorationsmaler aus Braunau am Inn auch noch den Angriff auf Rußland vor.«

»Alles Gerüchte«, tat Kramm ab, »der geht ja nicht mal nach England rüber.«

Noch einmal versuchte es Ewa.

Aber Kramm schnitt ihr das Wort ab. »Ganz egal welche Meinung ich in bezug auf die Nazis und die Führung habe, aber ein Vaterlandsverräter, pardon, Gnädigste, bin ich nicht.«

»Dann habe ich mich wohl in dir geirrt«, gestand sie enttäuscht.

Sie sprachen nicht weiter darüber. Sie gaben dem Großsegel lose, so daß die Fahrt aus dem Boot kam, sie schwammen ein paar Runden und sonnten sich an Deck. Durch die Nässe war Ewas Zweiteiler durchsichtig geworden wie feuchtes Seidenpapier. Noch ehe die Dämmerung eintrat, hielten sie wieder Richtung Nicolasee. Am Ufer zwischen den Wannensee-Terrassen und Schwanenwerder war der Anleger von Ewas Villa.

So, als wäre von nichts Ernsthaftem gesprochen worden, sagte sie betont locker: »Udet hat mir die Villa vermittelt. Noch bin ich in Miete, aber nach dem nächsten Film hab ich das Geld zusammen und kann das Häuschen kaufen.«

Sie hatten kaum festgemacht, Großsegel und Fock eingeholt und geborgen, da wurden sie von einem hohen Offizier in Empfang genommen. Mit weißen Generalstreifen an der Brecheshose stiefelte er offenbar nervös zwischen den Bäumen hin und her. Es war der Generaloberst.

In einer Mischung aus Eifersucht und Mißtrauen sah Udet die beiden in ihrem nassen Badezeug auf sich zukommen. Beherrscht küßte er Ewa, machte aber keinerlei Vorwürfe.

Auch zu Kramm verhielt er sich korrekt kameradschaftlich. Schließlich waren sie beide Flieger, und Udet war ein Gentleman. Schon auf dem Weg zum Haus wurde Kramm klar, daß Udet ganz andere Sorgen plagten.

Ewa rief, daß sie nur schnell mal duschen gehe. Die Haushälterin bereitete Kaffee.

»Servieren Sie ihn in der Bibliothek«, bat Udet und schubste Kramm durch die Schiebetür.

Sie hatten gerade Platz genommen, Kramm immer noch in seiner nassen Badehose, da begann Udet: »Zur

Sache. Bis jetzt wissen nur mein Freund Göring und ich davon. In wenigen Minuten sind es drei Personen. Der dritte sind Sie.«

Zum Kaffee gab es Zigarren und Cognac. Udet nahm erneut Anlauf. »Die Jagdwaffe konnte bei der Schlacht um England ihrer Aufgabe nur teilweise gerecht werden. Meist glänzte sie dort, wo es brannte, mit Abwesenheit.«

Kramm erlaubte sich, den Generalluftzeugmeister daran zu erinnern, woran es lag. »Wegen geringer Reichweite konnten wir den Bombern nur selten bis zu ihren Zielen in Mittelengland folgen.«

Udet winkte ab. »Das Problem ist uns bekannt. Um es teilweise abzustellen, bauen wir nun eine Art Feuerwehr auf. Ein spezielles Jagdkommando, bestehend aus einer einzigen besonders ausgerüsteten Me-109, geflogen von einem einzigen Spitzenpiloten. Das Jagdkommando ist völlig allein auf sich gestellt. Es erhält die Nummer eins, den Code ›Schwarzer Baron‹, und der Pilot sind Sie. In allem sind Sie nur mir oder Hermann persönlich unterstellt, ansonsten völlig frei in der Disposition Ihrer Einsätze je nach Frontlage.«

Kramm hatte etwas Ähnliches erwartet, war aber trotzdem mehr als überrascht. Damit übergaben sie ihm, trotz allem was vorgefallen war, eine Menge Verantwortung.

Udet sprach auch ein bestimmtes, für Kramm peinliches Thema an. »Darf ich noch auf Ihr zweifellos disziplinloses Verhalten in der Sache Coventry zurückkommen.« Diese Burschen im Oberkommando wußten wirklich alles.« Schminken Sie sich jede Art von Schuldgefühl ab, Hauptmann von Kramm. Kommen Sie mir bitte nicht noch mal so. Der Krieg ist keine Märchenstunde. Hänsel und Gretel haben hier keinen Platz. Ohnehin ist jeder irgendwie schuldig. Aber jeder von uns ist Soldat. Soldaten sind dazu da, um zu töten oder getötet zu werden. Außerdem kommen auf jeden Getöteten zwei Neugeborene. Wirklich schade ist es nur, wenn tausendjährige Kathedralen kaputtgehen, die Schlösser an der Loire, das Abendmahl Leonardos, die Sixtinische Kapelle vielleicht eines Tages.«

Udet zählte nicht noch weiter auf, denn Ewa erschien in einem leichten, geblümten Sommerkleid. Sie drehte sich einmal rasch, daß der Rock flog und ihre Beine bis zu den Schenkeln freigab.

»Hat der Führer die deutsche Frau nicht großartig erzogen«, trällerte sie, »sie malt sich nicht die Lippen, tuscht nicht die Wimpern, denn Frauen, die die Wimpern pinseln, Frauen, die beim Pimpern winseln, tragen bis hinauf zur Scheide, Strümpfe nur aus Bemberg-Seide.«

»Aber wenn du sie scharf anschaust, springt sie mit dir ins Bett«, spottete Udet.

»Oder nicht«, bemerkte Kramm wie nebenhin.

Bevor sie das Thema endgültig wechselten, sagte Udet noch: »Ihre Abwesenheit bei dem Alarmstart in Zossen habe ich gedeckt. Machen Sie so was nicht allzuoft. Die wenigen Wochen bis zur Aufstellung des Jagdkommando-1 fliegen Sie noch Fronteinsatz an der französischen Kanalküste. Ich verbitte mir aber jede Art von Tollkühnheit.«

22

Durch Weisung aus Berlin war Kramm nicht mehr dem Geschwaderkommodore von Jagdgeschwader-4 unterstellt. Meist hatte er freie Jagd über dem Kanal. Auf einem seiner Feindflüge sichtete er den ersten viermotorigen Liberator-Bomber an Englands Küste. Ein riesiges

Flugzeug, von dem es bis jetzt nur Gerüchte gab, vielleicht eine Phantomzeichnung, aber keine Fotos. Es hieß, diese amerikanische fliegende Festung sei äußerst robust, stabil gebaut und vertrage bedeutend mehr als die britische Lancaster oder die alten Wellingtons.

Tatsächlich flog so ein Ungetüm von Möbelwagen etwa 600 Meter unter Kramm spazieren. Vermutlich absolvierte der Liberator nur einen Werkstattflug.

Sofort stach Kramm hinunter und mußte sich Mühe geben, daß er vor Aufregung nicht zu früh schoß. Dann aber hielt er mit allem drauf, was er hatte, mit MGs und Kanone. Er mußte den Liberator tatsächlich völlig unerwartet erwischt haben, denn seine MGs schossen nicht zurück. Gewiß hatte er nur die Piloten an Bord. Es dauerte eine Ewigkeit, bis der mächtige Vogel Wirkung zeigte, bis sich Verkleidungsbleche lösten, davonwirbelten und bis ein Motor brannte.

Kramm flog noch einmal an und hackte mit dem Rest an Muniton an dem linken Flügel herum, dort, wo er am Rumpf angesetzt war. Nach seinem Gefühl mußte dieses fliegende Monster endlich genug haben. Prompt ging der Liberator auch herunter und wurde irgendwo an der Kante der Steilküste hart hingeworfen.

Kramm prägte sich den Punkt ein und machte, daß er nach Hause kam, bevor die Meute hinter ihm zu bellen anfing.

Beim Kommodore von Jagdgeschwader-4 zeigte er den Abschuß an, damit er sofort nach Berlin weitergemeldet wurde. Der Oberst wollte ihm zunächst nicht glauben.

»Die Liberator-Bomber sind in Amerika noch im Vorserienbau. Die Produktion läuft nach Geheimdienstmeldungen erst im Winter an.«

Er glaubte Kramm einfach nicht und weigerte sich, die Meldung nach Berlin zu tickern. Aber ein Aufklärer wurde losgeschickt. Nach dessen Rückkehr meldete die Ju-88-Besatzung, daß tatsächlich südlich von Calais in Küstennähe, dort wo Kramm den Liberator heruntergeholt hatte, das Wrack eines ungewöhnlich großen Flugzeuges liege. Die Engländer seien dabei, es zu tarnen und abzuschleppen.

Daraufhin entschuldigte sich Oberst Schneidewind bei Kramm und versuchte, die Sache auf irgendeine Weise wiedergutzumachen. »Wollen Sie nicht doch eine Staffel übernehmen, Kramm, als Kapitän?«

»Ich bin nicht das Vorbild eines preußischen Soldaten und zu so was völlig ungeeignet«, lehnte dieser abermals ab.

»Sie haben doch noch andere Gründe«, versuchte der Kommodore herauszukitzeln, warum Kramm bei Schlechtwetterlagen, wenn nicht geflogen werden konnte, immer mehrere Tage spurlos verschwand.

Kramm reagierte ausweichend. Ganz jovial setzte sich der Kommodore halb auf die Schreibtischkante, bot Cognac und Zigarren an und machte eine weitere Andeutung.

»Sie genießen hier, was absolut unüblich ist, enorme Vorteile. Seit Friedrich dem Großen hat es derartiges bei Preußens nicht gegeben. Alle ihre speziellen Wünsche, was Flugmaterial und so weiter betrifft, sind zu erfüllen, obwohl Sie gar nicht zu meinem Haufen gehören. Wer hat sie eigentlich zu seinem Erben bestimmt? Vielleicht der Herr Reichsmarschall persönlich? Ihnen steht sogar eine eigene Reisemaschine, ein Fieseler Storch, zur Verfügung. Eine Gunst, die nicht einmal mir erwiesen wird. Was zum Teufel steckt dahinter, Kramm? Mir, Ihrem Kommodore können Sie das doch sagen. Los, raus damit!«

Kramm bedauerte und äußerte nur: »Es handelt sich um geheime Reichssache, Herr Oberst.«

Am nächsten Morgen flog Kramm wieder einmal mit dem Fieseler Storch Richtung Reichsgebiet.

Zuerst besuchte er den Waffenhersteller, die Mauserfabrik, wegen der neuen Maschinenkanone. Sie schoß angeblich noch schneller. Wegen schlankerer Munition trotz höherer Sprengkraft, konnten mehr Patronen gegurtet werden. Die Ergebnisse auf dem Schießstand befriedigten Kramm sehr.

Beim Optikerhersteller Zeiss in Jena wurden verbesserte Zielgeräte entwickelt. »Ein heller beleuchtetes Reflex-Visier«, erklärte man ihm, »mit roten Abstands- und Fadenkreuzmarkierungen. Wir arbeiten an einer Optik, die, wenn das Ziel einmal aufgefaßt ist, die Waffen automatisch nachführt. Aber das ist noch Zukunftsmusik.«

In den Labors von Telefunken zeigte man Kramm die neuesten Funkgeräte. Sie hatten einen Empfänger gebaut, der durch morseähnliche Signale einen noch kilometerweit entfernten Gegner hörbar machte. So konnte man bei jeder Wetterlage anfliegen und ihm folgen. Der Kurs war lediglich zwischen Dauerton und Piepton zu halten. »Einsatzfähig ist das Ding allerdings noch nicht«, bedauerten die Techniker.

Von Stuttgart aus hatte Kramm nicht weit zum Motorenhersteller Daimler Benz. Dort lief auf dem Prüfstand der neue DB-605-D. »Mit Einspritzanlage hat er eine Start- und Notleistung von 1900 PS«, schwärmten die Ingenieure. »Durch eine Düse wird sogenanntes WM, Wassermethanolgemisch, in den Ladereintritt gespritzt.«

Der für die Elektrik zuständige Ingenieur sagte: »Dazu andere Zündkerzen mit platinbeschichteten Elektroden. Sie halten länger und verrußen nicht so schnell.«

»Und eine andere Einspritzpumpe spendiert Bosch auch. Sie kann aber nur in Höhen bis 8500 Meter eingesetzt werden. Der Motor hat bereits einen 24-Stundenlauf absolviert. Jetzt ist der 100-Stundenlauf an der Reihe. Sieht gut aus. Er hält seine Kampfleistung etwa zehn Minuten lang. Dann braucht er allerdings eine Pause zum Abkühlen.«

»Wann kann ich so einen Motor kriegen?« wollte Kramm wissen.

»Messerschmitt ist der erste, an den wir ausliefern«, hieß es.

»Wann?« drängte Kramm.

In Augsburg traf Kramm den Generalluftzeugmeister. Dort ging Kramms neue Spezial-109, versehen mit modernster Technik, der Fertigstellung entgegen.

Udet hatte angeordnet, sie schwarz zu lackieren.

Beim gemeinsamen Abendessen eröffnete er Kramm, wie gerne er mit dieser 109 und der neuen Spitfire ein Vergleichsfliegen veranstalten würde.

»Aber leider haben wir eine solche Mark-XIII ja nicht.«

»Noch nicht«, tröstete ihn Kramm. »Mal sehn, vielleicht geht uns eine auf den Leim.«

Von Ewa Martini wurde kein Wort gesprochen.

Die zu dem Jagdkommando-1 gehörende Bodenorganisation formierte sich. Dazu gehörte eine eigene Funk- und Nachrichtenstelle, eine Mannschaft bestehend aus erstklassigen Funkern, Mechanikern und Bodenwarten. Da höchste Beweglichkeit gefordert war, kam alles auf schwere dreiachsige Büssing-802-NAG-Lastwagen, die geländegängig waren.

Ein Zehntonner mit Ersatzteilen, der Werkstatt, verfügte über einen ausschwenkbaren Kran für Motorwechsel. Ein weiterer Transporter war für Benzin, Munition und Proviant vorgesehen. Ein drittes Fahrzeug enthielt die fahrbare Küche und Notunterkünfte in U-Boot-Kojen für die Männer des Jagdkommandos.

In einem Anhänger befand sich ein 10 000-Liter-Wassertank, Toiletten und Duschmöglichkeiten. Hinzu kamen noch verschiedene Zubringerfahrzeuge, ein kleiner schneller 3,5 Tonner-Lkw-Opel-Blitz und mehrere Kübelwagen. Sogar ein VW-Schwimmwagen war dabei.

Das alles machte das Kommando ›Schwarzer Baron‹ äußerst beweglich.

Ein erfahrener Luftwaffenoberfeldwebel, namens Krillinger, ein bärtiger Typ aus Niederbayern, brachte den Haufen binnen kurzem auf Vordermann. Die Bodenabteilung des Jagdkommandos ›Schwarzer Baron‹ war jetzt in der Lage an einem Tag seinen Standort um fünfhundert Kilometer zu verlegen. Der Nachschub kam jeweils von den örtlichen Ausrüstungslagern – mit den nötigen Sondervollmachten – von Rohwurst bis Lokuspapier. Jetzt war es soweit, daß Kramm nach Paris flog, um Joe Meiners zu holen. Er brauchte einen geschlagenen Tag, bis er ihn fand. Selbst dann mußte er ihm noch gut zureden und ihm die Vorteile des Kommandos schildern.

»Du hast nur einen Chef, und der bin ich. Du hältst meine Maschine picobello und schiebst im übrigen eine ruhige Kugel. Ist das was?«

»Gnadenlos«, sagte Joe nicht völlig überzeugt.

Zwei Tage später kam Meiners in seiner Maßuniform, versehen mit Marschbefehl und den nötigen Dokumenten wie Soldbuch et cetera beim Jagdkommando-1 nahe St. Omer an.

Das JK-1 lag in einem Waldstück, das eine größere Lichtung umschloß, eine Art Schneise, etwa 80 Meter breit und 600 Meter lang. In der Nähe gab es ein kleines Chateau. Man hatte das Gelände für Landungen hergerichtet, Buckel entfernt, Mulden ausgeglichen. Getarnt am Waldrand, stand eine einsame Me-109.

Joe Meiners kam in seinem offenen weißen Mercedes-Sport-Cabriolet angerauscht. Ein gelber Seidenschal flatterte lang im Wind.

»Was will denn der Komiker?« fragte der Spieß.

»Lassen Sie sein Auto luftwaffenblau mit Nitrolack spritzen«, befahl Major von Kramm, »aber nur eine Schicht, daß die Farbe auch mal wieder runtergeht. Und besorgen Sie dem Auto eine Luftwaffennummer.«

Im Oktober meldete Kramm in Berlin das Jagdkommando-1 ›Schwarzer Baron‹ einsatzklar.

In schnieker weißer Uniform mit Echtgoldknöpfen thronte Göring in einem adlergekrönten Sessel von germanischem Ausmaß.

»Sie kennen Ihre Aufgabe, Baron«, dröhnte er schwabbelig, »Sie werden nur an Brennpunkten eingesetzt. Und stets werden Sie, eisern wie eine unerwartete Faust, zuschlagen. Machen wir uns nichts vor, das Ganze ist ein Experiment, aber ich hoffe, daß es unter Ihrer Führung erfolgreich sein wird.«

Göring lächelte etwas zweideutig. Wenn er so grinste, dann kam meistens noch ein Tritt hinterher. Erst wickelte er eine Zigarre aus ihrem Silberpapier. Havanna, Beuteware. Als sie brannte, fuhr er fort: »Ich habe da was läuten hören, Baron ...«, ohne es näher zu erwähnen, sagte Göring in einem feierlichen Ton, den er sich sonst nur für Ansprachen aufhob. »Hiermit erhebe ich Sie, Major Julius von Kramm, zum sogenannten Ehrenarier.« Mit Griff in die große Tasche seiner Uniformjacke zog er einen Orden heraus. »Die Schwerter zum Eichenlaub zum Ritterkreuz des Eisernen Kreuzes«, sagte er. »Und jetzt machen Sie, daß Sie weiterkommen, Sie Polacke Sie.«

Zweifellos war noch nie ein Offizier der deutschen Wehrmacht auf formlosere Weise ausgezeichnet und befördert worden.

Kramm versuchte noch, Ewa Martini zu erreichen. In ihrer Villa hieß es, sie sei ›arbeeten‹ und bei der Ufa erfuhr er, Ewa Martini halte sich nicht in Berlin auf. Sie mache Außenaufnahmen in Wien und in der Wachau.

Einerseits bedauerte er das, andererseits erleichterte es ihn. Vielleicht besser so. Auf der einen Seite begehrte er sie wie keine andere Frau zuvor, doch instinktiv fühlte er, daß Gefahr von ihr ausging. Vor seiner Rückkehr an die Front besuchte er noch seine Eltern in Niederschlesien.

Er landete mit dem Fieseler Storch auf der Pferdekoppel hinter dem Gutshaus. Seine Eltern waren glücklich, ihn zu sehen. Länger als ein Jahr hatte ihn seine Mutter nicht mehr umarmt. Der Vater war stolz auf den erfolgreichen Sohn, von dem es in den Zeitungen hieß, daß er ein Held sei.

»Es heißt, Ritterkreuzträger bekämen als Lohn im Osten riesige Ländereien«, sagte sein Vater. »Sieh zu, daß eine günstige Jagd dabei ist, Wald, Unterholz, ein See.«

»Den Osten haben wir noch gar nicht, Vater«, erwiderte Jus und verschwieg lieber, was er wußte.

Alt waren seine Eltern geworden. Seine Mutter, jetzt grauhaarig, wirkte abgehärmt. Den Vater, obwohl erst 55 Jahre, plagten Gicht und Rheuma.

Einmal nahm ihn seine Mutter beiseite. Sie zog die Schublade einer Kommode heraus. Darin lag ein gelber fünfzackiger Davidstern mit Aufschrift ›Jude‹. »Das soll ich jetzt tragen«, sagte sie. »Aber wenn ich das annähen muß, geh' ich lieber nie mehr aus dem Haus.«

Sie hatte Tränen in den Augen. Jus versuchte, sie zu trösten, doch er fand nicht die richtigen Worte.

Schluchzend äußerte seine Mutter einen Wunsch: »Damit so etwas in unserer Familie nie wieder vorkommt und du nicht zufällig an eine Jüdin gerätst, habe ich etwas für dich.‹ Es gibt da ein Mädchen auf dem Nachbargut, ebenfalls eine Adlige.«

Jus kannte sie. In der Tanzstunde hatten sie schon miteinander Walzer geübt.

»Isabella wäre die passende Frau für dich«, schwärmte seine Mutter, »schlank, blond, gebildet, aus guter Familie, vermögend. Sie fragt oft nach dir.«

»Schon gut, Mutter.« Kramm ging nicht näher darauf ein. In seinem Kopf und in seinem Herzen nahm noch immer Ewa Martini den ganzen Platz ein. Doch gab er seiner Mutter mit einer Andeutung etwas Hoffnung. »Vielleicht später. Wenn der Krieg zu Ende geht.«

Sie nahmen Abschied voneinander wie Menschen, die nicht wissen, ob sie sich jemals wiedersehen.

23

Das Jagdkommando-1 ›Schwarzer Baron‹, so genannt wegen der schwarzlackierten Me-109 des Piloten Major von Kramm, bewährte sich von Anfang an und schon bei den ersten Einsätzen. Meist dort, wo es besonders brenzlig war, tauchte die schwarze Me-109 immer öfter auf, als habe der Pilot einen sechsten Sinn für Gefahr entwickelt. So rettete sie manchen schwerbeschädigten Bomber vor Verfolgern, die leichte Beute in ihm sahen. Besonders beliebt waren Versorgungsfrachter, die durch Minentreffer havariert in der starken Strömung des Ärmelkanals trieben. Auf die stürzten sich die Spitfires in Schwärmen und versuchten, sie in Brand zu schießen oder zu versenken.

In solchen Fällen wütete der Mann in der schwarzen Me-109 wie ein Berserker. Sein Erscheinen wirkte wie das Phantombild eines wilden Reiters, vor dem die Gegner Reißaus nahmen.

Bald war die schwarze Me-109 überall bekannt. Aber man sprach von ihr wie von einer unnatürlichen Erscheinung, die in Wirklichkeit gar nicht existiert. Man verband die Me-109 auf irgendeine Weise mit der roten Fokker Richthofens, des Roten Barons, und nannte den Piloten auch deshalb den schwarzen Baron. Gerüchte gingen um, wer sich dahinter verstecken könnte. Doch selbst Nachforschungen hoher Stäbe beim Oberkommando blieben ergebnislos. Ab irgendeiner Ebene erhielten sie auf ihre Anfragen keine Antwort mehr.

Allerdings ahnte man in Jagdfliegerkreisen Westfrankreichs einiges. Speziell bei Kramms alter Staffel im Jagdgeschwader-4. Dort haßte man den privilegierten Einzelkämpfer jetzt nur noch mehr. Das ging so weit, daß man ihm Hilfe verweigerte, wenn er mit dem letzten Tropfen Sprit im Tank auf einem normalen Feldflugplatz notlanden mußte, und seine eigene Truppe nicht gleich zur Stelle war.

In diesen Spätherbsttagen, der Winter kündigte sich schon mit Regen, Tiefs und Graupelschauern an, ereignete sich ein besonders schmerzhafter Vorfall.

Die Freya-Funkmeßstation im Raum Calais verfolgte einen Schwarm von Messerschmitt-Maschinen auf dem Flug Richtung Dover. Dort gerieten die Maschinen außer Sicht, ohne daß man Luftkämpfe registriert hätte. Die zwei nagelneuen Me-109 kehrten auch nicht zurück. Nach Ablauf der Frist, zu der sie spätestens hätten wieder auftauchen müssen, gab es in der Kanalzone Vermißtenalarm.

Zum Glück war der Sektor, in dem sie verschwunden

waren, bekannt. Der Offizier vom Dienst in der Ortungsstation Calais sprach mit dem I A der Jägerleitstelle West und meldete: »Es muß in der Nähe des Leuchtturms South Foreland gewesen sein.«

»Da liegt ein Kommando Spitfires, aber dort können die zwei Burschen ja wohl nicht gelandet sein. Wie war das Wetter?« »Als die beiden verschwanden, herrschte Hochnebel.«

»Anfänger können sich da schon verfranzen«, kommentierte der Jägerleitoffizier. »Aber so dusselig, daß sie South Foreland für den eigenen Horst halten, kann nicht mal ein undressierter Affe sein.«

»Besteht nur noch die Möglichkeit, daß bei den Maschinen gleichzeitig identische Defekte auftraten.«

»Denkbar wäre das, aber dann gibt es einen klaren Befehl, die neue Me-109 nicht unbeschädigt in die Hände des Feindes fallen zu lassen.«

Der Jägerleitoffizier legte auf und war einen Moment lang ratlos. Die 109-F hatte neue Flügel, eine neue windschnittigere Motorhaube, den neuen DB-603, Flächenkühler, freitragende Höhenflossen. Dazu eine Ausrüstung mit MG-150. Das hatte wechselbare Läufe, Mündungsgeschwindigkeit 700 Meter in der Sekunde, Schußfolge bis 750 pro Minute. Ein Fressen für die britischen Techniker.

Diese Version der Me-109 war sogar von Assen wie Mölders und Galland, die immer höchste Anforderungen an das Material gestellt hatten, akzeptiert worden. Wenn diese Version der Me-109 den Engländern in die Hände gefallen war, dann gute Nacht.

Auf dem Befehlsstrang ›Einsatzblitz‹ gab der Jägerleitoffizier die Sache weiter an Aufklärer und eine Staffel He-111-Bomber. Die konnten aber wegen zunehmend schlechten Wetters nicht starten.

Beim Jagdkommando-1 war der Notruf aufgefangen worden. Major von Kramm startete trotz wetterbedingter Schwierigkeiten. Eigentlich war Fliegen unmöglich. Also flog er so dicht über Grund, von Land seewärts, daß er sogar die Mastspitzen des Stinnes-Frachters sehen konnte, der vor Tagen Opfer britischer Schnellboot-Torpedos geworden war.

Von seiner Bodenstelle ließ er sich den Leitstrahl geben, fand aber den Leuchtturm von South Foreland selbst. Den Jagdfliegerhorst, der nahe der Straße nach Walmer lag, kannte er. Schon beim ersten Überflug sah er die zwei deutschen Me-109 friedlich nebeneinander stehn, umgeben von Soldaten und Ford-Lastwagen. Kramm leitete eine Anflugkurve ein, gab seinem Motor Kampfleistung und hielt präzise Kurs 210 Grad.

Er kam an die deutschen Messerschmitt so günstig heran, daß sie schräg hintereinander in seiner Schußlinie lagen. Kanone und MGs waren entsichert. Kramm jagte in die eigenen Maschinen an Eisen hinein, was seine Waffen hergaben.

Die Engländer spritzten auseinander, warfen sich hin, duckten sich. Beim Abflug sah Kramm, daß die erste Me getroffen war, erst brannte, dann explodierte.

Obwohl sich die Flugplatzflak jetzt rührte, und ihn aus allen Rohren beharkte, riskierte er einen zweiten Angriff. Viel gab es nicht mehr zu tun. Die Explosion des Benzins in der ersten Me-109 hatte zu einer Explosion der Munition geführt. Davon war die zweite Maschine, die nur wenige Meter davon entfernt parkte, infiziert worden. Trotzdem leerte Kramm seine Magazine hinein. Jetzt würden die Engländer wohl nicht mehr allzuviel Freude daran haben, obwohl ihr Löschwagen die Me-109 mit Schaum übergoß wie ein Konditor eine Torte mit Sahne.

Kramms 109 kassiere einige Einschüsse, aber keine lebensgefährlichen Treffer. Er schwang ab und kehrte im Tiefflug in sein Nest bei St. Omer zurück.

Der Kampf gegen die englischen Spitfires wurde immer härter. Die Briten hatten ihren Standardjäger stark verbessert. Die Flügelenden waren jetzt gerundet, die Rolls-Royce-Motoren erneut verstärkt. Dort, wo die Me-109 der Spitfire überlegen gewesen war, nämlich im Steigflug, hatte sie gleichgezogen.

Der Mercedes-Motor hatte bisher einen Vorteil ausgespielt, den man für uneinholbar hielt. Da er nicht mit Vergaser, sondern mit Einspritzung arbeitete, kam es bei negativer Beschleunigung, bei Rollen, bei Rückenflug und beim Hochziehen aus Stürzen nicht zum Stottern oder zu Aussetzern.

Dieser Vorteil schien, wie Kramm nach Luftkämpfen weitermeldete, beim neuen Merlin-Flugmotor ebenfalls ausgeglichen zu sein. Der Verdacht, daß man aus den erbeuteten Mes, trotz Totalschadens, gelernt hatte, war nicht von der Hand zu weisen. Noch immer aber war es der deutschen Luftwaffe nicht gelungen, eine der neuen Spitfires in die Hand zu bekommen.

24

Den Engländern war das geisterhafte Auftauchen und Verschwinden der schwarzen Me-109 ein Dorn im Auge.

»Das erinnert mich an Sanitätshunde auf dem Schlachtfeld«, verglich es einer der britischen Piloten.

»Und mich an die Bernhardiner im Schweizer Gletschereis, wenn sie nach verirrten Bergsteigern suchen.«

Auf Radarkarten wurden die morgendlichen Patrouillenflüge der schwarzen 109 aufgezeichnet. Schließlich entdeckte man darin eine gewisse Regelmäßigkeit. Nun wurde die Devise ausgegeben: »Putzt sie vom Himmel, Gentlemen!«

Zwei erfahrene britische Jagdfliegerasse, erfolgreiche Wing-Captains, wollten sich gern ihren Herzenswunsch erfüllen, die schwarze Me-109 zu stoppen.

»Wir sind schnell«, sagte der eine.

»Doch er ist schneller«, bedauerte der andere.

»Und auch besser.«

»Dafür sind wir zu zweit.«

»Die alten Hunde sind die schlauesten. Wir hetzen ihn und treiben ihn uns gegenseitig vor die Rohre.«

Fortan warteten sie täglich, bei schlechtem oder gutem Flugwetter, auf den Pirschrouten der schwarzen Me-109. Sie übten sich in Geduld. Das war nötig, denn wenn sie in Hight lauerten, tauchte der Gesuchte in Ramsgate auf. Kreisten sie über Dal, wurde er über Cap Doungeness gemeldet. Aber sie hatten es sich in den Kopf gesetzt und gaben nicht auf.

An einem Tag Ende November mit löchriger Bewölkung sichteten sie ihn endlich und stießen von zwei Seiten auf ihn herab.

Wie immer war Kramm beim ersten Licht zu seiner Schnüffeltour gestartet. Den Hund ausführen nannte er das. Wegen der Kälte trug er jetzt Lederkombi, dazu die warmen Pelzstiefel. Es war in Mode gekommen, den weichen Schaft salopp um die Waden zu befestigen, als Kennzeichen der Flugzeugführer. Aber beim Fallschirmabsprung riß sie einem der Sog meistens weg, und man landete barfuß.

Wie immer flog Kramm entweder ziemlich tief oder sehr hoch. Heute ließ es die Sicht zu, daß er auf 5000 Meter ging. An der Küste konnte er wieder die Mastspitzen des Stinnesfrachters erkennen. Doch auflaufendes Hochwasser schäumte schon um sie. Bei dem enormen Tidenhub im Kanal verschwanden sie mitunter völlig.

Ein Blick auf die Fliegeruhr, die Kramm am Handgelenk nach innen trug: 8 Uhr 45 deutsche Winterzeit. Immer wieder dröhnte Funksprechverkehr anderer Maschinen schmerzhaft in seinen Ohren. Nur dann, wenn es im Luftkampf um Leben und Tod ging, erstarb das Schreien und Rufen meistens.

Schon ziemlich weit drüben nahe der britischen Steilküste vernahm Kramm nur noch ein gelegentliches Knistern und Knacken in den Kopfhörern.

Nichts los heute, dachte er, trat in das Seitenruder und leitete eine weite Wendeschleife ein. Da sah er sie von oben auf ihn herunterstoßen: erst nur zwei Punkte, dann deutlich zwei Spitfire.

Die hatten es auf ihn abgesehen, kein Zweifel. Sie trennten sich, um ihn in die Zange zu nehmen. Kramm gab dem Motor Kampfleistung, schloß die Kühlerklappen. Kräftig trat er das Seitenruder und setzte sich hinter den ersten Engländer.

Fast automatisch brachte er den leuchtenden Kreis des Visiers mit der Spitfire in Deckung und feuerte – zehn Sekunden – Treffer! –

Er nahm etwas Motorleistung zurück, öffnete wieder die Kühlerklappen. Aber wo war der zweite Engländer? Kramm drehte den Kopf halb zur Seite. Links sah er ihn kommen.

Von der Seite stieß der Gegner auf ihn herab. Kramm konnte ihn auskurven, aber er kam nicht so zum Schuß wie bei der ersten Spit. Der Bursche verstand was vom Tanzen. Die Waffen des Engländers hämmerten los.

Erst dachte Kramm, viel Lärm um nichts, doch dann

vernahm er mehrmals ein gedämpftes Tack-tack-tack. Die Einschüsse auf dem rechten Flügel, unter dem einer der Kühler saß, blitzten auf, Glas splitterte, Alublech bekam Stanzlöcher. Er riß die 109 hoch, schoß hinter der Spit her, doch die kurvte schon ab und flog erneut an.

Durch die Panzerplatte hinter dem Pilotensitz war Kramm weitgehend geschützt. Joe Meiners hatte sie extra noch einmal erhöht und verstärkt. Doch sein Motor bekam jetzt Treffer. Er qualmte erst weiß, dann schwarz. Ölverlust, dunkler Rauch.

Kramm war es, als habe ihn jemand am Hals und am Oberschenkel berührt. Er achtete nicht darauf, hatte zuviel zu tun, denn die 109 fing zu brennen an. Bald stand der Propeller. Kramm nutzte seine Flughöhe, um die Maschine noch wenige Kilometer in der Luft zu halten. Sinnlos, da half nur noch aussteigen.

Er warf das Kabinendach ab, drückte sich hoch und mußte zu seinem Schrecken feststellen, daß sein Fallschirmsack zerfetzt war. Weiße Seide quoll heraus. Ebenso war es der Schwimmweste ergangen. Das gummierte Leinen zeigte spaltlange Risse und hing ebenfalls in Fetzen. Vermutlich die Arbeit eines Granatsplitters.

Kramm hatte zu Fallschirmen immer ein gespanntes Verhältnis gehabt. Früher war der Pilot noch dabei gewesen, wenn die Schirme gefaltet wurden, heute bekam man sie aus der Fallschirmabteilung angeliefert und mußte den Frauen, die sie legten, vertrauen. Diesmal scherte ihn das Problem wenig, das Ding war sowieso im Eimer.

Was jetzt? Beten?

Seine Maschine stand kurz vor der Explosion. Der Fallschirm war unbrauchbar, die Schwimmweste ebenfalls, und was sich so warm im Pelzstiefel anfühlte, war vermutlich Blut, das aus der Oberschenkelwunde sickerte. Er faßte sich an den Hals. Seine Hand war rot.

Höhe noch 500 Meter. Drei oder vier Kilometer bis zur französischen Küste. Er hatte überhaupt nur noch eine Chance. Er hielt die Me so lange in der Luft, wie es ging.

Die Vorflügel sprangen heraus. Schwanzlastig versuchte er eine Bauchlandung auf dem Wasser. Kontakt. Es zischte, fühlte sich an, als käme man auf einem Acker voller Maulwurfhügel herunter, Wasser spritzte, aber die Me machte keinen Überschlag.

Nichts wie raus!

Das Wasser war eiskalt. Kaum schwamm er, sah er seine schwarze 109 schon wegsacken.

Bei dem Versuch auf die Mastspitzen des Stinnes-Frachters zuzuschwimmen, kam ihm die starke Strömung der auflaufenden Flut zur Hilfe und trieb ihn hin. Jetzt hoffte er nur noch, daß sein letzter Funkspruch angekommen war.

»Abschuß! – Muß notwassern. – Fallschirm defekt. – Stinnes-Wrack.«

Ob sein Notruf bestätigt worden war, daran konnte er sich nicht erinnern.

Tatsächlich erreichte er den achteren Mast des Stinnes-Frachters. Krampfhaft hielt er sich gegen die Wucht des Flutstroms an der Antenne fest. Der Mast mochte noch drei Meter herausragen. Die Tidenunterschiede hier betrugen aber bis zu acht Meter. Dann allerdings war er verloren. Von der Küste sah man kaum etwas, und Absaufen war Scheiße.

Eine Rotte Jäger zischte über ihn hinweg. Sie hatten seine Notlandung erkannt, aber keinen Fallschirm gesehen. Der Führer der Messerschmittrotte, ein Staffelkapitän von Jagdgeschwader-4, war immer noch Hauptmann Geiger. Überzeugt davon, daß es Kramm erwischt hatte, meldete Geiger den Absturz des ›Schwarzen Barons‹.

»Hundertneun nach Aufschlag gesunken. Kein Fallschirm. Pilot nicht gesichtet«, funkte er.

Als Folge von Geigers Meldung lief die Seenoteinheit aus Calais gar nicht erst aus.

Zum Glück hing Joe Meiners stets am Funk, wenn Kramm in der Luft war. So hatte er immer ein klares Bild über die Lage. Auch diesmal.

Aus den letzten Wortfetzen von Jus schloß er, daß dieser irgendwo dicht an der Küste bei dem Stinnes-Wrack herumpaddelte.

»Durchhalten, Baron«, sagte er immer wieder, »durchhalten!« und raste nach Dunkerque, dem nächstgelegenen Hafen, in dem es noch Fischer gab. Die lagen mit ihren Kuttern und Loggern im Hafenbecken und warteten auf Hochwasser.

Da Meiners perfekt Französisch sprach, konnte er sie dafür gewinnen, sofort auszulaufen. Das gelang ihm nicht mit guten Worten, sondern auch wegen der amerikanischen Golddollar, die dem Jagdkommando-1 für besondere Notfälle zur Verfügung standen.

Die Fischer warfen ihre Diesel an. Meiners fuhr mit dem ersten Kutter hinaus und brachte den Skipper dazu, daß er auf kürzestem Weg das Stinnes-Wrack ansteuerte.

Zwei Stunden später holten sie den halb erfrorenen Major von Kramm vom Mastkorb des Wracks herunter. Da er ziemlich erschöpft war und Blutverlust ihn geschwächt hatte, hievten sie ihn auf den Kutter und brachten ihn an Land, obwohl ständig Spitfires den Kutter und das Wrack umkreisten. Von deutschen Jägern war nichts zu sehen.

25

Wochenlang blieb das Flugwetter im Westen für Jägereinsatz ungünstig. Nebel, Regen, frühe Schneestürme wechselten einander ab.

Kramm blieb einige Tage im Lazarett in Amiens. Dort hatten sie ihn zusammengeflickt. Ernsthafter Knochenschaden lag nicht vor, und die Fleischwunden verheilten schnell. Da es noch zehn Tage dauern konnte, bis eine neue schwarze Me-109 in Augsburg fertig war, erteilte ihm Udet, besorgt wie ein Vater, strikte Befehle.

»Genesungsurlaub«, entschied er, »betrachten Sie es als Generalüberholung. Die Luftwaffe unterhält am Arlberg ein Hotel. Ich kenne den Laden, war selbst schon dort. Allererste Güteklasse.«

Kramm wollte, wenn es schon sein mußte, in den Bergen ein paar ruhige Tage mit Skilaufen verbringen, sich ein paar neue Tricks in bezug auf die Angriffstaktik ausdenken. Doch dazu sollte es nicht kommen.

Diesmal flog er nicht mit dem Storch, sondern nahm den Zug. Auf dem Rückweg wollte er in Augsburg dann die schwarze 109 mitnehmen.

Erst saß er sechs Stunden in dem französischen Schnellzugwagen, wo es auch in der Ersten Klasse nach Eigenbau-Tabak stank. Ab Straßburg wurde es etwas bequemer. In München hatte er direkte Verbindung bis Innsbruck. Von da ab nahm er den Arlberg-Expreß. Immerhin hatten sie ihm, als hochdekoriertem Luftwaffenoffizier im Stande der Genesung, ein Erster-Klasse-Abteil reserviert. Auch war er ordentlich ausgerüstet worden.

Major von Kramm saß jetzt also im Arlberg-Expreß, vergessen war die vierzehnstündige Bummelei.

Hier in Österreich kehrte schon der Winter ein. Kramm trug schwarze Olympia-Skihose, Gebirgsjägerstiefel, weißen Isländer-Pullover und Trenker-Anorak. Im Koffer lag frisch aufgebügelt seine Uniform. Zwei Hemden hatte er dabei, ein buntkariertes, ein weißes, dazu Socken, Unterwäsche, Furierware wie Zigaretten, Schokolade, Cognac. Alles aus dem Bestand von Jagdkommando-1. In Landeck hatte er sich Hickory-Ski mit Kandahar-Bindung ausgesucht.

Alles sah gut aus. Das Hotelzimmer war reserviert. Geld und Reiselebensmittelkarten standen ihm ausreichend zur Verfügung. Mit Einschränkung war ihm nach Heidiwitzka zumute. Während der Fahrt durch die Schneelandschaft des Inntals rauchte er und vertiefte sich in Nichtstun. Er versuchte abzuschalten. Doch zum Teufel, die paar Tage waren jetzt schon zu wenig dafür.

Der Arlberg-Expreß hielt zunächst in St. Anton und, nachdem er die Paßhöhe erreicht hatte, in Stuben. Hier stieg Kramm aus, nahm den Bus bis Zürs und den Pferdeschlitten bis Lech. Auf dem halbverschneiten Ortsschild stand: 1447 m über dem Meer.

Das Hotel zur Post war das beste am Platze. Viel Edelholz, Travertinmarmor, dicke Teppiche, Plüsch, Kronleuchter. Alles friedenszeitlich elegant. Besetzt war das Hotel vorwiegend von jüngeren Offizieren der Luftwaffe und der Marine, von Jagdfliegern und U-Boot-Leuten. Meistens Ritterkreuzträger. Kramm schrieb sich als Julius von Kramm, Beruf Landwirt, ein und bekam seinen Zimmerschlüssel. Das Zimmer hatte Balkon, Bad und Blick zur Krabachspitze. Es war warm, die Dampfheizung brummte. Kramm packte das Wenige aus, legte sich eine Stunde hin und ging dann hinunter.

In der Bar tranken sie schon, alberten und grölten herum. Einige der Offiziere glaubte Kramm zu erkennen.

Galland, Steinhoff, Novotny, Hartmann, alles Jagdfliegerasse. Von zwei U-Boot-Kommandanten hatte er die Fotos in Illustrierten gesehen. Die Helden bildeten eine Clique für sich.

Als Zivilist fühlte sich Kramm fehl am Platz. Nach einem doppelten Cognac wollte er spazierengehen. Auf dem Weg von der Bar durch die Halle nach draußen zuckten Blitzlichter auf. Reporter und ein Wochenschaumann mit Kamera hampelten vor ihm hin und her. Das Zentrum ihres Interesses bildete eine Frau im weißen Fuchspelzmantel.

Sofort stand Kramm unter Strom, wie immer war er von ihrer Ausstrahlung fasziniert. Es gab keine schöneren 54 Kilo. Kurz und gut, es war Ewa, Ewa Martini.

Erst einmal schlich sich Kramm durch die Seitentür aus dem Hotel.

Beim Abendessen hatte er einen Einzeltisch. Mit dem Rücken zur Spiegelwand an der langen Tafel saß die wunderhübsche Ufa-Blondine, umringt von Verehrern in Luftwaffengrau oder Marineblau. Ziemlich locker und laut ging es da drüben zu.

Kramm bestellte Wein nach. Tiroler Roten. Auf das Dessert, Schokoladenpudding mit Vanillesoße, verzichtete er.

»Ich mag nur Vanillepudding mit Schokoladensoße«, sagte er zu dem Kellner.

»Himbeersoße wäre noch möglich.«

»Dann möchte ich lieber gar nichts.«

Immer wieder schielte Kramm zu der langen Tafel. Dabei war ihm, als träfen sich seine Blicke mit denen der Frau mit der goldgelben Lockenpracht und dem raffinierten Dekolleté. Sie lächelte verstohlen zu ihm hin.

Während Kramm noch überlegte, ob er sich eine Flasche Terlaner aufs Zimmer bestellen sollte, hörte er die blonde Dame rufen: »Hallo, einsamer Mann! Kommen Sie doch an unseren Tisch.« Ewa konnte das nicht ernsthaft gemeint haben. Außerdem wollte er zu Bett. Also überhörte er die Aufforderung.

Wieder diese glockenhelle Stimme: »Sind Sie taub?«

Er deutete auf sich.

»Ja, Sie meine ich, einsamer Mann.«

»Na schön.« Er schlenderte also hinüber.

Die Martini ließ Stühle rücken und einen leeren neben sich dazwischenschieben. Kramm stellte sich vor.

Ein hochdekorierter Luftwaffenmajor fühlte sich durch den Zivilisten offenbar zurückgesetzt.

»Immer diese Wehruntauglichen«, lästerte er, »wie mir scheint, sind sie kerngesund, Mann. Warum dienen Sie nicht dem Vaterland?«

»Zet-be-Vau« antwortete Kramm einsilbig. »Habe etwas Besseres zu tun.«

»Zur besonderen Verwendung also. Von woher und für was?«

»War schon mal Soldat«, wich Kramm der Antwort aus, »achtzehnhundertachtzig.«

Der junge Oberleutnant feixte: »Beim Fußlappengeschwader im letzten Aufgebot der Armee der Hoffnungslosen.«

»Luftwaffe«, korrigierte ihn Kramm, »Fußlappenjagdgeschwader-4.«

»Bodenpersonal vermutlich, oder Verwaltung.«

»Flugzeugführer«, erwiderte Kramm verärgert. »Kanaleinsatz.«

Ein anderer gab seinem Staunen Ausdruck.

»Und da sitzen Sie hier in Zivil herum?«

»Es gab noch anderes zu erledigen, meine Herren Spitfire-Killer.«

Diese Bezeichnung mißfiel ihnen. Aus unterdrückter Neugier machten sie ihn zum Objekt ihrer Späße.

»Jetzt mimen Sie also den Drückeberger.«

»Mit allerhöchstem Vergnügen, meine Herren, im Auftrag des Führers.«

Betretene Stille herrschte, bis einer fragte: »Ich hörte, Sie heißen Julius von Kramm. Sie sind doch nicht etwa dieser Kramm, der '38 eine Staffel Stukas davor bewahrte, zum Gott der Maulwürfe einzugehen?«

»Mein Bruder«, log Kramm, ohne zu erröten.

»Und was tun Sie jetzt?« wollte ein Oberst wissen. An seinem Hals baumelte das Ritterkreuz, ziemlich nagelneu. Er rauchte eine dicke Zigarre.

»Sie haben sich nur als Kramm eingeschrieben«, bemerkte ein vierter. »Schütze Kramm-Arsch oder was?«

»Urlauber.«

Sie mochten sich den abgedroschenen Uraltwitz nicht verkneifen. »Und wovon urlauben Sie?« wurden sie deutlicher. »Verfassen Sie etwa die Geschichte der allgemeinen und besonderen großdeutschen Drückebergerei?«

Kramm zuckte mit den Schultern.

»Vor dem großen Kurfürsten gab es kaum deutsche Geschichte. Und nach ihm keine Drückeberger mehr. Nur noch stramme Preußen.«

Aus der Bar ertönte Musik. Ein Trio spielte zum Tanz. »Ich habe einen Sonderauftrag«, fügte Kramm noch trocken hinzu, »begnügen Sie sich damit. Ich soll Sie nämlich alle bespitzeln.«

Erneut wandte sich der Oberst an ihn. Er war einer von den Wißbegierigen.

»Darf man fragen?«

»Dürfen Sie nicht.«

»Geheim also.«

»Streng.«

»Aber wo arbeiten sie, wenn Sie Zeit genug haben am Arlberg herumzuhängen«, höhnte einer spitz.

»Auf meinem Gut in Schlesien«, antwortete Kramm ausweichend, »und züchte dort Butterblumen zur Verbesserung der Reichsernährungslage.«

»Dachte in Schlesien sitzen nur gefährliche Seperatistenbrüder. Halb Tschechen, halb Polen.«

So ging es hin und her.

Ewa Martini, spürte offenbar, daß es, wenn es so weiterlief, zu einer schärferen Auseinandersetzung kommen würde. Sie faßte Kramm am Ellbogen.

»Tanzen wir, einsamer Mann?«

So leise, daß nur sie es verstand, bemerkte er: »Tanzen, jetzt, während unsere Truppen an der Front bald zu Gefrierfleisch werden, Gnädigste?«

»Kommen Sie trotzdem mit.«

Sie gingen die zwei Stufen hinunter in die Bar und schoben sich zu den Klängen eines langsamen Foxtrotts gegenseitig ein wenig herum. Ewa duftete wunderbar wie frische Walderdbeeren. Ihr Gesicht, manchmal das einer Bauernmadonna, war auf Berliner Schick getrimmt, ihr Blick eher traurig, Nase, Mund und Kinn in Harmonie, ihre Bewegungen leicht und graziös.

»Fast glaube ich, daß du spinnst, Jus«, flüsterte sie.

»Ich liebe die Anonymität.«

Sie wechselte das Thema. »Wie meinst du das, daß unsere Soldaten bald zu Gefrierfleisch werden?«

»Im Osten ist es kalt, und wenn es eine Offensive gibt, wird sie sich in Eis und Schnee festfahren.«

»Im Frühjahr«, äußerte sie unsicher, »soll es losgehen.«

»Ja, Hitler hetzt seine Soldaten weiter in die Schlacht und kümmert sich einen Dreck darum, wie sie krepieren.«

»Siehst du es so schlimm?« Sie schien ihn auszuhorchen.

»Bald wird es heißen: Bindet den Helm fester Kameraden. Vorwärts, wir müssen zurück.«

»Du meinst also, das Kriegsglück wendet sich allmählich. Aber noch steht Hitlers Stern im Zenit.«

Sie gerieten aus dem Rhythmus.

»Da bin ich sogar sicher«, gestand Kramm, daß sein Stern stinkt.«

Mit vor Verblüffung geöffneten Lippen blickte sie ihn an. »Du imponierst mir immer mehr, Jus. Wirst du am Ende doch noch vernünftig?«

Einer der U-Boot-Leute klatschte ihm die Partnerin einfach weg. Kramm verschwand auf sein Zimmer.

Kramm erholte sich. Am ersten Tag auf den Schneehängen um Lech ließ er es gemütlich angehen. Langsam stieg er mit Fellen auf, um sich den Genuß der Abfahrt zu verdienen. Dem Gipfel nahe verschwand die weiße Verzauberung. Am Himmel dröhnte das Brummen alliierter Höhenaufklärer. Sie zogen ihre Kodensstreifen über die winterliche Märchenlandschaft Richtung München, Augsburg, Nürnberg. Vermutlich um Maß zu nehmen. Und das völlig unbehelligt.

Am Nachmittag stieg Kramm noch einmal bergwärts. Von seiner Verwundung nur leicht behindert, nahm er die Tiefschneeabfahrt. Plötzlich schoß ein anderer Skifex aus dem Wald und auf ihn zu. Kramm bremste scharf, aber zu spät. Sie kamen sich in die Quere und stürzten. Übereinander lagen sie im Schnee. Er spürte es: Der andere war eine Frau.

Sie nahm die dunkle Brille ab. Seine Ewa, das Madonnengesicht, schüttelte den Schnee aus dem Haar. Ihre Augen schimmerten wie blauer Bernstein im Küstensand mit klarem Wasser darüber. Ihr Haar, oberhalb des weißen Stirnbandes war so, daß man den Wunsch hatte, es zu berühren.

»Hallo!« rief sie, heute ohne Lippenstift und Schminke, »komisch, bei manchen Leuten glaubt man, sie seit tausend Jahren zu lieben wie seinen Eichendorff und seinen Mozart, und sei es nur aus weiter Ferne.«

Kramm half ihr auf die Bretter. »Dann bist du für mich die sehr weit entfernte Lucrezia Borgia in honigblond. Doch jetzt im Ernst, Ewa, warum das Theater?«

»Wir sind uns nie vorher begegnet«, wünschte sie, »und es ist schließlich auch dein Theater. Warum versteckst du dich? Willst du mich nicht mehr?«

»Mag sein. Ab und zu sehe ich dich ja im Kino.«

Sie brachten Ski und Stöcke in Ordnung, sprangen in die Spur.

Vor ihm raste sie ins Tal.

»Dann adieu!« rief sie noch.

Weiter unten bei den Idiotenhängen übten die Herren von Luftwaffe und Marine Stemmbogen und Schneepflug. Sachen, die Kramm vor zehn Jahren schon in den Karpaten gelernt hatte. Mittagessenszeit. Kramm schnallte ab. Auf dem Weg ins Hotel kam er an der Dorfkirche vorbei. Er liebte Tiroler Holzgeschnitztes und trat ein. Vielleicht gab es etwas Neues zu entdecken. Eine gefaßte Madonne, selbstviert faszinierte ihn. Sie stellte Anna dar und Maria, aber mit zwei Kindern. Jesus und einem kleinen nackerten Engel mit Glorienschein. Vielleicht der Heilige Geist als Minderjähriger?

Versonnen betrachtete er sie. Unvermittelt trat jemand hinter ihn und fragte leise: »Bist du fromm, Baron?«

»Nur gläubig.«

»Was ist der Unterschied?«

»Hin und wieder bete ich.«

»In der Not?« legte es Ewa aus.

»Da weniger«, gestand er, »in der Not mußt du dir selbst helfen. Doch immer wenn ich an einer Maria vorbeikomme, denke ich an den Teufel. Der Teufel soll gesagt haben: Habe ich sie nicht gewarnt, diese Maria, daß sie sich vor dem Erzengel Gabriel in acht nehmen soll, besonders an diesem schwülen Nachmittag in Galiläa? Der Teufel hatte sich nicht geirrt.«

»An diesem schwülen Nachmittag in Galiläa hat Gabriel sie geschwängert.« Ewa lachte ein wenig zu schrill und zu laut für diese kleine Kirche.

»Der Teufel mußte es schließlich wissen«, ergänzte Kramm, »man behauptet, er selbst sei der verstoßene Erzengel Gabriel.«

Sie musterten sich sekundenlang bis in die Tiefe der Iris, beide waren etwas verlegen. Schließlich gab sich die Martini einen Ruck.

»Sehen wir uns in der Bar?«

»Klar, wir wollen doch leben«, äußerte Kramm zynisch, »trinken und tanzen, solange es erlaubt ist.«

»Du gefällst mir wirklich immer mehr, Baron.«

Er blickte ihr nach. Er liebte sie nicht nur, sie war sein Herz. Aber immer, wenn er sie sah, fiel dieser Schatten einer Vorahnung darüber. Warum bloß, Herr im Himmel!

Um 17 Uhr war die Bar schon gerammelt voll. Wieder betörte Ewa mit ihrem Charme sämtliche Männer. Weil man sie bedrängte, sang sie, begleitet von Piano, Baß und Gitarre, ein Lied aus ihrem letzten Film und gab dann noch ein Extra. Sie swingte:

»Mir geht's gut.
Ich bin froh.
Und ich sag dir auch wieso ...«

Der Vierviertelrhythmus riß alle mit. Der Applaus

schien Ewa durstig zu machen. Sie trank und flirtete so hektisch, als habe sie eine Menge zu vergessen.

Hinten rechts an der Bartheke hockte Kramm und blieb bei Cognac pur. Ab und zu trafen sich ihre Blicke. Dann warf sie ihm verstohlen einen Kuß zu.

Kramm fürchtete allen Ernstes, daß er dieser Frau bald so erlag, so besinnungslos, wie all diese Spunde ringsum. Um 18 Uhr kamen Nachrichten. Minutenlang lenkte der Frontbericht die Luft- und Wasserhelden ab. Mit zwei vollen Gläsern stand Ewa vor Kramm. Nachdem sie getrunken hatte, küßte sie ihn unvermittelt vor allen Leuten.

Da überwältigte es ihn einfach. Aber seine Stimme klang rauh: »Ich möchte mit dir schlafen, Ewa«, brach es aus ihm heraus.

Sie reagierte gar nicht bestürzt, erwiderte aber kühl: »Du bist ein ziemlich ordinärer Casanova, Baron.«

So verlegen, als kenne er sich selbst nicht mehr, hob er die Schultern. »Dann pardon, Gnädigste, vergessen wir es.«

»Warum?« fragte sie nur äußerlich ernst. »Ich will ja auch mit dir vögeln. Ich kann das. Ich spielte mal in einem ziemlich ordinären Nuttenfilm.«

Fassungslos murmelte er: »Na wunderbar.«

Die Nachrichten waren zu Ende. Die Helden nahmen ihm Ewa wieder weg.

Gegen Mitternacht wurde an seine Zimmertür geklopft. Draußen stand Ewa. Rechts eine Flasche Champagner, links zwei Gläser.

Mit Küssen drängte sie sich an ihn und ins Zimmer. Sie trug ein enges schwarzes Kleid, kniekurz und tief ausgeschnitten, fast bis zum Nabel. Bei dem milden Licht war sie noch bezaubernder als je zuvor. Falls das noch ging.

Ihre Stimme klang tief, gar nicht mehr überdreht. »Hast du mich erwartet, Baron?«

»Nein.«

Sie stellte die Flasche auf den Tisch, wo seine Notizen lagen.

»Auch dich läßt die Arbeit nicht los. Was ist das?«

»Logistische Pläne für Jagdkommando-1 und so.«

»Darf man lesen?«

»Wenn es dich interessiert, warum nicht.«

Sie hielt das engbeschriebene Blatt ins Licht der Stehlampe und ließ sich dann in den Sessel fallen. Hoch bis zum Schenkel kreuzte sie die edlen Beine, schlug sie bis zu den Schenkeln übereinander und las überhaupt nicht.

»Studiere es ruhig«, forderte er sie auf, »Streng Geheimes interessiert dich doch immer.«

»Ist es sensationell? Ich denke nämlich gerade an etwas ganz anderes.« Sie öffnete Mittelfinger und Daumen und ließ das Blatt über den Teppich segeln. Wohlig stöhnend streckte sie alle Glieder von sich. »Bist du so etwas ähnliches wie ein Generalstäbler, Baron?«

»Mehr so was wie ein fürchterlich Verknallter.«

»Und was soll schlimm daran sein?«

Er versuchte es zu erklären! »Ich, ein Landsknecht, und du, eine Halbgöttin.«

Sie goß Champagner ein und bat um eine Zigarette. Er hatte nur Juno, sie aber rauchte Nil und verzichtete.

»Cigaret me please, sagte Mae West zu ihrem Filmpartner. Erzähl mir von deinem Herzensproblem, Jus.«

»Muß das jetzt sein?«

Sie ließ ihn nicht aus den Augen, während er die Lampen löschte bis auf eine, die nur einen schwachen Schimmer an die Wand warf. Dann zog er die Vorhänge auseinander und öffnete die Tür zum Balkon. Frische Winterluft strömte kristallig herein.

Sie schmiegte sich eng an ihn. »Aber bitte erzähl mir nichts von den Sternen.«

»Ich bin Pilot. Wir sehen die Sterne anders. Vorwiegend als Navigationshilfsmittel.«

Sie umarmte ihn von hinten, so daß er sich kaum zu bewegen vermochte. »Du bist mein Stern, mein Fixstern. Rühr dich nicht von der Stelle. Wie lange bleibst du hier?«

»Noch 30 Stunden ungefähr.« Er rechnete. »Nein, sogar ziemlich genau.«

»Das wäre Montag morgen.«

Er glaubte zu spüren, wie ein Schauer sie durchlief.

»Ich bin keine Jungfrau mehr.« Der Hauch ihrer Stimme strömte heiß in seinen Nacken. »Aber alles weiß ich auch nicht über Männer. Wollen wir uns nur küssen, Jus, möchtest du meine Titten streicheln oder an meine Pussi fassen?« Langsam drehte Kramm sich in ihren Armen um. »Wenn schon, denn schon, keine Halbheiten.«

Er schloß die Tür, Ewa ging ins Bad. Als sie herauskam, hatte sie das Kleid ausgezogen, nicht aber die dunklen Seidenstrümpfe. Außerdem hatte sie nur noch BH und Höschen an. Unter dem Büstenhalter zeichneten sich ihre erstaunlich kugeligen Brüste ab, die Brustwarzen mit dunklen Knöpfen und im Schlüpfer ein prächtig voller Schamhügel.

Kramm versuchte ein Kompliment loszuwerden, irgendeinen Aufschrei wie ›Wahnsinn!‹ oder ähnlich. Aber schon zog sie ihn auf das Bett. Noch lagen sie nebeneinander wie damals in Paris, als Ewa flüsterte: »Wenn ich dich nicht bald kriege, dann werde ich krank.«

Alles war und klang ein wenig theatralisch, kein Wunder bei einer Schauspielerin. Aber wie sie es sagte, auch was sie tat, war nicht ordinär, eher zögerlich, als habe sie Angst, man wolle sie benutzen und dann wegwerfen.

Kramm öffnete ihren BH und küßte ihre Brüste. Hastig zog sie ihm das Hemd aus, die Hose, den Rest. Mit den

Fingerspitzen massierte sie seine Schultern, seinen Wundverband, seinen Rücken abwärts bis zum Gesäß, bis hinunter zu den Innenseiten seiner Schenkel. Dann tastete sie nach seinem Glied und hielt es mit festem Griff.

»Dageblieben!«

Er küßte sie weit hinein in ihren Mund. Auch sie benutzte die Zunge wie ein Lot, als wolle sie die Untiefen seines Körpers damit erkunden. Vom Hals bis zu den Zehen küßte sie ihn. Er faßte zwischen ihre Beine in ihr weiches Schamhaar, in die Spalte bis zu der kleinen Erbse. Sie duftete fein nach Moschus.

Aufstöhnend machte Ewa die Beine breit. Als er in sie eindrang, war es wie eine Berührung mit warmer feuchter Seide. Sie taten es langsam, dann schnell, heftig aufeinanderstoßend, dann wieder in langen genußvollen Zügen. Ihr Atem schwoll an zu wollüstigem Keuchen. Obszön stieß sie hervor: »Los, gib's der geilen Stute!«

Erschrocken schloß sie ihre Lippen mit der Hand, bis nur noch ein gedämpfter Schrei zu hören war.

Nach einiger Zeit schien sie wie aus einer Ohnmacht zu erwachen.

»Und du?« fragte sie kaum hörbar.

»Ich auch.«

»Es war wunderschön, wie auf der Sterntalerwiese.«

»Wie Hänschen im Blaubeerenwald. Nur habe ich nicht aufgepaßt.«

»Unnötig«, erklärte sie. »Wie hielten es schon die Juden: Kein Beischlaf bis zehn Tage nach Eintritt der Monatsregel.« Auch nach dem Akt blieb sie schlagfertig und voller Charme.

Immer wieder fragte sich Kramm, warum gerade er. Warum gab sie sich ihm hin, obwohl er sie doch in Berlin abgewiesen hatte.

Sie taten es noch einmal. Dann badeten sie gemeinsam

in der großen Wanne. Über das Wannsee-Thema wurde in dieser Nacht nicht gesprochen.

Bis zur Morgendämmerung lagen sie beieinander. Sie liebten sich immer wieder und Ewa sagte: »Warum haben wir eigentlich gebadet?«

Sie tranken den Rest vom Champagner. Einmal bemerkte sie: »Die Sterne sind doch nicht allein zur Navigation da, oder?«

Weil er nicht antwortete, sondern nur lachte, sprach sie von ihrer Arbeit. Sie erzählte, wie gut sie mit Udet befreundet sei, und daß sie seine Schwierigkeiten sehr bedauere, daß sie ihren Film bis Januar beenden wollte und daß nach Heilig Dreikönig in Berlin wieder Theaterproben begannen. Sie schüttete ihm nicht nur ihr Herz aus, sondern sprach auch über profane Dinge. Zum Beispiel fragte sie, was sie mit dem Geld aus ihren Gagen machen sollte.

»In Häusern investieren«, riet ihr Kramm, »in Grundstücke, Wald, Acker, Wiese, ein Landgut.«

»Aber wo?« Sie war unsicher. Am billigsten seien die Güter im Osten.

»Vorsicht«, mahnte er, »kauf nicht jenseits der Oder. Lieber im Süden.«

»Kaufst du etwa im Süden, Baron?«

»Leider unmöglich, Gnädigste, ich bin immer pleite. Eine Tante von mir besitzt einen Bauernhof in Bayern. Als letzter derer von Kramm werde ich einst dort Schweine hüten.«

»Wie groß ist der Hof?«

»900 Hektar, Felder, Weideland, Wald und ein kleiner See.«

»Ist ja ein echtes Rittergut«, staunte sie fachkundig.

»Aber nicht für ostpreußische oder niederschlesische

Verhältnisse. Da haben wir schon ein paar Quadratmeter.«

»Und warum rätst du mir ab im Osten zu kaufen? Ich könnte in den Masuren bei der Seesker Höhe eine echte Gelegenheit ...«

Kramm deutete seine Begründung nur an: »Hitler arbeitet gerade astrologisch an seiner neuen Strategie.«

»Ich halte nichts davon«, betonte sie. »Das ist doch wie Kaffeesatz lesen oder?«

»Wie Kartenlegen, Auspendeln, Traumdeutung, alles Scharlatanerei«, stimmte er ihr zu.

Doch sie glaubte eine Einschränkung herauszuhören.

»Aber ...?«

»Es gibt Ausnahmen. Hitler will die Landnahme im Osten. Er nennt die Deutschen ›Volk ohne Raum‹ und es gibt genug Land im Osten. Alles gehöre ihm, glaubt er.«

»Und wie sieht deiner Meinung nach die astrologische Zukunft aus?« erkundigte sie sich.

In groben Zügen versuchte er es zu formulieren. »Er greift Rußland an. Anfangs werden wir Erfolg haben. Der Krieg wird sich bis ans Schwarze Meer, bis an den Kaukasus ausdehnen. Vielleicht gerät dadurch alles in eine neue Dimension, führt die Auseinandersetzung zwischen Japan und den USA herbei und zieht uns mit hinein wie in einen Strudel. So was wächst sich rasch zu einem Weltkrieg aus.«

»Und die Russen«, fürchtete sie, »werden zurückerobern, was man ihnen wegnimmt, und halb Europa dazu. Bei Napoleon haben die Russen es Hitler schon einmal vorgemacht. Wann soll das Schauerstück denn stattfinden? Noch in diesem Jahrhundert?«

»Nächstes Jahr«, sagte er.

»Und wenn das Pendel zurückschwingt, stehen die Russen an der Elbe.«

»Am Rhein.«

Ewa schloß seinen Mund, indem sie eine Brust auf seine Lippen preßte.

»Pessimist«, spottete sie lachend, »du bist der erste dieser Gattung, den ich kenne.«

»Geheimprojekt ›Barbarossa‹«, erwähnte er nur. »Ich wäre froh, wenn es nicht einträfe.«

Fortan blieben sie fast ohne Unterbrechung zusammen. Bei der Skiabfahrt im Neuschnee, beim Abendessen, bei ein paar Gläsern an der Bar. Immer waren sie unzertrennlich.

Für den Tag der Abreise hatte sich Kramm noch eine Überraschung ausgedacht. Nicht, daß solche Auftritte seinem Wesen entsprachen, aber man hatte ihn hier mit soviel Herablassung behandelt, daß er den Triumph gerne genoß. Nicht mehr im Sportanzug, nicht mehr in den alten Olympiaskiklamotten, sondern in Majorsuniform und allen Orden tauchte er an der Rezeption auf und meldete sich ab.

Im Frühstücksraum staunten die Herren Kameraden nicht schlecht über den jungen Major mit der höchsten deutschen Tapferkeitsauszeichnung. Offenbar verstanden sie jetzt auch, warum die Martini ihnen diesen Mann vorgezogen hatte.

Beim Frühstück hatten die beiden nur Augen füreinander. Manchmal wischte Ewa verstohlen eine Träne weg. Doch unaufhaltsam kam die Minute des Abschieds.

Sie begleitete Kramm zu dem Pferdeschlitten, der ihn zum Postbus nach Zürs brachte.

Abschiednehmen gehörte nicht zu Kramms beliebtesten Vorstellungen. Außerdem hatte er noch eine Frage.

»War das nun alles Zufall, mein Schatz?«

Sie schüttelte den Kopf, daß die Locken mitschwangen. »Nein, ich wußte, daß du hier bist.«

»Durch wen?«

»Mein privater Geheimdienst. Und ich habe extra deswegen meinen Film unterbrochen.« Noch einmal küßte sie ihn vor all den Augen, die ihnen nachstarrten.

Als Ewa Martini und Julius von Kramm sich trennten, wußten sie, daß sie sich liebten, daß sie zusammengehörten, aber auch, daß es keine Zukunft für sie gab.

26

Ein frostklarer Dezembertag. Bäume und Buschwerk glitzerten im Rauhreif. Major von Kramm schlüpfte in die Lederhose der Kombination und zog den breiten Reißverschluß zu, so daß die Hosenbeine fest um die Waden lagen. Die Lederjacke mit dem Plüschfutter wog schwer. Aber sie schützte gegen die Morgenkühle.

Eigentlich war befohlen, Koppel mit Pistole um die Hüften zu tragen, aber wozu das. Sollte er damit notfalls eine Spitfire abschießen? Für das Jagdkommando-1 waren solche Befehle ohnedies außer Kraft gesetzt.

Mit dem VW-Kübel fuhr Kramm hinaus zu seiner nagelneuen schwarzen 109. Während der Überführung von Augsburg nach St. Omer in Westfrankreich hatte er sie eingeflogen. Sie war von guten Eltern, makellos symmetrisch gebaut, ohne irgendwelche besonderen Zicken. Joe Meiners dirigierte die zwei Bodenwarte. Sie kurbelten den Schwungkraftanlasser hoch.

»Wetten, daß der Motor sofort kommt!« rief er.

»Bei einer Nacht im Freien und solcher Kälte springt er keinesfalls gleich an«, behauptete Kramm, dies aber mehr um Meiners den Triumph auskosten zu lassen, falls der Motor trotzdem gleich lief.

Und Meiners behielt Recht. Nach Einkuppeln und Zünden nahm der von Joe optimal eingestellte Daimler Benz sofort Drehzahlen an.

»Für diesen Ton, für dieses wunderbare Orgeln kann ich sogar auf die siebte Symphonie von Schiller verzichten«, schwärmte er. »Und komm gut rauf, Baron!«

Kramm flog zunächst Richtung Küste und dann entlang der Route der britischen Morgenpatrouillen.

In diesen Wochen, als der Krieg in Kälte erstarrt zu sein schien, hatte er nur ein Ziel. Auf irgendeine Weise wollte er eine neue Spitfire, die Mark-VII, erwischen.

Überall hieß es, durch die Modernisierung sei sie jetzt besser als die Messerschmitt-109, schneller, wendiger und steige so gut wie die 109. Woran das lag, sei es an der verbesserten Zelle, den Flügeln oder dem neuen Rolls-Royce-Motor, das wußte man nicht. Deshalb wünschten sich die deutschen Flugzeugbauer immer dringender eine möglichst unbeschädigte Beutemaschine. Auf die Einzelkomponenten der neuen Technik kam es an.

Was sie in Augsburg gesagt hatten, klang Kramm noch in den Ohren: »Die haben unsere 109 abgekupfert. Storchschnabelgenau. Dadurch wurde die Spit noch lange nicht ebenbürtig. Aber jetzt ist sie es.«

In 3000 Meter Höhe fliegend hielt Kramm Ausschau, daß ihm schier die Augäpfel heraustraten. Heute war nur Grobzeug unterwegs. Ein Aufklärer, ein Schwarm alter Hurricanes, deshalb machte er kehrt und beschloß irgend etwas anderes zu unternehmen. Etwas ganz Feines. Denn ohne Motor fuhr kein Auto, ohne Merlin flog keine Spitfire.

In Amiens studierte Kramm Fernaufklärer-Fotos und informierte sich. »Wo genau liegt das Werk, wo Rolls-Royce die Merlin Triebwerke montiert?«

»In Derby am Trent.«

»Grafschaft?«

»Chesterfield, Mittelengland. Der Trent ist ein Fluß.« Es gab auch Fotos der Fabrik. Anhand der Karte rechnete sich Kramm aus, daß die Entfernung von St. Omer bis Derby 650 Kilometer betrug. Trotz Zusatztank kam er nicht so weit, nicht hin und zurück. Außerdem hatte er noch eine 250-Kilo-Bombe zu schleppen.

»Aber von Cherbourg aus könnte es gehen«, rechnete er halblaut. Am nächsten Tag verlegte er seinen Haufen an die Spitze der Halbinsel Cotentin. Von hier aus hatte er noch 400 Kilometer bei Direktflug.

Kramm ließ seine 109 gewissenhaft vorbereiten und wartete günstiges Wetter ab.

Die 250 kg-Sprengbombe unter der Fläche der schwarzen Me, auf der anderen Seite den Zusatztank mit 300 Litern kam Kramm wie immer höchst schwerfällig hoch. Bei dieser windlosen Kälte ein ganz besonderes Abenteuer. Mit Hängen und Würgen ging es.

Über dem Ärmelkanal hinein bis Mittelengland war die Überladene 109 schwerfällig, nahezu kampfunfähig. Von gegnerischen Jägern ungestört, brachte Kramm die ersten 400 Kilometer hinter sich. Nur die Flak schoß hin und wieder. Mitunter veranstaltete sie sogar ein beeindruckendes Feuerwerk. Aber stets mit geringem Effekt.

Der Vergleich mit Sonnenstand und Fliegeruhr machte Kramm sicher, daß er bei günstigem Licht über dem Motorenwerk von Rolls-Royce ankommen würde. Auf irgendeine Weise mußten ihn Höhenwinde geschoben haben, denn zwei Minuten früher als berechnet sah er das Ziel vor sich sich. Die Hallen, das Materiallager, die Eisenbahngleise.

Beim zweiten Anflug wußte er, wo die Bombe hinzusetzen war und warf sie ins Schwarze, zwischen Kraftwerk und Endfertigung. Die Detonation war eindrucksvoll, doch über die Wirkung sagte das wenig aus. Er machte sich aus dem Staub. Kaum war Kramm zurückgekehrt, starteten beim ersten Licht zwei Aufklärer. Sie brachten gestochen scharfe Luftaufnahmen zurück. Kramms Bombe hatte erstklassig gelegen. Doch schon eine halbe Woche später bestätigten erneute Ju-88-Besuche in Derby, daß Rolls-Royce die Produktion wieder aufgenommen hatte.

Verbissen, wie es seine Art war, rücksichtslos gegen sich selbst, mitunter ungeduldig und wütend, daß ihm nicht gelang, was er plante, lauerte Major von Kramm weiter auf einen günstigen Moment. Manchmal glaubte er schon, es sei wie bei Spielern, wenn das Glück sie verlassen hatte. Glück in der Liebe, Pech im Spiel.

Seine Geduld wurde wochenlang auf die Probe gestellt. Fluchen half da wenig.

»Außerdem ist es unfein«, bemerkte Joe Meiners gelegentlich.

Der Wunsch nach einer intakten Beutemaschine des neuen Spitfire-Typs wurde immer dringender. Der Versuch, eine Mark-VII in die Hand zu bekommen, wurde auch von anderer Seite betrieben.

Admiral Canaris, Leiter der Abwehr und Gegenspionage, sah darin eine Aufgabe seines Amtes. Er setzte alle Erfahrung ein und organisierte ein Kommandounternehmen. Es sollte die neue Spitfire von einem nahen Küstenfliegerhorst entwenden. Einfach klauen.

Die abenteuerlichsten Pläne wurden gewälzt. Im Grunde ging es nur darum, den Piloten – möglichst einen erfahrenen Testflieger – und zu seinem Schutz zwei speziell ausgebildete Einzelkämpfer nach England zu bringen. Dies erwies sich als nahezu undurchführbar.

Doch Canaris' Agenten fanden heraus, daß eine Staffel, ausgerüstet mit der neuen Spitfire, in Ipswich lag, in der Grafschaft Suffolk. Der Fliegerhorst berührte nahezu das Wasser der Orwell-Bucht. Mit Fallschirmen wollte man das Kommando aber nicht absetzen. Nach einer Reihe unbrauchbarer Pläne machte der Chef der Marine-Sicherungsdivision einen besseren Vorschlag.

»Ich bringe das Kommando mit einem Schnellboot rüber, Canaris. Meine Schnellboote stoßen auf ihren nächtlichen Raids oft bis in die Themsemündung vor und die ist verdammt scharf bewacht. Wir haben schon vor Portsmouth britische Kreuzer torpediert und die Humber-Mündung mit Magnetminen verseucht. Dann werden wir wohl auch die Orwell-Bucht schaffen.«

Nach einigem Hin und Her wurde der Vorschlag abgelehnt. Auch hier hielt man die Gefahr, daß das Unternehmen vorzeitig entdeckt werden könnte, für zu groß.

»Dann bleibt uns nur noch ein U-Boot«, lieferte ein Korvettenkapitän der Flandern-Flottille die Lösung.

Der erfahrene Kommandant des U-Bootes, Kapitänleutnant Windgassen, hatte schon Minenleger befehligt und kannte die britische Küste bis hinunter nach Cornwall mit all ihren Tücken, Untiefen und Strömungen. In Ostende nahm er das Canaris-Kommando auf und brachte es in Nachtfahrt nach Ostengland. Am Ausgang des Kanals herrschten Sturm und hoher Seegang. Auf dem getaucht laufenden 7-C-Boot spürte man kaum etwas davon. Vor der Orwell-Bucht blieb Kapitänleutnant Windgassen einen Tag liegen, beobachtete den aus- und eingehenden Verkehr der Bewacher und wartete günstiges Wetter ab. Gegen Mittag kam die gewünschte Nebellage, aber gleich so dick, daß sich das U-Boot nur mit langsamer Fahrt Richtung Ipswich landwärts hineintasten konnte. Der Komandant trug die Verantwortung für sein Boot und das Canaris-Kommando nicht gerade lokker. Es gab lange Diskussionen.

Etwa zehn Meilen von Felixstowe orwellaufwärts setzte der Ebbstrom ein. An einer nahen Sandbank, die immer weiter herauskam, setzte Windgassen das Kommando an Land. Männer der U-Boot-Besatzung brachten sie im Schlauchboot ans Ufer. Am Ufer marschierten die drei auf der Straße Richtung Ipswich. Von einem Country-Gasthof aus telefonierte einer von ihnen. Sie sprachen alle perfektes akzentfreies Englisch.

Eine Stunde später rollte ein Austin-Personenwagen vor, gefahren von einer Canaris-Agentin. Sie brachte die Männer 15 Meilen weiter bis zum Zaun des Fliegerhorstes, wünschte ihnen viel Glück und verschwand wieder im Nebel. Die Einzelkämpfer schnitten sich mit ihren Bolzenschneidern durch den Drahtzaun und hielten auf das Signalfeuer der Flugleitung zu. Dies in der Hoffnung, daß die Agentin sie auch am richtigen Ort abgesetzt hatte.

Alles sah günstig aus. Der wallende Nebel, die mitternächtliche Stunde. Eine Skizze, anhand von Luftaufnahmen angefertigt, führte sie zu den Hangars. Der mittlere Hangar war bewacht. Die im Einsatz ausgebildeten Nahkämpfer schlichen sich an die Posten heran, packten sie von hinten und schalteten sie aus. Das ging völlig lautlos. Dann schoben sie das Rolltor des Hangars auf.

Im Licht ihrer Handlampen sahen sie tatsächlich zwei der neuen Spitfires stehen.

»Ich brauche noch zehn Minuten«, schätzte der Pilot, »höchstens fünfzehn. Sobald ich starte, haut ihr ab. Gute Heimkehr, Freunde.«

Das Unternehmen gelang leider nur zu 99 Prozent. Der deutsche Testpilot saß im Führerstand der Spitfire und machte sich mit den Armaturen, den Dutzenden von Schaltern, Knöpfen und Hebeln vertraut. Er hatte schon eine Spit geflogen und kannte sich einigermaßen aus. Nun versuchte er sie anzulassen.

Doch mit der Bordbatterie ging das plötzlich nicht. Also suchte er die Karre mit den Starterbatterien, zog sie heran, steckte das Kabel in den Kontakt unter der Klemmklappe. Mit Fremdstrom machte der Merlin seine ersten Umdrehungen. Fauchend sprang er an. Doch da spürte der Pilot die Berührung eines kalten Browning-Laufes an seiner Schläfe. Gegen diese Pistole konnte er wenig ausrichten. Sie hatten ihn.

27

An einem klaren Morgen Mitte Dezember hatte den Major von Kramm wieder sein sprichwörtliches Glück eingeholt. Vom JK-1-Stützpunkt flog er die Schwarze Baron über die Straße von Dover Richtung Eastbourne. Dort an der englischen Südküste, wo die Meeresstraße auf ihre Engstelle zulief, lagen die britischen Fliegerhorste wie Hornissennester.

Bekannt war Kramm, daß sie bei der 91. britischen Squadron hauptsächlich die neuen Spitfires flogen, und er war im richtigen Moment an der richtigen Stelle.

Tief unter sich sichtete er eine neue Mark-VII mit den abgerundeten Flächen. Sie unternahm einen morgendlichen Spazierflug, Kurs französische Küste.

Zunächst warnte Kramm sein Instinkt. Vielleicht handelte es sich um eine Falle. Eine Staffel lauerte irgendwo hoch oben, und sobald er den Honig leckte, stachen sie herunter und schossen den alten Bären in Stücke.

Die Befürchtung, der Spitfire-Pilot sei auf ihn angesetzt, verflüchtigte sich jedoch bald. Der Bursche flog einen gemütlichen Dauerwellenstrich und schien arglos einen Schlager zu pfeifen. Offenbar ahnte er von der Gefahr, die von der schwarzen 109 ausging, nicht allzuviel. Der inzwischen schon sportliche Ehrgeiz, die schwarze Me-109 zu erwischen, quälte ihn gewiß nicht.

Aus Überhöhung von nahezu 1000 Metern hechtete Kramm auf die Spitfire ab. Seine 109 wurde sehr schnell, erreichte fast 800 km/h. Eine Geschwindigkeit, bei der sie langsam die Ohren anlegte. Was hieß, daß die Flügel dem Druck nicht widerstanden und abmontierten. Trotzdem hielt Kramm mit voller Motorleistung auf die Spitfire zu und schoß.

Da er sie unbeschädigt haben wollte, machte er nicht gleich Schrott aus ihr, sondern sich nur deutlich bemerkbar. Der Pilot tauchte unter Kramms Leuchtspuren weg und versuchte zu entkommen. Kramm schnitt ihm die Kurve ab. Es kam zu einem Ringelpiez, als seien sie Luftakrobaten. Das dauerte Minuten. Bis es Kramm zu bunt wurde. Sobald er den Gegner auch nur eine Sekunde im Leuchtvisier hatte, schoß er gezielt. Der andere schien sich nur zu schütteln. Zwar versuchte er es, doch es gelang ihm nicht hinter Kramm zu kommen.

In diesem erbitterten Luftzirkus konnte Kramm den Engländer immer weiter in Richtung französische Küste abdrängen. Dabei zerschoß er seine gläserne Haube so, daß der Pilot kaum noch Sicht hatte. Möglicherweise war er auch verwundet. Jedenfalls ging er tiefer.

Kramm flog auf Tuchfühlung hinter dem Engländer her und machte ihm dadurch klar, daß er ihn jederzeit mit einer gezielten Garbe herunterholen konnte.

Irgend etwas zwang den Piloten noch tiefer zu gehen. Zweifellos suchte er am breiten Sandstrand bei Calais einen genügend langen Streifen für eine Bauchlandung. Tatsächlich setzte er auf und schlitterte einen halben Kilometer, bis er am Ende seiner Schleifspur zum Stehen kam.

Kramm kreiste, bis der Dreck, der Staub, die Sandwolke sich gelegt hatten. Die Spitfire schien bis auf die verbogenen Propellerblätter weitgehend unbeschädigt.

Sofort rief Kramm über Funk ein Bergungskommando herbei. Doch den Erfolg kostete er nicht aus. Er verschwand wie immer.

Demontiert wurde die Spitfire auf einem Eisenbahntieflader per Expreß zu Messerschmitt nach Augsburg geschafft. Bei den Bayrischen Flugzeugwerken untersuchte man sic millimeterweise. Waffen und Funkgeräte wurden als erstes ausgebaut. Die Zelle, die Flügel, das Leitwerk wurden vermessen. Dabei gewann man neue aerodynamische Kenntnisse, die, soweit möglich, in die eigene Jägerproduktion einflossen.

Das britische Bordradar und die Funkgeräte bildeten für Telefunken einen echten Leckerbissen. Sie wurden zerlegt, untersucht, ihre Leistung ermittelt. Dabei stellte man fest, daß die Engländer eine besondere Form von Stahlröhren und vorgefertigten Schaltkreisen verwendeten, während bei deutschen Geräten noch jeder Draht einzeln gezogen und verlötet wurde. Wie Kramm von Messerschmitt erfuhr, sollte nun auch die Me-109 ein neues Fahrwerk erhalten, ähnlich dem der Spitfire, breiter als das bisherige, das beim Start immer den Linksdrall verstärkte.

Der seidenweich laufende Merlin-Rolls-Royce-Motor war bei Daimler Benz in Untertürkheim schon zerlegt worden, als Kramm gemeinsam mit Udet dort vorbeischaute.

»Das ist eine fabelhafte Maschine«, erklärte Chefkonstrukteur Nallinger. »Natürlich könnten wir deutsche Flugzeugtriebwerke ebenso bauen.«

»Eine beruhigende Erkenntnis«, spottete Udet, »und was hindert Sie daran?«

»Das bekannte Problem, Herr General, es fehlt an den optimalen Stahllegierungen, Chrom et cetera Wolfram, Kobalt.« Sie zeigten den Besuchern die Kurbelwelle des Merlin.

Einer der Ingenieure schwärmte: »Allein dieses Kunstwerk von Kurbelwelle beweist alles.« Sie wurde neben eine Kurbelwelle des DB-605 gelegt. Die englische war nicht so klobig wie die deutsche, sondern nahezu filigran elegant.

»Dafür wiegt sie nur halb soviel, und trotzdem hält sie bedeutend mehr aus«, mußten sich die Besucher sagen lassen.

»Bauen Sie das Ding schnellstens wieder zusammen«, befahl Udet verärgert und trotzig.

Allein mit Kramm sagte er: »Die können immer alles, aber am besten können sie alles mit aber ... aber ... aber. Ich will diese verdammte Spitfire persönlich kennenlernen. Wir werden sie in Rechlin nachfliegen.«

Eine Woche später war die Spitfire wieder zusammenmontiert und kam zur Luftwaffenerprobungsstelle nach Rechlin, wo man die Leistung der Feindflugzeuge auf Herz und Nieren abklopfte. Auch diesmal wählte man den Bahntransport. Man wollte die kostbare Feindmaschine keinem Piloten anvertrauen.

In Rechlin stand die Spitfire einige Tage herum, wurde aber flugklar gemacht. Udet hatte ausdrücklich befohlen, sie keinem Versuchsflieger zu überlassen, sondern nur einem Spitzenchauffeur. Der Befehl aus Berlin besagte weiter, daß der Generalluftzeugmeister Udet persönlich anwesend sein wollte, um das Vergleichsfliegen mit der Me-109 zu veranstalten. Reserviert war die Spitfire für einen ganz besonders erfahrenen Jägerpiloten.

28

Generaloberst Udet rief Major Kramm nach Rechlin.

»Wir machen ein Vergleichsfliegen mit Ihrer neuen Me-109 und der Beute-Spitfire. Ich freue mich darauf. Wird ein Vergnügen für alte Knaben.«

In dem verschneiten Rechlin machte Udet vorher einige Übungsstarts, denn die 109 hielt selbst für ergraute Piloten bei Start und Landung immer unangenehme Überraschungen bereit. Udet drehte Platzrunden, absolvierte dann Flüge über den See, der bei der starken Kälte nahezu zugefroren war. Er übte auch einige Landungen. Der starke Motor ließ die 109 bei der Landung gerne ausbrechen. Wenn sie zu hoch über dem Boden abgefangen wurde, kippte sie gern auf eine Fläche, was das schmale Fahrwerk nicht verhinderte.

Dann kam die Stunde des Vergleichsfliegens, die Stunde der Wahrheit.

Als erster startete Udet. Kramm folgte ihm. Im Steigflug gingen sie bis nahe Gipfelhöhe 9000 Meter. Die Motoren bekamen erst Kampfleistung, dann Notleistung.

Trotz des 1800 PS-Merlin-Motors stieg die Spitfire langsamer, aber im Kurvenflug war sie der Me-109 überlegen. Udet und Kramm simulierten einen Luftkampf. Dabei zeigte sich deutlich der Generationsunterschied. Udet machte es noch ein bißchen mittelhochdeutsch. So, wie damals bei Richthofen. Es war, als tanze er ein Menuett. Kramm hingegen tanzte Lambeth-Walk.

Sie simulierten auch Abstürze. Beim Trudeln hielt die Spitfire ihrer jetzt kürzeren Flächen wegen noch mit, wenn die 109 schon gefährlich vibrierte.

Kramm erprobte die Spitfire mit vollem Programm. Luftschraubenverstellung, Landeklappen. Alles arbeitete perfekt. Nur die Kühlstofftemperatur des Spitfire-Motors war nicht gerade niedrig. Wahrscheinlich lag es daran, daß der Rolls-Royce mit deutschem Benzin geflogen wurde.

Der Gashebel arbeitete anders als in der 109. Für Vollgas mußte man ihn ziehen. Mit der Drehzahl regelte er auch, durch einen Mitnehmer, automatisch das Gemisch. Immerhin hielt die Spit auf 11 000 Meter 640 km/h. Udet fiel mit der Me-109 weit zurück. Das hatte aber einen anderen Grund. Während der Merlin in der Spitfire seidenweich lief, begann der Daimler-Benz in der 109 zu stottern.

Udet meldete zwar über Sprechfunk, daß er beide Magnete geschaltet habe, doch das brachte nichts. Bevor er weitermachte, bis der DB-Motor brannte, brach er den Flug ab und landete glatt.

Wie sich später herausstellte, hatte einer der Kolben ein Loch im Boden. Was beim DB-605 leider des öfteren vorkam. Als Kramm ebenfalls landen wollte, kam das Fahrwerk der Spitfire nicht heraus. Lag wohl an irgendeinem Fehler der Elektrik. Aufgeregt schossen sie vom Boden rotes Warnlicht. Durch Sturzflug und hartes Abfangen versuchte Kramm das Fahrwerk herauszuschleudern, aber es blieb eisern hängen. Das war eine prekäre Situation, einer von diesen Momenten zwischen Leben und Tod, in dem sein ganzes fliegerisches Leben vor ihm ablief.

Eine Freistelle an der Segelflugschule in der Rhön war offen gewesen. Er bekam sie als Siebzehnjähriger. Ein bißchen Geld konnte er zusammenkratzen. Aber mehr als eine Mark pro Tag durfte er nicht brauchen.

Droben auf den Rhönbergen schauten sie Gymnasiasten immer etwas skeptisch an. Die Kameraden, meistens Handwerker, sahen in ihm nicht gerade das künftige Fliegeras Deutschlands. Aber er wollte es ihnen zeigen. Wenn sie die Gleiter den Hang hinauf schleppten, schuftete er sich zwar tot, entwickelte aber keine Bärenkräfte. Doch wenn er im Schulgleiter saß, flog er doppelt so lang, doppelt so weit und doppelt so fehlerlos wie die anderen.

Das erste Mal brachte er es schon auf 15 Sekunden in der Luft. Mit Querruder und Seitenruder konnte er umgehen als sei ihm das angewachsen wie Hände und Füße. Am dritten Tag flog er eine Minute. Damit hatte er die A-Prüfug bestanden. Am Ende der Woche schaffte er die B-Prüfung mit der vorgeschriebenen S-Kurve.

Damit war der Kurs erst einmal beendet. Monate später, beim nächsten Lehrgang, trug er schon das Abzeichen mit drei Möwen auf blauem Grund.

Erst mußten sie beschädigte Flugzeuge, die weniger Begabte zu Bruch geflogen hatten, mit Säge, Schmirgelpapier und Leimtopf in der Werkstatt instandsetzen. Kramm lernte, wie man mit Slip landete, indem man durch Seitenrutsch ein Zuviel an Höhe oder Geschwindigkeit verringerte. Sein längster Flug dauerte 35 Minuten und war schon kein Hüpfer mehr.

Beim letzten Kurs im Oktober kam starker Wind auf. Sie hatten ihm erlaubt, daß er ein richtiges Segelflugzeug, das Grunau-Baby vom Berg ins Tal flog. Damit holte er sich den amtlichen Segelflugführerschein. Überlandflüge und stundenlange Thermikflüge brachten ihm den Lorbeerkranz um das Segelfliegerabzeichen, die begehrte Silber-C. Kramm schwebte in den Aufwinden wie ein Adler, verfranzte sich nie, fand mit ausgeprägtem Instinkt immer wieder seinen Landeplatz. Er absolvierte den Fünf-Stunden-Flug und den 100-Kilometer-Überlandflug. Nun konnte er sich sein Geld schon als Fluglehrer verdienen.

Mitunter war es ihm peinlich, wenn er höhere Offiziere, die zur Luftwaffe wollten und erst einmal Segelfliegen lernten, unterweisen mußte. Gestandene Majore und Oberste, belehrt von einem Neunzehnjährigen, das war nicht ganz unkomisch. Doch ohne Hemmungen brachte Kramm ihnen bei, immer in Dreipunktlage aufzusetzen, daß beim Landen der Knüppel so, beim Starten anders zu halten sei und wenn man links trat, ging es dahin, wo der Daumen rechts war.

Im Theorieunterricht benahm sich Kramm ganz wie ein alter Lehrer. Da ging es um Überziehverhalten, um Schiebeflug, Wegkippen, Abfangen aus dem Trudeln, Windenstart.

Ein Jahr später war es soweit, daß er selbst wieder Schüler wurde, nämlich als er zur Luftwaffe eingezogen wurde. Mit Grausen dachte er an die Fliegertauglichkeitsprüfung. An die Unterdruck-, an die Überdruckkammer, an die Saltoschaukel wie auf dem Jahrmarkt. Dann die Zentrifuge, dieses Folterinstrument. Sie schnallten dich ans Ende eines Balkens, der mit Motor im Kreis herumgekreiselt wurde. Beim Schleudern mußte man laut mitzählen, die geraden Umdrehungen verdoppeln, bei den ungeraden die Zahl der Runden abziehen. Eine Kleinigkeit vergleichsweise war das Farbenraten im Dunklen oder die Erkennung von Umrissen in großer Ferne. Wobei man nie sagen konnte, war es nun ein Affe, ein Hund oder vielleicht doch unser allerliebstes Herzjesulein …

Nach der militärischen Grundausbildung saß er das erste Mal in einem Motorflugzeug, einem Doppeldecker Bücker-131-Jungmann. Nach den ersten Alleinflügen kam immer wieder mal ein Fluglehrer mit, um festzustellen, ob sich bei dem Schüler Fehler eingeschlichen hatten.

Einmal nach der Landung sagte der Oberfeldwebel zu ihm: »Kramm, du bist ein Naturarsch. Dir kann ich nichts mehr beibringen.«

Er durfte alle möglichen Typen fliegen, die Heinkel-Kadett, die Focke-Wulf-Stieglitz, die Klemm und den Tiefdecker KL-125. Einmal geriet er in Nebel und mußte auf einer sumpfigen Bauernwiese herunter. Aber nur aus dem rechten Fahrwerkreifen war die Luft entwichen.

Daran mußte Major Julius von Kramm denken, als er jetzt, vier Jahre später, ohne Fahrwerk in einer Spitfire über dem Müritzsee in der Luft hing. Was war das alles gegen heute. Um nichts unversucht zu lassen, probierte er es im Langsamflug und fuhr die Klappen aus. Plötzlich, aus unerfindlichen Gründen kam auch das Fahrwerk mit herunter.

Erleichtert setzte er in Rechlin auf.

Es war kurz vor Sonnenuntergang und schon ziemlich diesig. Von See her zogen graue Schneewolken auf. Beim Ausrollen mußte er nur noch mit der Preßluftbremse der Spitfire zurechtkommen. Betätigte man sie falsch, kam es leicht zu Schlangenlinien. Aber auch das schaffte er zur Not.

Bei den Hangars empfing ihn Udet. Nicht ganz ohne Neid sagte er: »Morgen nehme ich mir die Spitfire vor.«

Na dann viel Glück, dachte Kramm.

»Herr General«, wünschte er, »Hals- und Beinbruch.«

Im Winter wurden die abgekämpften Geschwader aufgefrischt, die Maschinen überholt, bewährte Flugzeugführer genossen Skiurlaub in Tirol. Braungebrannt und aufgebügelt gingen sie wieder an die Front.

Nun galten die Einsätze dem Schutz des im Bau befindlichen U-Boot-Bunkers in Lorient, ebenso der Sicherung der Schlachtschiffe in Brest. Beinahe täglich schickten die Engländer Aufklärer oder Bomber.

Die Flugzeugführer feilten an ihren Angriffstechniken. Bald begriffen sie, daß man eine Me-109 nicht wie ein Schlachtermesser handhaben durfte, sondern feinfühlig wie eine Rasierklinge.

29

Nach seiner Verwundung konnte Major von Kramm einige Zeit keine Leibesübungen mehr betreiben. Der Arzt attestierte ihm zwar eine prima gesundheitliche Verfassung, doch es war ein Grund, den verhaßten Frühsport auszulassen.

»Das hast du mit Winnie Churchill gemeinsam«, sagte Meiners.

»No sports«, ergänzte Kramm, und Meiners grinste, als habe er vergangene Nacht eine langschenkelige rothaarige Superfrau im Bett gehabt.

In diesen dunklen Januarnächten nahmen geheimnisvolle feindliche Einflüge auffallend zu. Stets nach 24 Uhr kamen Maschinen aus Westen von England herüber nach Frankreich. Dem Ton nach Zweimotorige. Das war deutlich zu hören. Meistens kehrten sie nach einer Weile wieder zurück.

»Die Engländer setzen damit Agenten und Spezialisten ab«, vermutete Kramm, »klarer Fall.«

»Die französische Widerstandsbewegung, die Résistance, der Maquis braucht gnadenlos Waffen, Munition und Sprengmittel«, ergänzte Meiners.

»Verdammt, was kann man dagegen tun?« fluchte Kramm.

Diese Einzelflieger waren kaum zu orten und demzufolge auch schwer abzuschießen.

Lange grübelte Kramm darüber nach und begann sich etwas auszudenken, das später die ›Helle Nachtjagd‹ genannt wurde. Von Meiners ließ er sich zwei starke Autosuchscheinwerfer an die Flügelenden montieren, dazu nahm er eine Lkw-Batterie für die Stromversorgung an Bord. Durch ein Schiebefenster in der Haube konnte er Leuchtkugeln abfeuern.

So ausgerüstet wartete er auf Einflugmeldungen und startete in einer Neumondphase nach Mitternacht.

Bevor es losging, hämmerte er Meiners extra noch ein: »Wenn ich zurückkomme, melde ich über Funk meine Landung. Richtet dann vier Scheinwerfer an den Ecken der Landebahn senkrecht nach oben, damit ich nicht irgendwo ins Gelände krache.«

Das Wassermann-Ortungsgerät bei Cherbourg hatte eine Zweimotorige gemeldet. Per Funk führten sie Kramm heran. Aber wo steckte der Vogel? Es war eine stockfinstere Nacht. Als Kramm glaubte, in der Nähe des Eindringlings zu sein, schoß er eine Leuchtkugel nach schräg voraus. Sie zischte hoch, entfaltete den Schirm. Ihr Schein erhellte den Himmel, aber sehen konnte er wegen der Blendung nichts. Doch bei der dritten Leuchtkugel glaubte er so etwas wie eine silbrig schimmernde Sardine in Richtung Nordost zu erkennen.

Mit Vollgas hielt er darauf zu. Im selben Moment schaltete er die Scheinwerfer ein, suchte noch ein wenig herum, bis er den Gegner hatte. Er wanderte in das Lichtbündel ein. Der Rest, die zweimotorige Douglas abzuschießen, stellte kein ernsthaftes Problem dar. Sie brannte wie eine Fackel bis zum Aufschlag.

Auch Ende der Woche hatte Kramm wieder Glück. Doch dann dauerte es einige Zeit, bis seine private Nachtjägerei wieder mit Erfolg gesegnet war.

»Aber das Verfahren haut hin«, betonte Kramm immer wieder.

Udet forderte ihn telefonisch auf, seine Erfahrungen niederzuschreiben.

Wenn der Krieg wegen Schlechtwetter Sendepause einlegte, begann Meiners gefühlvoll sein Erziehungsproblem am Major fortzusetzen. Er war dazu prädestiniert, gar keine Frage, darüber brauchte man nicht zu reden.

Die Familie von Joe Meiners galt als eine der reichsten im Ruhrgebiet. Sie gehörte zur Clique der Stahlbarone, besaß Kohlegruben, Eisenhütten und Walzwerke.

In einer stürmischen Aprilnacht des Jahres 1917 war Eloisia Meiners, geborene von Mühlheim, mit einem Sohn niedergekommen. Ihr erstes Kind, eine Frühgeburt, wog knapp 1600 Gramm und hatte einen zu großen Kopf. Eigentlich sollte der Knabe auf den Namen Friedrich Wilhelm getauft werden, nach dem deutschen Kaiser, der sich als Pate vorgemerkt hatte. Als man feststellte, daß den Neugeborenen an der Oberlippe auch noch eine Hasenscharte zierte, nannten sie ihn lieber Josef.

Das Kind war so häßlich, daß sie es in der weiträumigen Essener Villa versteckten. Die Kinderfrau durfte den Wagen mit Klein-Joe nur im Park spazierenschieben und nie das Grundstück verlassen. Doch die Hasenscharte konnte man soweit operieren, daß Joe in der Lage war, einigermaßen verständlich zu sprechen. Beim Spielen stolperte Joe jedoch stets über Bausteine, Blechautos und über die Gleise seiner Modelleisenbahn. Dabei verletzte er durch den Stich einer Schiene das linke Auge. Fast wäre er erblindet. Bald stand fest, daß der ewig schreiende Tölpel als Konzernerbe nicht in Frage kam.

»Ein typisches Erzeugnis der dritten Generation«, bedauerte sein Vater, »verweichlicht, überfeinert.«

»Aber möglicherweise ein Genie«, fügte die Mutter hoffnungsvoll hinzu.

Joe Meiners trieb kaum Sport. Wenn er nur einen Purzelbaum schlug, drohte schon Verletzungsgefahr. Vorwiegend hielt er sich in seinem Zimmer auf. Doch schon im Alter von drei Jahren konnte er lesen und schreiben. Bald beherrschte er Musikinstrumente wie Geige, Flöte und Piano, die für seine Größe eigens angefertigt wurden. Die Klavierauszüge von Mozartopern, Bach-Sonaten und Beethoven-Symphonien spielte er auswendig. Beim Schach besiegte er mit sieben Jahren einen Freund der Familie, den rheinischen Großmeister Häferlin.

Mit Beharrlichkeit und Begeisterung ging Joe allen Frauen unter den Rock. Der Zofe, dem Zimmermädchen, der Köchin und sogar seiner Erzieherin. Ein Steckenpferd, das er liebevoll weiterentwickelte.

Die Geburt von zwei weiteren Söhnen ließ Kommerzienrat Meiners die Sorge um seinen Stammhalter vergessen. Man kümmerte sich kaum noch um ihn. Joe lebte nahezu in Isolationshaft. Er bekam einen Hauslehrer, einen mehr strengen als tüchtigen, den er im Grunde gar nicht nötig hatte. Wenn Joe zehn Seiten eines schwierigen Textes las, behielt er ihn mit Hilfe seines nahezu fotografischen Gedächtnisses sofort buchstabengenau. Fremde Sprachen flogen ihm nur so zu. In wenigen Monaten wußte er alles über Latein und moderne Sprachen wie Französisch, Englisch, Spanisch, Italienisch. Nicht nur seine Fähigkeit zu logischem Denken war erstaunlich, er zeigte auch technisches Geschick. Eine antike Westminster Kaminuhr, die kein Uhrmacher in Gang gebracht hatte, reparierte er. Anderes feinmechanisches Gerät konnte er blind zerlegen und wieder zusammensetzen.

Das alles befähigte Klein Joe mit dreizehn Jahren vor Gymnasialprofessoren zur Ablage des Einzelabiturs.

»Ich hätte es schon mit elf geschafft«, pflegte er zu sagen, »aber mich hat ja keiner gelassen.«

Joe las jedes Buch, das ihm in die Finger kam, die ganze Meinersche Hausbibliothek von vorne unten bis hinten oben. Über sich selbst, sein Aussehen sowie seine Möglichkeiten im Leben draußen in der weiten Welt war er sich durchaus im klaren.

»Ich bin ein Kretin. Quasimodo, der Glöckner von Notre-Dame«, so lautete seine ständige Rede, »war eine Schönheit gegen mich. Allerdings besitze ich auch seinen gnadenlosen Geschlechtstrieb.«

Er arbeitete verbissen an sich. Mit Massagen und Training von Gesichtsmuskeln wurde im Laufe der Jahre ein ganz ansehnlicher Kerl aus ihm, der erstklassige Umgangsformen, Charme und ein gepflegtes Äußeres besaß.

Frühzeitig ließ Joe Meiners besonderes Interesse für zwei so unterschiedliche Dinge wie Nachtlokale und Motoren erkennen. Er wollte Mechaniker oder Barmusiker werden.

Nächtelang trieb er sich in zwielichtigen Clubs herum und spielte dort mit den Kapellen. Endlich sollte er studieren. Irgend etwas Bedeutendes wie Philosophie oder so. Schon in Heidelberg verschwand Joe bisweilen. Tagelang blieb er den Vorlesungen fern. Vorwiegend hielt er sich in Freudenhäusern auf, wo er wegen seiner Großzügigkeit ein beliebter, andererseits aber auch ein gefürchteter Freier war. Die Huren behaupteten, er sei gebaut wie ein Pferd, habe alle Kraft in seinem Glied und dieses sei schier unknickbar.

Noch nicht neunzehn Jahre alt, hatte Joe die Gängelei

von seiten der Familie entgültig satt. Eines Tages verschwand er spurlos. Nach langem Suchen fanden sie ihn endlich bei der Firma Daimler Benz in Untertürkheim als Lehrling beim Motorenbau. Dort hatte sich Meiners in eine Arbeitskollegin verknallt, eine gewisse Waltraut Fischhaber aus einer Proletarierfamilie. Er wußte, daß diese Liebe platonisch sein würde. Allerdings gab es eine Zeit, da wäre er bereit gewesen, für sie durchs Feuer zu gehen. Forget it! dachte er.

Freunde hatte Meiners kaum. Nur später, beim Militär, dem er sich leider mit keinerlei Tricks entziehen konnte, lernte er einen Kumpel kennen, einen gewissen Baron von Kramm, desses Kameradschaft ihm wertvoll war.

Der Dienst beim Barras erzeugte in Joe Meiners keinerlei Lustgefühle. So brachte er dutzendweise medizinische Atteste bei, die so abgrundtief verlogen, aber auch so perfekt gefälscht waren, daß sie ihn bei der Luftwaffe entließen. Wegen vorläufiger Dienstuntauglichkeit.

Später versuchten sie ihn wieder einzuziehen. Die militärischen Behörden fanden ihn auch. Aber wenn sie ihn gefunden hatten, war er schon wieder weg. Seine Odyssee von Berlin bis Paris endete schließlich als erster Motorenwart beim Jagdkommando-1. Dort fand er ein Zuhause. Ab und zu, wenn Zeit und Gelegenheit war, gab er seinem Freund, dem Baron Julius von Kramm, Benimmunterricht.

»Und merk dir folgendes, Baron«, sagte Meiners, »man badet täglich einmal, wechselt mindestens alle zwei Tage das Hemd, alle drei Tage die Unterhosen und die Socken möglichst nicht erst nach vier Tagen, wenn sie sülzen. Das ist eine Reihe von gnadenlosesten Grundbedingungen.«

»Das Taschentuch wechselt man nach jedem Niesanfall«, ergänzte Kramm, »mein Diener bringt mir dann immer ein frisches auf dem Silbertablett.«

Unbeirrt fuhr Lehrer Meiners fort: »Auf einem teuren Silbertablett kannst du auch Scheiße servieren, hübsch garniert mit Minzeblättern. Der feine Maxe trägt zum Sportanzug den Arm in der Schlinge und zum Frack den Kopfverband. Schuhwerk immer picobello poliert, keine runtergelatschen Absätze, Hosenfalte wie auch Krawatte gebügelt, stets glatt rasiert, ein paar Tupfer Eau de Cologne auf die Haut.«

»Oder Cognac«, verbesserte ihn Kramm.

»Gnadenlos saubere Fingernägel verstehen sich von selbst, keine Trauerränder bitte. Das Haar im modischen Schnitt, stets frisch gewaschen, nicht zuviel Pomade, die ist etwas für Luden.«

»Nicht so schnell bitte, ich muß es mir schließlich merken.«

»Nun«, machte Meiners weiter, »kommen wir zum Essen, Monsieur. Rotwein zu weißem Fleisch, Weißwein zu rotem Fleisch.«

»Oder umgekehrt«, meinte Kramm.

»Kartoffeln schneidet man nicht. Alles, was du nicht mit dem Messer schneiden mußt, wird gegabelt.«

»Auch die Suppe.«

»Gnadenlos. Eigentlich müßtest du das alles besser wissen als ich, denn wer sind hier die Barone, die Kramms oder die Meiners?« Zum Schluß der heutigen Lektion fiel Meiners noch etwas ein. Er zitierte: »Die Herren saßen bei Tische. Zur nächsten Speise wurde Mayonnaise gereicht. Die Herren, welche diese Tunke nicht kannten, schmierten sie sich in die Haare. Von der Hausfrau auf ihren Irrtum merkwürdig gemacht, sagten sie nur: Pardon, Gnädige Frau, wir dachten es wäre Spinat. Und als nächste Speise wurde Spargel gereicht ...«

»Hör auf!« rief Kramm. »Du bist heute wieder gnadenlos gnadenlos.«

Meiners schloß seinen Vortrag mit einem Erfahrungswert ab: »Wenn mal eine Jungfrau ›päng!‹ ruft, ist dies das Letzte, was sie als solche gesagt hat.«

Kramm verschwand in seinem Wohnwagen.

Ihr Oberfeldwebel Krillinger, der so etwas wie die Mutter von Jagdkommando-1 darstellte, verantwortlich für Transport und Nachschub, ein schwerer Holzfällertyp, steckte seine Pfeife an und wandte sich an Meiners. »Du und der Chef, Ihr seid Freunde.«

»Seit Beginn der Zeitrechnung.«

»Seid Ihr auch schwul?«

»Davon habe ich bis jetzt nichts bemerkt. Eigentlich können Hundertschaften edler Damen von uns das Gegenteil beschwören.«

»Dann bin ich ja zufrieden«, brummte der Niederbayer. »Und wenn ich zu eurem Unterricht auch eine Lebenserfahrung beisteuern darf, dann wüßte ich noch was.«

»Zier dich nicht«, bat Meiners.

»Bei uns in Niederbayern gibt es ein wunderschönes Sprichwort. Es lautet: Besser gut geschissen, als schlecht gevögelt.«

»Und du bist eine gnadenlose Sau, Krillinger.«

Meiners ging zu der schwarzen Me-109 hinaus. Bei der letzten Landung war der Motor etwas unrund gelaufen. Er ließ ihn an, horchte ihn ab wie der Arzt den Patienten und fand den Fehler binnen kurzem. Es lag am Zündverteiler, die Kappe hatte sich in der Klammer gelockert.

Da Kramm behauptet hatte, sein Kompaß zeige ungenau an, mußte er nachkompensiert werden. Dabei wurde die ganze Maschine am Boden langsam um 360 Grad gedreht. Anhand eines Peilstabes in rechtweisend Nord wurde die Kompaßabweichung ermittelt. Mit winzigen Metallblättchen versuchte man sie auf Null zu bringen, was aber nie völlig gelang.

30

Über Funk wurde Major von Kramm nach Amiens befohlen. Dort gab es kein ausreichend taugliches Rollfeld, nur eine geteerte Landstraße mit Schlaglöchern. Also flog er mit dem Storch hin und landete in der Nähe von Hitlers Sonderzug. Eine Reihe luxuriöser Schlaf- und Wohnpullmans mit Küche und Proviantwagen wurden von vorne und hinten von Vierlingsflaks auf Tiefladern bewacht.

Aber nicht Hitler erwartete Kramm dort, sondern der Reichsmarschall. Göring, wie bis zur Sterilität gebadet, wirkte erschöpft und grau im Gesicht. In einem riesigen Spezialsessel von doppelter Normalbreite liegend trug er blütenweiße Uniform. Heute rauchte er eine von den langen Virginia-Zigarren, die aus Österreich kamen.

Mit einem Blick konnte er Besucher blitzschnell abschätzen und beurteilen. Zuerst staunte er über Kramms gepflegtes Äußeres. Jede Kleinigkeit fiel ihm auf.

»Sogar den Schlips hat er gebügelt.« Göring lachte schwabbelig. »Sind Sie verliebt, Baron? Eigentlich haust das Jagdkommando-1 doch tief in den Wäldern bei den Wildsauen.«

»Aber wenn möglich immer in der Nähe eines französischen Landschlößchens. Ein gewisser Nachholbedarf an Luxus, Herr Reichsmarschall.«

»Ja, ja, meine Herren Jagdflieger verweichlichen und ziehen das angenehme Leben im Bett bei einer warmen Mätresse dem Luftkampf in eisigen Höhen vor.«

Das klang bitter. Göring mußten einige Läuse über die Leber gelaufen sein. »Die Herren Ritterkreuzträger sollten endlich etwas Vernünftigeres tun, als zu saufen und herumzuhuren.« Einlenkend fügte Göring aber noch hinzu: »Anwesende ausgeschlossen.«

»Es liegt daran, Herr Reichsmarschall, daß sie sich im Augenblick nichts Vernünftigeres vorstellen können.«

Nach der Ouvertüre ließ sich Göring über Kramms neue Methode der nächtlichen Jagd berichten. Kramm führte sie in allen Einzelheiten aus: Anflug, die Lichtorgie mit den Scheinwerfern, Angriff, Landung in der Dunkelheit bei Notbeleuchtung des Rollfeldes.«

»Das kann leicht ins Auge gehn«, bemerkte Göring mit Gänsehaut, »ist ja gruselig.«

Das Gespräch ging weiter bis zum Abendessen. Durch seine intensive Meiners-Schulung kam Kramm sogar mit komplizierten Speisen wie Austern und Hummerschwänzen zurecht. Die Mayonnaise schmierte er sich nicht in die Haare.

Gegen seine Natur entwickelte Göring wenig Appetit. Er wirkte übellaunig und nannte auch den Grund.

»Dieser Benito Mussolini ist wahnsinnig geworden. Nur weil bei uns alles so gut läuft, wird er überheblich, möchte auch zum größten Feldherrn aller Zeiten ernannt werden. Jetzt ist er dabei, den Balkan und Griechenland anzugreifen. Der Glatzkopf soll lieber zusehen, daß die Italiener in Libyen endlich den Vorwärtsgang einschalten. Ich habe schon auf Mussolini eingewirkt und ihm erklärt, daß ein Fehlschlag auf dem Balkan unsere Kriegspläne im Osten über den Haufen werfen könnte.« Göring machte eine Atempause. Etwas röchelnd holte er Luft. »Und was hat er geantwortet, der Herr Oberlehrer mit dem Hammerkinn? Mir, hat er gesagt, erzählt keiner was, ich weiß selbst, was ich zu tun habe. Die tapfere italienische Armee ist stark und bereit zum Angriff auf Gebiete, in denen unsere ureigensten Interessen liegen, e basta!«

Kramm erlaubte sich eine Frage: »Und der Führer schweigt dazu?«

»Er hält eisern zu seinem Männerfreund, dem Itaker. Aber Göring glaubt ja keiner, bald glaube ich mir schon selbst nicht mehr. Bei der Gestapo heißt es über mich: Ein Mann, dessen hochgepriesene Luftwaffe versagt, hat auch sonst nicht alle Tassen im Schrank. Diese SS nimmt mir immer mehr aus der Hand, drängt mich beiseite, macht Entscheidungen rückgängig, als seien ich und Udet senile alte Knacker.«

Ziemlich spät wurde Kramm entlassen. Ehe er abflog, machte Göring mit ihm noch einen Verdauungsspaziergang vor dem Salonwagen.

»Ich wette mit Ihnen, Baron, daß wir Mussolini spätestens im Frühjahr aus der Klemme hauen müssen. Um was wetten wir?«

Kramm fiel nichts Besseres ein. »Um einen feudalen Hirsch im Reichsjägerhof.«

»Den kriegen Sie«, versprach der Reichsmarschall, »einen Vierzehnender.«

31

Um Weihnachten und Neujahr herum war absolut kein Flugwetter. Auch die Engländer verkrochen sich in ihren warmen Teestuben. Major von Kramm wußte nicht recht, wie er die Tage verbringen sollte. Zum Feiern war ihm nicht zumute.

Meiners schlug vor: »Fahren wir in den Puff? Ich kenne da ein Spitzenetablissement in Paris. Ich gehe in den Mannschaftspuff, du in den Offizierspuff, Baron.«

»Die Nutten sind doch alle Lues-Mutterschiffe«, verzichtete Kramm. Er hatte eine bessere Idee.

Mit dem inzwischen luftwaffenblauen Mercedes-170-V-Cabrio von Meiners, verziert mit Wehrmachtsnummer und taktischen Zeichen, fuhren sie nach Hanfluer.

»Ein Auto muß manchmal bewegt werden wie ein Pferd«, sagte Meiners, »sonst rostet es langsam vor sich hin.«

Es war kalt, die Bosch-Heizung schlecht, die Scheiben beschlugen. Sie wärmten sich an Zigaretten und hörten im Radio BBC-London. Zum erstenmal eine ganz neue Nummer der Glenn Miller Band. Sie waren hingerissen von ›In the Mood‹.

Kramm nahm einen Schluck Cognac aus dem Flachmann und eröffnete Meiners: »Ich habe eine Überraschung für dich. Eingewickelt in Christbaumpapier mit Goldschleife.«

»Und was ist drin?«

»Traudl Hofer«, sagte Kramm.

»Was ist das. Was zum Futtern?«

»Teils, teils. Ein hübsches freches Mädchen, haselnußbraunes Geschöpf.«

»Auch wieder so ein Puffweib«, klagte Meiners abfällig.

»Du wirst staunen«, versprach Kramm, »ich habe sie immer nur Fräulein Haselnuß genannt.«

Sie trafen sich in einer Hafenkneipe in Hanfleur. Im hinteren Raum betrieb der Wirt ein Bistro. Die hübsche Hofer saß schon da vor einem Vin rouge.

»Du wirst staunen«, hatte Kramm versprochen.

Wer nicht staunte über die Begleitung des Majors war die ewig in Kramm verliebte Traudl Hofer. Kaum daß sie dem Hauptgefreiten Meiners, der herausgeputzt war wie einst Rodolfo Valentino, Beachtung schenkte.

»Du hast mich nur benutzt«, warf die angetrunkene Luftwaffenhelferin Kramm vor.

»Wie du mich«, ergänzte er. »Und lachhafterweise wäre beides gar nicht nötig gewesen.«

Kramm erzählte, was seitdem alles passiert war. Endlich widmete Traudl der Maßuniform des Gefreiten Meiners, die kein einziger Orden zierte, einen abschätzigen Blick.

»Ist das eine Art Ersatzlieferung?« maulte sie. »Du hast dich wohl in der Auswahl vergriffen, Baron.«

Bis das Essen kam, leider gab es nur Hammelkoteletts, Bohnen und fritierte Kartoffeln, flüsterte ihr Kramm etwas zu, das wie ein Rat klang.

»Ich würde mich bei dem Burschen ranhalten.«

Sie lachte scheppernd wie eine Tiroler Kirchenglocke.

»Ranschmeißen an einen Mannschaftsdienstgrad? Ich wüßte nicht warum.«

Daraufhin machte Kramm es anders. Er schickte Meiners weg nach Brot und etwas Pastete.

Dann wandte er sich wieder an die Hofer. »Warst du schon mal in Essen, Haselnuß?«

»Wenn du die Stadt im Ruhrgebiet meinst, dann ja.«

»Dort hast du sicher die Krupp-Werke gesehn.«

»Ja, ein tolles Ding, eine ganze Stadt für sich. Keine bettelarmen Leute, diese Krupps.«

»Und gleich daneben liegen ebenso große Hütten- und Walzwerke.«

»Ja, auch ein tolles Ding und auch keine bettelarmen Leute«, erinnerte sich Traudl. »Machen die nicht Stahlplatten für Panzer und Schiffe?«

Kramm faßte sich kurz, denn Meiners kam zurück. »Das tolle Ding neben Krupp ist die Meiners-AG«, erklärte Kramm leise, »und der alte Meiners ist der Vater dieses freundlichen gutaussehenden gepflegten Hauptgefreiten aus meinem Jagdkommando.« Kramm blickte Meiners an. »Stimmt's, Joe?«

»Was immer du meinst, Chef, es stimmt gnadenlos.«

Traudl Hofer lächelte, was man kaum sah, denn sie hatte den Kopf gesenkt. Aber sie schien mit heftigen Überlegungen beschäftigt. In dieser Nacht hatten sie so gesoffen, daß sie am nächsten Morgen nichts mehr von dem wußten, was alles passiert war.

32

Frankfurt, Februar 1941.

Große Premiere in der hessischen Staatsoperette Frankfurt. Neuinszenierung der ›Zirkusprinzessin‹. Man hatte weder Mühe noch Kosten gescheut, weder an der Ausstattung noch bei den Künstlern. Darsteller, Regisseur, Dirigent, Bühnenbildner, alle hatten klangvolle Namen. Warum nicht eine friedensmäßige Inszenierung. Man wollte wieder etwas vorzeigen. Immerhin machte der Krieg seit Monaten Pause. Zumindest sah es so aus. Ruhe herrschte an allen Fronten. Nur wenige fürchteten, daß der Schein trog.

Die festlich gekleideten Gäste in Frack und Abendkleid applaudierten stehend jedem Aktschluß. Orkanartig schwoll das Klatschen an, wenn Ewa Martini an die Rampe trat und sich verbeugte. Hingerissen riefen die Premierenbesucher ihren Namen.

»Ewa …! … Ewa …!«

Aus den Logen wurden Blumen geworfen.

Der Star schien die Ovationen zu genießen. Endlich schwang der blaue Samtvorhang zu. 15 Minuten Pause.

In der Kulisse stand Ewas Garderobiere. Besorgt hängte sie ihr den Seidenmantel über die schweißfeuchten Schultern. »Bloß nicht erkälten, Liebling. Das ist keiner wert von denen da draußen.«

Die Martini hastete durch das Bühnenhaus in ihre Garderobe. Duschen war wegen der Schminke nicht möglich. Sie entkleidete sich völlig, raffte den cremefarbenen Mantel eng und legte sich auf die Ottomane. Die Garderobiere reichte ihr ein Glas kühlen Sekt. Dutzende von Blumensträußen verbreiteten betäubende Düfte.

»Wirf dieses tote Gemüse raus«, verlangte Ewa, »bitte.«

»Sie mußten für dich ihr Leben lassen.«

»Blumen sterben sowieso. Ich ertrage die Gerüche nicht mehr. Auf der Bühne stinkt es nach Staub, Schweiß und Parfum, in den Gängen stinkt es nach Leim und Farbe und hier wie in einem Treibhaus.«

Sie meinte es nicht so. Es war die Überdrehung. Wie nach jedem Auftritt. Das steigerte sich meist noch und verging erst Stunden nach der Vorstellung.

Plötzlich klopfte es.

»Ich bin gestorben«, stöhnte Ewa.

Die Garderobiere öffnete, flüsterte etwas, worauf eine dunkle Männerstimme antwortete. Die Garderobiere kam mit einer Visitenkarte wieder.

»Er muß Sie unbedingt sprechen, Ewa.«

»Kommt nicht in die Tüte.«

Trotzdem las Ewa den Namen auf der Karte. Theo von Hanstein, aus irgendeinem Nest in Oberschlesien. Die Karte sah vornehm nach Landadel aus. Und das war volle Absicht. Ewa kannte diesen Hanstein, wenn auch nicht als oberschlesischen Gutsbesitzer und auch nicht unter diesem Namen.

»Ein alter Freund«, entschied sie. »Laß mich mit ihm allein.«

Der Mann kam und die Garderobiere verschwand.

»Du?« staunte Ewa. »Bist du lebensmüde?«

Boris Kuriakin, einer der geheimnisvollsten Männer, die sich auf dem Gebiet des Großdeutschen Reiches herumtrieben, trug Smoking, Fliege und Lackschuhe.

Ewa deutete neben sich auf das Sofa. »Setz dich zu mir.«

Der sowjetische Geheimdienst-Offizier sprach so leise wie möglich. »Die liebe Not«, gestand er. »Aber zunächst folgendes: Du bist brillant wie keine zweite.«

»Wo, am Arsch?«

»Nicht nur dort, auch auf der Bühne.«

Sie reichte ihm ihr Glas. Während er einen Schluck nahm, schaute sie auf die Uhr.

»Noch neun Minuten, dann läutet es zum dritten Akt.«

»Ich mußte selbst kommen«, erklärte Boris hastig, »trotz des Risikos. Post hätte zu lange gedauert. Es gibt Gerüchte, und sie konkretisieren sich. Moskau braucht Gewißheit.«

»Moskau«, wiederholte sie. »Wo liegt da die Gefahr? Hitler hat mit Stalin einen Nichtangriffspakt. Bisher funktionierte er doch hervorragend.«

»Aber gewiß nicht mehr lange. Es finden bereits Truppenbewegungen von Frankreich nach Ostpolen statt. Artillerie, Panzer, Pioniere, Infanterie, Luftwaffengeschwader. Wir müssen davon ausgehen, daß Hitler noch im Frühjahr Rußland angreift.«

»Unmöglich. Das glaube ich nicht ernsthaft.«

»Er wird es tun«, fürchtete Boris, »dieser Hurensohn.«

»Dann wird sich Rußland eben verdammt nochmal verteidigen müssen«, warf sie ein.

»Das wird Rußland tun«, versicherte er, »nur ist es fünfzig mal so groß wie Deutschland. Eine Verteidigungslinie aufzubauen ist äußerst schwierig. Deshalb kommt es auf folgendes an: Wann marschiert Hitler los und in welche Hauptstoßrichtungen?«

Ewa hatte verstanden. »Ich soll also den Angriffsplan beschaffen, möglichst komplett. Ganz lachthaft kleine Fische, denkt ihr.«

»Das Unternehmen trägt bekanntlich den Decknamen ›Barbarossa‹«, fügte Boris noch hinzu, »wie der alte Staufenkaiser Rotbart, Friedrich der Erste, der im Kyffhäuser sitzt.«

»Das mit Herrn Barbarossa«, entgegnete sie, »das ist alter Käse. Aber wie komme ich da ran?«

»Du mit deinen Verbindungen.«

Sie zog die Stirnhaut hoch. Mit einem Mal war die Euphorie weg. Das Herz wurde ihr schwer. Aber sie würde es versuchen. Sie würde es tun, wie sie alles tat, um das Schicksal ihrer Eltern zu rächen.

Boris schaute auf die Uhr, küßte ihre Fingerspitzen und ging. Wenig später wurde die Tür erneut aufgerissen. Ewa dachte, es sei die Garberobiere. Aber es war ihr kleiner General. Breitbeinig und hochrot stand Udet vor ihr.

»Wer war der Kerl?« forschte Udet sehr laut und nur mühsam beherrscht.

»Von der Presse«, log sie.

»Dieser Fatzke ist kein Reporter«, beharrte er, »sondern dein Gigolo.«

Sie stand auf, nahm geistesgegenwärtig eine Karte aus dem nächsten Rosenstrauß und las vor: »Der Kritiker von der *Main-Post*. Hans P. Wecker.«

»Der Bursche soeben, der war das nicht, den kenne ich aus Berlin.«

»Dann eben einer von der *Abendpost*.«

»Auch der nicht!« schrie Udet rasend vor Eifersucht.

»Dann von der *Morgenpost* oder von der *Scheißpost*«, entgegnete Ewa wütend, »und jetzt raus. Ich muß mich umziehen.«

Udet dachte nicht daran zu gehen. Es wäre nicht das erste Mal gewesen, daß er sie nackt sah.

»Los, hau ab!« zischte sie. »Du erbärmlicher Idiot du blöder.«

Udet ließ nicht locker.

Erster Klingelton zum Auftritt.

»Dieser Smokingbursche hat heimlich wie dein Liebhaber deine Garderobe verlassen. Er schielt nach links, schielt nach rechts, schleicht um die Ecke. Mir kannst du nichts vormachen. Du treibst dich mit anderen Männern herum.«

»Natürlich«, trotzte sie, »so wie früher anno achtzehnhundertachtzig. Verdammt, was geht dich das an?«

Zweites Klingelzeichen zum Auftritt.

Udet versuchte sie zu ohrfeigen. Blitzschnell fing sie seine Hand ab und sagte drohend: »Versuch das nicht noch einmal, Udet. Ich bin nicht deine Leibeigene. Ich bin nicht deine Frau, sondern ein freier Mensch. Außerdem besteht kein Grund zur Eifersucht. Besauf dich, damit du wieder normal tickst.«

Sie zog die tropfende Flasche aus dem Eiskühler. Udet goß ein, leerte die Sektschale rasch und noch eine. Weil es für den Auftritt zum dritten Mal läutete, verließ er die Garderobe.

An der Tür drohte er noch: »Aber so geht das nicht weiter mit uns.«

Gegen Mitternacht stürmte Udet Ewas Hotelzimmer im Frankfurter Hof. Er war betrunken, hatte sich aber beruhigt. Er brachte Blumen mit und ein Schmuckstück aus

Goldfiligran mit Brillanten zum Anstecken. Wo er das bloß so schnell aufgetrieben hatte. Er küßte ihre Stirn, dann ihren Mund.

»Weiß der Teufel, wie es manchmal über mich kommt«, entschuldigte er sich.

»Wir sind alle mit den Nerven runter«, lenkte Ewa ein. »Bei mir sind es die Proben, zwischendurch die Aufnahmen für den Film in Wien. Und bei dir ist es die Maloche im Ministerium.«

»Gerade jetzt«, stimmte er ihr zu, »geht es Tag und Nacht.«

»Laß dich pensionieren, Udet.«

»Im Krieg ist das unmöglich und in dieser Situation erst recht.«

Sie stellte ihm das Tablett mit dem Cognac hin. Wie immer wurde er larmoyant, wenn er trank. Trank er dann weiter, wurde er sentimental, verfiel oft in Selbstzweifel, die in Tränen endeten. Dann brauchte er Hilfe. In so einer Stimmung war alles aus ihm herauszuholen. Er mußte zwanghaft reden, reden, reden. Reden war für ihn, als steche man eine dicke Eiterbeule an und nahm dadurch den Druck weg.

Ewa hatte sein Vertrauen. Nur manchmal hatte sie etwas weniger davon. Dann mußte sie es zurückgewinnen mit Mitteln, die einzusetzen ihr nicht leicht fielen. Aber diesmal ging es um mehr als damals auf ihrer Italienreise. Diesmal ging es um den Beginn von ›Barbarossa‹. Möglicherweise den schlimmsten Krieg aller Zeiten.

Im Juni, nach Ende der Schlammperiode wollte Hitler losschlagen. In der Stoßrichtung Leningrad–Moskau–Ukraine.

33

Der Februar 1941 brachte, was Göring vorhergesagt hatte. Die italienischen Truppen marschierten am Balkan und in Griechenland ein. Dort saßen sie bald fest. Weil die Italiener Schwäche zeigten, griffen die Briten Griechenland an und besetzten Kreta. Obwohl sich Hitler mit der deutschen Wehrmacht im Osten genaue Termine gesetzt hatte, sah er es als seine Treuepflicht an, Mussolini aus der Klemme zu helfen.

Spät in der Nacht läutete beim Jagdkommando-1 in St. Omer das Telefon.

Udet rief an. »Obwohl wir Sie verdammt ungern aus Westfrankreich wegziehen, müssen Sie sofort verlegen, Baron.«

Kramm hatte mit so etwas gerechnet. »Verlegen wohin?«

»Ins Land, wo die Zitronen blühn«, erwiderte Udet poetisch. »Wie Sie wissen, geht unser Feldzug gegen Jugoslawien und Griechenland einigermaßen voran, auch wenn es in den Schluchten des Balkans, die Karl May beschrieb, etwas hakt. Leider erweist es sich als strategisch notwendig, daß wir Kreta kassieren. Das können wir dem Tommy nicht lassen. Der Einmarsch ist bereits durchgeplant. Die Fallschirmjäger werden das übernehmen. Darunter auch unser weltberühmter Boxweltmeister Max Schmeling. Damit sie aber nicht allzusehr in feindliches Feuer geraten, ist die Lufthoheit herzustellen. Dazu brauchen wir einen Spitfire-Knacker wie den Schwarzen Baron. Es gibt da einen alten italienischen Flugplatz in Apulien am Absatz des italienischen Stiefels. Der Ort heißt Lecce, zwischen Adria und dem Golf von Taranto gelegen. Wir rechnen auf Sie, Baron. Setzen Sie Ihren Hintern in Bewegung.«

Schon Stunden später brach das Vorkommando auf. Die schweren Büssing-Lkw als erste. Vor ihnen lagen 2000 Kilometer durch Frankreich und ganz Italien bis zu dessen äußerster südöstlicher Spitze.

Unter Führung von Oberfeldwebel Krillinger schaffte die Kolonne es, trotz aller Hindernisse, in zwei und einem halben Tag. Dann folgte ihnen Kamm in seiner schwarzen Me-109 mit Zwischentanken in Landsberg und Triest.

Kaum war er angekommen, gab es schon mächtig Zunder. Deutsche Ju-88 und He-111 bombardierten von Griechenland aus die britischen Basen bei Heraklion und Hierapetra. Die Engländer verschifften weiter Material und Truppen nach Kreta. Die deutschen Jäger brachten die Royal Air Force mächtig in Unordnung, da wurde ein britischer Flottenverband auf dem Weg von Malta nach Osten gemeldet.

Aufklärer stellten fest, daß mehrere Truppentransporter von Zerstörern und einem Kreuzer, vermutlich dem 31 000 Tonnen großen Schlachtschiff *Warspite* begleitet wurden.

»U-Boote, um uns das vom Hals zu schaffen, haben wir im Mittelmeer leider nicht«, erklärte Kramm seinen Männern, »also muß Vater wieder einmal die Möbel zurechtrücken. Mit dem Hammer.«

Von Lecce aus flog Kramm dreimal am Tag Einsätze, bis er das Gefühl hatte, daß die britische Luftüberlegenheit in der Ägäis allmählich zusammenbrach.

Am späten Nachmittag, als er gelandet war, wandte er sich an seinen Funker, der mit Kopfhörern im offenen Zelt vor seinen Geräten saß.

»Was macht der britische Flottenverband?«

»Unsere Jäger haben den Begleitkreuzer angegriffen und seine Flak ziemlich zerkleinert. Aber mit Kanonen oder MGs läßt sich der Dampfer wohl nicht versenken, Herr Major.«

»Was ist seine Position?« wollte Kramm wissen.

»Bei 35 Grad Nord, 22 Ost.«

Kramm zeichnete sich den Punkt auf der Karte ein.

»Wann war das?«

»Um dreizehn null dreißig.«

»Er müßte für mich zu erreichen sein.«

»Distanz etwa 300 Kilometer, Herr Major.«

Kramm ließ seine 109 mit Zusatztank versehen und eine 250-kg-Sprengbombe an den Rüstsatz hängen. Obwohl er sich darüber klar war, daß es treibstoffmäßig sehr knapp wurde oder sogar überhaupt nicht reichte, wenn er den britischen Flottenverband nicht auf Anhieb fand, startete er.

Es war schon sehr warm in der italienischen Provinz Apulien. Die Luft flimmerte, und er konnte seine Maschine nur auf dem letzten Drücker über die Zypressenallee ziehen. Dann nahm er strikten Südkurs 178 Grad. Der britische Flottenverband lief angeblich mit Ostkurs auf Kreta zu. Vermutlich mit einer geschätzten Geschwindigkeit von 20 Knoten. Das waren ungefähr 32 Kilometer in der Stunde. Die schlug Kramm der zuletzt gemeldeten Position des britischen Verbandes vor drei Stunden zu und berechnete die Versetzung durch Seitenwind, die in seiner Flughöhe von 3000 Metern nicht tragisch war. Kurs jetzt 1-8-5.

Von ferne schon sah er die hellgrünen Kielwasserstriche der britischen Schiffsgruppe. Beim Tiefergehen merkte er, daß sie von Begleitjägern geschützt wurde. Sie brummten um den Kreuzer wie aufgeregte Drohnen um die Bienenkönigin. Das bedeutete, daß er nur eine einzige Chance hatte, nämlich im ersten Anflug.

Kramm berechnete Entfernung, eigene Geschwindigkeit, Gegnergeschwindigkeit und Vorhaltewinkel. Das ging nicht mathematezistisch, sondern nur nach Gefühl. Dann haute er das Gas hinein und machte sich klar zum Abstieg. Es war kein Sturzflug, sondern ein Zielanflug, etwa im 45-Grad-Winkel.

Seine schwarze 109 erreichte ihre absolute Höchstgeschwindigkeit von nahezu 700 km/h. Kramm löste die Sperre des Zusatztanks. Der Luftstrom riß ihn weg. In rasendem Tempo kam der Kreuzer näher. Bald waren seine Kanonen, seine zwei Türme, die Aufbauten, die Decks zu erkennen.

Offensichtlich rechneten die englischen Hurricanes nicht mit einem Jabo-Angriff. Sie entdeckten den Gegner viel zu spät und konnten keinen Riegel mehr aufbauen.

Mit seiner schwarzen Me-109 stach Kramm auf die *Warspite* zu. Höhe noch 600, Distanz 3000 Meter. Dann Höhe 400, Distanz 2000 Meter. Höhe 200, Distanz 600 Meter …

Auf der *Warspite* sah man ihn kommen, aber die kaputte Flak des Schlachtschiffes schoß nur aus ein paar erbärmlichen Rohren. Das brachte Kramm nicht aus der Ruhe. Stur hielt er auf die Bordwand in zweiten Drittel des Kreuzerrumpfes Richtung Heck nahe der Wasserlinie, dort wo die Maschinen saßen. In fünfzig Meter Höhe, so nah, daß die *Warspite* im Visier so groß wurde wie ein Panzerschiff, löste er seine Sprengbombe aus und glaubte geradezu den Aufschlag Stahl gegen Stahl zu hören. Das 250-kg-Ding traf die *Warspite*. Für Sekunden lag sie noch in gespenstischer Ruhe da. Dann erfolgte die Explosion. Chaos. Wasserfontänen. Kramm hatte irgendeinen Druckkessel erwischt. Schon explodierten

Treibstoffbunker und zum Schluß die Munitionskammern, schön nacheinander wie chinesische Silvesterknaller.

Kramm riß die 109 herum und machte, daß er nach Hause kam.

Deutsche Truppen beseitigten durch die Einnahme Kretas die Gefahr der Nähe britischer Streitkräfte. Doch nun entwickelte sich ein anderer Gefahrenherd.

Major von Kramm wurde zum Jagdführer Italiens nach Neapel gebeten. Was für ein Unterschied zum primitiven Zeltlager von Jagdkommando-1 in Lecce. Hier ein luxuriöser Palazzo mit gefliesten Bädern, Mosaiktoiletten und goldenen Armaturen. Drüben in Lecce dienten ein Donnerbalken als Latrine und eine Gießkanne als Brause.

Im Vorzimmer des Generals arrangierte eine fabelhaft gepflegte Frauensperson in einem durchsichtigen Seidenfähnchen Blumen in einer Vase.

»Ach, wie hübsch«, spottete Kramm, »die Buschwindröschen.«

Der General saß in weißem Uniformrock hinter seinem gewaltigen Schreibtisch. Alles war sonnenhell und von leichtem Parfumduft durchweht. Die Offiziere vom Stab des Generals gestriegelt, manikürt, wirkten gelangweilt.

In seiner schlechtsitzenden Afrikauniform schämte Kramm sich. Nicht wegen all der Stinkvornehmheit, er schämte sich dafür, daß es diese Pfaue hier gab, im Gedenken an die Front, wo die Landser bei Regen und Hitze, in Dreck, Schlamm und Mückenschwärmen verrotteten, halb verhungerten, krepierten und dabei kämpften. Das hier war mehr als eine Beleidigung.

Mit aufgesetzter Freundlichkeit kam ihm der General entgegen.

»Mein lieber Freiherr von Kramm!« rief er. »Ich weiß,

daß wir Ihnen hier keine Befehle erteilen können, aber vielleicht darf ich einen Wunsch aussprechen. Zunächst einmal Gratulation zur Versenkung des britischen Kreuzers.«

Gleich muß es kommen, dachte Kramm. Und es kam.

Der General trat an die Karte, umriß den Bereich des Thyrenischen Meeres mit einer weiten Handbewegung.

»Sizilien, Sardinien, Korsika, Malta. Von Malta geht die gleiche Bedrohung aus wie von Kreta. Malta können die Engländer als unsinkbaren Flugzeugträger benutzen. Und das tun sie auch. Jetzt erst recht. Unser lieber Rommel in Afrika bekommt das mächtig zu spüren. Oft erreichen ihn nur vierzig Prozent des Nachschubs. Den Rest der Schiffe bomben die Briten zu den Fischen. Das muß verhindert werden.«

Kramm verstand ohne viel Worte.

Der General fuhr fort: »Ich bin in der Lage, Ihnen eine neuartige Waffe, eine sogenannte Flächenbrandbombe zur Verfügung zu stellen. Sie besteht aus flüssigem Material, einem Gemisch aus Dieselöl, Phosphor, TNT und Magnesium. Das hat man mir jedenfalls so erzählt. Damit kann sogar ein einzelner Jabo angeblich eine Menge Zeug anzünden.«

Kramm blickte ihn an. »Von mir aus, Herr General.«

Der Jagdfliegerführer Italiens ließ die Bombe nach Lecce bringen. Mit Zwischentanken in Palermo flog Kramm in den späten Abendstunden Richtung Malta. Aus dem Flughafen von La Valetta war in wenigen Tagen eine weiträumige britische Basis mit Hangars, Benzindepots und Werften geworden. Was sollte eine einzige Bombe gegen diesen riesigen Gebäudeverhau, dachte Kramm. Dennoch warf er trotz starken Flakfeuers die Bombe im flachen Winkel und war im Abdrehen von deren Wirkung überrascht. Indem sie über den Boden glitt, hinterließ sie einen breiten Flammenteppich mit Sprengwirkung.

So etwas hatte Kramm überhaupt noch nicht gesehen. Ein Wunderding wie die eierlegende Wollmilchsau.

Auf der Basis der Royal Air Force entstand ein flächiger Großbrand verheerenden Ausmaßes, dem ein großer Teil der Anlagen und der Flugzeuge zum Opfer fielen.

Nach seiner Rückkehr in Lecce telefonierte Kramm mit dem Jägergeneral in Neapel. Das Wort Befehl vermeidend, sagte er:

»Es war mir ein Herzensbedürfnis, Ihren Wunsch zu erfüllen. In Malta dürfte es noch kokeln. Aber lange hält das nicht an. Wenn wir Malta auf Dauer ausschalten wollen, müssen die Bombardierungen weitergehn.«

»Die italienische Luftwaffe ist dazu nicht in der Lage«, bedauerte der General, »und die deutsche Luftwaffe muß Nachschub für Rommel nach Nordafrika fliegen.«

Kramm sprach mit Berlin. Dort hieß es, Rommel brauche seine Unterstützung nicht, Rommel verfüge selbst über einen grandiosen Einzelkämpfer, der mindestens so gut sei wie Kramm. Sein Name: Hans Joachim Marseille. Mit über hundert Abschüssen.

»Bis jetzt der erfolgreichste deutsche Jagdflieger«, sagte Udet. »Sie nennen ihn heute schon den ›Stern von Afrika‹.«

Eigentlich war das Gespräch beendet, als Udet noch etwas hinzufügte. Es klang resigniert aus dem Munde des normalerweise lebensfrohen Generals. »Ach ja«, sagte er, »und von Ewa soll ich Sie grüßen. Sie wissen schon, von der Martini.«

Das Jagdkommando ›Schwarzer Baron‹ kehrte nach Westfrankreich zurück. Kaum dort an der Front, jagte eine Katastrophe die nächste.

34

Rudolf Heß, Stellvertreter des Führers, war schon im Ersten Weltkrieg Jagdflieger gewesen. Den letzten Wettbewerb im Alpenrundflug hatte er als Pilot auf einer Messerschmitt gewonnen.

So wunderte es auf dem Fabrikflugplatz der Bayrischen Flugzeugwerke in Augsburg niemanden, als eine Kolonne von schwarzen Mercedesfahrzeugen unangemeldet vorfuhr.

Der Reichsminister Rudolf Heß, mit Messerschmitt persönlich bekannt, suchte sich eine startklare zweimotorige Me-110 aus und ließ sie auftanken. Angeblich für einen Werkstattflug. Er wollte herausfinden, ob die Maschine nicht doch etwas tauglicher war als ihr Ruf.

»Besser als miserabel ist sie bestimmt allemal«, scherzte Heß.

Messerschmitt konnte das nur recht sein.

Das war an einem Tag im Mai 1941.

Frankreich, 10. Mai 1941

Eine der geheimnisvollsten Affären des Krieges begann. Spätnachmittags telefonierte Reichsmarschall Hermann Göring von Berlin an die Front nach Westfrankreich. Am frühen Abend wurde die Blitzleitung zum JK-1, das wieder am Pas de Calais lag, freigeschaltet. Göring wirkte ungeheuer erregt, als er Major von Kramm endlich an der Strippe hatte. Er befahl: »Starten Sie sofort, Baron. Mit Hauruck!«

Das erschien dem Schwerter- und Eichenlaubträger Kramm, einem der inzwischen erfolgreichsten und erfahrensten deutschen Jagdfliegerasse, absolut unsinnig. Die Dämmerung war bereits angebrochen. Außerdem hatte die Luftlage keinerlei feindliche Einflüge gemeldet.

Er setzte dies dem Reichsmarschall in ruhiger Sachlichkeit auseinander, worauf Göring ihn anfuhr.

»Einflüge«, entgegnete er heftig, »was heißt hier Einflüge! Einen Ausflug sollen Sie verhindern. In Augsburg wurde eine Me-110 entwendet. Sie muß unbedingt heruntergeholt werden.« Ehe Kramm nach der vermuteten Startzeit und dem Kurs des schweren zweimotorigen Jägers fragen konnte, kam ihm Göring zuvor.

»Sie haben ja keine Ahnung, Sie Unschuldsengel, wer sich an Bord der 110 befindet.«

»Im Augenblick noch nicht, Herr Reichsmarschall«, erwiderte Kramm trocken wie stets, »aber nicht mehr lange, schätze ich.«

Nun stieß es Göring heraus: »Dieser verrückt gewordene Stellvertreter des Führers fliegt nach England. Putz Rudolf Heß vom Himmel, ehe er Unsinn anrichtet. Sie können sich nicht vorstellen, wie hier die Kacke am Dampfen ist.«

Heß war etwa um 17 Uhr in Augsburg gestartet und nahm vermutlich Kurs Ruhrgebiet, Holland, Deutsche Bucht, Ostengland. Ein Flakbeobachter nahe Köln wollte eine einsam fliegende Zweimotorige erkannt haben.

»Erstatten Sie mir nach dem Einsatz persönlich Meldung!« forderte Göring noch.

Nachdem Kramm den Hörer hingelegt hatte, wußte er einen Augenblick nicht, wer hier eigentlich verrückt geworden war. Heß, der Stellvertreter des Führers, der Reichsmarschall oder gar er selbst.

Er schielte hinauf in den Himmel. Noch fünfzehn Minuten, höchstens zwanzig, stand Büchsenlicht, also beste schattenlose Jagdbeleuchtung, zur Verfügung. Andererseits befanden sich um diese Zeit eine Unmenge von Flugzeugen in der Luft. Darunter auch Me 110, die zur Vorbereitung ihrer Nachtjagdeinsätze, Probe- und Werkstattflüge durchführten. In einer davon sollte also Rudolf Heß sitzen.

Trotzdem machte Kramm startklar.

Jeder Gruppenkommandeur schickte eine Rotte los. Plötzlich herrschte am Himmel starker Verkehr.

Bevor Kramm in seine schwarze Messerschmitt stieg, nahm er sich die Karte vor und berechnete die Startzeit von Heß, sowie die Flugdauer von Augsburg nach England.

Joe Meiners kommentierte: »Wenn es stimmt, daß Heß vom Flugplatz der Messerschmitt-Werke in Augsburg abgesegelt ist, dann besteht nur geringe Wahrscheinlichkeit, daß er sein Ziel erreicht.«

»Die 110 hat eine Reichweite von 1000 Kilometern«, wandte Kramm ein. »Wenn sie bis zum Stehkragen vollgetankt ist.«

»Beim Nachmessen der Luftlinie Augsburg–England bleibe ich unter 900 Kilometer«, rechnete Kramms Funker.

»Und daß Heß sich eine Maschine mit halbvollem Tank aussuchte, ist nicht anzunehmen«, ergänzte Meiners.

»Bei seiner Erfahrung gewiß nicht«, fügte Kramm hinzu. »Heß ist Weltkriegsflieger und gewann den ›Alpenrundflug‹. Trotzdem gehört zu so einem Unternehmen auch eine Portion Schneid, Umsicht plus fliegerisches Können.«

»Und eine Tüte voll von gnadenlosem Wahnsinn.«

»Damit könnte so etwas leider funktionieren.«

Beinahe automatisch schauten sie auf ihre Fliegeruhren mit den schwarzen Zifferblättern, den grünen Zeigern und Phosphorziffern. Punkt 20 Uhr 33.

»Die Hundertzehn ist 560 Stundenkilometer schnell«, äußerte der Spieß des JK-1.

»Dann ist er längst drüben.«

»Zumindest müßte inzwischen sein Benzin alle sein.«

Trotzdem begab sich Kramm in die Luft und flog die Küste entlang bis querab Calais. Dort bog er nach Norden hinaus in den Ärmelkanal. Ständig suchte er den Himmel ab, bis seine Augen schmerzten, bis es auch auf 3000 Metern zu dunkel wurde und seine Treibstoffrestwarnlampe zur Umkehr mahnte.

Er hatte keine Maschine gesichtet, die in Frage kam. Weder eigene noch feindliche.

Über den Funk der Jägerleitwelle hatte Kramm alles mitgehört. Auch, daß Galland bereits die Jagd nach Heß aufgegeben hatte und zu seinem Geschwader zurückgekehrt war. Am Boden war es schon dunkel. Doch oben am Westhimmel blieb es bis zum endgültigen Sonnenuntergang noch 20 Minuten hell. Dann dieser Mückenschiß in Richtung 11 Uhr.

Zuerst glaubte Kramm nicht, was er sah, hielt die Maschine für einen späten Einzelflieger. Tiefer gehend erkannte er durch ein Wolkenloch die zweimotorige Messerschmitt. Sie war so schnell wie eine Einmotorige, aber mit Überhöhung konnte er Fahrt aufnehmen und sie einholen.

Kramm wußte, wie der Befehl lautete. Diese Me-110 war, falls Heß drinsaß, und darüber bestand kaum Zweifel, abzuschießen oder zur Landung zu zwingen. Letzteres brachte nichts, denn schon tauchte im Büchsenlicht das kalkige Weiß der britischen Steilküste auf.

Major von Kramm quälten schwere Gedanken. Er hatte Heß immer für einen vernünftigen, wenn auch schweigsamen Fliegerkameraden gehalten. Auch fürchtete Kramm, daß alles nur Theater sein könnte. Entweder flog Heß auf Veranlassung des Führers, um mit den Engländern zu verhandeln, damit man einen Weg für einen separaten Frieden fand, oder Heß flog heimlich, wegen eines möglichen Fehlschlags und machte alles auf eigenes Risiko. In jedem Fall wäre sein Vorhaben durchaus ehrenhaft gewesen. Doch daß es Erfolg haben könnte, bezweifelte Kramm. Er hatte die 110 schon im Reflexvisier. Den Daumen am Abschußknopf fühlte er plötzlich so etwas wie den Schwingenschlag des Schicksals. Er wagte nicht einzugreifen. Wer kannte die Wahrheit? Vielleicht wurde er dadurch einmal schuldig, den Krieg verlängert zu haben.

Also salutierte er kurz, drehte ab und ließ Heß weiterfliegen.

Nach seiner Rückkehr zum Jk-1 rief Kramm beim RLM in Berlin an. Er meldete Göring die erfolglose Durchführung des befohlenen Einsatzes. Zum Schluß fügte Kramm noch hinzu: »Sollte es Heß wirklich gelungen sein, bis zu den britischen Inseln zu gelangen, hat ihn spätestens dort eine Spitfire abgeschossen.«

»Der Herr erhalten Ihren Kinderglauben, Baron«, wünschte Göring verbittert. »Wie heißt es doch so schön, wenn jemand Glück hat, dann sind das Betrunkene oder Verrückte.«

Mit seiner düsteren Vorhersage behielt Göring recht. Den Nachrichten der British-Broadcasting-Corporation (BBC) und der Weltpresse war zu entnehmen, daß die deutsche Me-110, geflogen von Hitlers Stellvertreter, bis über Schottland gekommen sei. Dort war Heß vermutlich der Treibstoff ausgegangen. Jedenfalls war er mit dem Fallschirm abgesprungen. In der Nähe der Ortschaft Paisly wurde er von einem Bauern aufgegriffen. Der Bauer war mit einer Heugabel bewaffnet.

Die Reichsregierung geriet in Erklärungsnot. Am 12. Mai erging in Berlin eine amtliche Verlautbarung:

»Parteigenosse Rudolf Heß, dem es auf Grund einer seit Jahren fortschreitenden Krankheit vom Führer streng verboten worden war, sich weiterhin fliegerisch zu betätigen, hat entgegen diesem bestehenden Befehl vermocht, sich in den Besitz eines Flugzeuges zu bringen. Am 10. Mai gegen 18 Uhr startete Heß in Augsburg zu einem Flug, von dem er bis zum heutigen Tag nicht zurückgekehrt ist.«

Die Durchsicht der von Heß zurückgelassenen Papiere ergab, daß er offenbar in einem Wahn lebte. Durch persönliche Schritte bei befreundeten Engländern hoffte er angeblich eine Verständigung zwischen Berlin und London herbeizuführen. Welche Hintergründe der Flug wirklich gehabt haben mochte, blieb unklar. Hatte hier einer versucht, vielleicht sogar mit Hitlers Einverständnis, Frieden mit England zu erreichen? Wußte Heß, daß Hitler, falls ihm kein Frieden im Westen gelang, Rußland angriff, was zu einem Weltbrand führen würde? Hatte Heß Kenntnis von gewissen Geheimpapieren und versuchte im letzten Augenblick die Notbremse zu ziehen, ehe der Zug in den Abgrund raste?

35

Ostpreußen, Juni 1941

Eine viermotorige Focke-Wulf-Condor befand sich auf dem Flug von Rastenburg nach Berlin. Hitler hatte sein Hauptquartier Wolfsschanze verlassen, um Truppen an der Westfront zu besichtigen.

Bei nächtlichen Fernflügen fand Hitler selten Schlaf. Auch heute rief er seine Generalstabsoffiziere einzeln in den luxuriösen Arbeitssalon im vorderen Teil des Flugzeuges. Als erster war General Halder an der Reihe. Bei dem üblichen Kräutertee – Gäste bekamen ihn auf Wunsch mit Eiswürfeln und Zitrone serviert – entwikkelte Hitler seinem Stabschef die Mittelmeerstrategie, wie sie sich aus der neuen Lage ergab.

In Nordafrika, so befürchtete Hitler, würde eine weitere Landung von Divisionen nicht zu umgehen sein. Mussolinis tapfere Helden gaben schon Fersengeld.

Halder hatte das erwartet. Ebenso wie in Albanien und Griechenland würden sie von den Italienern in einen Nebenkriegsschauplatz nach dem anderen hineingezogen. Halder formulierte es militärisch korrekt. »Das bedeutet Unterstützung der von den Engländern bedrohten italienischen Tripolis-Armee.«

Wie so oft traf Hitler eine seiner spontanen Entscheidungen: Rommel würde das schon machen.

»Ein äußerst schwieriger Feldzug«, gab Halder zu bedenken.

Hitler entwickelte seine Ideen weiter: Er nannte Ägypten als Hauptziel, Kairo, den Suezkanal. Der nachfolgende strategische Gedanke war, mit Hilfe der befreundeten arabischen Völker Rußland von Süden her in Richtung Kaukasus-Baikalsee in die Zange zu nehmen.

»Baku«, ergänzte Halder.

Hitler erwähnte das Öl. Kürzlich hatte er dieses Buch noch einmal gelesen: ›Weltmacht Öl‹. Er erinnerte sich nicht an den Autor.

»Franklin«, sagte der gebildete Halder.

Das alles brauchte nicht eigens erwähnt zu werden. Auf der höchsten Kommandoebene war es längst kein Geheimnis mehr, daß Hitler im Laufe des Sommers die Sowjetunion angreifen würde. Der Plan ›Barbarossa‹ war fertiggestellt. Der Aufmarsch der Armeen nahezu beendet.

Als nächster wurde General Keitel herbeizitiert. Seine Uniform verströmte noch den Duft von Zigarren. Der Nichtraucher Hitler nahm es ungehalten zur Kenntnis und bot Keitel einen weiter entfernten Sessel an.

Hitler kam gleich zum Thema und fragte nach dem Ergebnis der Verhandlungen mit dem irakischen Militärattaché.

»Es ging um konkrete Forderungen an Waffen und Munition, allerdings bereits in Zahlen ausgedrückt.«

Hitler erkundigte sich besorgt nach den Einzelheiten. Keitel hatte alles notiert und las ab. Dann fügte er noch hinzu: »In Bagdad erwarten sie insbesondere Unterstützung aus der Luft. Insgesamt also Schnellfeuerwaffen, panzerbrechende Waffen, Munition und Bomber.«

Der technisch versierte Hitler sah Schwierigkeiten beim Materialtransport. Noch wurde der gesamte Mittelmeerraum von den Briten beherrscht. Und die Reichweite, selbst der He-111, betrug knapp 3000 Kilometer.

»Zu wenig für hin und zurück«, präzisierte Keitel. »Wir kommen also nur bis zu 1500 Kilometer entfernten Zielen.«

Hitler zeigte nichts von seinem gewohnten Optimismus und verwies darauf, daß die Deutschen weder auf den Mittelmeerinseln noch in Nordafrika oder in der Türkei über Zwischenlandeplätze verfügen.

»Zu Schiff und auf dem Landweg geht auch nichts«, erwähnte Keitel. »Der Seeweg zwischen Genua und der Levante wird von der britischen Mittelmeerflotte beherrscht. Man müßte das gesamte Material nach Italien schaffen, dort verladen und was ankommt an der Levante entladen. Vorausgesetzt, man findet einen sicheren Hafen. Damit bliebe die Waffenhilfe aber keinesfalls unentdeckt. Und was den Landweg betrifft, so liegen zwei unüberwindbare Riegel vor. Rußland und die Türkei.«

Hitler beharrte mit seiner kehligen Stimme darauf, daß eine Lösung gefunden werden mußte.

»An wen dachten sie, mein Führer?« fragte Keitel.

Hitler seufzte tief.

Natürlich hatte er bereits einen Namen im Visier: Generalleutnant Udet.

In Udets Arbeitszimmer im Oberkommando der Luftwaffe begrüßten sich die Generäle kühl und förmlich wie Leute, die sich nicht sonderlich ausstehen können. Ein deutlicherer Unterschied wie zwischen dem lebensfrohen fixwendigen Udet und dem knorrig-hageren Überpreußen Keitel war kaum vorstellbar. Seinem Wesen entsprechend kam Keitel gleich zum Thema. Er weihte Udet voll ein.

Dessen Fliegerverstand erkannte die Schwierigkeiten sofort. »Selbst wenn wir von Sizilien aus starten«, rechnete Udet, »sind es bis Mossul immer noch 2500 Kilometer. Da kommen unsere Standardbomber gerade eben mal hin ohne Rückfahrkarte.«

Keitel warf ein: »Wie steht es mit den Flugbooten?«

Udets Lächeln betonte die Überlegenheit des Fachmannes dem Laien gegenüber. »Die Flugboote würden es natürlich bringen. Doch findet in der Wüste eine BV-222 meist nur unzureichende Wasserflächen vor, um darin aufzusetzen.«

Keitel überging Udets Ironie und zählte weiter auf: »Und die dreimotorige Ju-52?«

»Die könnte es mit Zusatztanks hin und her schaffen, aber keine Ladung mitnehmen. Außerdem putzen die Engländer diesen müden Transporter über dem Mittelmeer herunter wie faules Obst. Die Ju ist nur knapp 270 km/h schnell.«

Keitel ließ nicht locker. »Wie sieht es bei der Condor aus?«

»Davon haben wir nur ein knappes Dutzend«, erklärte Udet. »Die brauchen wir mit Dringlichkeitsstufe eins für Fernstaufklärung über dem Nordatlantik und Rußland. Außerdem ist die Zelle der Condor nicht für Kampfeinsätze gebaut. Die Condor war ja ehemals ein Passagierflugzeug.«

»Und die Heinkel-177?«

»Sie meinen das berüchtigte Reichsfeuerzeug?« Udet jammerte: »Da mangelt es fürchterlich an der Zuverlässigkeit. Bei längeren Einsatzflügen überhitzt der hintere der jeweils zwei Doppelmotoren und fängt zu brennen an. Und dies mit schöner Regelmäßigkeit. Bis wir das im Griff haben, vergeht noch ein Jahr.«

Jeder andere wäre allmählich aus der Haut gefahren. Keitel aber sagte nur: »Eigentlich wollte ich von Ihnen hören, was geht, und nicht, was nicht geht. Ich habe mir von dieser Unterredung mehr versprochen. Und der Führer wohl auch. Er baut auf Sie. Er sagte: Wenn einer unser Problem lösen kann, dann nur Udet.«

Der eitle Udet fühlte sich geschmeichelt. Daß er längst eine Lösung wußte, hatte ebenfalls damit zu tun. Die negative Taktik hatte er nur verfolgt, um seine ausgefallene Idee besser verkaufen zu können.

Er ging an seinen Schreibtisch, entnahm einer Mappe Fotos und sagte: »Es gäbe da allerdings eine Maschine.«

»Na bitte, warum spannen Sie mich so lange auf die Folter, Udet.«

Der Generalluftzeugmeister reichte Keitel die Aufnahme. Sie zeigte eine notgelandete Viermotorige. Ein mächtiges Ding. Keitel hielt das Bild ans Licht.

»Was ist das?«

»Ein Bomber.«

»Britische Kennzeichen«, stellte Keitel fest.

»Eine Halifax. Sie kam fast unbeschädigt bei Münster herunter. Wir konnten sie wieder flugfähig machen. Inzwischen haben wir sogar zwei Stück davon. Die Halifax verfügen über eine Reichweite von 4500 Kilometern, sie sind fast 500 Stundenkilometer schnell und können sieben Tonnen Zuladung tragen.«

Trotz des Fotos in der Hand blickte Keitel nicht völlig durch.

»Sie wollen damit doch nicht etwa andeuten ...«

»Wissen Sie eine bessere Lösung?« fragte Udet. »Wir lassen die britische Originalbemalung an der Halifax. So mogeln wir sie über das Mittelmeer bis in die mittlere und westliche Sahara. Dort bietet sich uns ein Wüstenflugplatz an, der von der italienischen Luftwaffe bereits aufgegeben wurde. Auf ihm errichten wir eine Basis für Ersatzteile, Benzin, Proviant und Munition. Da wir selbst über kein Bombermodell verfügen, das die ganze Strecke im Hin- und Rückflug ohne Zwischenlandung und mit Ladung zurücklegen kann, müssen wir die zwei Halifax eben zweckentfremden.«

»Sie meinen also …«, bemerkte Keitel ebenso ratlos wie überrascht.

»Die Halifax fliegen in die Wüste«, erläuterte Udet noch einmal, »errichten dort geheime Stützpunkte, wo unsere He-111 später auf dem Flug nach Mossul Sprit nachtanken. Das wär's.«

»Ist die Halifx denn zuverlässig?« meldete Keitel Zweifel an.

»Sie hat Rolls-Royce-Merlin-Motoren. Das Beste, was es gibt.«

»Und unsere DB-605, taugen die etwa nichts?«

»Die Daimler-Benz-600-Serie können Sie vergessen«, drückte Udet es kraß aus.

»So einfach ist das also«, äußerte Keitel unentschlossen.

»Nein, so einfach ist es nicht, eher verdammt kompliziert«, bedauerte Udet. »Doch wir können es in Angriff nehmen, wenn wir die Prioritäten kriegen.«

»Die haben Sie hiermit«, erklärte Keitel spontan, »für die nächsten Monate.«

Bevor der Generaloberst ging, machte ihm Udet klar, daß er von der ganzen Nahost-Operation wenig hielt. Vermutlich würde sie zu schweren Verlusten, wenn nicht gar zu einer Totalniederlage führen. Die Briten waren im Irak sehr stark.

»Und so ein arabischer Aufstand, na, ich weiß nicht, Keitel, diese Leute mögen ja fanatische Kämpfer sein, sind aber kaum ausgebildet und gerade mal mit Gummischleudern bewaffnet. Ich fürchte, das wird ein Fiasko grandiosen Ausmaßes.«

Keitel stimmte Udet zu. Als General war er in logischem Denken geschult. Er senkte die Stimme, als er erwiderte: »Bitte zu bedenken, Udet, daß es noch um etwas anderes geht.«

»Sie meinen, die Operation in Nahost stelle im Grunde nur eine Art Tarnung dar?«

»Sie hat tiefere Bedeutung«, räumte Keitel ein.

»Und diese tiefere Bedeutung«, erwähnte Udet, »lautet: Endziel Indien.«

Keitel nickte nur. Sie beide, er und Udet, kannten Hitlers Hobby, die Suche nach dem gordischen Knoten des Krieges, den es zu zerschlagen galt. Keitel führte den Zeigefinger senkrecht an die Lippen, was soviel wie Maulhalten bedeutete. Dann ging er.

Beim Hinausmarschieren wirkte er lockerer als beim Hereinkommen.

36

Die Wassermanngeräte der Funkmeßstation am Kanal meldeten spät abends Bombereinflüge. Trotz Vollmond. Major von Kramm startete in St. Omer.

Die Engländer blieben eisern auf Kurs. Ihr Ziel war das Ruhrgebiet. Nahe Charleville gerieten sie in Flakfeuer und in das gekreuzte Licht der Flakscheinwerfer.

Beim Anflug durch die Nacht auf die von Scheinwerfern beleuchteten Viermotorigen hörte Kramm im Radio noch Musik. Eine Engländerin sang ›Route sixty-six‹, und Ilse Werner pfiff ›Wir machen Musik‹.

Ja, gleich würde es Musik geben.

Auf der Frequenz nebendran hielt Hitler eine Sportpalastrede. »... und wenn Mister Churchill behauptet, mir könne man nur an die Gurgel springen, dann antworte ich ihm: Geben Sie sich keine Mühe, Herr Premierminister, vorher werde ich Sie zertreten ...«

Kramm blieb auf dem Leitstrahl und griff den letzten

Möbelwagen des RAF-Geschwaders an. Vor ihm eine dicke Lancaster. Er schoß aus allen Rohren und traf zwischen die zwei Backbordmotoren. Flammen leckten heraus. Die Lancaster zog einen Schweif aus Rauch und Triebwerkteilen hinter sich her. Dabei montierte sie langsam ab. Die Tragfläche vibrierte stark. Verkleidungsbleche lösten sich. Spanten, Tankteile folgten. Dann knickte der Flügel am Rumpf ein und brach weg. In Fetzen flog der Motor davon, traf dabei das Seitenruder und den Heckstand. Die anderen Lancaster schossen wie die Wahnsinnigen. Klar, jeder hatte Angst um sein Leben.

Kramm ließ von dem Bomber ab. Er drückte die Me-109 in den Abschwung, denn ein Schauer von Geschossen aus Dutzenden von Rohren griff mit ihren Leuchtspuren gierig nach ihm.

Die Engländer schossen mit einer neuartigen Munition, mit Rauchgeschossen, deren bissiger Qualm in die Kabine eindrang und einen sofort benebelte.

Noch befand sich der Pulk im Licht der Flakscheinwerfer. Kramm zog hoch, flog von schräg unten erneut an. Das beleuchtete Fadenkreuz im Visier zitterte. Vor ihm wieder eine Lancaster. Zehn Sekunden lang jagte er alles, was er hatte, in ihre weiche Flanke. Funken sprühten, wie wenn ein Schneidbrenner Eisen trifft. Dem reichte das. Dann mußte Kramm abdrehen. Ein Engländer saß ihm im Nacken.

Es wurde ein Ausweichmanöver für Hartgesottene. Steilkurve links abwärts, abgefangen mit allen Kräften, wieder aufwärts in entgegengesetzter Steilkurve. Und immer wieder auf und ab. Hinein in den Kugelhagel, wieder heraus bis das Abwehrfeuer der Bomber genügend Distanz hatte. Doch der feindliche Begleitjäger ließ sich nicht abschütteln. Das war ganz neu, daß die Bomber so weit von Spitfires begleitet wurden.

Im Scheitelpunkt einer Kurve riß Kramm die 109 herum, weil dort der Gegner am längsten zielen konnte. Die britischen Leuchtspuren zischten über ihn hinweg.

Durch die Fliehkraft wurde der Druck im Gehirn übermäßig, andererseits kam dazu die Leere in den Beinen. Irgendwie während dieser Kurbelei, geblendet von den eigenen Flakscheinwerfern, gelangte Kramm hinter den Gegner. Es war keine Spit, sondern ein Mosquito. Sekunden später fackelte er Richtung Erde.

Als Kramm landete, war er schon kein Nachtjäger mehr. Im Osten zeigte sich der erste Lichtstreif.

In seinem nächtlichen Anruf erkundigte sich Udet bei Kramm noch einmal, wie das mit Heß gewesen sei. Anschließend belobigte er das Verhalten des Majors.

»Ich hätte auch nicht anders gehandelt.« Die Leitung konnte nicht abgehört werden. Udet sprach also offen. »Am Balkan haben die jugoslawischen Armeen ja nun kapituliert«, berichtet Udet, »und die größte Luftlandeoperation des Krieges am 20. Mai lief auch mittelprächtig erfolgreich. Wir haben Kreta zurückerobert, allerdings mit hohen Verlusten. Na ja, und Sie haben dieses Panzerschiff versenkt.«

»Gilt Kreta als Generalprobe für die Invasion in England?« wollte Kramm wissen.

Kramm sah nicht, wie Udet abwinkte, aber er glaubte zu hören, wie dieser halblaut lächelte.

»Größere Dinge stehen bevor, Baron.« Udet hustete sich deutlich den Hals frei. »Dinge, die unvergänglichen Ruhm an unsere stolzen Fahnen heften werden.« Seine Stimme nahm einen beinah verzweifelten Klang an. Äußerst merkwürdig auch, daß er in diesem Augenblick auf Ewa Martini zu sprechen kam. Angeblich sollte er Kramm von ihr grüßen. Dann fügte er noch hinzu: »Ich möchte Ihnen Ewa ans Herz legen, Baron. Passen Sie gut auf sie auf. Ist ein feines Mädel.«

Es war das letzte Gespräch, das Kramm mit Udet führte. Beide ahnten das zu diesem Zeitpunkt nicht.

37

Es war einer jener frühlingshaften Herbsttage, an denen man nicht wußte, fing das Jahr erst an oder ging es wirklich bald zu Ende. Mit seiner zweimotorigen Generals-Siebel startete Udet um 10 Uhr 40 von Berlin-Schöneberg. Er wollte zu einer Werksinspektion zu Junkers nach Dessau fliegen.

Neben ihm auf dem Platz des zweiten Piloten saß ein ungewöhnlicher Fluggast.

»Daß Sie sich entschlossen, mit mir zu fliegen, Canaris, das grenzt an ein Wunder.«

»Kein Wunder«, sagte der Admiral, »sondern Absicht.«

»Oder hatten Sie kein Vertrauen zu mir als Pilot?«

»Früher jedes, heute etwas weniger«, antwortete der Abwehrchef zweideutig.

Der hellhörige Udet bewegte den Kopf nach rechts. »Wie bitte?«

Canaris, gewöhnlich kein Mann, der Umwege einschlug, machte diesmal doch einen Schlenker, ehe er zur Zielgerade abbog. »Ich wollte mit Ihnen allein sein.«

»Ach du lieber Himmel«, feixte der Generalluftzeugmeister, »Sie sind doch nicht etwa vom anderen Ufer?«

»Alleinsein im Sinne von unbelauscht, unbeobachtet, ohne daß uns einer mit dem Fernglas von den Lippen liest. Solche Künstler gibt es leider.«

Allmählich wurde Udet neugierig. Er blieb auf der Höhe 2000, regelte den linken Motor entsprechend der Drehzahl des rechten nach und nahm Kurs 85 Grad.

»Der Funk ist doch abgeschaltet?« vergewisserte sich Canaris.

»Jetzt machen Sie's aber spannend, Admiral.«

»Es ist nicht nur spannend, sondern möglicherweise sogar von einer gewissen Dramatik, General.«

Udet riß das Steuer an den Bauch, daß die Siebel steil stieg und rief: »Entweder Sie reden jetzt Tacheles, Admiral, oder ich schüttle es mit einem Looping aus Ihnen heraus.«

Canaris blieb äußerlich ruhig. »Deshalb bin ich hier, obwohl ich, weiß Gott, Besseres zu tun hätte. Also bitte, keinen Salto mortale. Fliegen Sie schön flach dahin und hören Sie zu.«

Das beherzigte Udet dann auch.

Während Canaris begann, klemmte Udet den Steuerknüppel zwischen die Knie und steckte sich eine Navy-Cut-Zigarette an.

»Mein lieber Udet, wir müssen fürchten, daß sich in Ihrer näheren Umgebung ein Spion befindet.«

»Einer?« tat Udet ab. »Sie meinen Dutzende. Putzfrau, Köchin, Gärtner, Fahrer, Barmixer, alle sind sie Spione. Nun mal zur Sache, Admiralchen.«

Canaris wurde deutlicher. »Bei der Offensive gegen Rußland sind unsere Armeen trotz scheinbarer Erfolge auf überraschend gut plazierten Widerstand gestoßen. Gehlens Abteilung ›Fremde Heere Ost‹ fürchtet den Verrat des Aufmarschplanes. Anders ist dieser massive Abwehreffekt auf so breiter Front nicht erklärbar.«

Noch immer nahm Udet es leicht. »Na schön, den Plan habe ich Stalin persönlich geflüstert. War das schon alles?«

»Vor kurzem«, berichtete Canaris weiter, »erfuhr ich über V-Leute in Schweden, daß auch Kunde einer anderen Geheimoperation nach Moskau durchdrang. Das Unternehmen ›Nahost‹.«

Udet mußte einräumen, daß er mit dieser Operation befaßt gewesen sei, wenn auch nur am Rande und in beratender Funktion. Doch jetzt wurde er nachdenklich, war nahezu verblüfft. Er zeigte es jedoch nicht. Forsch fragte er: »Und drittens?«

»Drittens ein Rat von mir«, antwortete Canaris, »überprüfen Sie Ihre nähere Umgebung, die Freunde, die Freundinnen. Halten Sie Augen und Ohren offen, vertrauen Sie keinem mehr und halten Sie sich mit Andeutungen oder Äußerungen zurück – auch in intimen Stunden.«

Udet war still geworden, so betroffen, wie ein Mann, in dem tief drinnen ein schrecklicher Verdacht keimte. Er atmete deutlich und schwieg auffallend lange. Endlich fragte er: »Können Sie vielleicht ... Namen nennen, Admiral?«

Canaris bedauerte.

Im Grunde war das auch nicht nötig. Über die erwähnten geheimen Dinge hatte Udet außerhalb seines Amtes nur mit einer Person gesprochen, nämlich mit seiner Geliebten, mit Ewa Martini. Doch für Ewa wäre er bereit gewesen, den Kopf unter das Fallbeil zu legen.

Im nächsten Satz baute Canaris jedoch etwas ein, das auf Ewa deutete wie eine Kompaßnadel auf den magnetischen Nordpol. »Wir müssen eine Falle stellen.«

Udet hatte seinen Humor endgültig verloren, was bei ihm tiefe Erschütterung ausdrückte. »Ja, das sollten wir in der Tat schnellstens. Ich habe keine Zeit mehr«, bemerkte er hellsichtig. »Es gibt ein Sprichwort: ›Sieger haben Zeit. Verlierer haben keine.‹ Ein Satz, der linksherum wie rechtsherum sowohl vorwärts wie rückwärts immer stimmt. Man kann auch sagen: ›Verlierer haben Zeit, Sieger haben keine Zeit‹.«

Canaris ahnte, wie es gemeint war.

General Udet trug erhöhte Absätze. Das ließ ihn größer erscheinen. Er trug auch lange Mäntel, sie streckten die Figur. Und er trug gern Mäntel. Wenn es regnete immer, oft auch, wenn es nicht regnete. So wie heute, als er das Imperial-Hotel in Kopenhagen betrat. Selbst in der Bar behielt er heute seinen Mantel an.

Der Kellner erschien. »Darf ich Ihnen den Mantel abnehmen, Herr General?«

»Nein«, antwortete Udet. »Hier hat es schon mal durch das Dach getropft.«

Er bestellte Cognac und ließ die Flasche gleich auf die Bar stellen. Er trank, rauchte, trank. Dabei schaute er immer öfter auf seine Fliegeruhr, die bei Generälen nicht aus Stahl, sondern aus Platin war.

Der Barkeeper hatte wenig zu tun. Alle Gläser waren heute schon dreimal poliert.

Udet fragte: »Wie läuft der neue Martini-Film?«

»In Kopenhagen stehn die Leute Schlange. Sie meinen doch ›Immer nur Liebe‹.« Dabei summte der Mixer eine Melodie daraus.

Udet rauchte Kette, trank schnell, steckte sich eine neue Zigarette an. »Wann ist im Tivoli die Vorstellung zu Ende?«

»Dort müßte eigentlich schon Schluß sein, Herr General.«

Um dem Film in Dänemark Anschub zu geben, hatte Ewa sich überreden lassen, im Tivoli, dem berühmten Vergnügungszentrum Kopenhagens, auf der Revue-Bühne einige Nummern aus dem Film zu singen. Ihr Auftritt kam gut an. Nicht nur bei der Presse, auch beim Publikum, bei den Dänen, und erst recht bei deutschen Landsern.

Udet hatte ihr zu der Tournee geraten. »Skandinavien ist besser als Fronttheater zwecks Truppenbetreuung in Rußland«, hatte er angedeutet.

Nun war Ewa seit einer Woche hier. Zwar telefonierten sie täglich, er mußte sie aber persönlich sprechen. Die Sache hatte Dringlichkeit.

Der Ascher quoll über, die Cognacflasche war fast leer, als Ewa, gefolgt von ihrer Garderobiere, einem Mann von der Ufa-Presse, ein paar Fotografen und Verehrern hereinschwebte. Durch die Glastür sah sie Udet an der Bar sitzen.

Verblüfft ließ sie den Silberfuchsmantel von den Schultern gleiten. In ihrem aufregenden Kleid aus goldbeiger Seide mit dem plissierten Rock, tief gerafftem Oberteil und dem Hütchen auf der Lockenpracht, eilte sie auf Udet zu.

Sie umarmte ihn, küßte ihn und flüsterte ein paar Intimitäten. »Schön, daß du gekommen bist. Was für eine Überraschung. Mir auch ein Glas bitte.«

»Champagner, Gnädigste?« fragte der Mixer.

»Irgendwas.« Sie trank durstig, küßte Udet mit feuchten Lippen erneut. »Wie lange hast du Zeit, General?«

Er hob den Daumen und ließ ihn wackeln. »Nur noch eine halbe Nacht.«

Sie fuhren hinauf. Oben tranken sie weiter. Sie redeten, nahmen ab und zu von der Platte mit den berühmten kleinen Smørgas-Broten einen Happen. Dann sanken sie ins Bett.

Das Körperliche war schnell erledigt.

Udet seufzte deutlich.

»Sorgen?«

»Immer.«

»Sprich dich aus, General.«

»Gestern wußte ich noch nichts davon«, erzählte Udet. »Eine blitzartig angeordnete Großoperation: Ich muß die Bomberkommandos in Skandinavien, bis nach Norwegen hinauf, bis Bergen, inspizieren.«

»Schon wieder ein neuer Krieg?« fragte sie. »Wo denn noch?«

Sie goß ihm Cognac ein, doch er lehnte ab. Offenbar hatte er genug. »Danke. Ich muß aufpassen. Mein Magengeschwür ist wieder da.«

»Seit wann? Das kommt doch nicht etwa vom Alkohol?«

»Nein, vom Mineralwasser«, witzelte er. »Ich nahm wohl das falsche. Ich bin an Apollinaris gewöhnt und muß Vichy erwischt haben.«

»Und Kummer hast du auch.« Sie fühlte es mit weiblicher Intuition.

Erst zögernd, dann unumwunden, gab er es zu.

»Aber doch nicht mit mir?«

»Nein, du bist meine Sonne. Zur Zeit kratzen wir alles zusammen, was fliegen und dabei auch Bomben tragen kann. Ich brauche mindestens 800 einsatzklare Maschinen.«

»Geht es erneut gegen England?« stellte sie sich naiv.

»Nein, diesmal nicht.«

Langsam, damit auch bei ihr kein Verdacht aufkam, ließ er es aus sich herausholen.

»Sondern nach New York«, tippte sie.

»Moskau«, gab er endlich preis. »Ein Großangriff gegen Moskau, um diese Genossen Kanalratten im Kreml auszuräuchern. Ein für allemal. Wenn wir Stalin erwischen, dann bricht die gesamte russische Front zusammen.«

»Stalin im Kreml ist also dran«, wiederholte sie nachdenklich.

»Bitte vergiß es sofort wieder«, bat er sie schon halb schlafend. »Du hast nie ein Wort davon gehört, Darling.«

Gegen Morgen liebten sie sich noch einmal, dann ließ er sie allein.

Udet flog nicht nach Norwegen weiter, sondern sofort nach Berlin zurück. Mit größtem Interesse beobachtete die deutsche Spionageabwehr fortan die Vorgänge rund um die russische Hauptstadt.

Sie wurde bereits evakuiert.

38

Das Unternehmen ›Barbarossa‹ war verspätet angelaufen. Mit einem gewaltigen Schlag in der Breite mehrerer Armeekorps hatten die deutschen Truppen die Sowjetunion angegriffen. Sie fegten durch die Ukraine wie ein Tornado. Ihre Stoßkeile marschierten schon auf Moskau zu.

Im Westen kämpfend, erhielt Kramm dann die schlimme Nachricht. Es war unfaßbar. Der Generalluftzeugmeister Ernst Udet hatte Selbstmord begangen, hatte sich in seiner Villa in Berlin mit der Dienstpistole erschossen. Das traf Kramm zutiefst. Offiziell hieß es, Udet sei durch einen Unfall ums Leben gekommen. Er habe bei der Erprobung einer Waffe den Tod gefunden. Eingeweihte Kreise wußten es besser.

Bei einem Glas Cognac und seinen geliebten englischen Navy-Cut-Zigaretten hatte Udet sich, im Clubsessel sitzend, die Kugel gegeben.

Diesen glücklichen charmanten Menschen, der im Ersten Weltkrieg 62 Abschüsse erzielt hatte, diesen Allerweltskerl mit Herz, Begabung und natürlichem Humor, mußten schwere Depressionen überfallen haben. Als Kunstflieger hatte er die ganze Welt bereist. Mit Leni Riefenstahl hatte er in Grönland ›SOS Eisberg‹ und in den Schweizer Alpen Skifilme gedreht. Und nun das. Dabei hatte er eine fantastische Laufbahn hinter sich. Er war befördert worden, 1938 Generalleutnant, war zum Chef des technischen Amtes der Luftwaffe aufgestiegen. Er verantwortete die gesamte deutsche Luftrüstung. Aber irgendwo war eine Weiche falsch gestellt worden. Vermutlich von Hitler und Milch persönlich. Und sein Freund Göring konnte Udet auch nicht mehr helfen.

An den wirklich letzten Gründen rätselten auch seine engsten Kameraden herum. Angeblich waren die Motive für seinen Selbstmord nicht privater Natur. Zwar hatte der Lebemann Udet auch einige zu Herzen gehende Liebesbeziehungen gehabt, das allein aber gab gewiß nicht den Ausschlag. Hinzu kam, daß er den Anforderungen seines Amtes nicht mehr gerecht zu werden glaubte. Bei noch unerprobten Maschinen kam es zu Abstürzen, zu Pannen und Fehlern bei der Serienherstellung. Nach Fehlentscheidungen, die Göring und Milch allein ihm anlasteten, konnte und wollte Udet dem Druck nicht mehr standhalten. Er sah nur einen Ausweg, den Selbstmord.

Major von Kramm flog sofort nach Berlin.

Auf dem Invalidenfriedhof im Berliner Norden wurde Udet begraben, nachdem er vorher aufgebahrt gewesen war.

Jagdflieger mit höchsten Tapferkeitsauszeichnungen in Stahlhelm und Paradeuniform, das Fliegerschwert blank gezogen, hatten im Luftwaffenministerium an seinem Sarg Ehrenwache gehalten.

Das Trauergeleit war höchst eindrucksvoll. Selbst Göring folgte dem Sarg zu Fuß. Auf dem Friedhof stand Ewa Martini im eleganten schwarzen Nerz neben Kramm, sehr blaß, dunkle Schatten unter den Augen. Beinahe wirkte sie wie eine trauernde Witwe.

Sie flüsterten leise miteinander.

»Er hat es einfach nicht mehr ertragen«, sagte Ewa, »er war innerlich kaputt.«

»Andere ertragen es auch nicht mehr, sind kaputt, bringen sich deshalb aber nicht um.«

»Erst Heß«, zählte sie auf, »dann Udet. Der Krieg mit Rußland. Ein Land wird vergewaltigt, Millionen Unschuldige bestialisch umgebracht.«

Da Kramm nicht antwortete, klangen Ewas Worte schärfer. »Verdammt, du mußt jetzt endlich was tun, Baron. Am Ende gibt es noch fünfzig Millionen Tote.«

Das Flüstern wurde zu einer Auseinandersetzung.

»Udet hat sich nicht umgebracht wegen seiner Inkompetenz«, behauptete Kramm.

»Weshalb wohl dann?«

»Du hast dieselben Wünsche und Forderungen an ihn gestellt wie an mich. Du hast ihn aufgefordert, endlich etwas gegen den Diktator zu unternehmen. Vielleicht hast du ihn sogar erpreßt.«

»Das ist eine gemeine Unterstellung, Baron.«

»Deswegen hat Udet sich umgebracht«, beharrte Kramm, »aber bei mir gelingt dir sowas nicht.«

In diesem Punkt war er sich ganz sicher. Soweit ließ er sich nicht treiben.

Obwohl er sie liebte wie keine Frau vorher, mußten sie sich trennen. Er würde ihr fortan aus dem Wege gehn, würde sie meiden wie Tod, Teufel und Pestilenz.

39

Die Katastrophen nahmen kein Ende.

Major von Kramm, gerade dabei vom Flughafen Tempelhof mit dem Storch Richtung Westfront zu starten, bekam keine Rollfreigabe.

Ein Kradmelder raste herüber und übermittelte mündlich: »General Werner Mölders ist tot, Herr Major.«

Wieder im Luftfahrtministerium erfuhr Kramm Einzelheiten. Mölders war auf dem Flug von der Krim nach Berlin in einer Ju-88 abgestürzt. Schon bei der Zwischenlandung in Lemberg hatte Mölders zum Weiterflug gedrängt. Dann fiel vor Breslau bei Nebellandung ein Motor aus und plötzlich auch der zweite. Mölders war sofort tot. Der beste deutsche Jagdflieger lebte nicht mehr. Ein trauriger 22. November. Der hochbegabte Offizier Mölders, der ausersehen war, die deutsche Jagdwaffe umzustrukturieren und noch schlagkräftiger zu machen, lebte also nicht mehr.

Göring nahm Kramm beiseite.

»Daß ich Ihnen die Übernahme von Mölders Position anbiete, ist wohl sinnlos«, sagte er.

»Allein schon der Gedanke, Herr Reichsmarschall, wäre es. Meine Talente liegen anderswo.«

»Kommen Sie zu mir hinaus in die Schorfheide«, lud ihn Göring ein, »sobald wir Mölders unter der Erde haben.«

Was für ein entsetzlicher Herbst. Kalte Nebel, entlaubte Bäume, sterbende Natur. Und Mölders und Udet waren nicht mehr da.

In der Schorfheide, in den Wäldern Brandenburgs, bekam Kramm den von Göring versprochenen Zwölfender.

Auf dem gemauerten Hochstand sitzend, es gab sogar gepolstertes Gestühl dort, gedachte Göring noch einmal der Toten. Dabei führte er weinerliche Monologe.

»Im Osten wird es zu einem sehr langen Kampf mit der Sowjetunion führen. Noch haben sie veraltete Flugzeuge und die Piloten mangelnde Kampferfahrung. An einem Tag werden oft 30 russische Jäger abgeschossen.«

»Nicht mehr lange«, fürchtete Kramm.

Göring hob die Schultern. »Beim Führer und von seiten der SS gerate ich immer mehr unter Beschuß. Jetzt, da Udet tot ist, gibt man mir die Schuld an der verfehlten Luftrüstung. Aber nicht ich bin schuld, sondern die Jäger. Die feindlichen Bomber fliegen über dem Reich spazieren, und die Herren Jagdflieger können angeblich wegen schlechtem Wetter – oder weil es gerade Nacht ist – nicht starten. Dabei sitzen sie in den beschlagnahmten Luxusvillen, treiben ihre Extravaganzen. Beutegut, Cognac, Wein, Antipasti aus Italien, Parmaschinken und Kaviar. Wenn sie von Sekt und Weibern genug haben, gehen sie mal zum Hasenschießen oder ein bißchen ausreiten. Ich bin enttäuscht, enttäuscht, enttäuscht.«

»Die großen Jägerschlachten waren äußerst verlustreich und schwächten die Geschwader, Herr Reichsmarschall.«

»Ja, die Besten sind tot. Aber ansonsten alles nur papperlapapp.«

Görings Tiraden wurden unterbrochen, denn am Waldrand tauchte der kapitale Hirsch auf.

»Los, Baron, geben Sie es ihm!«

Kramm zielte, hatte ihn im Fadenkreuz des Fernrohrs und hätte ihm hundertprozentig einen Blattschuß verpaßt. Doch er konnte einfach nicht abziehen. Sein Finger war wie erstarrt. Und als er dann doch schoß, feuerte er absichtlich daneben. Es war nicht sein Tag.

Göring konnte es kaum fassen, als der Hirsch mit einem weiten Sprung im Dickicht des Gehölzes verschwand.

»Sie sind auch nicht mehr der, der Sie einmal waren«, bemerkte er enttäuscht. »Wie holen Sie bloß Ihre Gegner vom Himmel?«

Der Reichsjägerhof, aus mächtigen Natursteinen errichtet, hatte elegant geschwungene Strohdächer. Göring paßte perfekt dazu. In seinem grünen ärmellosen Wams aus Wildleder, seiner seidenen Bluse mit bauschigen Ärmeln und den hohen Jagdstiefeln schien er als mittelalterlicher Herzog hier geboren zu sein. Seine gewaltigen Lenden gürtete er breit und trug ein Jagdmesser in Form eines altgermanischen Jagdschwertes.

Die Totengedenkeinladung fand im Freien statt. Wegen der frischen Winde begaben sich die Gäste in den burgähnlichen Innenhof. Zufällig hatte auch Görings Frau, die ehemalige Filmschauspielerin Emmi Göring-Sonnemann Geburtstag. Neben Künstlern, Industriellen, Stabsoffizieren und Wirtschaftsführern gehörte Kramm ebenfalls zu den Gästen.

Reichspropagandaminister Joseph Goebbels und seine Geliebte, die wunderschöne Schauspielerin Lida Barowa, deretwegen ihr Ex-Liebhaber Gustav Fröhlich den Reichsminister geohrfeigt hatte, wirkten eher resigniert. Dem prominentesten Liebespaar Berlins sah man an, daß seine Zeit zu Ende ging. Hitler zwang sie, sich zu trennen.

Kramm mußte an seine Beziehung zu Ewa denken, mit der es, wenn auch aus anderen Gründen, ähnlich verlief.

Wie eine blonde Walküre eilte die Gattin des Reichsmarschalls auf Kramm zu. Sie trug ebenfalls ein Wams aus gelbem Wildleder, eine weiße Bluse mit Volants und Puffärmeln, dazu einen Wildseidenrock.

Während Emmi Göring die ›Hohe Frau‹ wirklich glaubhaft darstellte, geriet Göring immer mehr zum belächelten Popanz. Und er merkte es nicht einmal.

Emmi schenkte Kramm einen Seidenschal. »In Weiß für den Schwarzen Baron. Schwarz wäre die Farbe des Todes gewesen.«

»Nur die Nähe des Todes, Gnädigste«, erwiderte er, »und der Tod ist mein Freund. Er sitzt ständig neben mir.«

»Aber achten Sie darauf, Baron, daß sich die Schalenden nicht um den Propeller wickeln«, scherzte sie.

Unter den Gästen war auch ein Mann, der sich angeregt mit den hohen Politik- und Militärschaffenden unterhielt. Und dies, obwohl er neuerdings gern im Hintergrund blieb. Es war Boris Kuriakin, der Schatten von Ewa Martini.

Er war an ihrer Stelle gekommen. Angeblich hatte Ewa zu Filmarbeiten nach Norwegen gemußt. Sie drehten die zehnte Version von Peer Gynt.

Kramm ahnte nicht nur, er glaubte zu wissen, welche Doppelrolle dieser Mann spielte. Kuriakin mochte einen schwedischen Diplomatenpaß besitzen, sich sogar als Impressario oder Filmproduzent ausgeben, doch in Wirklichkeit war er Feindagent. Im Dienste einer östlichen Macht.

Die Leute, mit denen Boris umging, auch Heydrich und Kaltenbrunner gehörten dazu, hatten davon offensichtlich keine Ahnung. Kramm beobachtete Kuriakin, würde ihn aber keinesfalls anzeigen. Erstens war er kein Denunziant, außerdem zählten die Gestapo-Leute nicht unbedingt zu seinen Freunden.

Boris, im gedeckten Maßzweireiher, in unauffällig elegantem Zivil also, benahm sich wirklich nicht wie ein

Spion. Mit dem Sektglas in der Hand machte er Konversation nach allen Seiten.

Später, als in der Nibelungenhalle des Jagdschlosses zum Dinner gebeten wurde, flüsterte Boris dem Major von Kramm etwas zu: »Sie haben etwas gut bei mir, Baron.«

Bei Tische durfte man alles sagen, nur nichts Unweidmännisches. Zum Essen wurde Spargel mit Majonnaise gereicht. Auch diesmal schmierte Kramm die gelbe Tunke nicht ins Haar. Er gabelte aber den dicken Treibhausspargel, wobei manchmal die Balance mißglückte, bis ihm Göring zeigte, wie man Spargel aß. Mit drei Fingern seiner dicken Babyhand, an der Oberseite hatten sie Grübchen, nahm er die Stange und führte den Asparagus senkrecht in den Mund. Unter allgemeinem Beifall. Danach leckte er sich die Finger.

40

Kramms 109 mußte überholt werden. Sie schaffte nur noch 400 km/h und hing rechts. Joe Meiners nahm sich den Motor vor. Ein anderer Wart justierte das Ausgleichsruder. Danach saßen sie am Radio wie täglich, um den Frontbericht zu hören. Es war fast ein glücklicher Tag, weil es nichts Neues gab. Nur eben, daß vor Moskau die deutschen Truppen in Eis und Frost erstarrten und es nicht weiterging.

Jetzt, im dritten Kriegsjahr, wechselten die mobilen Einsätze von Jagdkommando-1 je nach Frontlage. Hohe Ausfälle bei der Jägerwaffe machten dies notwendig. Nach Udets Tod war Kramm direkt dem Reichsmarschall unterstellt. Göring meldete sich meist in der Nacht.

»Halten Sie schon mal das Marschgepäck bereit. Könnte sein, daß ich Sie abziehen muß, Baron.«

»Wohin?« wollte Kramm wissen.

»Weit, sehr weit weg.« Göring erging sich gern in Andeutungen.

Anfang Dezember kam es vermutlich zur letzten Katastrophe dieses an Rückschlägen so reichen Jahres.

Kramm, Meiners und Oberfeldwebel Krillinger saßen am Radio im Schlößchen, als Sondermeldungsfanfaren aus dem Lautsprecher dröhnten.

Dann die schnarrend kalte Stimme des Sprechers: »In den Vormittagsstunden des 5. Dezember haben japanische Trägerflugzeuge den amerikanischen Flottenstützpunkt von Pearl Harbor auf Hawaii angegriffen und wenigstens die Hälfte der amerikanischen Pazifikflotte versenkt.«

Das löste kaum Applaus, eher Betretenheit aus.

Meiners sagte: »Er wird Amerika wohl nicht den Krieg erklären.«

»Wer?«

»Der Herr Dekorationsmaler aus Braunau.«

»Und warum sollte er das nicht?«

»Weil er sich da geschnitten hätte. Ich habe mal einige Zeit in Detroit bei den Fordwerken gearbeitet. Da purzelt alle 30 Sekunden ein Auto vom Fließband. Wenn es sein muß, veranstalten die Amerikaner das ebenso mit Panzern und Flugzeugen.«

»Schiffe sollen sie auch in 30 Tagen bauen«, fügte Kramm hinzu. »Die setzen sie aus Einzelteilen zusammen. Erfindung eines gewissen Herrn Kaiser.«

»Sie verfügen über jede Menge Bodenschätze und Arbeitskräfte. Das muß er wissen.«

»Also, was wetten wir?« fragte Oberfeldwebel Krillinger.

»Mein Auto«, bot Meiners, »daß Hitler nicht so wahnsinnig sein wird.«

Der Spieß war anderer Meinung als Meiners.

»Adolf kommt aus dem Vorgebirge, die sind alle stur und bescheuert. Ich wette mein Abitur gegen dein Auto, daß er Mist macht.«

»Hast du denn das Abitur?«

»Sogar zwei«, sagte der Spieß. »Eines im Melken, das andere als Käser. Das sind die, die den Quark rühren.«

Der 8. Dezember löste im Führerhauptquartier ungewöhnliche Hektik aus. Die sensationelle Meldung der Weltpresseagenturen Reuter und API sowie der amerikanischen Rundfunkanstalten wurden noch übersetzt und für die Morgenlage im Führerbunker zubereitet.

Wie stets trafen sich die Generale Keitel und Halder etwa 30 Minuten vorher zu einem Vieraugengespräch. Der Generalstabschef rasierte sich noch, als Keitel seine kleine Wohnung in Baracke IV betrat.

»Neuigkeiten?« rief der eher gedrungene Halder aus dem Badezimmer.

»Bis jetzt noch nicht.«

Keitel bediente sich vom Frühstückstablett, das die Ordonanz schon hereingebracht hatte. Eine extra Tasse stand immer für ihn bereit. Keitel goß sie voll Kaffee, den er ohne Milch und Zucker trank.

»Unsere Einheiten stehen vor Moskau. Eine Panzerspitze hatte die Endhaltestelle der Straßenbahn erreicht und konnte bereits die Kremltürme in der Sonne blitzen sehn.«

Halder bemerkte die einschränkende Vergangenheitsform in der Keitel sprach. »Was heißt konnte? Gestern waren wir noch da. Ist das Wetter noch schlechter geworden?«

»Das Panzerbataillon mußte sich zurückziehen.«

»Nur aufgrund der Schneestürme?«

»Und der Kälte«, ergänzte Keitel. »Minus 40 Grad. Auch wegen der mangelhaften Materialvorsorge und des Angriffs sibirischer Eliteregimenter heute nacht.«

Halder ließ sich wieder vernehmen. »Ich hörte, es mangelt an Winterausrüstung bei Kleidung, bei Gefrierschutzmitteln für Motoren, bei dünneren Ölen und Schmierfetten.«

»Nun, ein kleiner Rückschlag tritt immer mal ein«, spielte Keitel es herunter, »aber aus dem Weihnachtsgeschenk für den Führer, nämlich Einnahme Moskaus und Beendigung des Rußlandkrieges, wird es wohl nichts Rechtes werden.«

Daraufhin verfiel Keitel in Schweigen.

Halder kam rasierwasserduftend aus dem Badezimmer und schlüpfte in die Uniformjacke.

Keitel wich seinem Blick aus, bis Halder sagte: »Es war insgesamt kein gutes Jahr. Der Stellvertreter Hitlers, Rudolf Heß, ist abgehauen, Udet tot, Mölders gefallen, das Schlachtschiff *Bismarck* versenkt. Durch den massiven Einsatz und die Verluste im Osten ging der Luftwaffe die Überlegenheit im Westen verloren. In Afrika steht es auf der Kippe. Nein, wahrlich kein gutes Jahr.«

Energisch hob Keitel das Kinn, als wolle er damit zuschlagen wie mit einem Hammer. »Wollen Sie etwa andeuten, das Blatt habe sich jetzt gewendet?«

Halder verneinte zunächst mit einer Handbewegung, ehe er von dem knusprigen Hörnchen biß und einen Schluck Kaffee zu sich nahm. Doch schon kam seine verbale Einschränkung. »Der Führer wird natürlich den Schuldigen suchen. Er sucht ihn immer anderswo, nie bei sich selbst. Auf Brauchitsch hat er sich schon eingeschossen. Dauert nicht mehr lange, und der gesamte Generalstab ist dran. Und die Spitze des Stabes, mein lieber Keitel, das sind wir.«

Keitel dachte schon an seinen Vortrag zur Frontlage, den er gleich im Führerbunker zu halten hatte. »Na schön, im Winter frieren eben Zehen, Wasserleitungen und Fronten ein«, witzelte er mühsam. »Im Frühjahr taut es, dann geht es weiter.«

Halder, der bereits an den Vormarschplänen für 1942 arbeitete, wollte etwas einwenden, als geklopft wurde. Der Adjutant überbrachte eine Sondermeldung.

»Was gibt es denn schon wieder?« fragte Halder erstaunt.

Der Oberleutnant überreichte ihm die Kladde und ließ sich den Empfang bestätigen.

»So dringend?« staunte Keitel, »daß Sie uns beim Dejeuner stören?«

Während Halder die Meldung überflog, erblaßte er sichtlich. Er las sie noch einmal, reichte sie an Keitel weiter, und dem erging es nicht anders. Keitel brach kalter Schweiß aus, während er fluchte.

»Das hat Nostradamus, dieser Hundesohn von einem Franzosen, vor 500 Jahren schon prophezeit. Kürzlich hatte ich noch die neueste Analyse in der Hand, worin er vorhersagte, daß im Spätherbst dieses Jahres gelbhäutige Inselvölker aus dem fernen Osten die Flotte der größten Weltmacht zerstören. Und, zum Teufel, schon haben wir den Salat. Japan hat gewagt, die amerikanische Pazifikflotte in Pearl Harbor anzugreifen und zu versenken. Mein Gott, Halder, was nun?«

Halder, der Verantwortliche für Strategie, hängte eine Frage an. »Was raten wir dem Führer?«

»Wollen wir siegen oder überleben?«

»Beides.«

»Dann lassen Sie uns würfeln.«

»Der Führer dürfte schon seinen Astrologen gefragt haben.«

»Dann gnade uns Gott!«

Das deutsche Reich erklärte Amerika am 11. Dezember den Krieg. Damit begann, was niemand vorhersehen konnte, der Anfang vom Ende des Zweiten Weltkrieges.

41

Im Februar 1942 hatten britische Kampfverbände hauptsächlich ein Ziel. Mit Bombern, Schnellbooten und Kampfschwimmern griffen sie Brest an. Dort lagen die beiden deutschen Schlachtkreuzer *Scharnhorst* und *Gneisenau*.

Sie wurden beschädigt, repariert, wieder beschädigt. Noch gelang es den deutschen Jägern, einen Luftschirm aufrecht zu erhalten. Aber zum Schutz der Schlachtschiffe wurden zu große Einheiten von Flak und Jagdeinheiten gebunden. Admiral Ciliax von der Kriegsmarine bat Kramm um ein Gespräch. Er weihte ihn in die Lage ein.

»Wir müssen unsere beiden stolzen Schiffchen in die Sicherheit norwegischer Fjorde überführen. Befehl des Führers. Es gibt zwei Wege dafür. Um Schottland herum oder durch den Ärmelkanal. Auf dem weiten Weg um Schottland wären die Schiffe lange Zeit schutzlos, denn Jagdflugzeuge können ihnen so weit nicht folgen, und die Engländer würden alles tun, um sie zu versenken. Sei es nun durch Herbeiführung einer Seeschlacht oder durch massiven Einsatz von Torpedofliegern.«

»Wie wir das vor Narvik schon mal hatten«, bemerkte Kramm.

»Die Admiralität«, fuhr Ciliax fort, »wählt deshalb den kurzen, aber bedeutend gefährlicheren Weg durch die Straße von Calais.«

»Dort gibt es Minenfelder«, warnte Kramm.

»Man kann sie räumen.«

»Es wimmelt von englischen Schnellbooten.«

»Die können durch eigene Schnellboote abgefangen werden. Und mit britischen Bombern, den Spitfires und Hurricanes, hoffen wir fertig zu werden. Das hat mir Galland, der Jagdfliegerführer West, versichert.«

»Welches Problem bleibt dann noch?« begehrte Kramm zu erfahren.

Ciliax sprach es präzise an: »Das englische Langrohrgeschütz aus dem Felsen bei Folkstone. Es hat sich auf jede Stelle der Meerenge, die größer ist als hundert Quadratfuß, eingeschossen. Sind Sie da nicht Experte, Major von Kramm, auf diesem Gebiet?«

»Ich habe nur mal die Feuerleitstelle zerstört. Für einen Angriff auf schwere Artillerie, die im Fels verbunkert ist, fehlt mir die Erfahrung.«

»Wir brauchen Sie ja nur im äußersten Notfall«, schränkte der Admiral ein.

Es wurde viel getäuscht und getrickst. Einmal liefen die Schlachtschiffe aus, was von britischen Aufklärern prompt gemeldet wurde. Die Engländer dachten schon, die Mahalla sei jetzt unterwegs. Doch bei Dunkelheit kehrten die Dickschiffe wieder in den Hafen zurück.

Aber am 12. 2., bei günstigem Wetter, Gezeiten und dunkler Mondphase liefen sie aus. Die Engländer taten alles, um sie abzufangen und zu vernichten. Sie warfen auf den Kurs von *Scharnhorst* und *Gneisenau*, was sie hatten, Schnellboote, Zerstörer, Bomber und Jagdflugzeuge, alles an dem sich Propeller und Schiffsschrauben drehten. Sogar bei Tag legten sie noch frische Magnetminen.

Zunächst hatten deutsche Marinesicherungsverbände und Jagdflieger den Feind im Griff. Die Wolkenuntergrenze betrug 500 Meter, die Sicht war verhältnismäßig gut. Die deutschen Einheiten hielten strikt Funkstille. Aber schließlich hatten die Engländer sie doch entdeckt. Die Wolkenuntergrenze sank jetzt beständig bis auf 200 Meter. Dazu fiel ein leichter Regen.

Querab der *Scharnhorst* wurde eine Treibmine entdeckt. Sie konnten ausweichen. In der Nähe des Geschwaders tobten Luftkämpfe zwischen englischen und deutschen Jägern. Whirlwind-Bomber griffen die *Gneisenau* an. Eine Whirlwind kam durch. Ihr Torpedo traf die *Scharnhorst*. Eine schwere Erschütterung ging durch das Flaggschiff. Es hinterließ eine starke Ölspur.

Inzwischen hatte sich die britische Küstenartillerie in die Kämpfe eingeschaltet und beschoß auch die *Prinz Eugen*. *Scharnhorst* stoppte seine Fahrt und bot dadurch ein klassisches Ziel. Ohne Unterbrechung feuerte die britische Fernartillerie auf die deutschen Schlachtschiffe.

Doch da gab es dieses einsame deutsche Jagdflugzeug. Diese schwarze Me-109. Sie hatte nur einen Auftrag, nämlich die britische Fernartillerie zu knacken.

Zu diesem Zeitpunkt, es war etwa 14 Uhr, befand sich Major von Kramm mit seiner 109 bereits im Anflug auf die britische Küste bei Folkstone. Die 250-kg-Bombe machte die 109 wie immer schwerfällig wie eine flügellahme Ente. Kramm flog so tief über dem Wasser wie möglich. Zum Glück für ihn, hatten die britischen Jäger alle Hände voll gegen die deutschen Me-109 und FW-190 zu tun.

Kurz vor der Küste riß Kramm die schwarze 109

hoch. Gegen Flakfeuer flog er die Stellung des Langrohrgeschützes an und mußte abdrehen. Beim zweiten Versuch konnte er die Bombe oberhalb des Rohres in den Beton setzen und im Wegschwenken die Wirkung der Explosion beobachten. Blitz, Sprengstoffrauch, Staub, Gestein. Nachhallender Donner. Ganze Felsen kamen herunter. Das mußte genügen. Kramm hoffte die Batteriestellung ausgeschaltet zu haben. Wenn nicht, hatte er den Engländern zumindest einen mächtigen Schrecken eingejagt, und die Schiffe im Kanal bekamen eine Atempause.

Wie er über Funk hörte, hatte der Beschuß tatsächlich aufgehört. Aber die Schlachtschiffe waren noch nicht durch die Meerenge. Die *Scharnhorst* lief auf eine Grundmine, und britische Bomber flogen unaufhörlich in Wellen an.

Gegen 16 Uhr nahm die *Scharnhorst* ihre Fahrt wieder auf. Ein Torpedoflugzeug warf trotz massiver Flakabwehr seine Aale gegen die *Gneisenau*. Das Schiff konnte den Oberflächenläufern jedoch ausweichen.

Am frühen Nachmittag kam es zu weiteren Pannen. Aus technischen Gründen mußte die *Gneisenau* vorübergehend die Drehzahl der Steuerbordwelle drosseln. Dadurch verringerte sich ihre Geschwindigkeit, und sie fiel in der vorausberechneten Position zurück. Verzweifelt wurde noch einmal erhöhter Jagdschutz angefordert.

Zum Glück sorgten Regen und schlechtes Wetter dafür, daß die Sicht nur noch eine halbe Meile betrug. Schließlich waren die Verluste der Engländer so stark, daß sie die Angriffe einstellten. Der Zerstörer *Worcester* war gesunken und durch Jagdflieger und Bordflak nahezu 60 britische Flugzeuge abgeschossen worden.

Die eigenen Verluste hielten sich in Grenzen. Ein Vorpostenboot war versenkt, acht weitere leicht beschädigt worden.

Bei Marine und Luftwaffe gab es insgesamt 24 Gefallene und 17 Flugzeuge Totalverlust.

Am Spätnachmittag erreichten die zwei Schlachtschiffe die Gewässer vor der holländischen Küste und in der Nacht Bremen.

Fanfaren kündigten die Sondermeldung im Radio an.

42

Nach Beendigung des Unternehmens ›Donnerkeil‹ – die deutschen Schlachtschiffe lagen bereits in norwegischen Fjorden in trügerischer Sicherheit – erfuhr Major Julius von Kramm, was es mit der Andeutung Görings, er solle seinen Koffer für eine weite Reise packen, auf sich hatte. Er wurde nach Berlin befohlen. Aber nicht ins Luftwaffenministerium, sondern zur Gestapo, zu Kaltenbrunner. Nach der Ermordung Reinhard Heydrichs in Prag war er jetzt Chef im Reichssicherheitshauptamt.

Längst hatten auch die Jagdverbände im Westen gespürt, daß sich die SS immer mehr in die Angelegenheit der Luftwaffe, Maschinen, Nachschub und Personal betreffend, einmischte. Angeekelt hatte Kramm an die Stunde gedacht, zu der sie auch ihn umarmen würden. Heute war es soweit.

Das Treffen mit dem Gestapo-Chef fand in dessen Wohnung über dem Gestapo-Hauptquartier in der Prinz-Heinrich-Straße statt. Der Dachpalast wurde allgemein Walhalla genannt. Die hohen Balkendecken, ein riesiger Adler, ein Kamin so groß, um einen Ochsen zu grillen, waren wirklich äußerst eindrucksvoll. Ebenso die bronzenen

Leuchter höher als der Rücken eines Pferdes und Kerzen, dick wie ein Gewichtheber, Schenkel verziert mit Hakenkreuzen.

Kaltenbrunner, ein Bursche im Aussehen so fischig glatt wie Heydrich, empfing Kramm mit übertriebener Höflichkeit. Kramm konnte zwischen Tee, Kaffee und Cognac wählen. Er wollte nüchtern bleiben und verzichtete auf Alkohol. Kaltenbrunner erzählte ihm erst von einer geheimen Unterredung zwischen dem Führer, dem Reichsführer SS, Heinrich Himmler, und Canaris. Merkwürdigerweise wurde Göring nicht erwähnt.

»Es geht darum, daß der Führer einen neuen genialen strategischen Plan entwickelt hat. Er möchte weiträumig den Suezkanal von Osten, also von Arabien her, erobern und unsere Armeen vielleicht sogar bis Indien marschieren lassen. Der Großmufti von Palästina will Revolution machen.« Kaltenbrunner schwang sich zu einer Witzelei auf. »Schön, dann soll er seine Revolution in Gottes Namen kriegen, damit er Ruhe gibt.«

Kramm erfuhr, daß der Aufstand des Generals Ghailani im Irak gegen die Engländer unmittelbar bevorstehe und unterstützt werden müsse.

»Das Geheimgeschwader-200 fliegt mit He-111 und Transportern hinüber. Zum Jagdschutz – möglicherweise ist es gar nicht erforderlich – haben wir nur eine Maschine vorgesehen. Die allerdings von einem Könner gehandhabt werden muß. Und Sie wissen, wen ich damit meine, Baron.«

Kramm konnte nicht ablehnen. Es klang wie ein Befehl.

»Aber gern«, sagte er ironisch, »wenn es zur Endsiegfindung beiträgt.«

Kaltenbrunner ging jetzt in Einzelheiten: »Details erfahren Sie vom IA im Oberkommando der Luftwaffe. Material kann nur beschränkt mitgenommen werden.«

»Ich muß allerdings auf meinen Chefmechaniker Joe Meiners bestehen«, erklärte Kramm.

»Den schicken wir von Sizilien aus mit einem Versorgungsflugzeug nach Mosul. Und wie gut kommen Sie runter, Baron?«

»Mit Zusatztanks müßte ich von Kreta aus den Irak erreichen.«

Kramm hatte noch einen Tag im Luftfahrtministerium zu tun. Bei Ewa Martini meldete er sich nicht. Träume waren oft besser als die Wirklichkeit.

Die Truppen von General Ghailani hatten den britischen Luftstützpunkt Habbanyah eingeschlossen. Die Engländer zogen Verstärkung durch die Wüste heran. Daraufhin wurden General Ghailanis Hilferufe immer dringender. Die deutschen He-111 kamen wirklich im letzten Moment. Sie griffen die britische Luftbasis am Euphrat an. Ihre Bomben fielen auf abgestellte Flugzeuge, auf Werkstätten, Depots und Hangars. Munitions- und Benzinlager explodierten. Für Ghailanis heiligen Krieg stellte das eine Entlastung dar.

Eine He-111 wurde abgeschossen, eine andere mußte in der Wüste notlanden.

Kramms Me-109 hatte in Augsburg Tropenausrüstung bekommen. Staub- und Sandfilter, extra Treibstoffilter und was man sonst noch für Wüsteneinsatz brauchte, wie dickere Öle, spezielle Dichtungen.

Nach langem Luftmarsch erreichte Kramm den verabredeten Platz am Tigris. Ein gelbes Landetuch lag ausgebreitet da und zeigte hügelaufwärts. Bei seiner ersten Landung auf dem Wüstenflugplatz geriet er in die gelben Wirbel eines Sandsturms.

Die Landebahn war nur notdürftig hergerichtet. Eine

echte Zitterpartie. Ringsum Wüste, Farben wie in einem hellen Mosaik, Formen wie in einem Irrgarten, feingewellter Sand, schwarze Lavaringe, dazu die Wadis, ausgetrocknete steinige Bachbetten.

Ein Tankwagen rumpelte durch den Sand heran. Die Männer mußten mit Handpumpe arbeiten.

Joe Meiners, der schon seit Tagen zur Stelle war, begrüßte Kramm schweißdurchnäßt. »Eine Hitze haben die hier wie in der Sahara im Sommer. Alles total gnadenlos. Ohne Dusche, dafür auch ohne Alkoholitäten.«

Die Nacht kam früh. Mit dem Kübelwagen des KG-200 fuhren sie zu der kleinen Stadt bei den Oasen. Dort schien das Leben erst jetzt zu erwachen. Händler, Lastkarren, Pferdedroschken.

»Nur ein einziges Hotel als Absteige«, jammerte Meiners, »aber Weiber sind hier sowieso Fehlanzeige.«

Die Tische in dem Restaurant waren überreich gedeckt, die Speisekarte ellenlang. Es gab Reis mit Hammel oder Hammel mit Reis, Kuskus, wie sie es hier nannten.

Die Nacht in den Zelten brachte lange keine erträgliche Kühle.

Meiners wälzte sich auf seinem Feldbett hin und her und schimpfte: »Immer noch besser warmer Mief als kalter Ozon.«

Doch in den Morgenstunden bibberten sie vor Kälte.

»Gnadenloser Komfort hier«, lästerte Meiners, »mit eingebauter Klimaanlage. Am Tag warm, nachts eisig. Aber wir sind ja so genügsam. Wir freuen uns schon, wenn sie uns mit ihren Bomben nicht den Arsch abreißen.«

Am Morgen erfolgte Kramms erster Start in die Wüste.

Unter der Me-109 dehnte sich die endlos gelbe Ebene der Provinz Ninive. Die Spur einer Kamelkarawane zeichnete sich im Sand ab, bis in die verschwommene Ferne, dort, wo die Fata Morgana geboren wurde.

In der Frühe schon herrschte sengende Hitze. Von Mosul aus war Kramms Angriffsziel das englische Truppenlager am Habbannyah-See. Er flog eine Stunde am Tigris entlang. Beiderseits des Flusses, auf einem schmalen grünen Streifen, weidende Ziegen und Schafe. Hier und da ein Dorf. Sonst nur das eintönig helle Steingrau der Wüste. Südlich von Bagdad tauchten ein paar Oasen auf. Kramm näherte sich dem Überschwemmungsgebiet des Euphrat, holte nach Süden aus und flog von der Sonne her an. Das Ziel lag vor ihm. Mit gezielten Schüssen der Kanone zerstörte er die abgestellten Flugzeuge und den Hangar.

Auf dem Rollfeld erkannte er die schmale Staubwolke eines startenden Jägers. Nach Kramms zweitem Anflug hatte sich der Gegner, ein Typ Gloster-Gladiator, emporgeschraubt. Schon hing er hinter Kramm. Seine MGs ratterten. Das linke Tragflächenende der 109 zeigte eine Anzahl von Einschußlöchern. Kramm ließ von den Bodenzielen ab und widmete sich dem dreisten Engländer. Er erwischte ihn sofort voll, so daß die Gloster brannte und der Engländer mit dem Fallschirm ausstieg.

Offenbar hatte aber auch Kramms Motor etwas abbekommen. Er fing an zu schütteln und verlor Öl. Die Temperatur ging in die Höhe. So entschloß Kramm sich, den Einsatz abzubrechen und flog Kurs Mosul. Er war noch 2000 Meter hoch und hoffte, es zur Not auch mit dem stotternden Motor zu schaffen.

Leider mußte er ihn dann abstellen, um ihn nicht völlig zu ruinieren. Die Maschine sank mit etwa zwei Metern pro Sekunde. Die Vorflügel schwangen heraus. Wegen der Hitze hatte Kramm nur einen kurzen Gleitweg zur Verfügung.

Wenigstens das bewohnte Tigristal wollte er erreichen. Noch immer war vom Fluß nichts zu sehen. Offensichtlich herrschte starker Gegenwind. Den nützte er aus. Nur noch 15 Meter über dem Boden zog er die schwarze 109 über einen Graben. Das Fahrwerk war ausgefahren. Er kam hart auf. Mehr schleifend als rollend wirbelte die 109 Sandwolken auf.

Kramm stieg aus. Natürlich hatte er außer Karte und Kompaß nichts dabei. Kein Wasser, keinen Proviant. Zum Glück brannte die Maschine nicht. Nur die Sonne brannte herunter. Der Wüstenwind war so erstickend, daß es Kramm den Atem verschlug. Ringsum Sand, waschbrettartig gewellter endloser Sand.

Kramm versuchte es über Funk. Aber niemand hörte ihn. Im Schatten der Tragflächen suchte er Deckung.

Endlich nach Stunden tauchte am Horizont die Silhouette eines Reiters auf. Hinter ihm noch mehrere. Sie kamen im Galopp, umkreisten ihn mit wehenden weißen Gewändern auf ihren kleinen Pferden. Die einen schwangen Gewehre, die anderen Krummsäbel. Ihr Anführer sagte etwas, Kramm verstand ihn nicht. Der Araber legte sein Gewehr auf ihn an, spannte den Hahn.

Kramm zeigte seine friedliche Absicht, indem er Koppel und Pistole abschnallte.

»Allemani!« rief er.

Doch sie blieben mißtrauisch und hielten ihn für einen Engländer.

»Allemani!« rief er noch einmal.

Sie palaverten und brachten ihn schließlich in ihr Beduinenlager. Eine weiße Fahne, das Zeichen, daß es hier noch unverheiratete Töchter gab, flatterte im Wind.

In den Zelten lagen prachtvolle Teppiche. Die dunkelhäutigen Gestalten trugen weiße Kopftücher, weite

Pumphosen, reich bestickte Gürtel und kunstvoll geschmiedete Dolche. Aus dem mittleren Zelt, dem größten, schritt ihm der Scheik entgegen. Zum Ausdruck seines Standes trug er eine goldgerahmte Sonnenbrille, deren linkes Glas zerbrochen war. Zwischen ihm und seinen Unterführern kam es zu heftigen Debatten. Kramm, der in der glühenden Sonne stand, bat um etwas zu trinken. Aus einem Ledersack reichten sie ihm saure Schafsmilch in einer Tontasse. Schmeckte nicht besonders.

Endlich konnte Kramm dem Scheik klarmachen, daß er den britischen Flugplatz angegriffen hatte, daß er dringend nach Mosul zurück müsse und sein Flugzeug bergen lassen wolle. Sie brachten ihn durch die Wüste, wo an einer Art Straße gegen Abend ein Omnibus vorbeikam, der wohl schon zu Noahs Zeiten hier gefahren war.

In der nächsten Oase saß ein europäisch gekleideter Araber in einem Büro. Entweder Polizist oder Verwaltungsbeamter. Jedenfalls sprach er Englisch und nahm Kramm mit nach Bagdad. Gegen den Durst gab es auf dem Weg bitteres Wasser, warm und braun vom Wüstensand, aus dem Ziegensack.

Bei Dunkelheit erreichten sie die Hauptstadt. Der Bus passierte die Tigrisbrücke. Kramm hatte in seiner Jugend oft von fremden orientalischen Städten geträumt. Hier in Bagdad wurde sein Traum erfüllt. Die hell erleuchteten Straßen wimmelten von Menschen, die Kaffeehäuser zur Straße hin offen, waren voll von Arabern, die ihren Tschai tranken. Überall Läden, Zeitungsverkäufer, Schuhputzer, Händler, ein märchenhafter Lärm.

Im Polizeipräsidium angekommen, empfing ihn seine Exzellenz der Großmufti persönlich. Beim Essen erfuhr Kramm nebenbei, daß auch in Transjordanien der arabische Aufstand ausgebrochen war.

Köche trugen Silberplatten von wenigstens einem Meter Durchmesser herein. Auf Brotfladen türmten sich Hammel- und Hühnerfleisch. Alle griffen ohne Scham mit den Fingern in den Safranreis.

Der Mufti sagte Kramm jede Unterstützung zu. Aber das versprachen hier alle.

Von der Basis in Mosul aus wurde die schwarze 109 mit dem einzigen noch intakten Lkw geborgen. Man zog sie am Schwanz zur Basis. Meiners brachte sie wieder in flugfähigen Zustand. Die Männer von KG-200 bauten die Rollbahn aus, errichteten Abstellplätze und legten Tarnboxen an. Kramm flog Aufklärung im Raum Ramanda, Haditha und Romadi.

Immer wieder griff er die Luftbasis an und verwickelte die britischen Maschinen in Luftkämpfe. Die Engländer hatten darin wenig Erfahrung, und Kramm schoß insgesamt vier Flugzeuge ab. Die Briten aber hielten verbissen ihre Stellung und warteten auf Verstärkung.

Insgesamt wurden außer Kramms Me-109 20 Heinkel-111 eingesetzt. Sie warfen 12 000 kg Bomben. Viel zu wenig, um einen Erfolg zu spüren. Das Unternehmen litt von vornherein unter Nachschubmangel.

Die Staffeln waren auf das angewiesen, was sie aus den Sahara-Stützpunkten mitgebracht hatten. Am Ende kratzten sie alles zusammen. In tagelangen Lkw-Märschen durch die Wüste holten sie die letzten Bomben aus zwei notgelandeten He-111.

Verzweifelt sagte der Geschwaderchef: »Mit so beschränkten Mitteln sind die Engländer auf Dauer nicht zu halten.«

Kramm pflichtete ihm bei. »Ja, alles höchst bescheiden.«

»Und bescheiden kommt gleich nach beschissen.«

»Leider hält sich die Begeisterung der Irakis, den Briten

entgegenzutreten, auch in Grenzen«, fürchtete Oberst Bergdorf.

Ein Erkundungsflug ergab, daß in Bagdad eine englandfreundliche Regierung eingesetzt worden war. Im Radio wurde gemeldet, daß die Russen angeblich in Teheran eingerückt seien.

Da sagte der deutsche Bomberkommandant zu Kramm: »Alles Scheiße, Baron, ich denke an Rückzug. Solange ich noch zwei heimflugklare He-111 habe.«

Mit 16 Mann fliegendem Personal kehrte das KG-200 nach Sizilien zurück. Das übrige Personal wurde von einer Ju-90 abgeholt.

Die deutschen Verluste betrugen acht Flugzeuge. Der Irakeinsatz mußte militärisch als Mißerfolg angesehen werden. Als allerletzte Nachhut blieb Kramms schwarze 109 zurück. Mutterseelenallein standen er und Meiners auf dem Rollfeld in Mosul. Meiners hatte der Me-109 noch einen zweiten Zusatztank an den Rüstsatz der Bombe montiert. Mit 600 Liter extra kamen sie wenigstens bis Kreta – so hofften sie zumindest. Kramm versuchte seinen kostbarsten Mechaniker aller Zeiten und Freund, ohne den nichts ging, in der 109 unterzubringen. Meiners zwängte sich durch die Luke des Funkgeräts nach oben. Er war noch nicht ganz drin, da zog ihm Kramm sein Wüstenspezialschuhwerk aus. Es war wadenhoch, aus festem Leder und genagelt.

»He, was machst du da! Das brauch ich gegen Sandvipern und Skorpione«, schimpfte Joe.

»Aber unsere Kompaßmutter wird von den Nägeln abgelenkt. Und in der Heimat gibt es höchstens ein paar lumpige Ameisen.«

Hinter Kramm, am Rückenpanzer, lag Meiners auf den Knien und schaute ihm über die Schulter. Im Notfall hatte er keine Chance herauszukommen. Aber so konnte er wenigstens mit Kramm die Flucht ergreifen.

Auch nach hinten strecken konnte sich Meiners nicht. Im Schwanz liefen die Drähte für das Leitwerk zusammen, und die Feder des Spornrades reichte hinein.

Sie starteten, als schon die Anflugmusik englischer Bomber zu hören war. Von Süden her beharkten die den Platz mit ihren MGs, und mit ihren Bomben pflügten sie die Rollbahn um. Aber da war die schwarze 109 schon in der Luft.

Vor ihnen lagen 1600 Kilometer. Dreieinhalb Flugstunden. Es ging ein Stück über Syrien, Damaskus und bei Haifa hinaus auf das Mittelmeer.

Um 11 Uhr 30 deutscher Zeit waren sie gestartet. Um 15 Uhr spätestens hoffte Kramm in Kreta zu landen. Hinter ihm begann Meiners langsam zu erstarren.

»Ich glaub, ich pinkle gnadenlos in die Hosen«, sagte er.

»Laß es laufen, und merk dir eines: vor längeren Flügen nie Kaffee trinken.«

Jeden Augenblick mußte die Ostküste Kretas im Mittagslicht auftauchen. Doch was auftauchte, waren Hurricane-Jäger mit türkischen Kennzeichen. Erst hampelten sie ein wenig um die 109 herum, wußten nicht recht, was sie mit diesem völlig unerwartet aufgetauchten Deutschen tun sollten. Es waren nur zwei Maschinen, ein Schwarm, deshalb fühlten sie sich unterlegen.

Doch dann griff der erste an. Von hinten. Er schoß, ohne zu treffen, schwang aber so tief über die 109 hinweg, daß er Kramm durch das Visier flog. Mit einem Feuerstoß brachte ihn Kramm zum Absturz.

Das erzeugte in seinem Schwarmkameraden gewiß keinen Mut, aber vielleicht kameradschaftliche Wut. Er flog ein einziges Mal an, feuerte dabei. Nur ein oder zwei Kugeln fetzten in die Fläche und den Rumpf der 109. Doch die eine Kugel erwischte Meiners. Der zuckte erst zusammen, dann stöhnte er.

»Verdammt, mich hat's erwischt.«

»Wo?«

»An der Seite links rein, andere Seite rechts raus, gnadenlos quer durch den Bauch.«

»Blut?«

»Zuviel. Spritzt raus, kann es kaum halten.«

Meiners kniete da, hatte beide Hände auf die Schußlöcher gedrückt. Kramm versuchte, ihm Mut zuzusprechen, aber Meiners keuchte nur noch.

Minuten später brachte Kramm die 109 auf einem Platz östlich von Heraklion herunter. Dort stand nur eine einsame Ju-52. Es sah aus, als sei der Platz aufgegeben worden.

Nach der Landung halfen ihm die Junkers-Leute, den verletzten Meiners aus der Maschine raus zu zerren. Der war bereits bewußtlos. Nur einmal stöhnte er im Schmerz.

»Wir haben auf euch gewartet«, sagten die Ju-52-Leute, »hörten gerade noch die Funkmeldung einer Ju-90, daß Nachzügler kommen.«

Meiners lag im Schatten auf einer Zeltbahn. Kramm setzte ihm eine Morphiumspritze.

»Gibt es hier kein Lazarett?«

»Nicht mal einen Sanitäter. Wir sind die letzten vom Arsch der Welt.«

»Mein Mechaniker muß operiert werden, sonst verblutet er nach innen. Hat wohl die Bauchschlagader zerrissen.«

»Das nächste Lazarett liegt auf der anderen Seite der Berge, Herr Major. Fahrzeit mit dem Auto sieben Stunden. Aber es gibt hier kein Fahrzeug mehr. In sieben Stunden sind wir mindestens in Belgrad oder in Wien.«

Allgemeine Ratlosigkeit.

»Wir müssen jetzt starten, Herr Major. Am Abend machen die Engländer aus der Ägäis ihren Privatspielplatz. Wir müssen unbedingt los. Herr Major.«

»Dann nehmen wir Meiners mit«, entschied Kramm.

Er ging noch einmal zu seiner schwarzen 109. Obwohl er schon mit Reststandanzeige gelandet war, sickerte irgendwo Benzin heraus. Er ließ sich eine Leuchtpistole geben und schoß aus 20 Metern Abstand in die Benzinlache. Sekunden später explodierte die schwarze Me-109 in einem Feuerball unterstützt von den Detonationen der Munition.

Kramm salutierte ihr noch einen Gruß hinterher. Sie hatte ihm treu gedient, aber jetzt war sie doch schon ziemlich ausgelutscht. Keine Zeit für großartigen Abschiedsschmerz.

Auf dem Heimflug nach Norden wurde die Ju-52 von Pannen verfolgt. Der mittlere der drei Motoren fiel aus. Es stank.

»Schmorbrand in der Elektrik«, fluchte der Flugzeugführer, »aber keine Sorge. Das einzige, was an einer Ju-52 wirklich kaputtgehen kann, das ist die Toilette.«

Joe Meiners, der auf Kreta nicht mehr hatte versorgt werden können, verfiel von Wachzuständen in Bewußtlosigkeit. Sie hatten ihm Druckverbände angelegt, mehr konnten sie nicht tun. Aber seine Verletzung war wohl ziemlich übel.

»Es geht dem Ende entgegen, Baron«, stöhnte er, »ich weiß es, Baron, und du weißt es.«

Kramm versuchte ihn aufzurichten. »Ich weiß nichts. Ich weiß gar nichts. Und du weißt erst recht nichts, Joe.«

Er wollte seinem alten Kameraden nicht nur Mut zusprechen, er mußte Meiners durchbringen. Denn ohne ihn ging beim Jagdkommando-1 nicht mehr allzuviel.

»Reiß dich zusammen, Mann! Ich brauch dich, Joe. Dir hab ich doch alles zu verdanken«, sagte Kramm und gab Meiners gegen die Schmerzen der zerfetzten Nervenstränge die letzte Morphiumspritze.

Kramm rechnete immer wieder die Zeit nach und hoffte in drei Stunden auf die Zwischenlandung in Belgrad. Dort konnte die Ju aber nicht herunter. In Belgrad hieß es, liege die Nebeldecke auf Sicht Null. Die Junkersleute wollten versuchen, mit dem Sprit bis Wien zu kommen.

Jetzt fing sogar Kramm allmählich an, die Hoffnung aufzugeben. Meiners begann zu phantasieren, murmelte irgendwelches Zeug von seiner Familie.

Wenn in seinem blassen Gesicht die Augen aufgingen und er Kramm anblickte, sagte der: »Du bleibst am Leben, Junge.«

»Warum sollte ich?«

»Weil ich es will. Und wenn ich etwas will, dann machst du es gefälligst, das ist ein Befehl. Verstanden!«

Während die zweite Morphiumspritze noch wirkte, versuchte Meiners sogar zu lächeln. »Sing mir was vor, Baron, du bist so gnadenlos unmusikalisch und hast eine so hübsch häßliche Stimme. Sing mir das Lied ...« Meiners setzte noch einmal an, »sing mir das Lied ›Vorwärts Kameraden, wir müssen zurück‹, ... nach der Melodie am Brunnen vor dem Tore, da wächst ein buntes Blümelein, heidiheida ... Erika ...«

Bei der nächtlichen Landung in Wien lebte Meiners gerade noch. Major von Kramm blieb bei ihm, bis sie Meiners im Lazarett in den Operationssaal schoben.

Der Chirurg machte ein bedenkliches Gesicht.

»Ihr Freund, Major?«

Kramm nickte.

»Es ist zu befürchten, daß Sie sich lange Zeit nicht sehen werden«, meinte der Arzt, »falls Sie sich überhaupt wiedersehen.«

43

Die Einflüge alliierter Bomber nach Deutschland verstärkten sich. Hauptsächlich nachts. Am Tag wagten sie es noch nicht. Deshalb widmete sich Major von Kramm der hellen Nachtjagd.

Die Freya-Gäste erfaßten die Bomberströme schon über der Nordsee. Die Jäger wurden über Funk hindirigiert. Dann strahlten Flakscheinwerfer die viermotorigen Monster an, und die deutschen Nachtjäger versuchten sie abzuschießen.

Anfangs war dieses Verfahren erfolgreich. Asse wie Galland und Kramm erzielten 60 Abschüsse bis September. Doch die Engländer richteten sich auf die Angriffstaktik der Deutschen ein. Die Bomber erhielten am Heck Maschinengewehrstände und unten am Rumpf ausfahrbare MG-Gondeln. Jetzt konnten sie die meist von hinten oder von schräg unten anfliegenden Messerschmitts gehörig empfangen.

Dadurch nahmen die deutschen Verluste rapide zu. Doch Kramm hatte wieder eine Phase der Unverwundbarkeit.

»Es rechnet sich nicht mehr«, sagte der General der Jagdflieger. »Unsere Verlustzahlen sind höher als bei den Bombern. Die Flugzeuge können wir ersetzen, aber nicht die Piloten. Nicht die guten Piloten.«

Dringend warteten die Deutschen auf die neuen Ortungssysteme. Das Lichtenstein-Gerät, das Füb-202, arbeitete auf 400 Megahertz mit Reichweite 5 Kilometer, ähnlich dem britischen Radar. Die modernen Nachtjäger, jetzt hauptsächlich zweimotorige Me-110, konnten sie an Bord mitführen, um den Gegner ohne die Hilfe von Flakscheinwerfern am Himmel zu finden. Die 110 hatte auch eine Druckkabine. Nur schlecht, wenn das Glas in 9000 Metern Höhe Treffer bekam. Dann zischte der Überdruck weg wie nichts. »Noch ist das Antennenproblem nicht gelöst«, bedauerte einer der Funkortungsspezialisten, »wir müssen vorne an den Bug der Nachtjäger mächtige stählerne Geweihe montieren.«

Die Geweihe waren zwar aus dünnem Material und behinderten die Flugtauglichkeit kaum, aber Kramm forderte: »Die Dinger müssen noch verkleinert werden. Da fliegst du ja wie ein gehörnter Pfingstochse.«

»Gern, wenn wir genug Kupfer hätten«, hieß es.

»Dann muß man eben Aluminium vergolden.«

Weil die Nachtjagd nichts mehr brachte, wurde Kramm nach Berlin bestellt. Erst beförderte ihn Göring zum Oberstleutnant, und Hitler verlieh ihm die Brillanten zum Eichenlaub.

Doch dann hieß es so, als sei Frankreich eine Spielwiese: »Wir können unser bestes Kommando nicht im Westen verrosten lassen.«

Kramm wußte, daß das JK-1 nun an die Ostfront verlegt wurde. Dort sah es nicht mehr gut aus.

Bei der Verabschiedung sagte Göring noch zu ihm: »Meine Herren Jagdflieger pflegten zu sagen: Im Westen herrscht Krieg, im Osten ist der Krieg nur Sport. Inzwischen ist es umgekehrt. Im Osten Krieg und im Westen Sport. Bleiben Sie am Ball, Baron, aber auch am Leben. Das Glück gehört dem Tapferen.«

Daran begann Kramm jedoch zu zweifeln. Die Russen hatten eine Menge dazugelernt, und hervorragende neue Flugzeuge waren an die Front gekommen.

Während die Bodentruppe des Jagdkommandos ›Schwarzer Baron‹ nach Osten Richtung Dnjepr, zwischen Don und Wolga in die Steppe verlegt wurde, holte sich Kramm seine neue schwarze Me-109 in Augsburg ab. Das war jetzt Nummer vier oder fünf. Er zählte schon nicht mehr mit.

Vor dem Flug nach Osten besuchte er Meiners, der inzwischen in ein Lazarett nach München gebracht worden war. Sein Bauch- und Lungenschuß wollte und wollte nicht heilen. Aus Drainageröhrchen tropften schwarzes Blut und Eiter in das Auffangglas. Meiners wirkte schlapp, aber doch ein wenig zuversichtlich. Daß sie jetzt sogar den Chef im Osten verheizen wollten, konnte er nicht glauben.

»Wenn man den Wehrmachtbericht hört, geht es dort doch gnadenlos vorwärts. Unsere Truppen stehen schon im Kaukasus, auf der Krim am Schwarzen Meer.«

»Ja, ja, der Wehrmachtsbericht«, sagte Kramm. »Alles ist wahr, bis auf die Fakten.«

Am Nachttisch neben Kramms Bett stand eine Vase mit einer Rose.

»Aufmerksame Schwestern hier«, bemerkte Kramm nebenbei.

»Irrtum«, erzählte Meiners und eröffnete Kramm ein zartes Geheimnis. Traudl Hofer hatte ihn besucht. Doch er drückte Zweifel aus. »Geld oder Liebe, was hältst du davon?«

»Nimm das Beste an, Junge. Gefällt dir die Haselnuß?«

»Man kann sich an sie gewöhnen«, gestand Meiners.

Auf dem Frontflugplatz wurde Oberstleutnant von Kramm gebührend empfangen. Sein Motorspezialist war ein Grünschnabel.

»Ersatzteile, Verpflegung, Benzin, Munition kommen auf den endlos langen Rollbahnen nur mühsam durch«, berichtete der Spieß. »Regnet es, dann versinken die Fahrzeuge im Schlamm bis zu den Achsen, und die Eisenbahnlinien werden ständig von Partisanen sabotiert. Dazu von oben die neuen russischen Flugzeuge.«

»Was hört man darüber?«

»Zwar fliegen sie noch die kurze Rata mit dem Sternmotor, aber«, berichtete Oberfeldwebel Krillinger, »die ist jetzt auch 400 Kilometer schnell. Zu der Polikarpow kommt jetzt die Jak. Soll eine prima Kiste sein. Gestern fiel in der Nähe eine herunter. Schaut aus wie die Me-109.«

Der Niederbayer wollte noch mehr Hiobsbotschaften anbringen, doch Kramm ging in die Bauernkate, die hier der Flugleitung diente.

»Na, Mahlzeit«, sagte er, »los an die Arbeit. Auftanken, munitionieren, Scheiben putzen.«

Er war todmüde nach diesem endlosen 2000 Kilometerflug. Er haute sich erst einmal hin, in Kombi und Stiefeln, und schlief wie ein Tier.

44

Der Architekt des Führers und jetzige Rüstungsminister Heinrich Speer lud einmal im Monat zum Kamingespräch in seine Villa. Im Kreis der Männer aus Wirtschaft und Forschung, aber auch von Armee und Geheimdienst, wurde stets offen diskutiert. Zunächst ging es um die

Weiterentwicklung des Krieges. Noch nahm er einen eher günstigen Verlauf. Im Osten kam erneut Bewegung in die erstarrten Fronten. Es ging vorwärts.

»Rommel hat großartige Erfolge in Nordafrika«, sezierte ein Oberst aus Halders Generalstab die Lage. »Am Balkan ist es ruhig, die Versenkungsziffern unserer U-Boote im Atlantik steigen wieder an.«

Ein Reichswirtschaftsführer von der Ruhr fügte hinzu: »Der Ausstoß der Rüstungsindustrie an Panzern, Flugzeugen, Kanonen und Munition war noch nie so hoch.«

»Sogar Treibstoffe, Benzin und Diesel haben wir derzeit genug. Die Hydrierwerke arbeiten Tag und Nacht.«

Der einhellige Tenor lautete also, daß alles recht zufriedenstellend aussah. Nur Canaris, der nervös an seiner Havanna zog, war anderer Meinung. Doch ehe er sich kritisch äußerte, nahm Kaltenbrunner, Heydrichs Nachfolger, das Wort.

»Weiß schon, weiß schon, Sie sind ein Schwarzmaler. Sie meinen, diese märchenhaft gigantische neue Waffe. Im Grunde handelt es sich nur um Panikmache, unbewiesene Behauptungen der jüdischen Weltpresse.«

Canaris saugte an seiner Zigarre, daß die Glut aufleuchtete. »Immerhin sagten diese südamerikanischen Juden-Reporter den Angriff der Japaner auf die USA voraus, mein lieber Herr Kamerad Kaltenbrunner.«

»Läuft die Achse Tokio-Berlin dadurch etwa weniger glänzend?« gab Kaltenbrunner zu bedenken.

»Noch«, schränkte Canaris ein, »noch ist die größte Rüstungsmaschinerie der Welt, die amerikanische, nicht angesprungen.«

Speer, der wie immer die Gesprächsleitung hatte, wurde jetzt neugierig.

»Was sagt denn Ihr berühmter Geheimdienst für die Zukunft voraus?« wollte er von Canaris wissen.

Der Admiral vermied es, ins Detail zu gehen, denn Kaltenbrunner fixierte ihn mit eiskalten Augen wie eine Kobra. Also äußerte der Admiral nur etwas, das für diesen Kreis von echter Bedeutung sein mußte: »Die Amerikaner arbeiten an einer bisher unbekannten Waffe.«

»Wir auch!« rief ein Wissenschaftler dazwischen.

»Sie nennen es eine zweite Sonne.«

Das löste allgemeine Heiterkeit aus.

Ein General rief: »Nun mal langsam, Herrschaften. Die lahmen Angriffe britischer Bomberverbände auf unsere Städte und Industrien kann man wirklich nicht als die Zündung einer zweiten Sonne bezeichnen.«

Erneut mischte sich Speer, der auch schon einiges über das amerikanische Manhattan-Projekt gehört hatte, ein.

»Das alte antike Dynamit dürfte damit allerdings nicht gemeint gewesen sein, meine Herren.«

»Sie glauben also auch an diese Atomsprengstoff-Tüftelei«, äußerte Kaltenbrunner abfällig. »Wir haben die Versuche daran nahezu eingestellt, weil man das ins Land der Träume verweisen muß.«

»Irrtum, Herr Kaltenbrunner«, erwiderte ein Mann aus Schlesien, ein Munitionsfabrikant, der es wissen mußte, »wir gaben das Projekt auf, weil es unsere finanziellen Möglichkeiten überstieg. Das hätte soviel gekostet wie der ganze Krieg bis heute.«

Kaltenbrunner brauste auf. »Meine Herren, ich bitte Sie, vergessen wir doch endlich diesen Atombomben-Quatsch.«

Zwischendurch wurden Getränke gereicht. Es gab Mineralwasser, Tee, Kaffee, Obstsäfte, Wein und auch harte Sachen. Canaris brauchte heute einen zweiundvierzigprozentigen Cognac. Er war dieser Einladung ohnehin nur ungern gefolgt, denn er ahnte, daß sie in einer Kontroverse mit Kaltenbrunner enden würde. Im Kamin wurden Buchenscheite nachgelegt, daß die Funken sprühten.

»Natürlich«, nahm ein Professor, Inhaber des Lehrstuhls für Physik an der Kaiser-Wilhelm-Universität, den Faden wieder auf, »natürlich läßt sich, wissenschaftlich betrachtet, die nukleare Entwicklung nicht vorhersagen.«

»Zweifler gibt es immer.«

»Aber auch Genies«, bemerkte ein anderer.

»Mit Zweifeln und Genie hat das nichts zu tun, sondern mit fundierten Erkenntnissen, meine Herren«.

Einer der Rüstungsforscher, ein weißhaariger hochgeachteter Raketenspezialist, gestand vorsichtig: »Das habe ich auch immer geglaubt.«

»Aber?«

Der Raketenforscher Dr. von Hagenau trug Zivil, denn er besaß keinen militärischen Rang. Da seine Beine ziemlich kurz waren, ließ er sie heftig baumeln, während er die Frage aufgriff: »Aber heute bin ich bereit, selbst Vorhersagen zu machen. Langfristige Vorhersagen, die hundertprozentig zutreffen.«

Das machte jeden neugierig.

»Beispiele bitte!« wurde Hagenau unterbrochen. »Beispiele!«

Wer Hagenau kannte, der wußte, daß der Doktor einerseits ein großer Spötter vor dem Herrn war, andererseits wartete man voll Spannung darauf, was jetzt kam. Denn Hagenau gab selten etwas Unsinniges von sich, vor allem aber machte er nie Versprechungen, die er nicht einhielt.

Dr. Hagenau ließ sich nicht lange drängen. »Folgende Vorhersage trifft hundertprozentig ein«, er blickte in die Runde und verpackte alles in Ironie, »meine Freunde, ob Sie es glauben oder nicht, im nächsten Herbst fällt das

Laub, im nächsten Winter schneit es, im nächsten Sommer wird es warm.«

»Das ist doch selbstverständlich«, unterbrach ihn Kaltenbrunner unwirsch.

»Das gilt nicht nur für dieses Jahr, sondern für alle Zukunft«, ergänzte Hagenau.

»Wollen Sie uns verarschen, Doktor?«

Der Raketenforscher hob erklärend die Hand. Dies aber auf eine Weise, als winke er einem Spaß hinterher. »Es ist nur insofern selbstverständlich, meine Herren, als Tag und Nacht, Frühling, Sommer, Herbst und Winter einen uns bekannten Systemkreislauf bilden.« Damit nahm er schon die nächste Kurve. »Alles in der Welt beruht auf Systemkreisläufen und ist aus ihnen zusammengesetzt. Zeugung, Geburt, Krankheit, Tod, Krieg und Frieden. Natürlich in Milliarden von Varianten. Selbst der kurze Flug einer Mücke gehört dazu. Alles ist festgeschrieben und auf Jahrtausende hinaus lesbar für den, der die Begabung dazu hat. Mikrokosmos und Makrokosmus haben irgendwo Koppelstellen, ebenso wie Vergangenheit und Zukunft.«

Es war still geworden. Entweder sie hatten nichts verstanden oder sie dachten nach, formulierten schon im Kopf eine Erwiderung, oder es war schon zu spät für eine neue Diskussion. Das Kaminfeuer knisterte, irgendwo im Haus spielte ein Radio sanfte Melodien zur Nacht.

Plötzlich wandte sich Kaltenbrunner an Canaris. »Lassen Sie uns gehen, Admiral. Jetzt wird es transzendental.«

Sie empfahlen sich. Draußen in der Halle half ihnen der Diener in die Uniformmäntel.

Canaris sagte zu Kaltenbrunner: »Sie gehen doch nicht, weil es Ihnen zu philosophisch wird?«

»Stimmt«, erwiderte der frischgebackene SD-Chef, der dem Reichsprotektor Heydrich in Prag nachgefolgt war, »sondern weil ich Sie privat sprechen muß.«

Im Park vor der Spreevilla warteten sie, bis die Dienstwagen vorfuhren. Es war nicht kalt, nur frisch, eher ein wenig frühlingshaft. Kaltenbrunner nahm Canaris beim Arm. Immer wenn es kritisch wurde, machte er auf vertraulich.

Canaris rechnete mit dem schlimmsten. Was dann kam, war auch zu erwarten gewesen.

»Der Reichsführer SS«, begann Kaltenbrunner samtig, um sofort auf Schleifpapierhärte überzugehen, »ist wütend auf Sie.«

»Ein Dauerzustand bei ihm«, witzelte Canaris. »Wäre er es nicht, so müßte ich fürchten, Himmler sei krank geworden.«

»Nehmen Sie es nicht auf die leichte Schulter, Canaris. Sie kennen den Grund.«

Canaris reagierte nicht. Kaltenbrunner würde schon damit herausrücken.

»Es ist wegen dieser Lageanalysen, die Sie dem Führer laufend unterjubeln.«

Canaris tat entrüstet. »Unterjubeln ist wohl nicht der passende Ausdruck. Unserem Führer jubelt man nichts unter. Ich sorgte lediglich dafür, daß dem Oberbefehlshaber wichtige Informationen nicht vorenthalten wurden. Das ist meine Pflicht als Abwehrchef.«

»Gegen den Wunsch des Reichsführers SS«, erwähnte Kaltenbrunner scharf.

»Der nicht mein Vorgesetzter ist«, betonte Canaris.

Kaltenbrunner verstieg sich zu einer bedrohlichen Andeutung. »Noch nicht, Admiral, noch nicht.«

Damit deutete Kaltenbrunner nicht nur an, was in Berlin die Spatzen von den Dächern pfiffen, sondern auch was in kleiner Form, Schritt für Schritt, längst Realität war. Das Reichssicherheitshauptamt raffte die deutsche Spionageabwehr immer mehr an sich. Sie waren dabei,

Canaris kalt zu entmachten. Zwar wußten sie, daß das nicht links an Hitler vorbei zu verwirklichen war, aber irgendwann würden sie es mit der Funktionsfähigkeit des Amtes Canaris, das sie immer mehr aushungerten, begründen. Und es war wenig dagegen zu machen.

Die kalte Zigarre neu ansteckend, fuhr Kaltenbrunner fort: »Der Führer ist ein so großartiger Stratege, daß er es nicht nötig hat, sich von Ihrem komischen Geheimdienstgesangsverein oder der jüdischen Journaille in seinen Entscheidungen beeinflussen zu lassen.«

»Womit haben Sie denn noch Probleme?« fragte der Admiral scheinheilig, »etwa mit dem Papst?«

Darauf ging Kaltenbrunner nicht ein, sondern entgegnete: »Ich habe Probleme damit, daß Ihre Langzeitanalysen, ob sie nun unserer Kriegsplanung entsprechen oder nicht, irgend jemandem in die Hände fallen könnten.«

»Wie denn? Das Material liegt unter Verschluß in meinem Tresor.«

»Verfügen wir denn wirklich über fundiertes Tatsachenmaterial?« gab Kaltenbrunner zu bedenken.

»Soviel ich weiß schon.«

»Soviel Sie wissen«, hakte Kaltenbrunner ein, »genau das ist es. Viele Köpfe wissen zu viel, und jeder weiß etwas anderes.«

»Was bitte ist ›etwas anderes‹, Herr Obergruppenführer?«

»Mal vertraulich, Canaris«, der Geheimdienstchef senkte die Stimme, denn soeben fuhr sein schwarzer Kompressor Mercedes vor. »Also im Vertrauen, Admiral, wir haben herausgefunden, daß einige Ihrer Experten Feindagenten sein müssen. Helfen Sie uns dabei, sie zu enttarnen. Und wenn wir sie kriegen ...« er machte eine sattsam bekannte Bewegung mit der flachen Hand am Hals entlang, ungefähr auf Höhe des Krawattenknotens.

Rasch tippte er einen Gruß an den Mützenschirm und stieg in sein fünf Meter langes Auto.

Ziemlich benommen blieb Canaris zurück.

»Herr Admiral!«

Canaris zuckte zusammen. Vor ihm stand sein Fahrer und hielt ihm die Tür auf.

Während der wenigen Kilometer in den Grunewald dachte Canaris über die sich zuspitzende Lage nach. Eines war klar: Weder er noch seine Freunde würden auch nur das Geringste an dem, was jetzt kam, zu ändern vermögen.

45

Radio Moskau brachte Sendungen für deutsche Soldaten. Meist mit wehrkraftzersetzenden Reden. Sie spielten aber auch Tanzmusik und englische Platten. Einer der neuen Songs war ›In the Sunny Side of the Street‹, gesungen von den Andrew Sisters.

Für ein paar Sekunden ging es Kramm richtig gut. Doch dann kam wieder, wie jeden Abend, diese Rata herübergeorgelt. Das kurze Flugzeug, gebaut wie ein Faustkeil mit dem dicken Sternmotor, verursachte ein merkwürdiges Geräusch und wagte sich stets sehr tief herunter. Eine komisch altmodische Flugweise hatte die Rata an sich, so sanft wie sie in die Kurven ging und langsam wieder Richtung zur russischen Front davonflog. Den Grund dafür sollte Kramm erst später erfahren.

Zunächst waren alle in Deckung gesprungen. Als erster kam der Spieß wieder zum Vorschein.

»Den putz ich runter«, schrie er, »sonst entdeckt er uns noch.«

»Das hat er längst«, fürchtete Kramm. »Er weiß nur nichts mit uns anzufangen. Mit den paar Lastwagen in der Birkenlichtung. Die 109 ist ja bestens getarnt.«

Kramm war sich unklar darüber, was er unternehmen sollte. Rief die Rata eines Tages noch Bomber herbei? Sollte er starten und sie herunterholen?

»Überlassen Sie uns den Vogel, Herr Oberstleutnant«, bat der Spieß.

»Wie wollt ihr das machen? Mit Kartoffeln schmeißen?«

Da zeigte der Spieß etwas. Er riß Zeltplanen von einem kantigen Gegenstand. Es war ein Panjewagen, auf die Seite gekippt, so daß sich ein Rad lose drehte. Auf dieses Rad hatten sie eine Motorkanone aus dem Ersatzteillager der 109, gegurtet und schußfertig, montiert. Man konnte sie sowohl nach der Höhe wie nach der Seite schwenken.

»Die Rata gehört euch«, entschied Kramm.

Am nächsten Abend kam die Rata nicht, denn es regnete, und die Sicht war schlecht. Aber am Abend darauf warteten die Männer nicht vergebens und empfingen sie mit der ausgebauten 20mm-Kanone.

Stur wie der Rata-Pilot war, behielt er seine Richtung eigensinnig bei und flog ihnen direkt in die Garbe.

Die Einschläge waren mit bloßem Auge zu erkennen. Zwar fing der mächtige Sternmotor wie eine Panzerung die Kugeln ab, litt aber schwer darunter. Er fing zu stottern an. Der Jäger landete nicht weit von dem Birkenwäldchen in der Steppe.

Sie rasten mit dem VW zu der Rata und sahen den Piloten davonlaufen. Mit dem Schwimmwagen jagten sie ihn wie einen Hasen, bis sie ihn schließlich einholten. Jetzt erklärte sich auch die merkwürdig eierweiche Herumfliegerei der Maschine.

Der Pilot war eine junge Frau, Mitte Zwanzig, mit dunkelbraunem Bubikopfhaar und kirgiesischen Gesichtszügen. Die Männer brachten sie zu der Basis zurück.

Der Spieß fragte den Chef: »Was sollen wir mit der machen? A Superweib is des net, eher a bissel dick.«

»Keiner kann hier russisch«, fügte einer der Warte hinzu.

»Laßt sie laufen«, entschied Kramm. »Schickt sie zurück. Mir gefällt es hier sowieso nicht mehr. Wir verlegen morgen weiter, Richtung Wolgagrad.«

Der Einsatz gegen russische Bomber und Jäger war so hart wie im Westen. Die Russen hatten zu kämpfen gelernt. Oft griffen sie in die Bodenschlachten ein. Die roten Divisionen holten sich Kertsch und Fiodosia zurück. Hinter der Front entwickelte sich der Partisanenkrieg. Züge und Brücken wurden gesprengt. Nachts wurden aus Rollbahnen wahre Minenfelder. Hastig mußten Frontvorsprünge durch Rückzug begradigt werden, was oft in Flucht ausartete. Immer öfter wurden deutsche Armeen eingekesselt. Dann versuchte man die Kessel unter Einsatz aller verfügbaren Einheiten aufzusprengen.

Zwar griffen die deutschen Armeen Sewastopol an, begannen eine Offensive in Richtung auf die Wolga, sie nahmen auch die Ölfelder von Maikop, aber mit äußerstem Einsatz an Menschen und Material. Gebirgsjäger kämpften sich im Kaukasus bis zum Elbrus, doch in den Regenwäldern saßen sie fest. Man mußte sie aus der Luft versorgen, mit in Heuballen verpackten Konserven und Broten. Viele Angriffe, speziell im Norden, schlugen fehl. Vor Stalingrad lief die 6. Armee in eine russische Gegenoffensive.

Oft war das Grollen der Front zu hören, wenn die Offensiven mit einer Artillerieschlacht begannen. In pausenlosen Einsätzen sicherte Kramm mit der schwarzen 109 die Versorgungsflugzeuge für Stalingrad. Dabei litt seine 109 immer wieder an Ausfallerscheinungen. Oft konnte er gerade noch seinen Feldflugplatz erreichen. Er vermißte Joe Meiners sehr. Einmal fragte ihn der Spieß: »Wann kommt denn Fräulein Meiners endlich zurück?«

»Es ist keine Frage, wann er kommt, sondern ob er kommt. Zur Zeit liegt er in einem Lungensanatorium im Schwarzwald.«

»Na, der hat's gut. Und wir fressen hier gefrorenes Pferdefleisch und lutschen Bier in Eiswürfeln.«

Im Dezember konnte Stalingrad nicht mehr aus der Luft versorgt werden. General Hoths Versuch, Stalingrad mit seinen Panzern zu entsetzen, mißlang. 50 Kilometer vor der Stadt blieb er mit Treibstoffmangel im Schnee stecken. Und die Russen kamen von allen Seiten. Bald war Stalingrad eingekesselt.

Mit der 6. Armee ging es zu Ende. General Paulus kapitulierte am 31. Januar 1943.

Im Frühjahr griffen die Russen nach kurzer Frostpause weiträumig an. Der deutsche Rückzug führte zu hohen Verlusten. Auch die Luftwaffe wurde stark dezimiert. Oft standen nagelneue Maschinen am Boden, weil es keine Piloten dafür gab. Mit seiner schwarzen 109 flog Kramm bei Tag und auch in hellen Nächten. Dabei schützte er, so gut es ging, deutsche Einheiten auf dem Rückzug. Nur gegen Panzer konnte er wenig ausrichten. Bis dann eines Tages die ersten Borsig-Raketen für Flugzeuge auftauchten.

Das waren umgebaute Granaten aus Nebelwerfern, etwa 55 Zentimeter lange Röhren. Eine 109 konnte ungefähr 12 bis 14 Stück von diesen Ladungsstangen an den Unterseiten beider Flächen anbringen. Nur fehlte es dafür an den Aufhängungen. Kramms Spezialisten vom JK-1 bastelten einfache Roste aus Holz. Und es funktionierte. Kramm sammelte erste Erfahrungen. Die Dinger hatten eine enorme Wirkung. Mit weißem Strahl zischten sie auf einen Panzer zu und zerstörten ihn, falls man ihn direkt traf.

Kramm unternahm auch Versuche mit sowjetischen Nebelwerferraketen. Die waren leider und ohne Zweifel besser.

Das Oberkommando tat alles, um eine rückwärtige Verteidigungslinie aufzubauen, denn die Russen brachten jetzt ihren neuen Panzertyp, den T-34, den sie in den Werken hinter dem Ural bauten, an die Front. Der T-34, ein dieselgetriebener, sehr robuster Tank mit flacher Silhouette stellte eine revolutionierende Neuerung dar. Auch die eigenen Panzerarmeen, so hörte Kramm, wollten den neuen Tiger einsetzen, obwohl der noch nicht ausgereift war und kompanieweise liegenblieb.

In breiter Front trieben die russischen Panzerarmeen, begleitet von sibirischen Infanteristen, die abgekämpften deutschen Divisionen vor sich her. Aber damit sollte jetzt Schluß sein. Bei Kursk wurde an Abwehrkräften zusammengezogen, was die Armeecorps hergaben. Sogar Gebirgsjäger, die sich in den Wäldern des Kaukasus zu Tode marschiert hatten, wurden zurückgeholt.

Die schwarze Me-109 flog, oft mit Zusatztanks als Aufklärer, ins Hinterland der Fronten. Speziell in der Abenddämmerung oder morgens sehr früh machte der schwarze Baron endlose Güterzüge aus, beladen mit Tausenden von Panzern. Wenn ein Zug 50 Panzer auf Tiefladern an die Front brachte, und jede Nacht fuhren nur zwei dieser Güterzüge, dann waren das in zehn Nächten schon 1000 T-34. Die Russen mußten, nach dem Verlust der Panzerwerke in Stalingrad, hinter dem Ural eine gigantische Produktion aufgezogen haben.

Seine Beobachtungen meldete Kramm weiter und lieferte auch Fotos dazu. Doch er hatte das Gefühl, als fände dieser beängstigend massive Aufmarsch beim Oberkommando/Ost des Heeres keine Beachtung. Er konnte sich das nicht erklären. Entweder man glaubte ihm nicht, weil er mit seinem Jagdkommando-1 zu keiner offiziellen Einheit gehörte, oder es fand in den hohen Stäben tatsächlich das statt, was man immer befürchtet hatte: Sabotage.

Kramm versuchte Göring telefonisch zu erreichen. Da es ihm nicht gelang, flog er zum Führerhauptquartier Rastenburg in Ostpreußen. Dort hatte er erhebliche Schwierigkeiten in das festungsartig von SS bewachte Gelände überhaupt hineinzukommen. Tatsächlich drang er aber dann bis zu Göring vor. Doch kaum stand er diesem gealterten Mann gegenüber, ahnte er, daß von ihm nicht mehr viel zu erwarten war. Görings graues, aufgedunsenes Gesicht zeigte um Mund und Kinn ein Geäst von Falten. Die Augen wässrig, fast verschwommen, hatten einen stumpfen Blick. Die Stimme klang rauh wie bei einem Kettenraucher. Der Mann war kaltgestellt.

Der Reichsmarschall hörte sich an, was Kramm zu sagen hatte und redete sich dann auf den Oberbefehlshaber aller drei Truppenteile hinaus.

»Der Führer sieht alles, hört alles, weiß alles«, spottete er, »an der Front schaffen wir Erleichterung durch einen gewaltigen Gegenschlag, durch eine Offensive, in die wir alle Kräfte werfen, in das Unternehmen ›Zitadelle‹.« Und dann sagte er etwas Unzusammenhängendes: »Und auf der Schorfheide in Karinhall blühen die Mimosen.«

46

Dem Mercedes des Generals waren die 900 Kilometer anzusehen. Von der Fahrt durch ostpreußischen Staub, polnischen Morast und tschechischem Regen völlig verdreckt, kurvte er die Hotelauffahrt in Marienbad hinauf. Der Fahrer, ein Unteroffizier, rannte um das Heck herum und half dem Kommandeur aus dem Wagen.

Generaloberst Heidkamp streckte sich gerade und nahm, auf seinen Stock gestützt, die Stufen zur Glastür.

»Ich bringe noch die Koffer!« rief der Fahrer.

»Ferner Wagen waschen, abschmieren, auftanken«, befahl der General.

Sein Hotelzimmer war bestellt. Es war die Suite im ersten Stock, die er immer hatte.

»Der Lift ist leider defekt«, empfing ihn der Grandhoteldirektor mit Bedauern.

»Macht nichts«, schnarrte der General, »ein altes Frontschwein haut das nicht um.«

Er riß sich zusammen, gab sich einen Ruck, verbiß den Schmerz, den seine Verletzungen immer wieder auslösten. Im Grunde war er von oben bis unten ein Wrack. Seit dem Kopftreffer durch einen Granatsplitter im Polenfeldzug, nach Kolbenschlägen russischer Partisanen ins Kreuz und einem Spatenhieb, der ihm beinahe den Arm gekostet hätte, war er nicht mehr in bester Form.

Aber ganz so schlimm war es auch wieder nicht. Mitunter versteckte sich der General ein wenig hinter seinen Malaisen. Nur so hatte er mit Mühe zehn Tage Urlaub herausgeschunden. Den wollte man ihm erst nicht genehmigen. In der Wolfsschanze versammelte Hitler immer gern bekannte Gesichter um sich. Eines davon gehörte eben dem Grandseigneur Dieter Heidkamp.

Kaum hatte er sich oben hingelegt, da wurde geklopft.

Der Kurarzt schaute persönlich vorbei. Die Herren kannten sich. Der Arzt untersuchte ihn kurz und verschrieb die üblichen Anwendungen.

»Schlammbäder, Massagen, Reizstrom«, zählte der Doktor auf, »in einer Woche sind Sie wieder wie neu.«

»Nein, morgen schon«, forderte der General. »Morgen habe ich Geburtstag, und Sie sind mein Gast.«

Heidkamp behauptete, es sei der zweiundfünfzigste Geburtstag, aber es war schon sein siebenundfünfzigster. Doch was ging das die anderen an. In diesem Punkt war er zickig wie ein alternder Schauspieler.

Kaum war der Arzt fort, telefonierte Heidkamp mit dem Hoteldirektor. Es ging um die Vorbereitung für die kleine Feier.

»Für wie viele Leute?« fragte der umgängliche Tscheche.

»Sagen wir von einem Dutzend aufwärts. Sie kommen aus Berlin, Prag und München. Stellen Sie was zu futtern und zu trinken hin und besorgen Sie Musik. Was schmalzig Bemmisches.«

Der Direktor versprach alles ihm nur mögliche tun zu wollen. Nur ganz so üppig wie in den letzten Jahren würde es, wegen der Nahrungsmittelbewirtschaftung, wohl nicht mehr ausfallen.

»Dann lasse ich die zweite Panzerarmee durch Marienbad rasseln«, drohte Heidkamp scherzhaft.

Bei den Gästen aus der Reichshauptstadt fehlte zunächst der Wichtigste. Der General schickte den Mercedes noch einmal nach Eger, wo der D-Zug Berlin–Prag hielt. Diesmal brachte sein Fahrer Ewa Martini mit.

Das Fest war schon im Gang, als sie sich in der Suite des Generals umkleidete, das kleine Rote anzog und sich hübsch machte.

In der separierten Bar hatte sie dann ihren Auftritt. Applaus empfing sie. Sie gab ein Lied zum besten: ›Sing Nachtigall sing‹ trällerte sie.

Wie immer bildete sie sofort den Mittelpunkt. Wäre sie nicht auf den General zugegangen, hätte ihn umarmt und geküßt, wäre Heidkamp in Vergessenheit geraten.

»Wir haben bis zum Mittag gedreht«, entschuldigte sie ihre Verspätung.

»Lieb von dir, daß du überhaupt gekommen bist, mein Schatz.«

»Es war mir ein Bedürfnis«, flüsterte sie.

»Des Herzens?« fragte Heidkamp und nahm dem Kellner zwei Gläser Sekt vom Tablett.

Sie stießen an und tranken.

Heidkamp hatte schon glänzende Augen. Ewa Martini bemühte sich, den Vorsprung der Gäste einzuholen, indem sie den Inhalt einiger voller Gläser ex hinunterstürzte. Auch auf dieser Einladung war es wie überall. Man umschwärmte sie, versuchte sie zu beflirten, sich an sie heranzuschleimen. Sowohl die Herren vom Generalkommando wie der Gouverneur von Prag, der Minister, der Gauleiter aus Böhmen, alle ohne Ausnahme.

Ewa Martini war wirklich bezaubernd, und es gab auffallend wenig Damen.

»Wo haben die ihre Frauen gelassen?« fragte Ewa den General.

»Die sind sämtlich in der Rüstung beschäftigt«, scherzte Heidkamp, »beim Granatendrehen.«

Es kam, wie es kommen mußte. Man bat Ewa um ein zweites Lied. Wenigstens eines noch. Sie sprach mit dem Geiger der böhmischen Musikanten.

»Wir haben jeden Ihrer Schlager drauf, Gnädigste«, hieß es.

Ewa sang und gab dann noch etwas Romantisches zu.

Das Wiener Lied vom kleinen Wegerl im Helenental, das für alte Eheleute viel zu schmal war.

Zu fortgeschrittener Stunde, schon angetrunken, holten sich die einsamen Herren Mädchen vom Hotelpersonal herein. Ein Zeichen für Heidkamp, mit Ewa unauffällig zu verschwinden. Immer wenn er Alkohol in sich hatte, ging er flotter als in nüchternem Zustand. Ewa hatte das schon bei anderen beobachtet, besonders bei Udet.

Oben in der Suite, als Heidkamp die Tür versperrt hatte, öffnete er eine neue Sektflasche.

»Laß dich anschaun«, sagte er, »Frau meiner Träume.«

Sie drehte sich, daß der Glockenrock hochschwang und ihre Beine bis zu den Strapsen zeigte.

»Was hast du mir eigentlich als Geschenk mitgebracht?«

Daran hatte sie nicht gedacht. Sie hatte es schlichtweg vergessen.

»Nur mich«, antwortete sie rasch. »Ist das was Brauchbares?«

»Das denkbar Allerbeste.«

Sie tranken, Heidkamp ging ins Bad, ließ Wasser einlaufen. Sie hatten beide Platz in der großen Napoleonwanne. Danach lagen sie nackt auf dem Bett unter dem dünnen Laken. Er liebte sie auf seine beinahe schüchterne Weise und kam viel zu schnell zum Erguß. Sie erklärte ihm, wo und wie er sie berühren mußte, damit auch sie befriedigt war.

»Verzeih meine Ungeschicklichkeit«, bat er, »aber außer dir hatte ich nur noch eine Frau in meinem Leben. Die Mutter meines Sohnes. Sie starb sehr früh. Gott der Herr hab sie selig.« Beinah abergläubisch schlug er ein Kreuz in die Luft.

Nach einer Weile äußerte die Martini: »Du bist erstaunlich beweglich und kommst mir recht gesund vor. Wozu machst du diese Kur?«

Er lachte leise in sich hinein. »Ich wollte dich hier treffen. Im Bunker in Insterburg war das schlecht möglich.«

»Du bist also ein Simulant«, bemerkte sie lachend.

»Man kann auch seelisch leiden«, erwiderte er. »Das ist schlimmer als jede physische Erkrankung.«

»Seit wann haben Generäle eine Seele?« fragte sie spöttisch.

Heidkamp stand auf, ging ans Fenster, zog die Vorhänge zurück, öffnete es einen Spalt und atmete die Nachtluft tief ein. Das volle Glas, das er mit ans Bett brachte, leerten sie gemeinsam. Dann lagen sie wieder da, und er schüttete ihr sein Herz aus.

»Wie lange kennen wir uns?« begann er.

»Vier oder fünf Monate.«

»Du hast mich nie enttäuscht«, gestand er, »weder mit Worten noch mit deinem Verhalten. Du warst immer loyal. Ich habe Vertrauen zu dir, Ewa.«

Sie nahm seinen Arm und schob sich eng an ihn. »Ich auch zu dir, General.«

Es war wie bei Udet und wie bei Kramm, sie brachte es nur schwer fertig, Vornamen zu sagen. Sie wußte nicht warum.

»Der Führer«, fuhr Heidkamp fort, »ist jetzt zwar nominell Oberbefehlshaber aller Wehrmachtsteile, aber im Grunde ein militärischer Laie. Die Pläne müssen wir ausarbeiten. Und verantworten.«

»Pläne«, murmelte sie, »welche Pläne?«

»Das deutsche Oberkommando wird eine Entscheidung von großer Tragweite treffen. Wir müssen das Gleichgewicht an der Ostfront wieder herstellen.«

»Dort läuft es doch überraschend günstig«, zeigte sie wache Aufmerksamkeit.

»Eher das Gegenteil. Die russischen Linien haben im Raum Kursk einen sackartigen Frontvorsprung von 200 Kilometern Länge erkämpft. Eine günstige Ausgangsposition für jede Offensive. Diesen Vorsprung müssen wir begradigen. Hitler nimmt nun an – was allerdings nicht bewiesen ist –, daß die Rote Armee von der Gewaltanstrengung in Stalingrad noch geschwächt ist. Unsere Verbände sollen, wie die Backen eines Schraubstocks, die Frontausbuchtung von Kursk abzwicken, abschnüren, einen Kessel bilden und die sowjetischen Armeen darin endgültig vernichten. Das Unternehmen führt den Namen ›Zitadelle‹.«

»Und worauf wartet ihr noch?« gab sich Ewa naiv.

»Der neue Kampfpanzer, der Panther und auch der Tiger, sollen dabei erstmals zum Großeinsatz kommen. Darauf baut mein Operationsplan. Wir setzen 33 Divisionen ein, davon 16 Panzerdivisionen. Das sind nahezu 2000 Fahrzeuge. Dem haben die Russen nichts entgegenzusetzen.«

Selbstgefällig berichtete er sogar Einzelheiten, Details seiner Ausarbeitungen und die Probleme dabei. Ewas geschultes Gedächtnis registrierte alles haargenau.

»Wann soll es denn endgültig losgehen?«

»Sobald unser Aufmarsch beendet ist. Anfang Juli sind die Straßen trocken und fest. Das dürfte die beste Zeit sein. Noch früh genug, um die Russen zu überrumpeln.«

Ewa gab sich Mühe, ihre Erregung zu verbergen.

»Ihr werdet das schon hinkriegen«, meinte sie leichthin.

»Natürlich bombardieren sie mich hier laufend mit Anrufen, Telegrammen und Fernschreiben. Da soll sich einer erholen.«

Sie ließ Heidkamp jammern. Männer bemitleideten

sich gern, um sich dann trösten zu lassen und zu hören, was für großartige Burschen sie doch seien.

Nach dem Frühstück mußte Ewa schon wieder weg. Heidkamp brachte sie im Mercedes nach Eger. Der D-Zug von Prag hielt nur eine Minute. Ihr Abschied war kurz, aber innig.

Allein in ihrem I.-Klasse-Abteil schrieb Ewa Martini alles, was sie über die Operation ›Zitadelle‹ erfahren hatte, in ihr Notizbuch. Dazu verwendete sie einen kurzschriftartigen Geheimcode.

Um 22 Uhr lief der D-Zug in Berlin, Anhalterbahnhof, ein. Ewa Martini riß die Blätter aus dem Notizbuch, schob sie in einen Umschlag, klebte ihn zu und deponierte ihn an einem ihrer geheimen Briefkästen. Diesmal hinter dem Automaten in der U-Bahnstation Friedrichstraße, aus dem man früher für einen Groschen gebrannte Mandeln oder eine Dose mit Veilchenpastillen herausziehen konnte. Jetzt war er allerdings gesperrt. Dieser Automat war als Briefkasten an der Reihe. Boris Kuriakin würde ihn innerhalb der nächsten drei Tage leeren, und Ewa hatte die Panne mit Kramm damit ausgeglichen.

In der Woche nach Juli-Anfang lud sich die Atmosphäre im Führerhauptquartier Wolfsschanze auf wie an einem schwülen Tag die Luft mit Gewitterelektrizität. Am 5. Juli fand keiner der Verantwortlichen noch Schlaf. Alle hingen sie an den Funkgeräten, den Fernschreibern und Telefonen.

Die Heeresgruppen Kluge und Mannstein waren bei Kursk zum Angriff angetreten. Von jeder Seite stürmten sie mit 1000 Panzern und 15 000 Soldaten gegen die Frontausbuchtung vor. Aber die Russen schliefen nicht und waren auch keineswegs überrascht. Sie zeigten sich abwehrbereit. In der Steppe entwickelte sich eine gigantische Panzerschlacht, die mörderischste des Krieges. Bald waren die deutschen Verluste so hoch, daß die Generäle rieten, ›Zitadelle‹ abzubrechen. Hitler beharrte jedoch darauf, daß die Anstrengungen nicht umsonst gewesen sein dürften. Mit eisernen Befehlen und Durchhalteparolen trieb er die deutschen Truppen weiter an – und in den Tod.

Kaum daß die Filmschauspielerin Ewa Martini im tschechischen Marienbad ihren derzeitigen Liebhaber empfangen und ausgehorcht hatte, kannten die Russen nahezu alle Maßnahmen.

Daraufhin gruppierten sie ihre eigenen Armeen entsprechend um, kratzten noch weitere Divisionen und T-34-Panzer zusammen. Auf russischer Seite war man sicher, daß es gelingen würde, den deutschen Angriff zurückzuschlagen. Mit seiner panzerbrechenden Kanone war der T-34 sogar dem Tiger überlegen.

Nahezu pausenlos startete Oberst von Kramm mit seiner schwarzen Me-109. Beim Zwischentanken ließ er sich ausschließlich mit den Borsig-Raketen bewaffnen.

»Manchmal funktioniert die elektrische Zündung nicht«, schimpfte er, »und man muß verdammt gut zielen können.«

Schon startete er wieder.

Die größte Panzerschlacht aller Zeiten endete verlustreich für die Deutschen. Die Russen hatten den Angriff erwartet und die deutschen Stoßkeile in eine zangenartige Falle gelockt. Auf beiden Seiten wurden Hunderte von Panzern zerstört. Obwohl am Boden und in der Luft alles zusammengezogen und eingesetzt wurde, sämtliche Jagdgeschwader und Kampfflugzeuge, endete die Operation ›Zitadelle‹ mit einer Niederlage.

In der Dunkelheit dieses so mörderischen Tages startete Oberstleutnant von Kramm noch einmal Richtung Osten. Kaum hatte er die Frontlinien überquert und suchte nach lohnenden Zielobjekten, sah er eine Dreiergruppe von T-34. Er flog tief an, hatte sie im Leuchtvisier und schoß zwei von ihnen ab. Der dritte verlor eine Kette und drehte sich im Kreis. Doch seine schwarze Me-109 hatte Motordefekt. Kolbenfresser. Heimflug unmöglich. Vermutlich lag es am Turbolader. Der war immer wieder ausgefallen. Hätte sein Leibmechaniker, Joe Meiners, den DC-650-Motor in den Händen gehabt, wäre das nicht passiert.

Kramm zog noch einmal hoch, bis er mit dem Fallschirm abspringen konnte.

Während er langsam zur Erde segelte, sah er seine 109 aufschlagen, wie sie in Brand geriet und explodierte.

47

Beim Aufschlagen hatte sich Kramm den Knöchel verstaucht. Damit kam er nicht 40 Kilometer weit bis zu den deutschen Linien. Er humpelte zu einem Felsbrocken, lehnte sich mit dem Rücken dagegen. Ringsum staubige Steppe, ein paar Büsche, die Blätter fast schon herbstlich gefärbt und ein flammender Sonnenuntergang.

Der Wind wehte mild von Südwesten herüber, aber er brachte den Geruch des Schlachtfeldes mit. Eine Mischung aus Pulverdämpfen, Dieselauspuff und verglühtem Stahl.

Während Kramm noch dasaß, kam ein Panjewagen mit struppigen Pferden daher. Die Soldaten hatten seinen Fallschirm gesehen und nach ihm gesucht.

»Dawai! Dawai!« schrien sie und trieben ihn mit Kolbenschlägen vorwärts.

Ihr Kompaniegefechtsstand lag in der Bauernkate eines zerschossenen Dorfes. Dort hatte man anderes zu tun, als ihn zu verhören. Er wurde nur bewacht, bis ihn ein Dodge-Lastwagen zu einem höheren Stab brachte.

In der ausgebrannten Kaserne, die sie um Mitternacht erreichten, sperrte man ihn zunächst einmal in einen dunklen Erdbunker. Dort lag er zwei Tage zwischen verfaulenden Kadavern und bekam weder zu essen noch zu trinken. Am dritten Tag erstes Verhör.

Trotz seiner Knöchelverletzung mußte er stundenlang stehen. Zwischendurch wurde er mit Kalaschnikowschlägen traktiert. Auf dem Feldtisch vor dem Verhöroffizier lag eine Makarow-Pistole, daneben ein volles Magazin. Immer wieder spielte der Hauptmann mit der Waffe, richtete sie auf den Gefangenen und zog sie auch mehrmals ab. Doch sie hatte keine Kugel im Lauf. Der Russe grinste vor Vergnügen.

Alle Fragen des Dolmetschers beantwortete Kramm nur, indem er die Nummer seiner Erkennungsmarke wiederholte.

Der Hauptmann sprach mit dem Dolmetscher, und der Dolmetscher sagte: »Wir kriegen Sie. Eigentlich haben wir Sie schon, Colonel.«

Plötzlich verstand der Verhöroffizier Englisch.

»Wir können Ihnen die Gefangenschaft verdammt hart gestalten«, drohte er.

»Es gibt die Haager Landkriegsordnung und die Genfer Konvention«, erwiderte Kramm.

»Das kümmert uns wenig. Ihre Gefangenschaft, das verspreche ich Ihnen, wird höchst ungemütlich.«

»Sie ist vielleicht ein wenig unpraktisch, wie mir scheint«, höhnte Kramm.

Die Russen tranken Tee, aber er bekam keinen Schluck. Sein Mund, sein Hals fühlten sich schon an wie ein Pelzhandschuh innen. Endlich führten sie ihn ab. Im Bunker tropfte es von der Decke. Er leckte das Wasser von der Hand.

Tags darauf, beim nächsten Verhör, lag vor dem Hauptmann wieder die Pistole, aber auf einer erbeuteten deutschen Frontzeitung mit Kramms Foto. Das Englisch des Hauptmanns wurde immer besser.

»Sie sind Baron Julius von Kramm, Ritterkreuz, Schwerter, Eichenlaub und Brillanten. Wo ist das Zeug?«

»Wir kämpfen nicht geschmückt wie Weihnachtsbäume.«

Verdrossen machte der Russe weiter: »Baron von Kramm, Major der deutschen Luftwaffe.«

»Falsch«, erwiderte Kramm, »ich bin Oberstleutnant.«

»Abermals falsch«, mischte sich der Dolmetscher ein, »wir haben einen Funkspruch aufgefangen, der Führer des großdeutschen Reiches hat Sie über Radio zum Oberst befördert, weil Sie in der Panzerschlacht bei Kursk angeblich ein Dutzend T-34 abgeschossen haben. Oder noch mehr.«

»Ich habe sie nicht gezählt.«

»Mit welcher Waffe haben Sie das geschafft?« wollte der Hauptmann wissen.

Abermals schwieg Kramm. Auch Schläge in die Kniekehlen und in die Nieren machten ihn nicht gesprächiger.

»Abführen!« hieß es. »Der ist hartgesotten. Der braucht ein paar Tage in Essig und Öl.«

Das nächste Verhör fand in der Nacht statt. Die Russen wußten jetzt ziemlich viel über ihn. Gegen einen so verhaßten Gegner kannten sie keine Gnade. Das bedeutete Sibirien oder Genickschuß. Die drei Offiziere hinter dem Tisch bildeten ein Standgericht.

»Oberst von Kramm«, schnarrte einer, »wir verurteilen Sie hiermit zum Tode. Das Urteil ist vor Sonnenaufgang zu vollstrecken.«

Er hatte also noch drei Stunden zu leben. Ungefähr.

Diesmal sperrten sie ihn in einen leeren Raum der Kommandantur.

Das Fenster hatte kein Glas, aber es war mit Netzdraht vergittert. Allmählich kam die Dämmerung. Kurz vor Vollstreckung des Urteils hörte Kramm Schritte. Die Tür schliff auf. Ein hochgewachsener dunkelhaariger Offizier erschien. An seinem eleganten Uniformmantel trug er die Abzeichen eines politischen Kommissars im Generalsrang.

Kramm erkannte ihn erst im Schein der Feuerzeugflamme, als er sich eine Zigarette ansteckte. Nicht zu fassen. Boris Kuriakin. Und dem traute Kramm alles zu. Deshalb stellte er auch gar keine Fragen.

Ohne lange Ansprache schnarrte Kuriakin nur drei Worte: »Sie sind frei!«

»Wie darf ich das verstehen, bitte?«

»Sie können gehen, wohin Sie wollen. Ich war Ihnen noch einen Dienst schuldig, Baron.«

Kramm humpelte in Richtung der offenen Tür, da rief Boris Kuriakin noch: »Hinter der Kaserne auf dem Exerzierplatz steht eine flugbereite Rata. Sie kennen ja wohl unsere bewährte Ratte.«

»Ja, sie flog schon im spanischen Bürgerkrieg.«

»Und Sie können damit umgehen, Oberst. Meine Flak hat Anweisung, Sie nicht abzuschießen. Los, hauen Sie schon ab. Achten Sie aber darauf, daß Sie nicht von Ihren eigenen Leuten beballert werden. Auf die Tricks, die dazu nötig sind, verstehen Sie sich ja.«

Kramm stützte sich gegen den Türrahmen. Er hatte nur

eine Frage: »Wie wollen Sie das Ihren Leuten erklären, Boris?«

Da lächelte der Generalkommissar feinsinnig. »Ich bin niemandem eine Erklärung schuldig. Außerdem sind Sie mir in Berlin lebend wichtiger als hier tot vor der Tür.«

Kramm verbiß den Schmerz und hinkte hinaus.

Im ersten Frühlicht landete er auf dem Rollfeld des JK-1, fünfzig Kilometer hinter der Frontlinie. Mit einem Rad blieb die Rata in einem Bombentrichter hängen. Die russische Artillerie hatte den Platz ganz schön umgepflügt. Doch den Männern des JK-1 war zum Glück nichts passiert.

»Klarmachen zum Verlegen!« befahl Kramm. »Und wenn ich jetzt freundlicherweise eine Tasse Tee haben könnte.«

Vorerst war er gerettet. Das Ganze kam ihm vor wie ein Wunder. Doch Wunder gab es bekanntlich keine. Kramm fürchtete, daß ihm irgendwann einmal die Rechnung präsentiert werden würde.

48

Oberst von Kramm holte in Augsburg die nächste Me-109-G ab. Sie war aus der neuen Serie, schwarz und eingeflogen. Professor Messerschmitt unterhielt sich immer gerne mit den Fliegerassen. Er schätzte ihre Erfahrungswerte aus erster Hand.

»Sic werden zufrieden sein«, sagte er, »sie hat 1900 PS, 3 cm-Kanonen und vergrößerte Reichweite. Aber Ihr Verschleiß ist beachtlich, Oberst.«

»Sie können gern immer eine schwarze Eins-null-neun in Reserve halten«, erwiderte von Kramm.

Da nahm ihn der Flugzeugkonstrukteur um die Schulter und führte ihn zu einer abseits liegenden Montagehalle. Sie war streng bewacht und durfte nur mit Sondererlaubnis betreten werden. Das Tor blieb zu. Sie kamen in den Hangar durch eine Mannpforte.

»Das da behalte ich für Sie in Reserve«, erklärte Messerschmitt nicht ohne Stolz.

Im Scheinwerferlicht mitten in der Halle stand ein Gerät wie aus einer anderen Welt. Ein Flugzeug, wie es noch niemand gesehen hatte. Mit dem Bugrad verfügte es über ein Dreibeinfahrwerk. Es gab keinen Propeller. Unter den Flächen hingen zwei stromlinienförmig verkleidete knackwurstartige Gebilde mit einem großen runden Loch vorne. Das waren die Rückstoßtriebwerke.

»An den Turbinenmotoren arbeitet BMW noch«, erläuterte Professor Messerschmitt, »aber ich hoffe, wir starten demnächst zum Erstflug.«

Auf diesen modernsten Intercoptor der Welt hatte jeder Jagdflieger gewartet. Es gab Gerüchte, daß er um die Hälfte schneller sei als die amerikanische Mustang, schneller als alles, was sich am Himmel bewegte. Man versprach sich sensationelle Erfolge.

»Das also wäre unser Strahljäger Me-262«, und Messerschmitt fügte hinzu, »vielleicht nennen wir ihn Sturmvogel.«

»Bis wann?« fragte Kramm. »Diese Maschine brauchen wir wie der Verdurstende einen Schluck Wasser.«

»Erst muß sie fliegen«, schränkte Messerschmitt ein, »aber sie wird fliegen. Und dann muß der Führer entscheiden, ob sie in Serie geht.«

»Bis wann?« fragte Kramm noch einmal.

Messerschmitt lächelte schulterzuckend. »Ein Jahr wird es dauern. Versuchen Sie, bis dahin noch die Ohren am Kopf zu behalten, Baron.«

Es wurde ein hektischer Tag.

Seine neue Me-109 sollte am nächsten Morgen startklar sein.

Abends im Hotel Drei Mohren in Augsburg, glaubte Kramm erst an eine Himmelserscheinung. Völlig unerwartet begegnete er seinem blonden Engel Ewa Martini. Er war wie vom Donner gerührt, obwohl das kein Zufall sein konnte. Gewiß hatte ihn seine Immer-noch-Geliebte absichtlich aufgesucht.

An der Bar nahmen sie ein Glas Weißwein.

Ewa sah aus wie immer, hatte kein Fältchen mehr, keine Locke weniger. Das dunkelblaue Kostüm mit den weißen Paspeln an den Kanten stammte zweifellos aus Paris. Es gab nur eine geringfügige Neuerung. Sie verwendete jetzt ein schwüleres Parfum.

»Ich habe hier ein kurzes Operettengastspiel mit der ›Lustigen Witwe‹, log sie ihm in die Augen.

Das war unmöglich, ein Vorwand also, eine Lüge.

Kramm antwortete: »Die Theater sind geschlossen, die Schauspieler an der Front. Es herrscht totaler Krieg, Gnädigste.«

Nun imitierte sie den Reichspropagandaminister Goebbels bei dem Höhepunkt seiner flammenden Rede im Berliner Sportpalast. Dabei traf sie vorzüglich die Stimme von Goebbels und seinen Tonfall: »Wolld Ihrr Ganonen oder Buttr?«

»Das Volk hätte gerne Butter gehabt.«

»Aber nein, nach Kanonen haben sie geschrien.«

Man verabredete sich für später.

Es war Abend, als Ewa auf Kramms Zimmer kam.

»Du willst in Augsburg das Nest des Adlers beobachten, Gnädigste, stellte Kramm fest, »ob das Junge schon geschlüpft ist.«

»Den Turbinenjäger von Messerschmitt«, zeigte sie sich wie immer erstklassig informiert. »Erwartest du ihn etwa nicht, Baron?«

»Du fantasierst«, wich er aus.

Sie lachte in glockenheller Unschuld. »Zu deiner Beruhigung, Oberst, vermutlich weiß ich mehr über dieses Flugzeug als du.«

Kramm hatte noch eine Flasche Champagner organisiert und in der Hotelküche kleine Tatarschnittchen.

Später lagen sie wieder auf dem Bett, nebeneinander, wie damals in Paris. Diesmal fürchtete er, daß Ewa gern mit ihm schlafen würde. Nicht ohne Absicht hatte sie ihr Negligé nur halb geschlossen. Ihr Körper, der Hals, die Brüste, das Tal des magischen Dreiecks, die Schenkel, die langen Beine, schimmerten im Halbdunkel. Nur die Vertiefung der Nabelkuhle warf einen runden Schatten.

Die Filmschauspielerin Ewa Martini versuchte es stilvoll, aber doch mit allen Mitteln. Ihr feiner Instinkt spürte seine Abwehrhaltung.

»Ich weiß, warum«, sagte sie. »Gibt es denn keine Alternative für uns? Ein Mann wie du wird mir nie wieder begegnen.«

»Eine Frau wie du mir auch nicht«, gestand er.

Nach einigem Schweigen fragte sie: »Was verlangst du von mir, Baron? Soll ich dem BdM beitreten?«

»Tu irgend etwas, damit ich dich vergessen kann«, riet er ihr.

Sie schien über die Antwort nachzudenken und begann wieder von vorne. »Was, Baron, verlangst du wirklich von mir?«

»Nichts, gar nichts.«

»Möchtest du eine Familie?«

»Nein«, erwiderte er hart, aber ehrlich.

»Magst du überhaupt Kinder?«

»Es wäre verantwortungslos, sie in eine solche Welt zu setzen.«

»Du magst nicht einmal Tiere«, bemerkte sie leise.

»Doch«, entgegnete er, »ich mag Fische. Die reden nicht, die lügen nicht, die schreiben keine dummen Briefe, die rufen nicht mal an.«

Ewa gab nicht auf. Im Gegenteil, sie machte einen unglaublichen Vorschlag: »Angenommen, ich würde alles stehen und liegen lassen, würde auf das Gut deiner Eltern ziehen und dort auf dich warten?«

»Wie lange?«

»Bis du kommst.«

»Das schaffst du nie«, fürchtete er.

»Stimmt«, ihre Stimme war belegt, »ich würde es nicht schaffen. Aber sag mir einmal, daß du mich liebst, Jus.«

»Das weißt du doch.«

»Trotz allem?«

»Ja, allem zum Trotz.«

»Sag es bitte nur einmal, Baron«, flehte sie.

Es fiel ihm schwer.

»Was?«

»Sag: ich liebe dich, Ewa.«

Er wand sich. »Das klingt mir zu abgedroschen. Ich weiß was Schöneres.«

»Es gibt nichts Schöneres.«

»Doch«, sagte er, »du bist mein Herz klingt viel ehrlicher.«

Sie schmiegte sich warm und eng an ihn. »Auch du bist mein Herz.«

Noch einmal sprachen sie über die Nächte in Berlin, am Arlberg, über das, was zwischen ihnen stand. Aber er haßte Intrigenspielereien und wollte das Thema abschließen.

»Mein Charakter ist nicht von der feinen niederschlesischen Art«, bekannte er offen, »vielleicht sogar ein bißchen zweifelhaft. Doch ein Vaterlandsverräter bin ich nicht. Mit Treue und Fahneneid und all dem Schmonzes hat das wenig zu tun, aber mit persönlichem Anstand gegen die kämpfenden Kameraden, die an den Fronten in der Scheiße liegen.« Er brauchte es nicht extra zu betonen, aber auf keinen Fall würde er Ewa oder Boris jemals an die Gestapo verraten. »Was zwischen uns, was zwischen Boris, Ewa und Kramm je gesprochen oder geschehen ist, bleibt unter uns«, versicherte er.

Diesmal hatten beide keinen Zweifel, daß es eine Trennung für immer sein würde. Ewas Tränen beim Abschied waren nicht gespielt, sondern echt.

49

Zu den Nachtangriffen kamen jetzt auch Tagangriffe auf das Reichsgebiet. In verstärktem Maße flogen mit dem Bomberkommando der Royal Air Force die Amerikaner ein. Immer wieder meldeten die Funkmeßstationen den Code ›Möbelwagen‹. Die Viermots waren jetzt bewaffnet wie Stachelschweine. Dadurch wurde es immer hoffnungsloser die dichtgeschlossenen Pulks anzugreifen.

An einem Morgen, als Kramm erfolglos bei seinem JK-1 gelandet war, fand er Joe Meiners am Arbeitstisch im Werkstattwagen. Meiners hatte eine Lupe im Auge und vor sich das Werk einer Taschenuhr.

»Das ist ein Zünder«, sagte Meiners, der den Chef aus den Augenwinkeln heraus erkannt hatte, »Zeitzünder. Ich habe da nämlich eine Idee.«

»Ist das noch gnadenlos geheim, oder darf man es erfahren?«

Meiners drehte die Lupe aus der Augenhöhle und lehnte sich zurück. »Da muß ich etwas ausholen.«

»Aber sag's so einfach wie möglich.«

»Hör zu!« begann Meiners. »Bomber werfen Bomben, meistens auf die Erde.«

»Wohin sonst. Bomben sind schwere Apparate und folgen dem Fallgesetz.«

Meiners tippte sich an die Stirn. »Man kann Bomben auch gegen Bomber werfen. Die sogenannte Meinersche Bomberbombe.«

Kramm zog sich einen Dreibeinhocker heran. »Du spinnst, Joe. Und wie soll das funktionieren bitte?«

»Ganz einfach. Du klemmst dir eine 250-kg-Bombe an den Bauch, steigst damit 1000 Meter über einen engfliegenden Pulk, nimmst Vorhalt und zwar so, daß deine Bombe dort explodiert, wo der Gegner in zehn Sekunden sein wird. Dann läßt du sie fallen.«

»Wirklich kinderleicht«, spottete Kramm. »Und wie funktioniert das technisch?«

»Mit diesem Zeitzünder.« Meiners deutete mit dem Schraubenzieher auf das tickende Uhrwerk. »Er löst die Bombe genau zehn Sekunden nach dem Wurf aus.«

»Und warum zehn Sekunden?«

»Erstens, damit du einen Kilometer weiter entfernt in Sicherheit bist, zweitens aus rein physikalischen Gründen, sprich Fallgesetz, $s = 1/2 g\ t^2$. Oder anders ausgedrückt: Die Fallbeschleunigung auf die Erde beträgt in mittleren Breiten 9,81 Meter im Sekundenquadrat. Ich habe das rechengeschiebert. In rund zehn Sekunden kommt die Bombe also unten bei dem Pulk an und dann ping-pong! Wäre das nicht gnadenlos?«

»Bau mir so ein Ding zusammen«, entschied Kramm.

Der erste Versuch fand schon am nächsten Tag statt. Er schlug total fehl. Die Bombe detonierte tief unterhalb des britischen Bomberpulks ins Blaue. Der Zeitzünder hatte im Fallen zu lange gezögert. Das kostete Joe Meiners neue Einstellarbeit.

Doch beim zweitenmal wurde die Sache ein fulminanter Erfolg. Etwa fünf Meter über dem Pulk detonierten 250 Kilogramm Sprengstoff. Das riß gleich drei Bomber mit. Durch die Druckwelle explodierte bei einem vierten die ganze TNT-Ladung.

Dann hatte Kramm zu seinem Bedauern wieder einige Fehlwürfe. Aber er und Meiners widmeten sich der Sache mit der Hoffnung des Unterlegenen dem Starken gegenüber.

Joe Meiners, inzwischen Oberfeldwebel, trug seine Litzen deshalb ebensowenig stolzer als Kramm seine geflochteten Schulterstücke mit den zwei Oberstensternen. Sie taten es, weil es Vorschrift war, nicht mit Begeisterung. Meiners verfertigte eine technische Zeichnung, Kramm schickte sie, versehen mit Erfahrungswerten an die technische Entwicklungsabteilung im Reichsluftfahrtministerium.

Weiterhin hatte Kramm mit dieser neuen Waffe einige gigantische Erfolge. Es gab aber auch Pannen. Dann mußte er zu den alten Methoden greifen.

Angriff auf Höhe 8000. Wieder und wieder schoß er auf die Blenheim in der hintersten Kette. Ein Motor brannte, Flammen schlugen heraus, schwarzer Rauch quoll. Die Besatzung sprang ab. Fünf Fallschirme öffneten sich. Kramms Abschuß Nummer 95.

Aber dann hingen ihm die Spitfires an der Hose. Leuchtspuren zischten an seiner Kabine vorüber. Er versuchte herauszukurven. Schneller Abschwung, eine Dunstschicht nahm ihn auf. Er war die Verfolger losgeworden, doch schon lange brannte die rote Reststandwarnlampe.

Mit stehendem Motor erreichte er den Platz des JK-1. Auftanken, munitionieren. Vor dem Mittagessen war er schon wieder in der Luft. Jetzt waren die Nachzügler des Bomberstroms an der Reihe. Der Tanz ging weiter. Noch ein Tango, noch ein Foxtrott.

An diesem Tag hatten die anderen mehr Glück. Sie erwischten Kramm. Seine rechte Rumpfseite wurde von ihren Garben zerfleddert. Tank und Kühler liefen aus. Und ihn erwischte ein Streifschuß am Kopf. Hätte Joe Meiners nicht eine zusätzliche Kopfpanzerung eingebaut, wäre er tot gewesen. Zwar schlug er sich an der Panzerung oft den Kopf an, doch das hinterließ kaum mehr als eine Beule.

Nach der Landung stellte sich heraus, daß ein herumfliegendes Blechteil auch den zweiten Kühler der 109 aufgeschlitzt hatte.

»Du mußt den Gegner ja nicht unbedingt gleich rammen«, sagte Meiners.

»Keine Angst, ich hatte immer noch 30 Meter Abstand. Aber mach was, wenn die Dinger explodieren.«

In der Nacht erreichte das JK-1 ein Befehl von höchster Instanz. Göring sprach mit Kramm über Frontblitzleitung.

»Sie müssen sofort nach Italien verlegen, Oberst«, sagte er. »Weil die Amerikaner mit ihrer 5. Armee in Salerno gelandet sind«, verstand Kramm. »Dies unter dem Schutz ihrer massiven Schiffsartillerie, ihren überlegenen Jagd- und Kampfflugzeugen. Aber das ist nicht der Grund, warum ich Sie in Italien haben muß. Es geht um Höheres. Der Führer verlangt einen persönlichen Gefallen von mir. Nur wenn ich das zu seiner Zufriedenheit hinkriege, kann ich mich noch bei ihm blicken lassen. Die Sache ist streng geheim. Sie können sich denken, wo diesmal die Kacke dampft.«

Kramm bedauerte, daß er das leider nicht riechen könne.

Deshalb sagte ihm Göring: »Es geht um Männerfreundschaft, Männertreue bis zum Tod. Mussolini wurde gestürzt. Erst haben sie ihn auf die Insel Ponza in der Gegend von Neapel verschleppt, dann, am 8. August auf die Insel Madalena an der Nordküste Sardiniens. Badoglios Regierung weiß, daß wir den Duce in die Hand bekommen wollen. Aber auch die alliierten Geheimdienste bemühen sich um ihn. Alle wollen sie Mussolinis Aufentaltsort ausfindig machen. Stets war Mussolini erbärmlich untergebracht, mit anderen Strafgefangenen, meist ehemaligen Antifaschisten. Zwar haben wir auf Sardinien immer noch eine Panzerdivision stehen, aber die taugt nicht für einen Handstreich. Außerdem ist es zu spät. Mussolini ist schon wieder verschwunden. Ein Flugzeug des Internationalen Roten Kreuzes hat ihn abgeholt. Es landete auf dem Bracciano-See in der römischen Campagna. Mit einem Ambulanzwagen brachte man den Gefangenen schließlich auf den höchsten Gipfel des Apennin, den Gran Sasso d'Italia. Das ist ein langer kahler Höhenrücken zwischen Aquila und Pescara. Auf 1300 Meter Höhe wird er von 250 Polizisten in einem Hotel bewacht. Dort will ihn nun Otto Skorzeny, der Mann der SS fürs Grobe, befreien. Vorgesehen ist das für den 12. September. Total geheimhalten läßt sich so etwas nicht. Mit massiver Behinderung durch alliierte Jagdflugzeuge ist zu rechnen. Geben Sie Skorzeny Jagdschutz.«

Binnen 12 Stunden war das JK-1 unterwegs.

Die Operation ›Befreiung Mussolini‹ lief an. Lastensegler brachten Soldaten bis vor das Burghotel Campo Imperatore. Sie überwältigten den Widerstand nahezu lautlos.

Noch im Schlafanzug, Mantel darüber, wurde Mussolini zu dem Fieseler Storch geführt, der ihn zu dem deutschen Stützpunkt Patrizia di Mare flog.

Während der ganzen Operation jaulten Spitfires und Mosquitos durch die Apenninentäler und zogen bis zu den Gipfeln der Berge hinauf. Sie versuchten das Unternehmen zu stören. Doch es blieb bei dem Versuch. Eine schwarze Me-109 fegte sie auseinander wie ein Besen das Herbstlaub. Sie räumte fürchterlich unter ihnen auf. Mehrere alliierte Jäger stürzten in die Schluchten und in die Wälder.

Vor Rom stieg Mussolini in eine Heinkel-111 um, die ihn nach Wien brachte. So wie er den Gran Sasso verlassen hatte, unrasiert, einen zerdrückten Hut auf dem Kopf, kam er dort an. Deutlich war zu sehen, wie unbehaglich ihm zumute war.

Oberfeldwebel Joe Meiners konnte nicht nur Talent im Motorbau, sondern auch seine Sprachkenntnisse zum Einsatz bringen. Erst in Frankreich, dann in Nahost, jetzt wieder in Italien.

Noch gab es in Italien eine Menge Annehmlichkeiten. Wärme, Sonne, keine 40 Grad minus wie in Rußland, keinen Hunger, keine Ruhr, keinen Schlamm, kein gefrorenes Bier, sondern heiße Spaghetti al dente und Tomatensucco. Aber der Kampf war nicht weniger mörderisch. Meiners, der große Schwarzmarkthändler, schimpfte täglich mehr.

»Diese verflixten Itaker sehen schon unser Ende nahen. Sie sind entweder Partisanen oder stehen auf seiten der Amerikaner. Wird immer schwieriger, das Nötigste zu beschaffen. Seidene Wäsche und Strümpfe für meine Damen in Paris, prosciutto für mich, vino e zigarilli für dich, Chef. Sie springen einem am liebsten mit dem Hintern ins Gesicht.«

»Wen wundert's«, bemerkte Oberst von Kramm, »die Engländer haben Rommel aus Afrika hinausgeschmissen. Seinen größten Jagdflieger aller Zeiten hat Rommel auch verloren. Nach über 150 Abschüssen ist Hans-Joachim Marseille gefallen. Unbesiegt vom Feind.«

»Sein Fallschirm soll sich beim Absprung nicht geöffnet haben.«

»Seitdem liebe ich Fallschirme noch weniger als zuvor. Schwierigkeiten beim Nachschub, an Ersatzteilen und Treibstoff waren nicht mehr zu überwinden. Die englische Mittelmeerflotte fing alle Geleitzüge nach Nordafrika ab. Ich habe davor gewarnt, Malta zu vergessen, aber sie haben diese wichtige Mittelmeerbasis der Alliierten sträflich vernachlässigt.«

»Nach unserem Schwächeanfall sind sie dann logischerweise in Sizilien gelandet, trotz sintflutartiger Regenfälle«, ergänzte Meiners.

»Und jetzt packen sie Salerno«, fuhr Kramm fort, »wenn es so weitergeht ...«

... wenn es so weitergeht«, nahm Meiners den Faden auf, »müssen wir unser Programm umstellen, Chef. Erst warst du ein ungeschliffener Diamant, jetzt bist du ein geschliffener, kannst dich an den höchsten europäischen Tafeln tadellos benehmen.«

»Umstellen auf was?« fragte der Oberst.

»Auf die hohe Stufe amerikanischer Kultur.«

»Gibt es die? Wenn ja, was ist dieselbe?«

»Eis in den Wein«, zählte Meiners auf, »Cola in allen Lebenslagen. Man tauft sogar Babys damit. Kaffee kalt, süß und sahnig, Tomatensoße über alles, sogar über Tomaten, weiches Gummibrot und Chicken in 100 Variationen. Chickenshit heißt übrigens Hühnerscheiße. Von heute ab werden wir Englisch pauken, Sir.«

An einem Tag mit schweren Kämpfen, die alliierten Bomber flogen jetzt verstärkt über Italien in das Reichsgebiet ein, versuchte Oberst von Kramm wenigstens eine Nacht im Hotel in Verona durchzuschlafen.

An der Bar trank er noch einige Grappas, Bärentöterschnaps, mit dem Jagdfliegerführer/Italien. Über die Zukunft sprachen sie kaum, denn falls es so etwas gab, war sie eine dunkle neblige Wand.

»Wenn ich Bilanz ziehe«, äußerte Kramm geplagt von Selbstvorwürfen, »dann bin ich ziemlich verwahrlost. Die jahrelangen Kämpfe haben mich vom Fighter zum Killer gemacht.«

»Mehr denn je geht es ums Töten oder Getötetwerden«, pflichtete ihm der General bei.

»Noch versucht man, fair zu bleiben. Mit Moral hat das nichts zu tun.« Kramm sprach, ins Glas blickend, weiter: »Nie würde ich daran denken, einen Gegner, der am Fallschirm abspringt, als Zielscheibe zu verwenden, wie manche unserer Feinde, von denen man sagt, sie seien geborene Gentlemen. Aber es gibt Tage ...«

»Was für Tage?« fragte der General, der nicht mehr fliegen konnte, weil er nur noch ein Auge besaß.

»Es gibt Tage«, gestand Kramm, »an denen man sich schlicht und einfach selbst den Tod herbeiwünscht. Einen schnellen Tod. Aber diese Gnade wird wohl nicht jedem Irdischen zuteil.«

»Nicht aufgeben, Junge«, riet der General. »Das geht vorbei.«

Doch dann schlug das Schicksal auf andere Weise zu.

Im Hotel Colombo d'oro in Verona, wo Kramm einen

Tag lang entspannte, weil die Wetterlage das Fliegen nicht zuließ, wurde ihm ein Besucher gemeldet. Es dauerte nicht lange, dann betrat ein ihm unbekannter Mann das Hotelzimmer. Kramm war diesem Mann noch nie begegnet. Den Namen, den er nannte, Fürstenhof, Fürstendorf oder so ähnlich, hatte er noch nie gehört. Unter dem zivilen Staubmantel trug der Mann Generalsuniform. Das zeigte sich aber erst, als er ablegte.

Unumwunden gab der Besucher zu, daß er schon lange ein Gespräch mit Kramm suche. Seiner Aktentasche entnahm er eine Flasche Cognac, eine schmale Kiste Zigarren und einen Schnellhefter, den lila Geheimstreifen kennzeichneten.

Mit vorwurfsvoll geräusperter Stimme forderte er Oberst von Kramm auf, endlich das Seine zur Beendigung dieses unmenschlichen Krieges beizutragen.

»Ich kämpfe ab und zu und hin und wieder für den Endsieg«, erklärte Kramm schnoddrig. »Das hab' ich gelernt, mehr nicht. Deshalb kann ich auch nicht mehr tun.«

Der hagere Frontoffizier lachte kehlig: »Endsieg, das gibt es nicht, nur Endniederlage. V-Waffen gibt es nicht. Beendigung des Krieges wäre nur durch Friedensvertrag möglich. Den kriegen wir auch nicht. Es gibt nur Kapitulation, und die gibt es nicht, solange Hitler lebt.«

Unbeeindruckt, aber gespannt, wartete Kramm darauf, was noch alles kam, was es noch alles nicht geben würde.

Der General schaute sich um. »Können wir abgehört werden?«

»Ich hoffe nicht.«

Trotzdem stellte der General das Radio an. Kirchenmusik aus Venedig. Dann senkte er die Stimme zu vier bedeutsamen Worten: »Wir müssen Hitler töten.«

Zunächst herrschte betretene Stille. Als Kramm sich gefaßt hatte, wählte er einen Vergleich mit der griechischen Mythologie: »Hitlers Tod wäre so, als würde man der neunköpfigen Schlange Hydra einen ihrer Hälse durchschlagen. Da wachsen immer zwei neue nach.«

Der General beachtete den Einwand kaum. Mit dem Glitzern des Fanatikers in den Augen erklärte er: »Es muß ein Zeichen des Widerstandes gesetzt werden. Daß es so etwas wie Widerstand überhaupt gibt, muß offenbar werden. Immer wieder hat man versucht, Hitler zu töten. Es mißlang. Aber wir geben nicht auf. Wie heißt es doch so schön bei Schiller: Die Stadt vom Tyrannen befrei'n. Und am Schluß: Ich sei, gewährt mir die Bitte, in eurem Bund der Dritte.«

Sprachlos den Kopf schüttelnd, dann entrüstet, lehnte Kramm ab.

Doch der Besucher gab nicht auf. Hartnäckig stellte er Fragen, die er zum Teil selbst beantwortete: »Wie viele Juden sind denn in den Konzentrationslagern krepiert, vergast, verbrannt worden? Mindestens drei Millionen.« Der General deutete auf die mitgebrachte Akte. »Sie haben doch selbst einen jüdischen Großvater, Herr Baron.«

Diese Leute schienen alles zu wissen, Kramm hingegen wußte wenig von Widerstandsgruppen, von all diesen Dingen hatte er kaum etwas mitbekommen.

Der General drehte ein Monokel ins Auge, musterte Kramm scharf, er fixierte ihn geradezu.

»Alles nur Gerüchte«, sagte Kramm, »ebenso, daß Stalin zehn Millionen Russen habe liquidieren lassen.«

»Sie ahnungsloser Engel Sie.«

Weiterhin wies Kramm Ansinnen dieser Art entschieden von sich. Er weigerte sich sogar, dem General noch länger zuzuhören und bat diesen Herrn Fürstenberg, oder wie er hieß, zu gehen.

»Dann werde ich über unser Gespräch schweigen. Mein Ehrenwort, Herr General.«

Doch dieser eisenharte Delegierte gab nicht auf, so, als stehe für diese subversiven Zwecke kein anderer Mann als Oberst von Kramm zur Verfügung. Schließlich machte er eine Andeutung, die Kramm schwer zu denken gab. Diese Leute arbeiteten wirklich mit allen Mitteln. Der General setzte ihn infam unter Druck.

»Wir würden die zweifelhafte Rolle Ihrer Geliebten, Ewa Martini, ihre Verbindungen zu Udet, zu General Heidkamp, zu den Kommunisten bis Moskau, zu russischen Feindagenten, das alles würden wir publik machen. Und sei es auf dem Weg über die Gestapo. Notfalls.«

Da wußte Kramm, daß sie ihn hatten. Notgedrungen mußte er in ihre Pläne einwilligen.

50

Die neuen Wassermann-Ortungsgeräte stellten rechtzeitig Einflüge feindlicher Bomber fest. Schon beim Start in Orfortness und Clacton erfaßten sie die B-17-Viermots. Die Jäger der Reichsverteidigung wurden alarmiert. Trotzdem waren schwere Bombardierungen nicht zu verhindern. Sie griffen Schweinfurt an, zerstörten deutsche Flugzeugfabriken, 980 Bomber ließen ihre tödliche Last über Leipzig fallen, über Braunschweig und die Fokke Wulf Werke bei Posen.

Immer wieder versuchten deutsche Jäger, die Eskorte der Alliierten zu durchbrechen, aber gegen den neuen Langstreckenbegleitjäger Mustang hatten sie wenig Chancen. Er war zu schnell, zu wendig, zu stark bewaffnet.

Die alliierten Bomber setzten ihre Luftminen, Spreng- und Brandsätze nicht zielgenau. In der Hauptsache trafen sie die Wohngebiete im Zentrum der Städte. Viele Bomber griffen in Panik auch zum Notwurf. Dadurch geschah es, daß die Straßenzüge ganzer Wohnviertel vernichtet wurden. Jede Nacht mußten die Menschen mehrmals ihre Luftschutzkeller aufsuchen. Diese alten Gewölbe, meist völlig unzureichend, brachen unter dem verheerenden Druck der Luftminen und der einstürzenden Häuser zusammen. Die Menschen in den Kellern wurden verschüttet und starben qualvoll. Sie verbrannten in der Hitze der Magnesium-Stabbomben, wieder andere wurden von den Explosionen zerfetzt oder sie erstickten.

Dem wohlhabenden Teil der Bevölkerung ging es meist besser. Ihre Villen lagen in den Randgebieten. Oft hatten sie sich auch Luftschutzbunker mit meterdicken Betondecken errichten lassen, versehen mit Notausstiegen, Frischluftversorgung, Wasser- und Lebensmittelvorräten. So traten auch beim Tod durch den Luftkrieg Klassenunterschiede zutage.

Die Bewaffnung der deutschen Jäger erwies sich immer mehr als unzureichend gegen die fliegenden Festungen. Die B-17 waren unerhört robust. Oft schluckten sie Hunderte von Einschüssen, ohne mehr Wirkung zu zeigen als ein Sandsack gegen die Faust des Boxers. Kein Wunder, daß sie den Luftraum über dem Reichsgebiet nahezu beherrschten und unbehelligt auch bis Berlin kamen.

Reichsmarschall Göring, von den Kommodores immer wieder auf die technischen Mängel angesprochen, winkte nur ab und verbat sich derart zersetzendes Gerede.

Immer mehr zeigte sich in diesen Maitagen, daß etwas bevorstand. Auch der Einzelkämpfer Oberst von Kramm konnte mit seiner schwarzen Me-109 gegen die wachsende Übermacht nur wenig ausrichten. Ab und zu gelang es ihm noch, eine versprengt fliegende Viermotorige, die den Anschluß an ihren Verband verloren hatte, abzuschießen. Mehr und mehr konzentrierte er sich auf Erkundungsflüge. Dabei stellte er fest, daß an der englischen Südküste, soweit sie der Normandie gegenüberlag, Truppen zusammengezogen wurden, wie noch auf keinem Kriegsschauplatz jemals zuvor. Eine kaum noch zählbare Menge von Flugzeugen, Panzern, Landungsbooten, Versorgungsfrachtern, Kreuzern, Zerstörern und Begleitschiffen hatte sich versammelt.

Immer wieder meldete Kramm seine Beobachtung zum Führerhauptquartier nach Rastenburg. Doch in der Wolfsschanze hielt man das offenbar für Potemkinsche Dörfer.

»Das ist das gigantischste Täuschungsmanöver aller Zeiten«, hieß es. »Der Führer erwartet den Angriff an der engsten Stelle des Ärmelkanals bei Dünkirchen und Calais.«

»Dann müßten in Südostengland ebenfalls Truppen aufmarschiert sein«, gab Kramm zu bedenken. »Man sieht aber nichts, das über die normale Lage hinausgeht.«

»Die Engländer sind Meister der Tarnung«, wurde ihm geantwortet.

»Sogar die SS-Panzerdivisionen liegen alle im Norden«, sagte Kramm nach der Landung zu Meiners.

Müde legte er sich für eine Stunde aufs Ohr und ließ sogar die Kombihose mit den vielen Beintaschen an, die sie Kanaltüten nannten. Und dann kam es über sie wie ein Ungewitter, wie die Götterdämmerung.

Am 6. Juni 1944 griffen die Alliierten in der Normandie an. Mit der Gewalt einer Stahlwalze.

Nach tagelangen Kämpfen an den Stränden konnten

sie Brückenköpfe bilden. Daß die deutschen Truppen schließlich ihre Küstenbunker aufgaben, lag nicht nur an taktischen Fehlern, sondern auch daran, daß die Alliierten den Luftraum im Verhältnis von mindestens 1 : 100 beherrschten. Gegen eine deutsche Maschine kamen acht alliierte Staffeln.

Zu den wenigen Me-109, die noch gegen den Feind flogen, gehörte Kramm mit seiner schwarzen Messerschmitt. Obwohl der Landeplatz von Jagdkommando-1 versteckt in den Wäldern bei St. Omer lag, wurde auch er immer wieder mit Bomben umgepflügt. Mitunter ähnelte er einem Sturzacker.

In diesen entsetzlichen Junitagen, die Invasionsarmeen drangen immer weiter Richtung Bretagne und Paris vor, standen die SS-Panzerdivisionen weiterhin untätig in Nordfrankreich. Wenn die Führung immer noch an einen zweiten Angriff bei Calais glaubte, dann war sie nicht nur falsch informiert, sondern absolut unfähig. Bald dachten die deutschen Truppen nur noch ans Überleben. Oberst von Kramm gab den Befehl aus, seine Einheit müsse sich bereithalten, binnen sechs Stunden abzumarschieren.

An diesem Abend im Spätjuni saß Kramm in seinem nach allen Seiten offenen Zelt und dachte schon gar nicht mehr an den Besuch des merkwürdigen General Fürstenhuber von Verona. Kramm hoffte, man habe ihn längst vergessen oder andere Pläne ausgearbeitet. Doch dann mußte er erkennen, daß dem nicht so war. Offensichtlich wußten die Männer der Widerstandsbewegung immer alles. Zweifellos verfügten sie über eine erstklassige Nachrichtenorganisation. Ihre Mitverschwörer saßen bis hinauf in die höchsten Stäbe.

Es war ein stiller lauer Abend. Kramm und seine Männer sprachen wenig. Plötzlich vernahmen sie von Süden her das Klirren von Panzerketten. Kramms Männer wollten in Deckung springen und zu den Panzerfäusten greifen. Doch Kramm beruhigte sie.

»Die Amerikaner sind das noch nicht. Die können auch nicht zaubern.«

Das Motorengeräusch näherte sich, das Knacken und Brechen des Buschwerks und der kleinen Bäume, die der Panzer auf seinem Weg niederwalzte, wurde deutlicher. Am Waldrand blieb er stehen. Der Turm mit der Kanone bewegte sich, als schnüffle er erst die Lage ab. Langsam rollte er aus der Deckung heraus. Er führte das deutsche Balkenkreuz und ungewöhnlich viele Antennen. Offenbar ein Kommandopanzer.

Der Kampftiger rasselte bis vor die Zelte. Am Turm öffnete sich die Luke.

Ein schwarzgekleideter Panzerkommandant im Offiziersrang schob sich heraus, sprang zur Erde und fragte einen der Warte: »Zu Oberst von Kramm. Wo ist er?«

Der Panzeroffizier, ein Oberleutnant, trug das Ritterkreuz und fand den Kommandeur des JK-1 auf seinem Feldbett liegend vor. Er grüßte, nannte seinen Namen und bat Kramm um ein Gespräch unter vier Augen. Kramm schickte seine Männer weg und reichte dem Panzerkommandanten erst einmal die Cognacflasche. Der Oberleutnant nahm gierig einige Schlucke.

»Fantastisches Teufelszeug«, schmatzte er.

»Und womit kann ich dienen, Herr Kamerad?« fragte Kramm höflich.

Da erinnerte ihn der Panzeroffizier an sein Wort General Fürstendorf gegenüber.

»Wie haben Sie mich bloß gefunden?« staunte Kramm noch immer.

»Wir wissen stets, wo sich unsere Leute aufhalten«, erfuhr er.

Schon kam der Panzeroffizier zur Sache: »Es soll folgendermaßen vor sich gehen«, er sprach leise und nahe Kramms Ohr auf dem Feldbett sitzend, »wir kennen den Flugplan von Hitlers Dienstmaschinen. Sie bringen ihn meist zwischen dem Hauptquartier des Oberkommandos der Wehrmacht in Rastenburg/Ostpreußen und seinem Bergnest hoch über Berchtesgaden hin und her. Eine Art Pendelverkehr. In wenigen Tagen ergibt sich eine günstige Konstellation. Bitte halten Sie sich bereit.«

Nur langsam löste sich der Krampf in Kramms Inneren. Beherrscht stellte er Fragen: »Wenige Tage, wieviel ist das?«

»Eine Woche, zwei Wochen. Wir können mit Ihnen rechnen, Herr Oberst?«

Das Wort notgedrungen lag Kramm auf der Zunge. Statt dessen sagte er: »Sie können.«

»Ich muß weiter«, drängte der Oberleutnant, grüßte frontmäßig unmilitärisch und stiefelte zu seinem Kommandopanzer.

Am 14. Juli 1944 besuchte Kramm ein weiterer Geheimkurier, ein Infanterieoffizier mit einem ziemlich verdreckten VW-Schwimmwagen. Während er mit Kramm am Rand des Rollfeldes entlangspazierte, lieferte er seinen Bericht.

»Hitler wird Ende der Woche von seiner Festung auf dem Obersalzberg nach Rastenburg fliegen. Vermutlich in der viermotorigen Condor. Da Hitler Pünktlichkeit liebt, wird der Start noch in der Morgendämmerung in Salzburg erfolgen. Damit der Flug nicht ausfällt, verzichtet der Führer meist auf Begleitschutz. Also am 19. oder 20. Juli.«

Kramm, der sein Wort verpfändet hatte, konnte gar nicht anders. Er ließ Krillinger, den Spieß, und Meiners kommen.

»Wir verlegen heute nacht noch in kleiner Besetzung nach Osten über die Rheinlinie. Sehen Sie zu, Spieß, daß Sie alles Nötige auf einen 10-t-Büssing-Dreiachser mit Anhänger kriegen. Benzin, Munition, Proviant für einige Tage, die nötigsten Geräte und Werkzeuge und den ganzen Funkklapperatismus.«

»Zielort?« fragte Meiners.

»Die Rhönberge«, nannte Kramm, »die Segelflugschule an der Wasserkuppe. Klasse Gegend.«

»Wir fahren dann über Paris, Frankfurt, Fulda. Das sind leicht 1000 Kilometer.«

»Uhrenvergleich«, verlangte der Oberst. »Wir sehen uns also in der Rhön in 24 Stunden. Der große Landeplatz führt vom Tal her bergauf. Ich hoffe, daß ihr gesund hinkommt und zur Stelle seid. Ohne euch bin ich der letzte Flieger Arsch.«

»Die Amerikaner haben Caen erobert. Kam eben durch«, meldete Meiners. »Und Saint Lo.«

»Bei Avranches tobt eine fürchterliche Kesselschlacht«, fügte der Spieß hinzu. »Im Kessel kartätschen sie alles zusammen. Sogar die letzte Feldmaus. Und im Kessel sitzen nicht die Amerikaner, sondern leider unsere Kumpels.«

Die kleine Besetzung des JK-Schwarzer Baron hatte die Wasserkuppe erreicht. Kramm war mit seiner Me-109 am Nachmittag zu ihnen gestoßen. Die Maschine war betankt, munitioniert und getarnt. Sie saßen im sandgelben Afrikazelt. Wie immer hörten sie gemeinsam den Wehrmachtsbericht. Joe Meiners feilte seine Fingernägel, Kramm stippte das Mundstück seiner Zigarre immer wieder in Cognac. Es war ziemlich spät.

Dann kam zu den schlechten Nachrichten noch eine ganz schlechte. Nämlich dieser verschlüsselte Funkspruch: ›DER ADLER STARTET BEI SONNENAUFGANG‹.

Kramm blieb im Feldstuhl sitzen, legte die Füße auf eine der Transportkisten und starrte vor sich hin.

»Dann ist es soweit, Männer.«

Keiner fragte nach Einzelheiten.

»Wann Start?« wollte Meiners wissen.

»Morgen früh, 3 Uhr 30.«

Kramm ging noch einmal hinüber an den Rand des talwärts abfallenden Flugfeldes. Seine schwarze Me-109 ließ, vom Tarnnetz überzogen, nur ihre dünnen Beine sehen.

Da jetzt nicht mehr mit Einflügen zu rechnen war, befahl Kramm das Tarnnetz zu entfernen. Dann haute er sich für drei Stunden hin. Die Anspannung und das schlechte Gefühl versuchte er gar nicht erst hochkommen zu lassen.

Start in der ersten Frühdämmerung. Das Gras war noch feucht, die Propellerböen würden also keinen Staub aufwirbeln. Kramm kletterte in den Führersitz. Meiners gurtete ihn an. Die Gerüche waren wie immer, beinah heimelig, diese Mischung aus Benzin, Öl, Gummi, Nitrolack und Männerschweiß. Flächen und Rumpf hingen noch voller Tauperlen.

Der Anlasser wurde hochgekurbelt. Nach wenigen Propellerdrehungen sprang der Motor an. Warmlaufen, Kabinendach zu, Daumen nach oben, rollen.

Weil das Gelände abschüssig war, konnte Kramm die 109 schon nach 100 Metern vom Boden lösen. Fahrwerk ein, Propellerverstellung. Kurs Südost.

Oberst von Kramm hatte sich die Flugzeit der Führermaschine von Salzburg über Prag nach Ostpreußen genau ausgerechnet. Den Kurs kannte er. Den hatte er von dem Widerstandsgeneral, der Fürstendorf hieß oder so ähnlich.

Die Geschwindigkeit der Condor, ihre Flugzeit also, und seine eigene, sollten ergeben, daß sie sich in der Nähe der Lausitzer Berge trafen. Im Idealfall.

Die Wolkenhöhe betrug etwa 400 Meter. Die FW-200-Condor würde also über ihnen daherkommen. Oberst Kramm blieb unter der Wolkendecke, um dann durchzustoßen, sobald er sie in seinem Beutefunkmeßgerät, das die Engländer Radar nannten, entdeckte. Und zwar als kleinen weißen Punkt auf der Röhre des Oszillographen. Bis jetzt funktionierte alles zufriedenstellend. Seine Me-109, der Motor, die Kühlwassertemperatur, Öldruck, alles lag im grünen Bereich.

Wie stets vor einem Kampf jagte Kramm eine Reihe Probeschüsse durch die Läufe der MG's und der Kanonen hinaus. Die Leuchtspuren stieben davon Richtung Thüringer Wald. Auf der Geheimwelle einer Bodenstation, die mit Sicherheit ein Offizier der Verschwörer befehligte, wurde ihm die Führermaschine gemeldet: ›ADLER AUF KURS UND IM ANFLUG‹.

Vom Boden her wies man ihn ein, nannte ihm seinen Endanflugkurs 97 Grad. Doch da hatte Kramm die Condor schon auf dem britischen Radar, das aus einer Spitfire ausgebaut worden war.

Er riß die Me-109 hoch. Fünfzig Sekunden lang stach er blind durch die Wolkenschicht, bis ihn die aufgehende Sonne erfaßte. Sie blendete ihn. Er setzte die dunkle Brille auf. Etwa zwei Kilometer voraus, vielleicht hundert Meter höher als er, zog die viermotorige Condor ihre Bahn. Rötlich bestrahlt von der Morgensonne.

Kramm schob die Pulle hinein und brachte den Motor auf Kampfleistung. Seine Absicht war, die Führermaschine von unten anzugreifen.

In diesen letzten Sekunden verbot er sich, an irgend etwas zu denken. Er entsicherte die Waffen, die Bordkanone, die durch die Propellernabe schoß und die Flächen-MG's. Mit dem Gallandvisier, einem Jagdgewehrzielfernrohr in der Frontscheibe, brachte er den kritischen Punkt der Condor ins Fadenkreuz. Langsam ließ er sie einwandern.

Jetzt hatte er den richtigen Abstand erreicht.

Einen Herzschlag vor dem Druck auf den Abschußknopf schnarrte eine Meldung in der FT-Haube: »KAFFEE . . .! KAFFEE . . .!«

Das war der vereinbarte Befehl für den Notabbruch der Operation.

Kramm wiederholte: »Kaffee! Kaffee!«

Der Empfang wurde bestätigt, deutlich mit der Stimme von Joe Meiners.

In diesem Augenblick fragte Kramm nicht nach den Gründen. Wie Heinz Rühmann in dem Film ›Quax der Bruchpilot‹ kippte er über den linken Flügel ab und ließ die Führermaschine ziehen. Erleichtert wegen der Fliegerkameraden, die auch dran hätten glauben müssen.

Nach der Landung erfuhr Kramm die Hintergründe.

Hitler, der Trickreiche, hatte wie so oft seine Reisepläne spontan geändert. Auf diese Weise war er schon einer Reihe von Attentatsversuchen entgangen. Er war bereits am Abend mit seiner Ju-52 nach Ostpreußen geflogen.

Gegen Mittag kam eine geheime Sondermeldung auf der Verschwörerwelle.

»Bei der Lagebesprechung in Rastenburg soll Hitler eine Bombe erwischt haben«, meldete Meiners verdattert. »Kam eben auf der Geheimfrequenz durch.«

»Na, wer's glaubt«, kommentierte Kramm zweifelnd, »du hast dir trotzdem ein Trinkgeld verdient. Aber nicht gleich mit losen Weibern verprassen.« Kramm hatte Kopfschmerzen. »Das einzige, was ich selbst jetzt brauche, ist ein Aspirin, aufgelöst in Aspirin.«

51

Berlin, 20. Juli 1944

Schon der Morgen kündete einen strahlenden Sommertag an. Noch sah es nicht nach Weltuntergang aus, als um 7 Uhr ein Kurierflugzeug von Rangsdorf startete. An Bord waren Oberst Graf Stauffenberg und sein Adjudant. In Stauffenbergs Aktentasche befanden sich Unterlagen über die neuen Volksgrenadierdivisionen – und eine Bombe.

Zum drittenmal machte sich Stauffenberg auf, um Hitler zu töten. Zweimal war es mißlungen. Heute schien es dafür die letzte Möglichkeit zu geben, denn schon zogen sich die Schlingen um die Verschwörer zusammen.

In Berlin hatte sich die provisorische Regierung zu der Beck, Goerdeler und Witzleben gehören sollten, schon versammelt, als Oberst Stauffenberg in Rastenburg/Ostpreußen landete. Sofort fuhr er weiter durch die Wälder ins Führerhauptquartier. Er passierte die scharfen Kontrollen und kam ungehindert durch.

Für elf Uhr war die Lagebesprechung angesetzt. Sie sollte in einer Baracke der Wolfsschanze stattfinden. Der Termin verzögerte sich jedoch. Als Stauffenberg den Lageraum, einen mit Betonteilen verstärkten Holzbau, betrat, stellte er fest, daß er neun Fenster hatte. In der Mitte stand ein schwerer, langer Eichentisch.

Kurz vorher hatte Stauffenberg in der Toilette mit einer Zange die Säurekapsel im Bombenzünder zerbrochen. Die Säure würde den Sicherheitsdraht zerfressen und damit die Zündung freigeben. Nichts konnte die Explosion mehr aufhalten. Sie würde in etwa zehn Minuten erfolgen. Sekundengenau arbeiteten die englischen Säurezünder leider nicht.

Gesenkten Hauptes, wie Napoleon vor Waterloo, eilte Hitler herein. General Heusinger hielt als erster seinen Vortrag. Stauffenberg stellte die Aktentasche unter den Tisch und schob sie mit dem Fuß in die Nähe Hitlers. Dann trat er etwas zurück und verließ unbemerkt den Raum. Wenig später hatten er und sein Adjutant schon den inneren Sicherheitskreis des Hauptquartiers verlassen.

Als die Bombe detonierte, zeigte seine Uhr 12 Uhr 43. Es war, als hätte eine schwere Mörsergranate hinter ihnen eingeschlagen.

Ungehindert erreichte Stauffenberg den Flugplatz. Die drei Stunden in der langsamen Heinkel kamen ihm endlos vor. Kaum am Stadtrand von Berlin gelandet, rief er, noch von Rangsdorf aus, seinen Mitverschwörer an.

»Hitler ist tot!« meldete er.

Das Drama rollte ab. Zunächst in Zeitlupe.

Der sorgfältig vorbereitete Aufstand war in Berlin noch gar nicht angelaufen. In Döberitz waren keine Truppen ausgerückt, die Befehle an die Wehrkreiskommandos im Reich waren nicht ergangen, und niemand hatte daran gedacht, das Rundfunkgebäude, die Telefon- und Telegraphenämter zu besetzen. Die Hauptverantwortlichen des Umsturzes waren nicht einmal vollzählig in der

OKW-Zentrale Bendlerstraße erschienen. Verhängnisvolle drei Stunden verrannen ungenutzt.

Hinzu kam, daß Hitler nicht tot war. Die Bombe des Grafen Stauffenberg war zwar unter der eichenen Platte des Lagetisches explodiert, aber irgend jemand hatte die Aktentasche mit dem Fuß noch um einige Meter zur Seite geschoben.

Die Explosion hatte Hitlers Haar versenkt, sein Bein zeigte Brandwunden, sein rechter Arm war teilweise gelähmt, sein Trommelfell geplatzt. Aber er lebte.

Vom OKW in Berlin gingen endlich die Befehle hinaus. Aber zu spät. Major Remer, Bataillonskommandeur im Wachbataillon Großdeutschland, ansonsten ein unpolitischer Mann, führte den Befehl seines nächsten Vorgesetzten aus, und der gehörte nicht zum Kreis der Verschwörer. Major Remer, der tapfere achtmal verwundete Offizier, setzte also sein Bataillon in Marsch.

Erst riegelte er das Regierungsviertel und das am Anhalter Bahnhof liegende Reichssicherheitshauptamt ab. Goebbels wurde informiert. Um 18 Uhr 30 gab der Deutschlandsender eine Sondermeldung durch.

Gegen den Führer sei ein Attentat versucht worden, hieß es, aber gescheitert. Der Führer halte in Kürze eine Ansprache an sein Volk.

Remers entschlossen geführtes Bataillon, unterstützt durch einige Panzer, bekam die Lage in den Griff. Sie stürmten das OKW in der Bendlerstraße. Die Männer des Widerstandes wurden festgenommen und in das Militärgefängnis in Moabit abgeführt. Nur wenigen gelang die Flucht.

Sofort trat ein Standgericht zusammen. Es sprach nur Todesurteile aus. Vier Offiziere, Oberst Merz, General Olbricht, Oberst Stauffenberg und Oberleutnant Haeften wurden in den Hof gebracht und im Licht von Autoscheinwerfern erschossen. Die anderen erwartete der Volksgerichtshof unter seinem brutalen Vorsitzenden Freisler. Alle Verschwörer wurden hingerichtet. Ohne zu zögern nahm Hitler fürchterliche Rache.

Einige der Verschwörer waren zwar noch einmal davongekommen. Doch fortan machten sie keinen Schritt ohne geladene Pistole in der Tasche. Im Falle einer Festnahme wollten sie ohne Zögern davon Gebrauch machen können. Einem qualvollen Ende in den Folterkellern, dem Erdrosseln mit Klavierdraht, war Selbstmord vorzuziehen.

52

Reichsmarschall Hermann Göring hatte die ewig unzufriedenen Geschwaderkommodores ins Luftfahrtministerium nach Berlin befohlen. In aggressiver Katerstimmung fiel er über sie her. Seine bitteren Vorwürfe gipfelten in Beleidigungen der versammelten Generäle und Ritterkreuzträger.

»Meine Herren Jagdflieger sind alle Feiglinge. Sie drükken sich vor dem Kampf, treiben ein Lotterleben, ich schäme mich für sie«, brüllte er.

Die hohen Offiziere saßen da, als habe sie der Blitz getroffen.

Aber Göring war noch lange nicht fertig. »Sie zeigen keinen Kampfesmut mehr. Die Herren Ritterkreuzträger denken nur daran, am Leben zu bleiben und an die großen Güter, die sie bei Kriegsende im Osten zu erwarten haben.«

»Wenn es bis dahin noch welche zu verteilen gibt«, bemerkte Galland forsch wie immer.

Göring hatte an diesem Tag feine Ohren. Er schrie los, bezeichnete alle Einwände als Defätismus, wollte jeden hier im Raum degradieren, ablösen, festnehmen lassen. Als er ausgetobt hatte, hörte er sich schließlich doch ihre Forderungen an. Die großen Jagdflieger forderten nicht mehr als gleichwertiges Material, um gegen die Alliierten bestehen zu können. Sie wünschten endlich den Serienbau des Turbinenjägers-262 und die Weiterentwicklung der Luft-Luft-Raketen.

»Anders ist dem Gegner nicht beizukommen«, beharrte der Jagdfliegerführer Oberitaliens General Lützow, ein besonnener Mann. »Oder sollen wir sie rammen?«

Göring, der selbst unter großem Druck stand, verkündete, alle Orden abzulegen, solang sich diese Schweinerei nicht geändert habe.

Oberst von Kramm kämpfte indessen verzweifelt in Frankreich weiter. Tagsüber versuchte er mit seiner schwarzen 109 in die Panzerschlacht bei Avranches einzugreifen, nachts jagte er in den Bomberströmen wie ein Wolf im Rudel der Schafe. Er ahnte nicht nur, er wußte längst, daß der Krieg verloren war. Aber er sprach nicht darüber und tat seine Pflicht.

Von der Meuterei der Geschwaderkommodores bei Göring war einiges durchgesickert. Obwohl Kramm mit der Sache nichts zu tun hatte, bestellte der Reichsmarschall seinen hochverehrten Herrn Jagdfliegerkameraden Oberst von Kramm zu einem seiner Wohnsitze. Diesmal hielt er sich in der Burg Veltenstein in der Fränkischen Schweiz, nahe Nürnberg, auf.

Spätabends kam Kramm dort an. Trotz des Hochsommers war es zwischen den dicken Mauern kühl. Im Kamin brannte Buchenholzfeuer. Göring wirkte wie ein Schatten seiner selbst, nicht einmal mehr grau, sondern farblos. Und er trug keine Orden. Nur das Pour-le-mérite-Kreuz aus dem Ersten Weltkrieg.

»Ich habe meine Auszeichnungen abgelegt und werde sie nicht eher tragen, bis sich die deutsche Luftwaffe wieder so schlägt wie damals am Anfang, als sie sich einsetzte, aufopferte bis zum letzten Mann. Mit den Eichenlaubträgern, den Herren Generälen, habe ich mir leider einen ziemlich elitären, einen in Luxus schwelgenden Jagdfliegerhaufen herangezüchtet. Sie denken nur ans Überleben, verfallen in Lethargie. Anwesende ausgeschlossen.« Göring wechselte sprunghaft das Thema.

»Das mit der Mussolini-Befreiung hat ja geklappt. Das Jagdkommando ›Schwarzer Baron‹ stellt mich ebenfalls zufrieden. Doch über die Gesamtleistung meiner Luftwaffe bin ich leider verzweifelt«, erklärte er.

Bei einem Glas Rotwein dankte Göring seinem Besucher hinterlistig, daß er sich bei der Meuterei der Jagdflieger herausgehalten habe.

»Ich wußte davon nichts«, gestand Kramm offen, »ich unterstehe ja keinem Geschwaderkommando, weder General Steinhoff, Trautloff oder Lützow.«

»Und wenn Sie davon gewußt hätten?«

Als Antwort ließ Kramm den Rauch seiner Zigarre durch den Kamin abziehen.

Göring nickte verständnisvoll. Er schien Bescheid zu wissen.

»Sie waren voll mit anderen Dingen beschäftigt, Baron«, deutete er an.

»Ich fliege jetzt wieder Nachtjagd, Herr Reichsmarschall.«

Sie sprachen über die Taktik mit den neuen Borsig-Raketen und über die Bomber-Bombe.

Doch plötzlich kam Göring wieder zu seiner vorigen Bemerkung zurück. »Natürlich sind Sie mit anderen Dingen beschäftigt. Aber einmal sollten Sie starten, und zwar am 20. Juli, um das Flugzeug unseres geliebten Führers vom Himmel zu holen. Richtig?«

Kramm beherrschte sich, wenn auch mühsam. Er mußte befürchten, daß jener General, Fürstendorf oder wie er hieß, der ihn praktisch erpreßt hatte, gefaßt worden war. Anläßlich der quälenden Verhöre hatte er wohl das Schweigen gebrochen und Kramms Namen erwähnt.

Kramm überlegte, was zu tun sei. Mehr fiel ihm nicht ein, als sich auf eine schnoddrige Art hinauszureden, von der er wußte, daß sie Göring imponierte.

»Wenn ich es darauf angelegt hätte«, antwortete Kramm nach einer Pause, »den Führer abzuschießen, das versichere ich Ihnen, Herr Reichsmarschall, dann hätte ich ihn auch erwischt.«

Göring hatte sich aufgerichtet und sackte in dem schweren mittelalterlichen Klostersessel, einem Zweisitzer, sofort wieder zusammen. Seine Stimme klang rauh, wie von einer fransigen Kehle erzeugt. »Gibt es irgendeine Lösung dieses Luftkriegdilemmas?«

Kramm verneinte. »Es wird immer schwieriger. Die feindlichen Bomberpulks kommen jetzt schon bei Tag. Sie fliegen in 10000 Meter Höhe über dem schlechten Wetter in strahlender Sonne. Unsere Maschinen reichen kaum bis dahin. Die Amerikaner verfügen über modernste Navigations- und Zielmittel. In unseren veralteten Me-109 und FW-190 hingegen fehlt es an Blindfluginstrumenten, Kabinenenteisung sowie Funkgeräten zur Zielführung.«

»Hören Sie auf, Baron«, unterbrach ihn Göring. »Hören Sie auf. Nicht ständig jammern, sondern Vorschläge bitte.«

»Die Ausbildung der Piloten ist mangelhaft«, machte Kramm weiter, »die meisten beherrschen weder Instrumentenflug noch Schlechtwetter-Landeverfahren.«

»Soll ich Sie etwa als Ausbilder von noch weiteren Jagdkommandogruppen einsetzen?« schlug Göring vor.

Oberst von Kramm konnte ihm das ausreden. »Es gibt Dinge im Leben, die sind nicht erlernbar, Herr Reichsmarschall. Man kann eine gewisse Routine erreichen aber keine Perfektion. Außerdem scheint mir viel wichtiger, den Turbinenjäger die Me-262 an den Feind zu bringen.«

»Ich weiß, ich weiß«, räumte Göring ein, »es ist schwer. Ein Ausnahmepilot wie Sie läßt sich nicht ohne weiteres vervielfachen. Und was die Me-262 betrifft, so hat der Führer die fixe Idee, daraus einen Blitzbomber zu machen und keinen Jäger.«

Sie unterhielten sich noch einige Zeit, und Göring sagte: »Es hat mir gut getan, mit Ihnen zu sprechen, Baron, einem Mann, von dem ich weiß, daß er ehrlich ist und mich nicht bescheißt und belügt.« Beim Abschied fragte der Reichsmarschall noch: »Übrigens, finden Sie ihre Orden schön?«

»Besonders die Brillanten glitzern so hübsch«, erwiderte Kramm spöttisch, »es gibt nichts Besseres.«

»Doch, es gibt etwas Besseres«, behauptete Göring. »Die Brillanten vom Führer sind Similisteine, poliertes Glas. Meine aber sind echt.«

Er griff in die Tasche und übergab Kramm seine eigene Ausführung mit den protzigen Klunkern.

In einer nächtlichen Regenfahrt kehrte Kramm in Görings Mercedes zum Flugplatz Roth bei Nürnberg zurück, wo seine 109 stand.

53

Nach dem Attentat auf Hitler hinter dem man nicht zuletzt alliierten Einfluß vermutete, wollte sich Hitler an Stalin rächen. Die SS-Strategen brüteten dafür einen Plan aus. Er bekam den Namen ›Zeppelin‹.

Organisiert wurden die Vorbereitungen von dem neuen Gestapochef Kaltenbrunner. Dazu erhielt er vom Reichsführer-SS Heinrich Himmler, Generalvollmacht. Damit setzte sich Kaltenbrunner rigoros über die Befehlsstrukturen von Luftwaffe und Heer hinweg.

Vom Generalstab des Heeres wurden Rußlandfachleute abgezogen, die die Verhältnisse im Bereich um Moskau herum gut kannten. Diese Offiziere verfügten wiederum über Kontakte zu den nötigen Spezialisten, welche die schwierige Aufgabe nach der Landung am Boden einsatzmäßig übernehmen konnten. In Tag- und Nachtarbeit wurden die Pläne entwickelt. Sämtliche Versionen wurden Hitler vorgelegt. Letzten Endes stimmte er aber nur einem davon zu. Auch mit dem Decknamen ›Zeppelin‹ erklärte er sich einverstanden.

Der Film- und Theaterstar Ewa Martini war ein Liebling der Götter, sowie der von halb Europa, und dies ganz besonders im fünften Kriegsjahr, als es kaum Unterhaltung und Ablenkung gab.

Ewa Martini führte aber auch ihr Doppelleben weiter. Tagsüber filmte sie bei der Ufa in Babelsberg, abends spielte sie Revue vor Soldaten und nachts war sie Spionin. Daß sie als die Mata Hari des Dritten Reiches hätte gelten können, davon wußten nur zwei Personen.

Ihr Terminkalender sah streng aus: Morgens von 8 Uhr 30 bis 16 Uhr: Dreharbeiten in den Ufa-Studios. Name des Musikfilmes: Heimliches Rendezvous. Regie: George Jakobi. Abends 20 Uhr: Metropoltheater. Hauptrolle in der Operette ›Hochzeitsnacht im Paradies‹.

Einschließlich Applaus und aller Wiederholungen dauerte das meist bis kurz vor 23 Uhr.

Ewa Martini war so gesund wie schön und stand die Anstrengungen locker durch. Zweimal in der Woche jedoch lehnte sie Einladungen von Verehrern zu einem späten Essen oder Barbesuchen strikt ab. Meistens dienstags und freitags gleich nach der Vorstellung wartete im Theaterhof eine schwarze Mercedes-Limousine mit dem Stander eines SS-Generals. Selbst bei Fliegeralarm hatte der Wagen freie Durchfahrt und brachte Ewa in die Prinz-Albrecht Straße Nr. 7. Dort nahm er die Einfahrt zum Gestapo-Hauptquartier.

Das oberste Geschoß des monumentalen Gebäudes war nur per Privatlift erreichbar. Man hatte diese Etage zu einer riesigen Dachwohnung im altgermanischen Stil ausgebaut. Ewa Martini kannte diese protzige Penthouse Walhalla. Früher wohnte SS-Obergruppenführer Heydrich hier. Nach seiner Ermordung am 20. Mai 1942 in Prag war sein vormaliger Stellvertreter Ernst Kaltenbrunner eingezogen. Die über 500 qm Wohnfläche hatten schwere Balkendecken, einen gewaltigen Granitkamin, die Marmorböden bedeckten dicke Berber-Teppiche. Überall standen bronzene Wikingerleuchter verziert mit goldenen Hakenkreuzen. Jedesmal, wenn Ewa Martini die Halle betrat, wurde ihr bang ums Herz.

Ein Mann in kostbarem Brokatmantel – Adler und SS-Runen waren mit dem Buchstaben K zu einem Monogramm verschlungen – empfing die Schauspielerin voll Ungeduld. Kaltenbrunner liebte die Ewa Martini wie eine Göttin. Er umarmte sie.

»Für mich bist du das schönste Wesen der Welt.«

Zärtlich nahm er ihr das Silberfuchscape ab, küßte ihre nackten Schultern, ihren Nacken mit den gekräuselten honigfarbenen Löckchen.

Der zentnerschwere Langtisch war am oberen Ende gedeckt. Es gab Champagner, geräucherten Norwegerlachs und nicht wie sonst nur Beutekaviar und Toast. Kaltenbrunners dunkle Augen durchfurchten schier Ewas Gesicht auf der Suche nach etwas Unbestimmtem, Geheimnisvollem.

»Wie geht es dir, mein Schatz?«

»Bei dir immer gut«, log sie.

Das meist heitere Gemüt der Schauspielerin war wie geschaffen, den Gestapochef abzulenken.

»Kennst du den neuesten Göring-Witz?« fragte sie.

Er winkte ab. »Wer bitte ist Göring? Meinst du diesen verfetteten Kokainkloß?«

Ewa kannte seine Stimmungslagen und ging darauf ein. »Was macht dir Sorgen? Du bist so ernst, Ernsti.«

Ja, er hatte Sorgen und gestand es auch. Unvermittelt wurde er realistisch. »Die Macht der Alliierten hat sich mit Hilfe der USA zur Übermacht gegen uns entwickelt. Sie beginnen, uns an die Wand zu drücken.«

Auch Ewa Martini plagten Probleme, doch sie zeigte es nicht und zählte lächelnd auf: »Du gestattest die Bemerkung, daß im letzten Satz das Wort Macht zweimal enthalten war. Gestatte mir es zum drittenmal. Auch mir macht etwas Sorgen.«

»Diesmal macht klein geschrieben. Aber heraus damit.«

»Ich fühle mich ständig beobachtet und beschattet.«

»Ich auch«, höhnte er.

»Bei dir ist es die Leibwache, bei mir sind es Polizeispitzel. Man bestellt mich auf Ämter zum Verhör, stellt unangenehme Fragen wegen meiner Herkunft, nach meiner

Jugend im Bayrischen Wald, der Flucht meiner Familie erst nach Böhmen, dann nach Prag, wo meine Eltern im KZ steckten.«

»Dein Vater war Erzkommunist«, bemerkte Kaltenbrunner sachlich.

»Aber ein erzehrlicher.«

»Du bist keine Tschechin«, beruhigte er sie, »deine Eltern sind inzwischen beide tot, was mir leid tut. Ich hätte sie herausgeholt, wenn ich es damals gewußt hätte.«

»Dafür danke ich dir. Für diese Worte«, sagte sie in einem Ton, den man bei Schauspielern den feierlichen Überakzent nennt.

Er blickte sie über den Rand des Champagnerglases an, trank ihr zu und schlug vor: »Zahl es mir heim.«

»Womit?«

»Mit Treue, Madame.«

»Ich bin es von Natur aus.«

»Nur mit der Seele oder sogar mit dem Körper?«

»Gegebenenfalls mit sowohl als auch.«

Kaltenbrunner erlaubte sich eine Einschränkung. Er liebte es, anderen Menschen weh zu tun. »Vor mir warst du Udets Geliebte und die Geliebte von General Heidkamp. Geliebte von wem noch?«

»Wir waren nur gute Freunde«, schüttelte Ewa Martini die Vorhaltungen ab.

»Bis wohin gute Freunde?«

Sie deutete auf eine Linie oberhalb ihrer Brüste. Das schien dem Mann, der gewohnt war, daß man ihm nur unter Folter die Wahrheit sagte, zu genügen.

»Man wird dir ab sofort nicht mehr nachstellen, Liebste«, versicherte Kaltenbrunner.

Geschickt fragte Ewa ihn, ob er wirklich gesund sei. Er käme ihr blaß vor, mit tiefen Ringen unter den Augen.

Er wich aus, schwieg über seine Probleme und bat sie

eines ihrer Filmlieder oder etwas anderes für ihn zu singen.

»Was willst du hören?« zierte sie sich ein wenig.

»›Kann denn Liebe Sünde sein‹«, schlug er vor.

»Das gehört exklusiv der Leander. Wie wär's mit ›Sie will nicht Blumen, will nicht Schokolade‹ …?«

»Von einem Juden«, bemerkte er grinsend.

»Oder ›Bei mir biste scheen‹. Pardon, das ist auch verboten.«

»Nicht hier oben«, entschied Kaltenbrunner. »Hier sind wir unter uns.«

»Bist du je ›unter uns‹, mon cher Gestapo-Chef?«

Von der Wand nahm er eine kostbare ukrainische Balalaika und reichte sie ihr, anstelle einer Gitarre, mit den Worten: »Darauf hat schon Peter der Große gezupft.«

»Ist mir eine Ehre.«

Sie stimmte die Saiten, brachte einen Akkord zum Klingen, er verhallte in dem weiten Raum.

»Würde es dir etwas ausmachen, Liebling«, setzte er an, »dabei ein wenig …«

»Was? Dein ›ein wenig‹ kenne ich. Meist ist es ein wenig zuviel.«

»… ein wenig zu tanzen. Russisch.«

»Wenn es weiter nichts ist. Aber Extras kosten extra.«

»… und vielleicht dich dabei zu entkleiden«, fügte er fast schüchtern hinzu.

»Auch das würde mir eine Ehre sein«, spottete sie.

Ewa Martini verließ die Wohnhalle. Wenig später schwebte ein rotblond gelocktes Flittchen herein mit blaugrün bemalten Augen, Sommersprossen, langgliedrig, rundem Apfelpo und kleinen, eher aristokratischen Brüsten.

Kaltenbrunner klatschte Beifall und rief: »Ich mag niedliche Titten!«

Komplimente dieser Art tat Ewa stets mit einer schlichten Bemerkung ab. »Sie sind bestenfalls böhmischer Bauernadel.«

Sie spielte, tanzte und sang im Rökk-, La Jana-, Rogers-Stil. Mal Ballett, mal Jazz, mal Step. Unter dem schwarzen Tüllnegligé hatte sie nur noch ihre Haut an.

Während dieser Privatvorstellung für Kaltenbrunner bewegte sie sich mit voller Absicht quer durch die Halle. Einmal setzte sie sich halb auf den Schreibtisch mit der lederbezogenen Platte. Sie hatte eine Geheimmappe liegen sehen. Geheimmappen interessierten sie immer. Auf der Mappe stand nur ein Wort, aber deutlich zu lesen. Das Wort ›Zeppelin Gekados‹.

Was bedeutet Zeppelin, dachte sie und war so darauf konzentriert, daß sie beinah die nächste Textzeile vergessen hätte. Als sie am Ende war, sprang der Gestapo-Chef begeistert auf und klatschte. »Das war die schönste Privatvorstellung, die du je gegeben hast«, schwärmte er und trug sie ins Schlafzimmer mit dem gewaltigen Himmelbett und der Zobelfelldecke.

Sie liebten sich treudeutsch in jener Stellung, die angeblich die Missionare erfunden haben. Kaltenbrunners Anstrengungen befriedigten Ewa wenig. Er jedoch lag erschöpft auf dem Bauch und stöhnte.

»Das tat gut. Daran, wie gut es tut, merkt man, ob es echt ist.«

»Und wenn es mal schlecht ist«, wollte sie wissen, »ist es dann unecht?«

»Das Schlechte ist die Regel. Es lauert überall«, begann er zu philosophieren, »es darf dich nur nicht umbringen. In der Liebe ist es wie im Krieg. Ein guter Krieg heiligt alle Mittel. Kriege haben stets mehr erreicht als jegliche Nächstenliebe. Sogar der schlechteste Krieg.«

In der Ferne heulten Sirenen auf.

»Fliegeralarm«, murmelte Ewa halb im Schlaf.

Die Flak schoß schon, Bomben fielen und detonierten. Bei jeder der gedämpften Explosionen zuckte Ewa zusammen. Kaltenbrunner nahm sie fest in den Arm und beruhigte sie.

»Diese Wohnung hat eine drei Meter dicke Betondecke und Panzerglasfenster. Sie ist luftminensicher wie ein Bunker.«

»Leben oder am Leben bleiben«, sagte sie, »das ist ein Unterschied.«

»Stammt das nicht von Reinhard Heydrich?«

»Mag sein, wie auch immer, nur in Prag ging seine Rechnung nicht auf.

Offenbar schien Kaltenbrunner über diese Bemerkung nachzudenken. Weil er lange schwieg, fragte Ewa Martini den Gestapo-Chef, ob sie neuerdings Zeppeline als Vergeltungswaffen bauen würden.

Im ersten Moment reagierte er verblüfft: »Wie kommst du darauf?«

»Auf deinem Schreibtisch liegt ein Zeppelinbuch.«

Sein Mißtrauen lauerte allgegenwärtig. »Vor dir muß man sich verdammt in acht nehmen.«

»Ist es nur ein Graf Zeppelin-Gedenkalbum?«

»Nein, bei diesem Zeppelin handelt es sich um einen höchst geheimen Plan. Vergiß alles sofort wieder.«

Nachdem sie sich noch einmal geliebt hatten, diesmal treudeutsch mit etwas treufranzösisch, gab er dann doch einiges über ›Zeppelin‹ preis, als wolle er seine Bedenken mit ihr teilen.

»Dieser Zeppelin wird nach Osten fliegen. Wenn er gut ankommt, wird er vielleicht den Krieg beenden«, schloß er seine Andeutungen.

Am Morgen traten sie auf die Terrasse. Schwarze Wolken ballten sich am von Feuern gerötetem Himmel über der Stadt Berlin. Vor ihnen, Richtung Anhalter-Bahnhof lag ein schauerliches Panorama, hinter ihnen, im Raum, verbreiteten flackernde Kerzen und Wagnermusik eine nicht weniger düstere Stimmung.

Ewa Martini fröstelte. Sie nahm seinen Arm und versuchte, sich an ihm zu wärmen. In jenem Augenblick wußte sie, was ihre Rolle von ihr forderte. »Warum mußtest du unbedingt Götterdämmerung auflegen, Ernst?«

Er lachte, trunken vom Champagner und vom Anblick der brennenden Stadt.

»Wir sind die Götter, und es dämmert. Ein Kaltenbrunner hat immer Stilgefühl.«

»Wie Kaiser Nero. Aber ist er auch Realist?«

»Götterdämmerung«, erklärte er, »bedeutet Endzeit für Götter.« Sein Griff um ihre Hüfte war wie eine Schraubzwinge so schmerzhaft. Dann beendete er den letzten Satz: »Nicht für dich«, schränkte er ein, »nicht für mich, nicht für uns.«

Alles was Ewa Martini in dieser Nacht erfahren hatte, meldete sie sofort an Boris Kuriakin.

54

In der Nacht vom 16. auf den 17. startete Kramm in Venlo. Binnen einer halben Stunde schoß er fünf britische Bomber ab. Nur einer, eine merkwürdig helle Lancaster, entkam ihm.

Wenn vormals einer der schweren Bomber mit 20 Treffern restlos bedient war, dann brauchte man heute viermal soviel. Die Maschine direkt vor Kramm war ein Liberator. Aus den Heckständen kam so massiv Feuer, daß er lieber unter dem Pulk wegtauchte. Die Bomber hinterließen heftige Turbulenzen, in denen seine Me-109 vibrierte und durchgeschüttelt wurde. Er schob Gas nach, um aus den Böen herauszukommen, kippte ab und fand sich wieder in den silbrig blinkenden Kondensstreifen. Schräg vor sich im Mondlicht sah er einen Mustang-Abfangjäger. Nächster Anflug. Drei Sekunden lang schoß er noch auf den Liberator, dann riß er die 109 hoch, daß sie sich aufbäumte und machte auf dem Absatz kehrt.

Der Liberator zog ungehindert seine Bahn. Doch mit einem Mal züngelten Flammen aus der linken Fläche der Viermotorigen. Sekunden später brannte sie lichterloh und kugelte wie ein Feuerball in die Tiefe. Nacheinander sprangen die Besatzungsmitglieder ab.

Weiterkurbelnd geriet Kramm in starke Bewölkung. Null Sicht. Er konnte nur blind fliegen. Endlich heraus aus dem dicksten Dreck, zeigte sein Höhenmesser noch 4500 Meter. Elmsfeuer leuchteten an seinen Flächen auf. Das sah nach Gewitter aus. Er flog nach St. Omer zurück.

Für die Nachtjagd hatte sich die Messerschmitt-110 bewährt. Sie verfügte über zwei DB-605 Zwölfzylindermotoren jeder mit 1800 PS Startleistung. Die Flüssigkeitskühler hingen neben den Motorgondeln unter den Außenflügeln. Die Regelklappen waren elektrisch betätigt, konnten aber auch manuell gefahren werden. Die Luftschraube hatte einen Durchmesser von 3 Meter 40. Die neueste Ausführung der 110 hatte sogar ein festeingebautes Maschinengewehr, dessen Lauf starr nach oben zeigte. Sie nannten das ›schräge Musik‹. Aber anfreunden mit diesem Vogel konnte sich Kramm nicht. Darin war er nicht der einzige. Auch General Galland flog seine wendige 109-G weiter, obwohl Göring ein Startverbot über ihn verhängt hatte.

Noch einmal sichtete Kramm in einem über Belgien einfliegenden Bomberpulk diese merkwürdig hellglänzende Lancaster. Auch diesmal gelang es ihm nicht, sie herunterzuholen.

Das geheimnisvolle Flugzeug verfolgte ihn bald schon im Traum. Sie schien unverwundbar zu sein. Vielleicht gab es sie überhaupt nicht, und sie war eine Wahnvorstellung. Aber irgendwie grub sich der Haß auf diesen Bomber in Kramms Bewußtsein ein.

Neuerdings flogen die Alliierten, wenn die Bomben abgeladen waren, nicht nach Hause. Sie machten also nicht kehrt, sondern hielten Kurs auf Plätze in Italien, von wo sie dann am nächsten Tag frisch betankt und beladen zurückkehrten. Sie nannten das Pendelbombardierung.

Geschwader, die von England kamen, flogen sogar bis Rußland durch. Dort verschwanden sie jenseits der Frontlinien und landeten irgendwo in den Weiten auf einem Steppenflugplatz. Deutsche Fernaufklärer versuchten, ihnen zu folgen. Sie verloren die feindlichen Geschwader jedoch aus den Augen oder wurden abgeschossen.

Der Rückzug an allen Fronten war nicht mehr aufzuhalten. Die Einflüge verdichteten sich zu wahren Bomberströmen und fanden jetzt hauptsächlich bei Tage statt. Den Alliierten gehörte praktisch der Himmel über dem Reichsgebiet. An ihren Angriffen beteiligten sich oft mehr als 1000 Flugzeuge. Sie übten einen wahren Terrorkrieg aus, luden ihre Bomben über Nürnberg, Schweinfurt, Würzburg, dem Ruhrgebiet ab. Sie zerstörten die Raffinerien der Leuna-Werke, so daß diese kaum noch Treibstoff liefern konnten.

Mit seiner schwarzen 109 mischte Kramm unter ihnen auf, so gut es ging. Aber es war nicht mehr als ein Schlag mit der Mückenpatsche, die vier erwischte, während ganze Schwärme davonflogen. Gegen diese gewaltige Übermacht war alles zwecklos, todesmutige Einsätze nur ein Nadelstich.

Kramms letzte Hoffnung galt der neuen Me-262.

Das Versprechen von Vergeltungswaffen blieb reines Gerede, auch wenn im Spätsommer schwere Fahrzeuge in den belgischen Wäldern nahe der Küste auftauchten.

Auf einem seiner morgendlichen Patrouillenflüge entdeckte Kramm sie als erster. Die Lastwagen hatten zehn bis fünfzehn Meter lange Gittermasten geladen, die sie schräg aufrichteten, und Richtung London in Position brachten. Zunächst fand Kramm keine Erklärung dafür. Bis es dann bekannt wurde: Es waren mobile Startrampen für die V-1.

Ein Woche später wurden diese orgelnden Dinger auch schon losgeschickt. Anläßlich einer Morgenpatrouille flog Kramm neben der V-1 her und konnte seinen Männern Einzelheiten berichten. »Es ist eine Flachbahn-Flügelbombe, rückstoßgetrieben.«

»Sitzt da ein Todeskandidat drin?« wollte Meiners wissen. »Oder ein Sterbenskranker?«

»Nein, sie ist wohl kreiselgesteuert. Die Sprengladung schätze ich auf 800 Kilo. Geschwindigkeit 650.«

»Im Radio hört man, daß die Engländer einen gnadenlosen Respekt davor haben, weil die Dinger fast unhörbar einschlagen.

»Und um Nebel kümmert sie sich auch nicht, solange noch die Spitzen der Saint-Paul's-Kathedrale und hohe Schornsteine aus dem Dunst ragen.«

Doch binnen kurzem lernten die einfallsreichen Briten die V-1 zu bekämpfen. Aber niemand vom Oberkommando der Luftwaffe glaubte, daß es den Engländern gelungen sei, mit ihren Spitfires die V-1 abzuschießen.

Oberst von Kramm machte das Angebot einer Vorführung: »Es genügt, wenn man neben ihr herfliegt und ebenso schnell ist wie sie.«

»Wer draufschießt, sprengt sich selbst in die Luft«, behaupteten die Bombenbauer.

Deshalb zeigte Kramm ihnen, wie es ging. Morgens bei Sonnenaufgang wurde eine V-1 gezündet. Kramm erwartete sie schon in der Luft, nahe der V-1 Flugbahn. Er hörte sie heranorgeln mit ihrem typischen Rückstoßgeprassel. Kramm hielt auf die V-1 zu, setzte sich neben sie. Eine Weile flog er parallel zu ihr und regelte seine Geschwindigkeit so, daß er nicht schneller war und nicht langsamer. Dann brachte er vorsichtig das Ende seines Steuerbordflügels unter den Flügelstummel der V-1, kippte seine 109 ruckartig an. Sein Flügel stieß mit dem Ende an den der Bombe. Damit brachte er sie aus dem Kurs, und das Kreiselsystem geriet völlig durcheinander. Die V-1 kurvte noch ein Stück in Schlangenlinien. Schon zeigte ihre Flugbahn nach unten. Bei der Insel Walcheren schlug sie auf und explodierte im Wattenmeer.

So hatte Kramm innerhalb weniger Minuten eine V-1 außer Gefecht gesetzt. Aber die Bombenfachleute lächelten nur. Sie wußten es nicht nur besser, sie wußten noch viel mehr.

»Um die V-1 so auszuschalten, muß man ein Spitzenpilot sein«, meinten sie, »über lauter Asse verfügen die Engländer nicht. Außerdem haben wir noch die V-2 in Reserve. Die startet senkrecht bis in die Stratosphäre und kommt wieder senkrecht herunter. Gegen diese Fernraketen gibt es kein Abwehrmittel.«

Kramm glaubte ihnen nur allzugern.

Mit einigen todesmutigen FW-190-Piloten versuchte Kramm, die V-1-Abschußrampen in den belgischen Wäldern zu schützen. Aber die feindlichen Jagdbomber kamen in dichten Schwärmen und plätteten ihre Ziele wie mit dem Bügeleisen. Auch die Flächenbombardements der viermotorigen B-17 Fortress und B-24 Liberator waren nicht mehr aufzuhalten.

Am Nachmittag des 24. August stürzte sich Kramm noch einmal mit den letzten Borsig-Raketen auf die Panzeransammlungen der Amerikaner im Ile de France. Sie standen da, wohlgeordnet wie schwarze Felder auf einem riesigen grünen Schachbrett. Es mußten viele hundert sein. Westlich von Paris formierten sie sich in der Parklandschaft zum endgültigen Sturm auf die Stadt an der Seine.

Beim Abflug wurde Kramm von einer Staffel Mustangs gejagt, konnte aber durch ein Wolkenloch wegtauchen und entwischen. Der Leitstrahl des Oboe-Gerätes ließ ihn seinen Landeplatz finden. Kaum am Boden, kam der Tankwagen herüber.

»Schluß für heute«, entschied Kramm, »hat keinen-Zopf mehr.« Dem Spieß, ihrem Oberfeldwebel Krillinger, befahl er, den kleinen Feldflugplatz des JK-1 abzubrechen und in der Nacht nach südosten Richtung Oise zu verlegen. Nach Compiègne.

»Wie soll die Scheiße bloß weitergehen, Herr Oberst?« fragte ihn der Niederbayer. »Die Russen sind doch schon in Warschau und in Bukarest, könnten wir nicht gemeinsam mit den Amis gegen Stalin ...?«

»Könnten täten wir schon«, meinte Kramm, »aber wollen werden das die Herren Roosevelt und Churchill wohl nicht.«

55

Boris Kuriakin war ein großgewachsener hagerer Mann, der schwerfällig wirkte, ohne es zu sein. Die leicht slawischen Züge seines Gesichtes zierte derzeit ein dünner mausgrauer Schnurrbart. Die gesamte Erscheinung glich der eines sittenstrengen Priesters in Zivil, der seine Arbeit nur unterbrach, um täglich zweimal für Marx, Engels und Lenin die Messe zu lesen.

Kuriakin, etwa vierzig Jahre alt, galt als angeblich von Stalin verfolgter und deshalb geflüchteter Weißrusse. Einer anderen Version zufolge war er schwedischer Diplomat und arbeitete in der Ostabteilung des Ministeriums von Stockholm. Immerhin beherrschte er unter anderem auch Polnisch, Russisch sowie die baltischen Sprachen perfekt. Offiziell war Kuriakin auch für verschiedene internationale Behörden in Berlin tätig, so als Verbindungsmann des Roten Kreuzes zu Kriegsgefangenenlagern und Fremdarbeitern aus den besetzten Ostgebieten.

Daß er in Wirklichkeit Organisator und Leiter des sowjetischen Spionagenetzes in Großdeutschland war, ahnte kaum jemand. Boris K. verfügte über eine Reihe gefälschter Ausweise und Papiere, über die nötigen Mengen an Lebensmittelmarken und Devisen. Und er war Meister der Verstellung und der Tarnung.

An einem kühlen Morgen traf sich Boris K. mit Ewa Martini südöstlich von Berlin im Spreewald. Dieses von Wasserwegen durchzogene Gebiet stellte immer noch eine einsame, wenig kontrollierte Gegend dar.

Ein Spreewaldbauer stakte sie auf einem flachen Kahn durch die buschgesäumten Kanäle.

Ewa Martini wußte, wie man Freundschaften pflegte.

Von ihren letzten Dreharbeiten in Spanien hatte sie Kuriakin kubanische Zigarillos und Fundador-Brandy mitgebracht. Und nun zusätzlich Informationen über ›Zeppelin‹.

»Das ist beinah des Guten zuviel«, gab sich Kuriakin bescheiden.

»Nein, des Guten kann nie zuviel sein. Ich stehe in deiner Schuld, Boris.«

Nur selten wurde darüber gesprochen, daß es die berühmte Ewa Martini ohne Kuriakin nie gegeben hätte. Er hatte sie aus diesem Prager Tingeltangelleben herausgeholt, instinktiv ihr Talent erkannt, sie gefördert und sie zu dem gemacht, was sie heute war – ein internationaler Star. Auch um ihre verschleppten Eltern hatte er sich gekümmert. Deshalb glaubte sie, ihm ewig dankbar sein zu müssen.

Sie arbeitete aber noch aus anderen Gründen für ihn. Sie haßte die Nazis. Sie haßte sie so sehr, daß sie bereit war, auf Kuriakins Wunsch hin die Geliebte des Generalluftzeugmeisters Ernst Udet zu werden, später, nach Udets Tod, die Geliebte von General Heidkamp und jetzt die von Kaltenbrunner. Sie war bereit, für ihre Ideale alles zu opfern, die Moral, ihre Liebe zu Baron Kramm und notfalls das Leben.

»Auch wenn diese Hurenböcke eklig sind wie alter, schleimiger Fisch«, pflegte sie sich stets über ihre Betteinsätze zu äußern.

Sie deutete auf den alten Spreewaldfischer, auf ihre Ohren, auf ihren Mund.

Kuriakin beruhigte sie: »Keine Sorge, er gehört zu meiner Truppe und ist fast taub.«

»Wir können uns also laut unterhalten. Oder muß ich flüstern?«

»Wie lief das bei Kaltenbrunner?« kam er zum Thema.

Sie faßte sich kurz. »Irgend etwas ist gegen die russische Führung in Moskau geplant, etwas, das die SS als kriegsentscheidend bezeichnet. Deckname ›Zeppelin‹.«

»*Zeppelin*«, buchstabierte Kuriakin. Dabei wirkte er nicht sonderlich erstaunt. »Ich habe schon von ›Zeppelin‹ gehört.«

»Ein äußerst verwegener Plan.«

»Es gibt Pläne, die sind schon tot geboren«, kommentierte er.

Die Martini wollte wissen, ob vielleicht auf höchster Regierungsebene noch ein zweiter Tipgeber als Spion existierte. »Vielleicht eine Reserve-Mata-Hari, denn das Unternehmen ›Zeppelin‹ gilt als absolutes Staatsgeheimnis.«

Kuriakin verneinte: »Meine Elitedivision besteht nur aus mir und dir. Einem Befehlshaber also und einem tapferen Soldaten.«

»Woher kennst du dann ›Zeppelin‹?«

»Ich erhielt einen Hinweis aus England.«

»Außerdem gibt es einen Grundsatz in der Spionage«, spottete sie, »leg nie alle Eier in ein einziges Nest. Aber wie bitte erhielten die Engländer Kenntnis von ›Zeppelin‹?«

Kuriakin versuchte, es verständlich zu erklären: »In Großdeutschland und in der großdeutschen Wehrmacht werden Geheimbefehle, Nachrichten, Meldungen et cetera, stets verschlüsselt durchgefunkt. Dazu wird eine fantastisch arbeitende Codiermaschine benutzt.«

»Ja, die geniale Enigma.«

»Sie soll in der Lage sein, zweiundzwanzig Milliarden Verschlüsselungskombinationen auszuführen, heißt es. Eingesetzt ist sie bei allen Wehrmachtsstellen, bei Heer, Luftwaffe und Marine, im Auswärtigen Amt und so weiter.«

»Sie sieht aus wie eine schwarze Schreibmaschine in einem Holzkasten«, erinnerte sich Ewa. »Ich sah mal eine in Udets Barschrank.«

Kuriakin berichtete weiter: »Niemand ahnt, daß eine Enigma in britische Hände gelangte. Man hat sie aus einem in der Irischen See gekaperten manövrierunfähigen U-Boot geborgen, das man später zur Tarnung als versenkt gemeldet hat.«

»Um miese Tricks war Winston Churchill nie verlegen«, bemerkte Ewa nicht eben amüsiert.

»Im Besitz der Enigma hat sich der britische Mathematiker Alan Tuning daran gemacht, die Walzeneinstellung zu knacken. Das ist ihm mit einer Art von elektronischem Rechner nach langen Mühen gelungen.«

»Was ist elektronisch?« wollte sie wissen.

»Mit Radioröhren oder so ähnlich.«

Ewa steckte sich eine Zigarette an, obwohl sie ihrer Gesangsstimme wegen eigentlich bei kühlem Wind nicht rauchen sollte. Auf irgendeine Weise war sie verärgert.

»Na fabelhaft. Diese Scheißengländer bombardieren nicht nur unsere Städte, töten unschuldige Menschen, Frauen, Kinder und Alte, sie strengen auch manchmal ihr Hirn an, wie mir scheint.«

Boris ging darüber hinweg. »Falsch oder richtig, jedenfalls können die Engländer fortan alle geheimen deutschen Funksprüche binnen 48 Stunden entschlüsseln.«

»Auch ›Zeppelin‹?« vergewisserte sie sich.

»Zunächst nur als Codebegriff. Aber das alles, so fürchtet man, könnte den Krieg entscheiden. Die Deutschen stehen mit dem Rücken zur Wand. Aus Verzweiflung plant man die wahnwitzigsten Operationen. Sie kämpfen schon nicht mehr um den Sieg, sondern nur noch gegen die Niederlage.«

Der Spreewaldkahn legte auf einer kleinen Insel an. In

einem Bauernhaus tranken sie Kaffee, dazu gab es Napfkuchen. Kuriakin wirkte unruhig und drängte zur Rückkehr. »Du mußt unter allen Umständen nähere Einzelheiten über ›Zeppelin‹ in Erfahrung bringen, damit in Moskau gegengesteuert werden kann.«

Er erklärte der Martini, was sie zu tun hatte. Zunächst ging es um Kaltenbrunners Schreibtisch und seinen Safe.

Entsetzt lehnte sie das Ansinnen ab: »Mein Instinkt sagt mir, daß das schiefgeht.«

»Was bitte ist Instinkt?«

»Weiß ich nicht. Wie merkt eine Elefantenkuh, daß sie schwanger ist? Nennt man das auch Instinkt?«

»Keine Ahnung«, gestand er, »ich war erstens …«

»… noch nie eine Elefantenkuh und noch nie schwanger«, ergänzte Ewa zynisch.

Aus schlappen, tiefhängenden Wolken heraus fiel Regen. Der taube Spreewaldfischer stakte den Kahn unter überhängendem Goldregen durch das dunkelgrüne, fast schwarze Wasser. Ewa riß eine Goldregenblüte ab.

»Wenn du die ißt, kannst du dich gleich in den Sumpf stürzen«, warnte Kuriakin.

»Das wäre gewiß angenehmer zu überstehen als das, was du von mir verlangst.«

Bevor sie sich trennten, begann Kuriakin noch einmal von dem neuen Auftrag zu sprechen.

»Wie lange brauchst du dazu. Einen Tag, zwei?«

»Drei Wochen«, fürchtete sie.

Am Bahnhof wartete er aus gehörigem Abstand, bis sie in den Vorortzug gestiegen und dieser abgefahren war.

SS-Obergruppenführer Ernst Kaltenbrunner, Nachfolger Heydrichs, Chef von Gestapo und SD, war für mehrere Tage nach Schlesien und Polen geflogen. Er wollte dort Konzentrationslager besichtigen.

In diese Woche fiel sein Namenstag, den er als österreichischer Katholik immer noch beging.

Ewa Martini machte Einkäufe. Bei einem mit ihr befreundeten Juwelier ergatterte sie eine goldene Krawattennadel mit Brillanten. Deutlich sichtbar ließ sie das Geschenk in eine viel zu große Schachtel verpacken und fuhr ins Gestapo-Hauptquartier in die Prinz-Albrecht-Straße 7. Dort kannte man die honigblonde attraktive Erscheinung schon an der Torwache, so daß auf Taschenkontrolle verzichtet wurde.

Ein junger SS-Offizier geleitete sie überhöflich durch das kühle Marmorfoyer zu Kaltenbrunners Privatlift.

»Ich möchte nur den Geschenktisch decken«, sagte sie. »Bin in einer Viertelstunde wieder da.«

Sie verfügte über den Liftschlüssel, ein Geschenk von Ernst Kaltenbrunner. Damit öffnete sie die Tür und fuhr hinauf. Hastig durchsuchte sie das weiträumige Dachgeschoß, fand aber die Akte ›Zeppelin‹ weder auf noch im Schreibtisch. Was hatte Kuriakin immer gesagt: um einen Teppich aufzurollen, mußt du ihn an einem Ende packen …

Daß diese Nazi-Bonzen nur Phantasie hatten, wenn es ums Morden ging, sonst aber sehr wenig, das zeigte sich bald.

Kaltenbrunners Safe befand sich hinter dem Adolf-Hitler-Gemälde, das sich samt Rahmen aufklappen ließ wie eine Buchseite. Der Tresor verfügte über zwei Nummernschlösser, deren Zahlen Ewa nicht kannte. Aber Kaltenbrunner war ein Pedant, der nichts dem Zufall überließ. Die Nummernschlösser hatten je vier Stellungen, insgesamt also acht Positionen oder Ziffern. Ewa fiel ein, daß sie etwas Derartiges, einen solchen Aufschrieb, schon einmal gesehen hatte. Aber wo, zum Teufel, war das gewesen? Irgendwo in seinem Schlafzimmer.

Es fiel ihr wieder ein. Die letzte der sechs Spiegeltüren der Schrankwand zeigte innen am Holzrahmen Zahlen. Mit Tintenkuli hingekritzelt. Oft hatte sie sich überlegt, was diese Zahlen wohl bedeuten mochten. Nun hoffte sie, auf der richtigen Spur zu sein.

Sie benutzte die Zahlen. Die Tresortür ging auf. Im Safe fand sie ein Säckchen voll Diamanten, Goldbarren, Bündel von Dollarnoten, aber auch die gesuchte Akte.

Das Telefon schrillte.

Der SS-Offiziersadjutant erkundigte sich, ob sie zurecht käme, ob er ihr behilflich sein könne.

»Bin gleich unten«, sagte sie.

In Eile fotografierte sie alle 16 Seiten der Akte ›Operation Zeppelin‹ mit ihrer Kleinbildkamera.

56

Beim Kampfgeschwader-200 ratterte der Fernschreiber. Die Einsatzleitung wurde aufgefordert, geeignete Flugzeuge für eine Landung im feindlichen Hinterland bereitzustellen. Der Kommandeur des KG-200, Oberst Bergdorf, wurde nach Berlin beordert.

Das brauchte nicht unbedingt etwas so Außergewöhnliches zu bedeuten. Der Oberst kannte solche Besprechungen aus mancherlei Anlässen. Wahrscheinlich würde man ihm die Einsätze für die nächsten Wochen nennen. Dazu würde man Vorwürfe wegen noch nicht durchgeführter Agentenflüge äußern. Anerkennung gab es ja so gut wie nie. Und wie immer würde man mehr von ihm verlangen, als das Geschwader zu leisten in der Lage war. Oft forderte man Flüge über den Atlantik hinweg, die die Reichweite der vorhandenen Flugzeuge bei weitem überstiegen, oder den Transport von Lasten, die ganzen Güterzügen gleichkamen. In den höchsten Führungskreisen hatte es sich noch nicht herumgesprochen, daß die Wehrmacht längst mit dem Rücken zur Wand kämpfte.

Im Vorzimmer des RSHA-Chefs machte der Adjutant immerhin eine Andeutung: »Es soll nach Rußland gehen, Herr Oberst. Das ist ein riesiges Land mit ausgedehnten Flächen.«

»Was Sie nicht sagen.«

»In Rußland gibt es so weite Räume, und sie sind so dünn besiedelt, daß bei richtiger Geländeauswahl sowohl Landung als auch Rückstart einer Maschine durchgeführt werden kann.«

»Bei absoluter Geheimhaltung, ergänzte der Oberst ironisch, »vielleicht schon.« Noch war ihm nicht klar, was die Gestapo damit zu tun haben sollte.

Wenig später wurde der Kommandeur des KG-200 direkt in das Zimmer von Kaltenbrunner gebeten. Sofort war ihm klar, daß es sich um keinen gewöhnlichen Einsatz handelte, da der allgewaltige Chef des RSHA persönlich in Erscheinung trat. Es war wohl ein Projekt von erheblicher Bedeutung und Dringlichkeit.

Kaltenbrunner forderte ihn auf, Platz zu nehmen. Die Türen wurden geschlossen. Der Gestapo-Chef räusperte sich. »Wir haben eine Angelegenheit zu besprechen, Oberst Bergdorf, die äußerster Geheimhaltung unterliegt«, begann er, »außer mir weiß niemand im Hause Bescheid.«

In groben Zügen erfuhr der Oberst, daß das KG-200 ein Flugzeug bereitzustellen habe, das in der Lage sei, bis kurz vor Moskau zu fliegen.

»Dort werden sie unbemerkt Fracht absetzen. Sie wird im wesentlichen aus zwei Personen und einem Fahrzeug bestehen. Diese Agentengruppe wird in Moskau tätig werden und soll die Strecke vom Landeplatz bis Moskau möglichst bei Nacht zurücklegen. Sie müssen diese Einzelheiten kennen, um den geeigneten Flugzeugtyp auszuwählen.« Kaltenbrunner stand auf, steckte sich eine Zigarette an, stand breitbeinig am Fenster und fuhr fort, indem er seinem Besucher den Rücken zuwandte: »Das Unternehmen ist kriegsentscheidend.«

Offenbar hatte man auch im RSHA erkannt, daß die Wehrmacht und die Kriegswirtschaft täglich neue vernichtende Schläge hinnehmen mußten.

Kaltenbrunner gab das auch unumwunden zu, schränkte jedoch ein: »Die Klagen von Soldaten und Generälen darf man aber nicht ernst nehmen. Schon immer wurden Kriege mit den Resten von Kraft, Mut und Material gegen Reste von Kraft, Mut und Material gewonnen.«

Im Verlauf der Besprechung konnte es nicht ausbleiben, daß der Geschwaderkommodore doch mehr erfuhr, als der Auftraggeber eigentlich preisgeben wollte. Der Fliegeroberst erschrak, als er begriff, daß es sich um nicht mehr und nicht weniger als ein Attentat auf Stalin handelte. Das Unternehmen war bereits gründlich vorbereitet worden. Kaltenbrunner hatte einen übergelaufenen russischen Offizier für die Aufgabe gewonnen. Der hatte sich freiwillig bereit erklärt, den roten Zaren zu töten.

»Wir versprechen uns dadurch eine Signalwirkung«, erklärte Kaltenbrunner, »die westlichen Alliierten werden ihr Bündnis mit der Sowjetmacht gewiß einer kritischen Prüfung unterziehen, es vielleicht sogar revidieren und aufkündigen. Eine so veränderte politische Lage wird völlig neue Gesichtspunkte ergeben.«

Daß sie Anlaß für die behutsame Einleitung von Verhandlungen mit dem Ziel eines Waffenstillstandes sein könne, erwähnte Kaltenbrunner nicht. Nicht einmal andeutungsweise. Gewiß hoffte man, bei Erfolg das Schwergewicht an die Ostfront zu verlegen und die heranstürmenden russischen Massen zurückschlagen zu können.

»Glauben Sie, daß das zu machen ist?« erkundigte sich Kaltenbrunner, den Kopf schief gestellt.

»Wie lange habe ich Zeit?« antwortete Bergdorf mit einer Gegenfrage.

»Für Ihre Vorbereitung müssen vier Wochen ausreichen. Selbst der Führer mißt dem Unternehmen größte Dringlichkeit bei.«

»Von der fliegerischen Seite her«, meinte der Oberst, »sollte die Sache zu machen sein. Das Geschwader verfügt über geeignete Transporter vom Typ Ar-232-A und B. Be- und Entladung über eine Heckklappe problemlos.«

Kaltenbrunner zeigte sich gut informiert. »Ist das die Maschine mit dem Spitznamen ›Tatzelwurm‹?«

»Richtig. Sie hat 22 Laufräder und kann selbst auf Buckelwiesen landen. Vier Motoren, vier Tonnen Zuladung. Reichweite bis in den Großraum Moskau.«

»Sehen Sie sonst noch Schwierigkeiten, Bergdorf?«

»Probleme sind die Flugzeiten, Herr Obergruppenfrührer, Auswahl des Landeplatzes, das Wetter. Am besten wäre eine helle Mondnacht.«

»Bringen Sie das in Reih und Glied, Oberst«, forderte Kaltenbrunner. »Aber ohne falschen Tritt.«

Auch über Jagdschutz wurde gesprochen.

Hier hatte der Chef von KG-200 Bedenken. »Wenn die Russen dabei eine Maschine herunterholen, besteht die Gefahr, daß der Pilot beim Verhör alles verraten wird. Wir brauchen dazu absolute Spitzenleute. Die haben wir aber nicht. Ich kenne nur einen einzigen, der allerdings ist gut für ein Dutzend davon.«

Kaltenbrunner konnte ein überlegenes Lächeln nicht unterdrücken. »Weiß schon, an wen sie denken. Aber werden Sie den auch kriegen? Er untersteht direkt der Befehlsgewalt von Reichsmarschall Göring.«

»Überlassen Sie das mir«, bat Bergdorf. »Wir sind alte Kameraden vom Kriegespfad.«

Später machte sich der Oberst daran, ein Fernschreiben aufzusetzen, das alles enthielt aber nichts verriet.

57

Kurz vor dem Abbau der Funk-und Fernschreiblinie erreichte das JK-1 noch ein Blitztelex aus Berlin. Oberst von Kramm las es mehrmals, ohne daraus klug zu werden.

Der Text lautete: »kennen sie zeppelin + erwarten sie dringend berlin RSH + bergdorf Oberst kg-200 + habe noch den sand von mosul zwischen den zähnen +«

Erst durch diesen Nachsatz erinnerte sich Kramm, wer Oberst Bergdorf war. Er hatte diesen He-111 Verein bei dem Einsatz in Nahost kommandiert.

Kramm gab dem Spieß und Meiners das Telex zu lesen. »Aber was bedeutet ›Zeppelin‹?« fragte er.

Meiners antwortete: »Luftschiff.«

Die Aufforderung nach Berlin zu kommen versetzte Kramm keineswegs in Alarmzustand. Er und Meiners wollten aber vorher noch einmal nach Paris fahren, um Abschied zu feiern.

Im Cabrio nahmen sie die 40 Kilometer unter die Räder. Vorher machten sie den Tank voll. Das mußte reichen für hin und zurück.

»Von einer Me-109 magst du zur Not was verstehen, Joe«, sagte Kramm, »weniger von einem Auto. Dein Auspuff klappert.« Meiners grinste. »Verstehe kein Wort, mein Auspuff ist so laut.«

»Bei anderen Leuten beanstandest du die Fingernägel und das eigene Auto läßt du vergammeln bis zum Gehtnichtmehr«, bemerkte Kramm.

»So ist der gnadenlose Verlauf des Lebens.«

Sie fuhren auf Umwegen nach Paris hinein und zu Meiners kleiner Bar am Pigalle. Es war schon dunkel, als sie ankamen.

In Paris war es auffallend still. Tödliche Ruhe herrschte wie im Auge des Orkans. In Meiners puffig verrauchter Montmartre-Bar saßen die paar Gäste und Animiermädchen schweigend herum. Wie immer zogen die Mädchen die Maschen ihrer Seidenstrümpfe auf, lackierten die Zehennägel knallrot oder strickten endlos lange Schals. Am Musikpodium saß nicht einmal mehr der halbblinde Spieler mit seiner Musette-Ziehharmonika.

»Jetzt saufen wir gnadenlos den Keller leer«, rief Meiners, »Bedienung!«

Wenig später stieß auch noch Traudl Hofer zu ihnen. Meiners hatte sie über Fernschreiber erreicht.

Auf Meiners Frage: »Warum geht das so langsam mit Schnaps. Ist hier de Gaulle schon am Ruder?« rief der Barmixer zurück: »Demain peut-être.«

Morgen vielleicht.

Eines der Mädchen stellte das Radio an, holte Sender London herein und versuchte zu tanzen.

Meiners kommentierte: »Die erinnert mich an deine 109 beim Landeanflug, Baron. Fräulein Mäble, hat Beine wie ein Säble.«

Sie tranken viel und schnell. Das Beste, was noch in den Kellern war, um nichts den Amerikanern zu vererben. Meiners schüttete Champagner und Cognac durcheinander in sich hinein.

»Wir lassen dem Ami nicht einen Sch-Schluck übrig«, lallte er und schnappte sich eine Gitarre. Meiners, das Universalgenie konnte alles, auch Musikmachen und auch dichten. »Mein nächstes gnadenloses Lied«, rief er, »gewidmet Mademoiselle T-Trudlhofer, der Dame ohne Oberleib.«

Nach ein paar Griffen fing er zu krächzen an:

»Sie war keusch wie ein Engel,
Unberührt wie neuer Schnee,
doch beim Abschied flüsterte sie leise:
Ich brauch 'ne Nacht Monsieur,
daß es so kracht, Monsieur,
geil und brutal, Monsieur.
Mach's mir heut nacht, Monsieur ... gnadenlos ...«

Das Lied hatte drei Strophen. Es klang gespenstisch. Irgendwie ging es ihnen doch durch Mark und Pfennig. Schließlich warf Meiners die Gitarre weg. Hinter Traudl stand einer der Gäste, ein Landser, und griff ihr an die Bluse. Das ärgerte Meiners.

»Nimm die Hände aus der Dame, das ist mein Mensch! Sie mag das nur unterhalb der Gürtellinie«, schrie Joe. – »Mein gnadenlos geliebter Wanderpokal.«

Vielleicht hatte er den Landser dabei ein wenig zu scharf angeblinzelt. Jedenfalls kam es zu einer Rauferei unter Betrunkenen. Das Gekeile hörte erst auf, als eine Streife der Feldpolizei in der Kneipe auftauchte. Sie verlangten tatsächlich Soldbuch und Urlaubsschein. Während General Le Clarc, Eisenhower und De Gaulle mit zahllosen Panzerdivisionen vor Paris standen.

Schließlich konnte sie Oberst von Kramm von der Sinnlosigkeit ihres Tuns überzeugen.

»Ich verbürge mich für den Oberfeldwebel.«

»Gehört er zu Ihrer Einheit, Herr Oberst?«

»Zu welcher Einheit? Ich verbürge mich für ihn, für alle Einheiten, für diese und für die nächsten drei. Basta!«

»Ist dieser besoffene Soldat Ihr Freund, Herr Oberst?«

»Nicht nur das«, entgegnete Kramm feierlich, »er ist mein bester.«

Sie zogen ab.

»Vollidioten, Blödmänner, trübe Tassen«, maulte Meiners. »Draußen stehn die Amis, klopfen mit 5000 Panzern an die Tür, und die verlangen einen Urlaubsschein.«

»Beruhige dich«, sagte Kramm, »das sind eben andere Leute als wir. Papa Holzauge würde sagen: Es gibt zwei Arten von Menschen. Flieger und Nichtflieger.«

Meiners ergänzte: »Bismarck sagt, wer nicht schwimmen kann, ist ein Nichtschwimmer, und unser Spieß aus Plattling in Niederbayern meint: Alle Menschen sind gnadenlose Arschlöcher, die einen bescheuert, die anderen total bescheuert.«

Draußen klopfte es wirklich, wahrscheinlich aber nur, weil es so laut zuging und vielleicht Licht durch eine Ritze hinausfiel.

Meiners bekam alles schon gar nicht mehr richtig mit, lebte aber noch. »Rätselfrage: Was ist das? 30 Ritterkreuzträger quetschen sich in ein Taxi. Also, was ist das?«

Kramm wollte ihm nicht die Pointe wegnehmen und schwieg.

Meiners verriet ihnen die Lösung: »Es sind die deutschen Geschwaderkommodores auf der Flucht vor Göring. Haha!« Doch nur er allein lachte. Wenn Joe trank, dann soff er und war nicht zu halten.

»Im Vergleich zu meinem Ruf ist mein Imätsch kastrophal«, lallte er.

»Und was ist Imätsch bitte?« fragte Traudl.

»Imätsch, das ist englisch, Baby. Mein Imätsch ist auch unsere Zukunft. Aber dem Meiners seine Kuhzunft ist im Arsch des Propheten, Madame.«

Damit er sich nicht bis zur Bewußtlosigkeit vollschüttete, machte Traudl ihn an. Irgendwann tauchten sie dann gemeinsam unter den Tisch. So war er eine Weile beschäftigt.

Als zwischen Nacht und Morgendämmerung Zeit für den Rückzug war, weckte Kramm seinen Mechaniker. Es war mühsam. Mit viel Kaffee stellte er ihn auf die Beine.

Verkatert fuhren sie nach Norden Richtung Compiègne. Der Horst von IK-1 war geräumt. Bevor Kramm den Schwarzen Baron startete, versuchte er Meiners zu erklären, wohin er nachkommen solle.

Joe zeigte verstanden, äußerte aber, daß er noch etwas in Paris zu erledigen habe.

58

September 1944. Damit der Zeppelin aufsteigen konnte, wurde ein Vorauskommando organisiert. Geeignete Freiwillige, meist russische Kriegsgefangene, übernahmen diese Aufgabe. Sie sollten zwischen Smolensk und Moskau, abseits der Rollbahn, mit Fallschirmen abgesetzt werden und Orientierung betreiben. Zu erkunden war auch ein Ausweichlandeplatz in der Umgebung von Rschew. Festzustellen war ferner, was sich seit Abzug der deutschen Truppen in dieser Gegend verändert hatte, auch im Hinblick auf Bevölkerung und polizeiliche Maßnahmen.

Ihre Verbringung an den Einsatzort war für das KG-200-Kommando alltägliche Routine. Nach überraschend kurzer Zeit meldete der Führer des Vorauskommandos die Erfüllung seines Auftrages. Ostwärts von Smolensk war ein Platz gefunden worden, der alle Voraussetzungen für eine sichere unbemerkte Landung erfüllte. Auch die Straße nach Moskau sei gut befahrbar, hieß es. Der erkundete Ausweichplatz lag 50 Kilometer weiter östlich. Dies schon in recht bedenklicher Nähe zu Moskau. Er sollte jedoch nur im Notfall benutzt werden.

Die Arbeit des Vorauskommandos konnte dank gutfunktionierender Funkverbindung, ausgezeichneter Landeskenntnisse der Gruppe sowie günstigem Wetter relativ schnell abgeschlossen werden. In Abständen wurden weitere Funksprüche gewechselt. Dabei ging es nicht nur um die Großwetterlage im Zielraum. Die Funksprüche hatten durch versteckt eingebaute Codes auch eine Kontrollfunktion. Oft genug war es vorgekommen, daß Spione oder Sabotageagenten ein falsches Spiel trieben oder in die Hände des Gegners gefallen waren und dort zum Schein weiterarbeiteten. Was man in diesem Fall jedoch ausschloß. Inzwischen waren von seiten des KG-200 die Vorbereitungen, um ›Zeppelin‹ anlaufen zu lassen, beendet. Das Flugzeug stand bereit. Aus Gründen der Sicherheit wählte man für die Arado-232 die viermotorige Version. Genaue Karten waren beschafft worden. Neben der Ausrüstung mußten ein Mann und eine Frau mitgenommen werden. Außerdem ein schweres russisches Motorrad, Typ ›Ural‹ mit Beiwagen.

Die todesmutigen Operativagenten besaßen die nötigen Papiere, sogar echte, denn erfahrungsgemäß sprangen die Russen mit Verdächtigen nicht zimperlich um. Ihre weitere Ausrüstung – Waffen, Rubel, Dokumente – waren original russischer Herkunft, sogar die klebrigen Bonbons, von denen das Papier nie abging. Als Proviant gab man ihnen erbeutete russische Konserven mit.

Borscht in Trockenwürfeln, so groß wie eine Streichholzschachtel, und Dosen mit dem russischen Schweinefleischgericht Tjuschuha.

Die Arado-Besatzung, unter Führung eines Oberleutnants, hielt sich startbereit. Als Ausgangsbasis war ein Flugplatz im Baltikum, nahe Riga, ausgewählt worden. Der Flugweg bis zu der Rollbahn nahe Smolensk betrug 600 Kilometer.

Nun wartete man günstiges Wetter ab. Eine Vollmondnacht sollte es möglichst sein, die Sicherheitslage im Zielraum günstig.

»Am optimalsten wäre«, meinte der Meteorologe, »eine tiefliegende Wolkendecke, die sich für Hin- und Rückflug ausnutzen läßt. Man müßte dann nur für Landung und Start die Wolken durchstoßen.«

»Eine klare Neumondnacht wäre mir lieber«, äußerte der Pilot, »oder die erste Morgendämmerung.«

»Schwierig wird dann allerdings der Rückflug bei vollem Tageslicht«, wurde eingewendet.

»Stimmt, die russische Luftabwehr ist nicht schlecht.«

»Es gibt sie aber nur in Frontnähe.«

Der KG-200-Kommandeur nahm seine Leute noch einmal ins Gebet: »Sie sind bessere Flieger als alle anderen«, munterte er sie auf, »deswegen wurden Sie zu diesem Verein kommandiert und hatten schon ungewöhnliche fliegerische Missionen zu erfüllen. Wenn die Operation ›Zeppelin‹ klappt, darf ich Ihnen jetzt schon Beförderung und höchste Auszeichnung in Aussicht stellen. Erwischt der Iwan Sie aber, wird er Sie möglicherweise nicht als normale Kriegsgefangene, sondern als Saboteure behandeln. Also Ohren angelegt und durch. Hals- und Beinbruch, Männer!«

Der Start erfolgte in der Abenddämmerung. Es war die Nacht vom 15. zum 16.September. Eine ausgedehnte

Schlechtwetterfront zog von Westen heran und schien ideale Bedingungen zu schaffen. Außerdem begleitete sie eine Me-109 als Jagdschutz. Das gab ihnen Sicherheit.

Der Hinflug dauerte fünf Stunden. Ständig berieten sich der erste Pilot und Navigator. Dieser hoffte auf dem richtigen Kurs zu liegen.

»Leider habe ich kein geeignetes Funkfeuer zur Verfügung. Aber ich peile den Rundfunksender Petrosawodsk am Ladogasee.«

»Besser als nichts«, meinte der Pilot noch hoffnungsvoll. »Leider ein ungünstiger Peilwinkel.«

Sie mußten ihre sichere Flughöhe verlassen, denn an den Tragflächen begann sich Eis anzusetzen. Endlich zog die Morgendämmerung herauf. Sie durchstießen die Wolkendecke und drehten einen weiten Suchkreis. Dabei wurden sie beschossen. Also wählten sie den Ausweichplatz und fanden ihn auch. Die Konturen der Umgebung des zweiten Landeplatzes wurden erkennbar. Zweimal flog die Arado an, ehe sie landete.

Und dabei passierte es. Leider stand links ein Baum im Wege, ein morsches Trumm von Buche, an dem sich die Arado eine Tragfläche halb abriß. Das Fahrwerk war völlig vom Lehm und Morast zugeschmiert. Aber kein Flakbeschuß erfolgte.

»Kameraden«, sagte der Navigator betroffen, »Ende der Fahnenstange.«

»Hatten wir ein Glück, daß sie uns nicht auch noch mit Scheiße bewarfen«, bemerkte der Pilot im Ton der Verzweiflung, als die Arado zum Stillstand kam.

»Es war mir ein innerer Reichsparteitag«, meinte der zweite Pilot. »Aber was jetzt? Was singen wir zuerst, das Deutschland- oder das Horst-Wessel-Lied?«

Sie warteten, es blieb ruhig.

»Niemand zu sehen. Ein Feind, der nicht erscheint, ist jederzeit willkommen«, witzelte einer.

»Da sind wir nun, der fliegende Zirkus vom dicken Hermann, und kriegen den Arsch nie mehr noch.«

Die beiden Agenten hatten es jetzt eilig. Der angebliche Exmajor der Roten Armee – krumme Schultern, schiefe Kopfhaltung, Augen zwischen Wulsten, Kinn und Nase waren eins – drängte zum Ausstieg. Ihm folgte die Agentin. Sie hatte ein Gesicht wie ein Pfannkuchen mit zuviel Puderzucker darauf.

Die Sonne kam noch nicht heraus, da knatterten sie schon los, Richtung Moskau.

»Ich finde, das ist einer der düstersten Landstriche im trostlosesten Gebiet Rußlands«, meinte der Navigator resignierend.

Der erste Pilot wollte etwas zur allgemeinen Aufmunterung beitragen.

»Die beiden«, sagte er, »ich meine dieses Agentenpaar, sind während der Ausbildung ein so enges Vögelverhältnis eingegangen, daß sie spontan heirateten.«

»Trotzdem kommt bei mir keinerlei Regung von Neid auf«, äußerte der zweite Pilot.

59

Der Wunsch, den Oberst Bergdorf, Kommandeur des KG-200 äußerte, hatte aus Kaltenbrunners Mund wie ein Befehl geklungen. »Egal, ob sie das für nicht machbar oder wenig sinnvoll halten, Oberst von Kramm, Sie werden den Begleitschutz übernehmen. Keine weiteren Erklärungen bitte.«

So brachte Kramm am Tag der Operation ›Zeppelin‹

seine schwarze Me-109 zum Absprunghafen ins Baltikum nahe Riga. Dort wurde sie gewartet, betankt, und munitioniert. Mit zwei Zusatzbehältern sollte er rein rechnerisch hin und zurück kommen. Er versuchte zu schlafen, nahm später nur Rührei mit Schinken und Weißbrot. Für unterwegs schob er eine Dose Schokacola in die Knietasche. Allerdings klebte er noch eine Pervitintablette rechts an den Daumenballen zum Lutschen. Notfalls. Bei starker Ermüdung.

40 Minuten nach der Arado startete er. Während des Nachtflugs sollte Kramm der Agentengruppe jeden Gegner vom Leibe halten, doch es war gar keiner da.

Die Männer des Kommandos ›Zeppelin‹ entließen Kramm nach drei Stunden über Funk und bedankten sich für die Begleitung. Als sie in der Morgendämmerung landeten, befand sich Kramm schon auf dem Rückflug.

Hoch über ihm schien der Himmel gesprenkelt von Mückenschwärmen, aber was da strömte, waren alliierte Viermots. Sie hatten, von England kommend, über Hamburg und Berlin ihre Bomben abgeladen und swingten jetzt nach Rußland durch. Kramm, der noch einige Benzinreserven hatte, beschloß ihnen zu folgen. Ehe sie nach Osten am Horizont verschwunden waren, schraubte er sich auf ihre Höhe und konnte ihnen, wie ein blinder Passagier, tatsächlich bis zu ihrer Basis in der Ukraine folgen. Dort hatte man ein viele Quadratkilometer großes Areal mit Landebahnen für sie planiert. Es nahm mit Sicherheit 500 Maschinen auf. Ankommende und abfliegende.

Am Boden herrschte eine unglaubliche Betriebsamkeit. Zwischen den Maschinen, wieselten Lastwagen und Wartungskolonnen. Man hatte eine Zeltstadt aufgebaut, neue Gleise gelegt. Ganze Kesselwaggonzüge standen dort mit Flugbenzin und 500 Meter lang, Güterwagen an Güterwagen. Vermutlich voll beladen mit Bomben.

Kramm machte kehrt. Schon von unterwegs funkte er verschlüsselt seiner JK-1-Geheimwelle durch, was er gesehen hatte. Daraufhin wurde das Oberkommando der Luftwaffe aktiv. In einer unglaublichen Blitzaktion brachte man noch einmal 200 deutsche Bomber auf. Alles, was fliegen konnte, mußte mit. Ju-88, He-111, die He-177, sogar alte Dreimotorige Ju-52.

Das war am Abend des 22. September 1944. Die deutschen Bomber hatten Pfadfinder und Zielbeleuchter dabei. Die Abwehr war minimal. Sie kamen völlig überraschend.

Über Poltawa luden die deutschen Bomber ihre tödlichen Lasten ab. Dabei zerstörten sie 160 fliegende Festungen, 44 Mustangjäger und 26 weitere Maschinen. Millionen Liter Benzin, Hunderte Tonnen Bomben, mühsam um die halbe Erde nach Rußland geschafft, verbrannten, explodierten. Am nächsten Tag griffen die Deutschen noch Mirgorod und Pirjatin an, ohne eigene Verluste.

Als Kramm davon erfuhr, kommentierte er: »Immer Pech ist Unvermögen. Aber Glück kommt von können.«

»Wie die Kunst«, ergänzte Meiners.

Beim RSHA in Berlin lag zunächst nur ein alter Funkspruch vor: Unternehmen ›Zeppelin‹ gestartet«.

Das war vor vielen Stunden gewesen. Von da ab herrschte Stille. Schon längst mußte die Arado ihren Treibstoff aufgebraucht haben und gelandet sein. Was war passiert?

Die einzige Hoffnung auf ein Lebenszeichen der Besatzung lag nur noch darin, daß sie sich mit Hilfe eines tragbaren Funkgerätes, das zur Ausrüstung gehörte, melden würden. Ohne Pause saßen in den Funkzentralen Soldaten an den Empfängern und hörten alle in Frage kommenden Frequenzen ab.

Ernsthaft rechnete man nicht mehr mit einer Rückkehr des Flugzeuges. Die Geduld wurde auf eine harte Probe gestellt.

Dann entschloß man sich, trotz vereinbarter Funkstille, zu einem Notruf. Zunächst ergebnislos. Endlich, nach 46 Stunden, kam eine Verbindung zustande. Der gestörte Funkspruch lautete: »Maschine hat bei Landung auf Ausweichplatz Bruch gemacht. Agenten sind abgesetzt. Besatzung unverletzt. Versucht sich nach Westen Richtung Hauptkampflinie durchzuschlagen.«

In Sorge um seine Männer schickte der KG-200-Kommandeur Bergdorf eine Ju-88 als Fernaufklärer los. Er sichtete und fotografierte das Arado-Wrack.

»Von unseren Männern nichts zu sehen«, stellte Oberst Bergdorf nach der Fotoauswertung fest. »Aber sie sind ja zweckentsprechend ausgerüstet. Sogar russische Uniformen, original Machorka-Zigaretten, Rubel und Lebensmittelrationen gehören dazu. Am Körper tragen sie Karten mit dem Verlauf unserer Frontlinien. Sie haben also eine Chance.«

Doch man hörte nichts mehr von ihnen. Es mußte angenommen werden, daß sie in Gefangenschaft geraten waren. Man hoffte, daß sich die Russen an die Genfer Konvention halten würden und sie nicht liquidierten.

Die Stalintöter hingegen meldeten reibungslosen Ablauf der Mission. Pünktlich zur vereinbarten Zeit trafen ihre Funkmeldungen ein.

Sie seien in Moskau angekommen, hieß es, hätten den vorbereiteten Unterschlupf bezogen, sowie den Kontakt zu dem deutschen Geheimagenten im Kreml hergestellt. Die Durchführung des Auftrages werde bereits in Angriff genommen.

Im RSHA fand man das alles zu schön, um wahr zu sein. Man stellte Kontroll- und Fangfragen. Mißtrauisch geworden, versuchte man mit allen Tricks einen eventuell von den Russen gesteuerten Funkverkehr zu entlarven.

Schließlich gelangte man zu der Überzeugung, daß die Funkmeldungen der Agenten falsch seien und unter dem Druck der russischen Spionageabwehr abgegeben worden waren.

»Irgend etwas ist da verdammt schiefgelaufen«, fluchte Kaltenbrunner, »aber wie und warum? Wo zum Teufel sitzt hier der Verräter?«

60

Wochen später hatte Boris Kuriakin mit Ewa Martini einen geheimen Treff. Da die Museen geschlossen waren, weil man in den wenigen noch offenen Bars in Begleitung der Martini nur angestarrt wurde und man sich in Kinologen auch nicht ungestört unterhalten konnte, gingen sie in der Hasenheide spazieren. Mitunter brachte der Wind rußig schwarzen Regen mit. Die Martini hatte sich in ihren Trenchcoat eingeschnürt. Zwecks Tarnung trug sie einen zum Turban gebundenen hellgrünen Kaschmirschal und eine getönte Brille.

Angeblich besaß Kuriakin Informationen aus Moskau. Auf seine Warnung, bezüglich ›Zeppelin‹ war das Vorauskommando erkannt worden. Den verschlüsselten Funkspruch aus Moskau faßte er kurz zusammen: »Bei der Erkundung geeigneter Landesplätze wurde schon das Vorauskommando von meinen Leuten beobachtet. Die Fallschirmagenten haben wir gezwungen, ihren Auftrag so durchzuführen, als ob sie nicht geschnappt worden wären. Sie mußten die Funkverbindung weiterführen.

Und zwar so, daß kein Verdacht aufkam. Als die Meldung über Lage und Beschaffenheit der erkundete Landestreifen in Berlin einging, ahnte dort offenbar niemand, daß wir längst Vorbereitungen getroffen hatten, das Flugzeug und dessen Besatzung zu überwältigen, um uns dann der Fracht anzunehmen.«

»Fracht ist übertrieben«, bemerkte Ewa.

»Natürlich wußten auch unsere Leute nicht, woraus die Ladung bestehen sollte. Die Beteuerung des Vorauskommandos, nichts über Zweck und Zeitpunkt der Operation zu wissen, wurde vom NKGB nicht geglaubt. Trotzdem verwahrte man die Fallschirmspäher in der Nähe des vorgesehenen Landesplatzes, wo von uns ein starkes Kommando zusammengezogen wurde. Es war groß genug, um ein Entkommen des Flugzeugs auf jeden Fall zu verhindern.

Als dann in der Morgendämmerung im September die Arado aus den Wolken tauchte und zur Landung herunterkam, passierte eine Panne. Irgendein dummer Flakkanonier schoß aus allen Rohren. Damit vertrieb er das Flugzeug wieder, das man schon sicher in der Hand zu haben glaubte.«

Ewa Martini, die bei Kuriakin untergehakt ging, übte kurzen Druck gegen seinen Körper aus. »Der Spaziergänger dort, beobachtet er uns?«

»Meinst du den mit dem Hund?«

»Er schaut immer zu uns herüber.«

»Spaziergänger mit Hund oder besonders solche mit Kinderwagen sind als Beschatter die gefährlichsten. Aber keine Sorge, Darling, er schaut nicht nach uns, sondern nach seinem Köter.« Kühl und überlegen, wie in fast allen Situationen, fuhr Kuriakin mit seinem Bericht fort. »Die Arado flog nun den Ausweichplatz an. Dieser war nicht bewacht. Meine Leute hatten wohl zu fest daran geglaubt, daß ihnen der Adler dort ins Netz gehen würde, wo sie sich für seine Ankunft vorbereitet hatten. Nach der Panne mit der Flak drehte der Pilot also ab und flog nun Richtung Wjasma. Östlich von dort wurde er erneut mit Horchgeräten erfaßt. Er war schon bis an den Luftverteidigungsriegel vor Moskau gestoßen. Er flog nach Norden, dann wieder nach Westen, als suche er etwas. Trotz seiner ständigen Kursänderung hatten ihn unsere Luftabwehrstellen jedoch unter Kontrolle. Das Katz-und Maus-Spiel zeigte, daß es sich bei dem Piloten um einen erfahrenen Fuchs handelte.«

»Hattet ihr denn keine Jäger in der Luft?« fragte die Martini, als Zeichen dafür, daß sie mitgedacht hatte.

»Bis jetzt noch nicht, denn man wollte den Luftraum ruhig halten. Man war nahe daran eine Staffel Ratas hochzuschicken, als festgestellt wurde, daß die Arado in der Nähe von Karmanowo niederging. Ein Einsatzkommando machte sich auf den Weg. Das Auffinden der Landestelle wurde durch einen Feuerschein erleichtert. Wie ein Voraustrupp feststellte, hatte die Landestrecke nicht ausgereicht. Die Arado war beim Ausrollen mit der rechten Tragfläche von einem Baum gestoppt worden. Dabei wurde der rechte Außenmotor herausgerissen, nach vorne geschleudert und hatte gebrannt. Aber die Weidefläche war leer. Keine Spur von der Besatzung. Auch die Suche in der Umgebung blieb erfolglos.«

Da Kuriakin nicht weitersprach, sondern sich einen Zigarillo ansteckte, bemerkte Ewa: »Das kann doch nicht alles gewesen sein. Oder?«

»Natürlich nicht. Der ganze Distrikt wurde sofort hermetisch abgesperrt und isoliert.« Kuriakin rauchte aus. »Inzwischen bewegte sich ein Beiwagenkrad mit zwei vermummten Gestalten auf Rschew zu. Die Sicht war schlecht. Eine Straßensperre tauchte auf. Die russische

Beutemaschine vom Typ M-72-Ural wurde vom Fahrer zu einer Vollbremsung gezwungen. Die schwere Maschine schlingerte auf der morastigen Fahrbahn. Der übermüdete frierende Posten forderte die Dokumente. Der Fahrer des Motorrads wies zwei Soldbücher vor. Sie lauteten auf Major Tawrin und Unterleutnant Schilowa. In den Soldbüchern lagen Fronturlaubsscheine und Fahrzeugpapiere. Alles schien in Ordnung zu sein.«

»Erzähl schneller, spann mich nicht so auf die Folter«, bat die Martini.

Kuriakin steckte sich den Zigarillo, dessen Glut ausgegangen war, erneut an. »Also, alles schien in Ordnung zu sein. Dies um so mehr, als der Posten auf der Uniformbluse des Majors bei Hervorholen der Papiere einen hohen Orden blitzen sah.«

»Held der Sowjetunion«, warf Ewa etwas vorlaut ein.

»Woher weißt du?«

»Bei uns ist es im Zweifelsfall das Ritterkreuz, bei euch der Orden ›Held der Sowjetunion‹. Dies mit derselben Wahrscheinlichkeit, wie es sich in der Literatur meist um Schiller oder Goethe, in der Musik um Mozart oder Beethoven handelt.«

»Heb dir deine Schlauheit für Situationen auf, in denen du sie mal brauchst«, rügte ihr Führungsoffizier. »Der Posten wollte schon die Papiere zurückgeben, da machte der Major eine für ihn schicksalhafte Bemerkung. Er rief: ›Beeilen Sie sich, Mann, wir sind schon die ganze Nacht unterwegs.‹ Der Posten war nur ein sibirischer Muschik, aber nicht dumm. Was der Major gesagt hatte, machte ihn stutzig. Bis vor kurzem hatte Dauerregen die Straßen in Morast verwandelt. Die Bekleidung der Motorradfahrer und ihr Fahrzeug waren jedoch auffallend trocken und sauber. Der Posten alarmierte die Wache. Das war dann das Ende von ›Zeppelin‹.«

»Also nichts mit Kasatschok und Krakowiaktänzen in Moskau.«

»Von Berlin aus gesehen ist es müßig, Betrachtungen darüber anzustellen, was gewesen wäre, wenn sie wirklich Moskau erreicht hätten. Immerhin war die Operation gründlich vorbereitet worden. Die Verhöre ergaben, daß für die Agenten in Moskau eine konspirative Unterkunft bereitstand. Die beiden führten sogar Giftgeschoße, Narkosespritzen und Magnetminen mit Funkfernzündern mit sich. Sie hatten eine halbe Million Rubel in echten Scheinen und Gold dabei, falsche Stempel, Formulare und Vordrucke für Personalpapiere gleich im Dutzend. Sie waren wirklich mit jeglichem für so einen Auftrag Nötigem ausgerüstet.«

»Beinah komfortionös«, alberte Ewa.

»Sie hatten alles. Nur eben kein Glück.«

Die Martini verhielt ihren graziösen Schritt und schaute zurück nach dem Mann mit dem Hund. Doch der war längst verschwunden. Die Wolken hatten sich etwas aufgelockert. Durch ein Loch schien die Sonne und mitten in Ewas Gesicht. Selbst ohne Make up war es fast anbetungswürdig.

Ein Teil ihrer Intelligenz bestand darin, daß sie das Wesentliche einer Situation blitzartig zu erfassen vermochte und in der Lage war, sie mit wenigen Worten wiederzugeben. »Daß man die zwei vor Moskau erwischte, lag wohl auch an gewissen preußischen Tugenden«, bemerkte sie.

»Welche von den dreien meinst du?«

Sie lachte hell und laut gegen den Wind. »Na die, daß es für einen Schirrmeister oder Kammerfeldwebel in der deutschen Wehrmacht immer noch undenkbar ist, Fahrzeuge und Ausrüstung einzusetzen, die nicht vorher gründlich poliert worden sind. Nun, sie konnten ja nicht wissen, wofür das Material gebraucht wird.«

»Das nenne ich die Vor- oder Nachteile von Geheimhaltung.«

»Nicht ein General hätte die Sache planen sollen«, folgerte die Martini, »sondern ein Filmregisseur. Der hätte daran gedacht, Motorrad und Uniform vorher entsprechend mit Dreck zu präparieren.«

»Selbst dann wäre ›Zeppelin‹ mißlungen«, versicherte Kuriakin, »schließlich hat man sie in Moskau erwartet.«

»Dank unser«, ergänzte Ewa.

»Dank deiner«, sagte er voll Anerkennung.

61

Bei Messerschmitt in Augsburg hatte es Erprobungsgruppen für die 109 und die 110 gegeben. Da die Nachtjäger-Asse inzwischen die Heinkel-219 bevorzugten, lief als Hauptprogramm nur noch der Turbinenjäger, die Me-262.

In Güterzügen kamen die Teile zu den Einsatzgeschwadern. Die Warte begannen sie mit den Monteuren der Messerschmittwerke zusammenzubauen. Aufgereiht nebeneinander parkten die nagelneuen Maschinen. So auch an diesem Morgen auf dem Flugplatz in Lechfeld.

Die Geschwaderkommodores schlenderten staunend um den Strahljäger herum. Ihre Gesichter drückten Begeisterung, aber auch Resignation aus. Sein Anblick machte sie sprachlos. Sie hatten sich viel von dem Wundervogel versprochen. Aber er kam wohl zu spät.

»Das war alles so scheißgeheim«, räsonnierte Galland, »daß nicht einmal wir Generäle Genaues wußten.«

»Selbst Göring hatte nur eine blaßblaue Ahnung«, ergänzte Kramm.

Das Jagdfliegeras Nowotny hatte kritisch die startklare Maschine gemustert. Nun trat er wieder zu ihnen, kopfschüttelnd die Arme gegen die Hüften gepreßt.

»Weiß nicht, ist sie nun hübsch oder häßlich.«

Sie einigten sich auf das, was General Steinhoff vorschlug. »Ungewohnt«, äußerte er, »hübsch-häßlich.«

Das erste Flugzeug ohne Propeller, unter den Flächen links, rechts jeweils in einer Gondel die stromlinienförmig verkleideten Rückstoßtriebwerke, hatte Bugradfahrwerk. Ein Messerschmitt-Ingenieur in weißem Overall erklärte, wieviel Schub die Triebwerke brachten. Er gab dem Wert eine ganz neue Bezeichnung: »Zweimal 900 Kilopound. Junkers Strahlturbinen. Höchstgeschwindigkeit 860 Stundenkilometer.«

»Also 200 Kilometer schneller als die Mustang«, überschlug Oberst von Kramm. »Gipfelhöhe?«

»11 250 Meter haben wir gemessen. Steiggeschwindigkeit 1100 Meter in der Minute. Reichweite 1000 Kilometer.«

Einer der Kommodores, der mit dem Begriff ›Kilopound‹ nicht zurecht kam, wollte die Leistung der Motoren gerne in PS umgerechnet haben.

»Etwa 8000 PS pro Motor«, hieß es.

Die Informationen ergaben sich aus Fragen und Antworten. Jeder der Generäle blieb in Hörweite des Instruktors.

Der klopfte mit der Hand auf den runden Alubauch der Maschine und führte weiter aus: »Ohne Zusatztank, Flugzeit 70 Minuten. Als Kraftstoff ist minderwertiger Diesel verwertbar.«

Anschließend fand die Vorführung statt. Die 262 rollte verhältnismäßig langsam an. Es dauerte, bis sie singend wie eine Kreissäge auf Tempo 180 kam und abgehoben werden konnte.

»Das ist ihr Nachteil«, erkannte Steinhoff sofort. »Beim Starten kann sie leicht Beute von Mustangs werden.«

Der Versuchspilot zeigte ihnen die Me-262 in allen für Jagdflieger wichtigen Fluglagen in Turns, Rollen, Loopings, Immelmanns. Einfach fantastisch, wie sie stieg und kurvte. Danach mußte Galland dem verantwortlichen Versuchsleiter lange zureden, daß er und Kramm die Me-262 fliegen durften. Das Problem bestand darin, sie beim Start auch auf dem Bugrad zu halten. Man konnte praktisch die Piste nicht einsehen und mußte sich am Seitenstreifen orientieren. Aber wenn sie flog, war es absolut märchenhaft. Ein völlig neues ungewohntes Gefühl.

Nach der Landung faßte Galland seinen Eindruck in einem einzigen Satz zusammen. »Es ist, als ob ein Engel schiebt«, sagte er.

Und Kramm ergänzte: »Da muß eine alte Frau lange für stricken.«

Die Jagdfliegerkommodores versuchten alles, um den Groß-Serienbau als Jäger durchzusetzen und zu beschleunigen. Bei Professor Messerschmitt stießen sie auf Verständnis, im Luftwaffenministerium hingegen auf taube Ohren.

Messerschmitt äußerte hilflos: »Der Führer will einen Blitzbomber daraus machen.«

»Wahnsinn! Mit einer Bombe verliert er doch wieder alle seine fantastischen Vorteile.«

Augenzwinkernd versprach ihnen Messerschmitt, einige Maschinen heimlich aus der Serie abzuzweigen. Auch das Jagdkommando-1 ›Schwarzer Baron‹, das jetzt sein Lager am Rande des Flugplatzes Landsberg-Lechfeld aufgeschlagen hatte, bekam eine Me-262 zugeteilt. Sie war sogar schwarz.

»Und wo ist die rosa Schleife?« fragte Joe Meiners. »Das ist bei Pralinen so üblich.«

»Ich mache jetzt den Flattermann«, entschied Kramm. »Wie sagte doch unser heißgeliebter Führer: Wer rastet der rostet, und wer rostet, der kann nicht siegen.«

»Wer rostet, wird erst mal braun«, verbesserte ihn Meiners.

An einem Herbsttag, das Wetter konnte man als schlecht bezeichnen, Kramm hingegen nannte es trefflich, rollte sein Turbinenjäger zum Start. Kramm gab Gas, bis sich der Schwanz hob und der Reif wegstaubte. Dann ließ er die Bremsen los. Die Me-262 bewegte sich erst langsam, der Schub der Turbinen war am Anfang für das schwere Flugzeug zu gering. Doch mit einem Schlag begann die Geschwindigkeit rapide anzuwachsen. Die Ruder gehorchten dem Steuerknüppel und den Fußpedalen. Sie war frei vom Boden. Flog ... flog ...

Über Würzburg waren einfliegende Bomber gemeldet. Kramm holte sie ein, als sie Richtung Schweinfurt wegkurvten, um den Kugellagerfabriken den Todesstoß zu versetzen. Kramm näherte sich dem Pulk von schräg unten. Offenbar wußten die Amerikaner mit dem merkwürdigen Flugzeug, daß sie heute zum erstenmal sahen, nichts anzufangen. Doch schon bald stürzten sich die Mustangs auf den seltenen Adler. In einem Reigen aus Kurven und Kunstflugfiguren schaffte Kramm sich Luft. Beim Geradeausflug war die 262 so schnell, daß die anderen in der Luft zu stehen schienen. Eine Mustang kam ihm entgegen. Sie zischte vorbei. Abstand wenige Meter. Man spürte ihre Propellerböen. Kramm drückte, schwenkte herum, ihr nach, das Auge ans Visier gepreßt. Die Me-262 erlaubte ganz enge Kurven, bis die Flächen schüttelten.

Kramms Kanonen hämmerten los. Die Bewaffnung dieses Strahljägers war sensationell. Vier 3cm-Kanonen, hohe Schußfolge, kein müdes Bumb-bum, sondern heißes Tack-tack-tack.

Sofort erkannte Kramm, daß die überlegene Geschwindigkeit der 262 eine neue Taktik erforderte. Bei Angriff von oben überschritt man leicht das zulässige Höchsttempo. Die 262 hatte keine Sturzflugbremsen. Also Angriff von unten oder von vorne.

Schon nach dem erstenmal wußte Kramm, daß er dieses Verfahren bevorzugen würde. Beim Frontanflug konnten sich die Bomber praktisch nicht wehren. Aber man mußte rechtzeitig abschwingen. Reine Nervensache. Kramms Kanonen hämmerten. Noch für 25 Minuten Sprit. Nächster Anflug. Immer das leuchtende Zentrum des Visierkreises auf den Gegner gerichtet. Abschußknopf durchdrücken. Dann, noch in der Leuchtspur, am Steuerknüppel reißen, um die Kollision zu verhindern. Die verdammte Fliehkraft preßte ihn in den Sitz, daß er glaubte, so schwer zu sein wie ein Elefant.

Am Ende des nächsten Pulks entdeckte Kramm aus den Augenwinkeln heraus das Flugzeug, das ihn seit langem wie ein Gespenst im Traum verfolgte: die auffallend helle Lancaster.

Er setzte sich hinter sie, endlich wollte er diesen Alptraum loswerden. Doch als er sie vor sich hatte und nur noch abzudrücken brauchte, fühlte sich sein Daumen an wie gelähmt. Er gehorchte einfach dem Befehl des Gehirns nicht. In Bruchteilen von Sekunden mußte die Entscheidung fallen. Sein Daumen weigerte sich.

Kramm betrachtete es als höhere Eingebung und schoß nicht. Laß sie am Leben, dachte er, vielleicht lassen sie dich dann auch am Leben. Machen wir einen Tausch. Wer weiß, wer in dieser merkwürdig hellen Maschine drinsitzt, womöglich Gottvater der Jagdflieger auf seinem Thron.

Ein schneller Schwarm doppelrümpfiger Lightnings raste auf ihn zu. Noch einer und noch einer. Mindestens acht. Kramm stellte die 262 auf die Flügelspitze. Sein Geschwindigkeitsüberschuß war gewaltig. Das Reflexvisier wanderte auf der Panzerglasscheibe nach links. Es war ein neuartiges Gerät. Der Visierkreisel berechnete den Vorhalt. Man mußte ihn nur mit dem Ziel in Deckung bringen. Wenn man es beherrschte. Ein Lightningsschwanz wuchs erschreckend schnell. Mit allem was er hatte schoß Kramm in den zweimotorigen Abfangjäger hinein. Im Abdrehen schwamm das Visier wild über die Scheibe. Beim nächsten Gegner schoß er erst zu kurz, dann erwischte er ihn trotzdem noch. Die nächste Lightning stürzte brennend in Spiralen zu Boden.

Kramm hing mittlerweile über dem Maintal. Sein Treibstoff ging zu Ende. Er verdrückte sich in die Wolkendecke. Die Scheiben vereisten. Die Nebel waren dick und gelb. Im Dunst tastete er sich längs der schnurgeraden Straße von Donauwörth bis Augsburg.

Die Hauptziele der alliierten Bomber bildeten jetzt die deutsche Kraftstoffversorgung. Die Raffinierien, Hydrierwerke und Depots. Im Süden galten die Angriffe Ploesti, Wien und Budapest. Dann kamen die Hydrierwerke in Magdeburg, Leuna und Ruhland in Niederschlesien an die Reihe. Auch Pölitz verwüsteten sie sowie die Anlagen im Ruhrgebiet und in Hamburg. Als die Me-262 endlich massiert zum Fronteinsatz kam, war Deutschland schon ein Trümmerhaufen. In einem beispiellosen Terrorangriff der Alliierten wurde Dresden mit Phosphorkanistern niedergebrannt. Hunderttausende von Menschen starben in der Flammenhölle des Feuersturms.

Als Kramm davon erfuhr, löste das einen Anfall wütender Hilflosigkeit aus.

Für den Angriff auf Dresden bestand keinerlei strategische Notwendigkeit«, erklärte er immer wieder.

»Stalin soll von den Alliierten irgend etwas gefordert haben«, ergänzte Meiners, der Spezialist im Abhören von Feindsendern. »Die Alliierten sollten ein Zeichen setzen, ein Fanal entflammen lassen, um die Moral der Roten Armee zu heben.«

»Und sie haben Stalin den Gefallen getan«, ergänzte Krillinger, der Spieß, mit schlichten Worten, »und eine der schönsten Städte der Welt in Schutt und Asche verwandelt. »Die Bastarde.«

Der Wehrmachtsbericht klang niederschmetternd. Die Franzosen standen bei Straßburg am Rhein. Im Osten erreichten die Russen die Oder. Ostpreußen, Oberschlesien waren längst in ihrer Hand. Die Rote Armee bereitete sich für die Offensive auf Berlin vor. Allmählich schloß sich der Ring um die Reichshauptstadt.

Von Süddeutschland, sowohl von Landsberg wie von Riem aus, flogen die deutschen Jäger noch gegen den Feind. Auf wenige Stützpunkte zusammengedrängt, kämpfte jetzt auch der Schwarze Baron offiziell an ihrer Seite.

Einmal, nach Landung mit nur einem Motor, saß Kramm müde vor seinem Cognac in der Kantinenbaracke. Er war so fertig, daß er nicht einmal die Kombi ausgezogen hatte.

»Denkst du ans aufhören?« machte sich Meiners an ihn heran.

Kramm winkte ab. »Wir sind doch vom Stamme der Germanen, trunkfest und arbeitsscheu. Wir verteidigen uns bis fünf Minuten nach 12 Uhr.«

»Und bald mit Pfeil und Bogen.«

Auf irgendeine Weise war Kramm still geworden. Seine Haut sah so weißgrau aus, wie mit Benzin gebadet.

»Du hast Sorgen, Baron.«

»Nicht die Bohne«, tat es Kramm ab.

»Von deinen Eltern was gehört?«

»Nichts, seit Monaten. Ich nehme an, daß sie im Januar fliehen mußten, wie alle aus Ostpreußen, und irgendwo zwischen Donau und Rhein zusammengepfercht in einem Notquartier hausen. Falls sie überhaupt noch leben.«

»Und wie geht es Ewa?«

Kramm hob stumm beide Schultern.

Obwohl er keinerlei Verbindung mehr zu seiner Ex-Geliebten hatte, machte er sich Sorgen um sie. Er konnte nichts für Ewa tun. Die Flugplätze um Berlin lagen bereits unter Beschuß der russischen Artillerie. Aber er vertraute auf Boris. Boris hatte ihm versprochen, Ewa nicht im Stich zu lassen, und sie vor dem Schlimmsten zu bewahren.

Wenn überhaupt ein Mann das konnte, dann dieser Führer des sowjetischen Spionagenetzes in Deutschland. Als Politkommissar im Generalsrang hatte er gewiß weitreichende Verbindungen zur Roten Armee.

62

Schwarze Rauchpilze, durchzuckt von gelben Flammen, standen über dem brennenden Berlin. Der letzte Angriff alliierter Bomberströme erfolgte im Morgengrauen. 800 B-24-Maschinen warfen 3000 Tonnen Bomben ab. Aus dem Feuersturm regnete es schwarze, noch glühende Rußflocken. Doch in den Babelsberger Studios wurde weiter an einem Film gedreht. Sein Titel ›Kolberg‹. Wie es aussah, einer der letzten Ufa-Filme. Im Freigelände des

Ateliers war der Marktplatz einer mittelalterlichen Stadt aufgebaut. Nahezu 500 Komparsen spielten mit. Es wimmelte von Volk in der Kleidung des 18. Jahrhunderts und von Soldaten in historischen Uniformen. Es waren Soldaten, die man von der brüchigen Ostfront abgezogen hatte. Dutzende Lastwagen, viel dringender zum Munitionstransport benötigt, mußten Salz fahren, um dem Drehort winterliches Aussehen zu verleihen. Auf einer Tribüne standen Offiziere und der bärtige Kolberger Bürgermeister. Rings umher Kameras, Scheinwerfer, Mikrofongalgen. Das alles dirigierte der Regisseur Professor Veit Harlan mit lautstarken Anweisungen, herumtobend wie ein Straßenköter. Unbedingt wollte er den Auftragsfilm von Goebbels Propagandaministerium noch in den Kasten kriegen.

Mit einer Ansprache stimmte er die Menge für die nächste Szene ein. Blechern quäkte seine Stimme in den Lautsprechern.

»Dieses Kolberg«, begann Harlan, »eine Festung in der Provinz Pommern, ist eine sehr alte Stadt. Im Dreißigjährigen Krieg und später wurde ihr schwer zugesetzt. Aber ebenso tapfer wird Kolberg heute ... wir leben im Jahr 1807 ... verteidigt. Am 13. März werden ein Vorwerk sowie eine Schanze nach der anderen von napoleonischen Belagerungstruppen erobert, aber Schill und seine Dragoner attackieren im Gegenschlag, und Bürgermeister Nettelbeck versucht die Bevölkerung im Widerstand zu einen. Endlich übernimmt Major Gneisenau das Kommando und verteidigt die Stadt, die unausgesetzt beschossen wird, ausgehungert ist und größtenteils in Trümmern liegt. Das ist die Ausgangssituation, Herrschaften. Und jetzt Bewegung! Bewegung! Ran an die Klaviere! Ich bitte um Einsatz und trutzige Gesichter.«

»Ist doch alles Käse, was der Alte heute wieder absondert«, flüsterte der Aufnahmeleiter dem Kameramann zu. »Schon Voltaire sagte zu Fridericus Rex: Alles, was uns die Historiker von der Geschichte überliefern, ist 50 Prozent verkackte Lüge.«

»Nur 50 Prozent?« zweifelte der Kameramann.

Harlan überhörte es, wie er Kommentare meist kaum zur Kenntnis nahm. »Noch ein langes Leben steht dir bevor, Nettelbeck«, rief er, »du stirbst erst 1824, also in 17 Jahren. Nu mach mal schön!« Harlan drehte sich wieder an seine Mannschaft und schrie weiter: »Einleuchten jetzt! Scheinwerfer an! Alles auf Position! Kamera eins, zwei, drei. Ruhe! Klappe! Ton! Aufnahme!«

Das Theater war bis zur Galerie besetzt. Die ersten Sitzreihen hatte man für Verwundete reserviert. Soldaten, Krankenschwestern, Flüchtlinge wollten sich noch einmal an der Operette und ihrem geliebten Star erfreuen. Als die letzte Nummer zu Ende, der Vorhang gefallen war, trat der Direktor an die Rampe. Unterbrochen von fernen Granateinschlägen bedauerte er, seinem treuen Publikum mitteilen zu müssen, daß dies die letzte Vorstellung im Metropol gewesen sei. Immer wieder falle Strom aus, für die Notaggregate hätte man kein Dieselöl mehr und der Luftschutzkeller sei zum Teil auch schon zerbombt.

Am hinteren Theaterausgang warteten die Treuen auf Ewa Martini. Geduldig gab sie Autogramme. Dann hetzte sie durch die Straßen zur U-Bahn. Brandgeruch mischte sich mit dem von Abfällen und Verwesung. Es ging auf Mitternacht, als sie den Vorort Köpenick erreichte. Dort wartete ein Mann mit einem zerbeulten Opel-Olympia-Pkw, der auf Holzgasbetrieb umgebaut war. Der Fahrer stocherte im Schwelbrand des Ofens herum und schüttete von oben Hackschnitzel nach, als er die Frau im pelzgefütterten Trenchcoat erkannte.

»Gut, daß du endlich da bist. War schon in Sorge.«

Sie stiegen ein und fuhren los. Boris Kuriakin und seine Spionin wollten in Berlin nicht Opfer britischer Luftangriffe oder russischer Artillerie werden. Nicht eine Minute vor zwölf.

Die Rote Armee hatte längst den Oderbruch überschritten und deckte Berlin mit einem pausenlosen Granathagel ein.

»Kaliber 16, schätzte Kuriakin, »brisant, dünner Mantel.«

»Woher weißt du das?«

»Ich weiß es eben. War mal Artillerieoffizier.«

»Hörst du es am Abschuß oder wie sie heranpfeifen?«

»Auch das«, antwortete er, auf anderes konzentriert.

Sie fuhren die Nacht hindurch auf Schleichwegen über Fürstenwalde, immer der Front entgegen. Bald ließen flüchtende Kolonnen auf den verstopften Straßen kein Weiterkommen mehr zu.

Kuriakin versuchte es querfeldein. Er riß den Opel schräg durch den Straßengraben über ein Stück Wiese bis zu einem Feldweg. Der endete jedoch in einem tiefgepflügten Acker. Kuriakin glaubte ihn mit Schwung nehmen zu können, doch bald saßen sie fest.

Im Osten über der Front leuchtete es rot. Kuriakin zählte die Sekunden vom grellweiß aufzuckenden Wolkenreflex der Artillerieabschüsse bis zum Eintreffen des Kanonendonners. Er kam bis 15.

»Viereinhalb Kilometer«, rechnete er. »Der Ring zieht sich zu.«

Ewa wunderte sich, daß es noch viele Zivilisten gab, die Richtung Front marschierten.

»Verstehst du das?« wandte sie sich an Kuriakin. »Das ist doch die falsche Richtung.«

Er machte eine Kopfbewegung zur Hauptstraße, von wo sie herkamen. »Hast du dir die Bäume angesehen?«

»Ja, da hingen Leichen dran.«

»Deserteure«, erklärte er. »General Höppner, auch Soldatenklau genannt, leistet ganze Arbeit. Seine Greifkommandos fangen jeden Deutschen ab, egal ob Zivilist oder Soldat, den sie im Niemandsland ohne Marschpapiere antreffen. Wegen Verdachts der Desertion werden sie sofort standrechtlich verurteilt.«

»Aber nicht die, die Richtung Front marschieren«, verstand Ewa Martini.

»Sie hoffen es. Und wir auch.«

»Nun«, rezitierte Ewa die Bremer Stadtmusikanten, »etwas besseres als den Tod finden wir überall, sagte der Hund zu dem Esel.«

Prompt liefen Kuriakin und die Martini Höppners Sperrkommando in die Arme. Das war etwa eine Stunde, nachdem sie ihr Auto aufgegeben und zu Fuß weitermarschiert waren. Als Kuriakin merkte, daß sie erkannt worden waren, zog er die Notbremse. Auf etwa 100 Schritt Distanz riß er zwei von den Eierhandgranaten ab, die er bei sich trug und täuschte damit die Explosion einer Landmine vor. Hinter dem Detonationsblitz warfen er und Ewa sich hin und robbten auf ein Brombeergebüsch zu. Dort warteten sie mit angehaltenem Atem. Doch von der Sperre näherte sich niemand.

So schlugen sie sich durch bis in die Wälder. Dort versteckten sie sich zunächst.

Leise fragte Ewa: »Hast du mit so einem Zwischenfall gerechnet? Wie konntest du so schnell reagieren?«

Er zündete sich einen Zigarillo an, verbarg die Glut in der hohlen Hand und sagte: »Wenn man in ein anderes Land will, und es baut sich ein Hindernis auf, mußt du mit allen Mitteln dagegen vorgehen. Notfalls quer durch die Jauchegrube über den Misthaufen.« Sie hörten Maschinengewehre rattern. Schon sehr deutlich. »Langsame russische wassergekühlte«, erklärte Boris.

Als das Klirren rasselnder Panzerketten näher kam, sagte er: »T-34.«

Kuriakin spürte, wie seine Begleiterin allmählich in Panik verfiel. Durch eine kleine Geschichte versuchte er Ewa abzulenken: »Du mußt immer bereit sein, alles zu tun, alles zu riskieren. So wie die Faschisten damals in Spanien 1936. Francos Truppen sollten von Marokko zum Festland geflogen werden. Doch der republikanische Panzerkreuzer *Jaime I.* mit seinen 31cm-Kanonen lag in der Straße von Gibraltar und beschoß den Flugplatz von Tetuan. Er verhinderte den Start der Transportflugzeuge. In Eile wurden zwei Ju-52-Maschinen umgebaut und mit Bomben beladen. Deutsche Piloten flogen los, fanden das Schiff und zerstörten es. Franco erreichte mit seinen Truppen das spanische Festland und gewann letzten Endes den Krieg.«

»War das nun gut oder nicht?«

»Es war Scheiße«, sagte Boris.

Die aufkommende Sonne löste die fahlen Morgennebel auf.

»Wenn wir hier jemals heil herauskommen«, schwor Kuriakin, »dann lassen wir eine Flasche kühlen Krimsekt über den Knorpel brausen, wie schon Goethe zu Schiller sagte.«

Immer um Deckung bemüht hasteten sie weiter nach Osten. In einer Fichtenschonung zwangen Klappergeräusche sie ins Dickicht. Zusammengeduckt hörten sie, wie sich Soldaten näherten und in breiter Reihe den Wald durchkämmten.

Dabei unterhielten sich die Soldaten. Noch waren die

Stimmen nicht deutlich zu verstehen. Einer der jungen Muschiks stieß mit dem Gewehrkolben Fichtenzweige zur Seite und entdeckte Kuriakin und die Martini. Ein zweiter drückte Boris die Maschinenpistole an den Hals. Es war eine Kalaschnikow mit Trommelmagazin, der Soldat in der braungrünen Uniform zweifelsfrei ein Russe.

Betont langsam richtete Kuriakin sich auf. Offenbar wußte er, wie man mit einfachen Soldaten umzugehen hatte.

In perfektem Russisch herrschte er sie an: »Wer ist euer Kommandant?«

Verdattert antworteten sie: »Leutnant Woroschilew.«

»Nein, deinen General meine ich.«

Das wußte der einfach Sibiriake nicht.

Jetzt tauchte ein Offizier auf. Kuriakin zeigte ihm etwas, das Ewa noch nie bei ihm gesehen hatte. Eine Art Spezialausweis, gedruckt auf Seidentuch, das man fingernagelklein zusammenfalten konnte.

Der Offizier staunte nicht weniger als seine Männer. »Sie sprechen Russisch.«

»Wahrscheinlich besser als Sie«, gab sich Kuriakin anmaßend.

Von zwei Soldaten wurden sie hinter die russische Hauptkampflinie eskortiert und mit einem Lkw zum Divisionsgefechtsstand gebracht. Der war in einer Kirchenruine untergebracht. Als sie durch das türlose Loch hineintraten, fiel der Blick eines Mannes mit goldenen Generalstressen erst auf die Frau. Ewa war verdreckt, aber immer noch bildhübsch, auch wenn ihr staubiger Schweiß zwischen Mund und Nase klebte. Nun musterte der General den Begleiter der Frau. Seine flachen Züge hellten sich auf.

»Und wir dachten, Sie seien tot, Dr. Kuriakin.«

»Nicht so ganz, aber von jetzt ab wieder General Kuriakin, bitte.«

Boris hatte sich zu erkennen gegeben und wurde mit Respekt behandelt. Sofort telefonierte er mit dem Armeestab in Frankfurt/Oder. Gegen Mittag holte sie eine feldgraue Limousine ab und brachte sie zur Etappenzentrale des NKGB.

Auch während der langen Fahrt dorthin hatte Ewa Martini ihre Verblüffung noch nicht überwunden. Betroffen mußte sie erkennen, daß sie in all den Jahren verdammt wenig über ihren Beschützer und Begleiter erfahren hatte.

Schließlich rang sie sich zu der entscheidenden Frage durch:

»Wer bist du eigentlich, Doktor Kuriakin?«

»Nur Genosse Boris, dein Freund.«

»Warum kennst du dich in allem so gut aus? Warum ist immer dort, wo du bist, oben?«

»Reine Erfahrungssache. Ich war auch mal Dozent für Kriegsgeschichte an der Militärakademie in Moskau«, äußerte er bescheiden. »Das Schlimmste haben wir jetzt hinter uns, Madame.«

»Fast wären wir vor die Hunde gegangen, Genosse Professor.«

Immer, wenn eine Bemerkung eine zweideutige Antwort ermöglichte, lachte Kuriakin verkniffen. »Wie sagte doch dieser deutsche Idiot von General im Ersten Weltkrieg vor Verdun, als seine Division nur noch aus 60 Mann bestand?

»Was zum Teufel kann er überhaupt noch gesagt haben?«

»Generälen fällt immer etwas ein. Deshalb sind sie Generäle.«

»Na schön. Und was sagte er?«

Mit einem Mal wandelte sich Kuriakins Ironie zu bitterem Sarkasmus. »Und wenn wir dabei vor die Hunde gehn, äußerte damals dieser Schlachtfeld-General, schön war es doch.«

63

Trotz todesmutigem Einsatz kehrten von den letzten Feindflügen selbst ausgekochteste Jagdfliegerasse nicht mehr zurück. Das lag nicht allein an der Übermacht des Gegners, sondern daran, daß sie erst lernen mußten, mit der Me-262 umzugehen. Sie hatte einige Macken, die man als technische Eigenheiten bezeichnen konnte, besonders was die Triebwerke betraf. Wenn man Gas zurücknahm, und die Jumo-Turbinen liefen nur noch im Leerlauf, dann durfte man ihnen unter keinen Umständen sofort wieder Vollgas zumuten. Das war tödlich. Dann verschluckten sie sich, blieben stehen. Und die schwere 262 war nicht gerade ein Segelflugzeug.

Von Kramms Düsenjäger blätterte bald schon der schwarze Nitrolack. Aber Farbe hin oder her, auch am Himmel war der Schwarze Baron nicht mehr das, was er einst gewesen war. Die verdammte Sinnlosigkeit des Ganzen lähmte ihn.

Bei den Bayrischen Flugzeugwerken in Augsburg war die Produktion der Me-262 jetzt voll angelaufen. Von der Kiesgrube bis hin zum Wald vor Lechfeld standen die funkelnagelneuen Turbinenjäger aufgereiht nebeneinander. Doch es gab kaum noch Piloten, die sie fliegen konnten. Treibstoff, den sie Kerosin nannten, kam nur in begrenzten Mengen. Mitunter kümmerten sich die

Warte noch um die fabrikfrischen Vögel, doch bald schon nicht mehr. Erst verstaubten sie, dann lag Schnee auf ihnen.

Es fehlte an technischen Mannschaften. Sie hatten schon eine Reihe weiblicher Mechaniker eingesetzt. Doch der Oberwerkmeister in der Werft war unzufrieden mit ihnen.

»Die poussieren meistens nur rum«, sagte Meiners zu Kramm.

»Mit dir vorneweg.«

»Nein, ich knacke nur noch gnadenlos Haselnüsse«, erklärte Joe allen Ernstes.

»Was machen wir bloß mit den teuren Vögeln?« fragte Meiners eines Tages den Oberst.

»Die sind zu nichts mehr nutze«, fürchtete Kramm. »Sprengen, eine Leuchtgranate in den Bauch schießen, daß sie brennen. Was weiß ich. Oder wollen wir sie den anrückenden Amerikanern schenken?«

»Oder tauschen«, schlug Meiners vor.

»Gegen was?«

»Gegen Kaugummi, gegen Butterfinger und Babyruths.«

»Babyruth, was ist das?«

»Beuteware. Candy nennen sie es. Handlange Stangen aus Schokolade. Innen Milch-Nougat-Caramel mit Nüssen. Fein, fein, goody goody, gibt Meiners Kraft.«

»Ihr Bourbon-Whiskey ist nicht schlecht«, bemerkte Kramm ironisch, »ich würde aber auch Platten von Benny Goodman, Glenn Miller oder Ella Fitzgerald nehmen.«

An einem eisigen Märzabend kamen sie aus dem von Flüchtlingen überfüllten Landsberg zurück. In einer ungeheizten Turnhalle hatten sie die Darbietung irgendeiner Frontheatergruppe über sich ergehen lassen. Die Mädchen froren erbärmlich, die Aufführung war auch erbärmlich, trotdem waren die Zuschauer wie verzaubert.

Draußen brachte Meiners den Holzvergaser ihrer Horchlimousine in Schwung. Der Lüfter des Ofens sang, das Ventil am Feuerloch flackerte. Binnen zehn Minuten hatten sie Gas und konnten anlassen.

Hinten auf dem Sitz zusammengerollt, lag Meiners. Mit einem alten Kradfahrermantel aus Schafpelz hatte er sich zugedeckt. Auf den Straßen wehte Neuschnee über Glatteis. Der Horch mit seinen abgefahrenen Reifen schlitterte dahin, daß Meiners davon erwachte. Gähnend stieg er über die Sitzlehne nach vorn. »Das war vielleicht eine gnadenlose Galaschau«, schwärmte er.

»Die armen halbnackten Hupfdohlen, zerrissene Strümpfe, abgelatschte Ballettschuhe, mager wie Gerippe.«

»Die halbe deutsche Luftwaffe wird sie schon durchgevögelt haben.«

»Die Zeiten sind vorbei, Joe.«

Doch Meiners ergänzte: »Ebenso wie auch deine Berliner Luxusmaus.«

»Halt die Schnauze, Joe, oder ich lang dir eine.«

»Ich kenne ein paar von der Sorte«, maulte Meiners noch.

»Steig aus und geh zu Fuß!« schrie Kramm wütend.

Aber der Horch bremste nicht, er schlitterte nur verdächtig in Straßengrabennähe.

Meiners blieb sitzen und schwieg fortan.

Dann kam Nebel. Weiße Schwaden umwehten sie, auf der Straße durch das Lechfeld, wo sich Kramm zwischen den Alleebäumen entlangtastete.

»Otto der Große hat hier vor 1000 Jahren die Ungarn besiegt«, sagte Kramm, um sich abzulenken und Nervosität abzubauen.

»Wer hat das behauptet, bitte?« fragte Meiners. »Der Sohn von Otto dem Großen gnadenvollst, Otto der Kleine, oder war es Karl der Dicke?«

Sie besorgten sich noch Kaffee, Muckefuck mit ein paar Bohnen. Wegen Mangel an Heizmaterial waren die Messen der Offiziere und Unteroffiziere zusammengelegt worden. Ein überheizter Raum mit abgetretenen Teppichen und abgewetzten Clubsesseln.

Wie jeden Abend bot er den gleichen Anblick. Die meisten Gäste fläzten herum, lasen, tranken, rauchten, starrten zur Decke. Die stillen Alkoholiker waren noch harmlos, die Meckerer und Angeber am schlimmsten. Wenn es genug scharfe Getränke gab, döste die eine Sorte ein, die andere diskutierte laut. Heute war es nicht anders.

Im Radio spielte Willi Berking. Eveline Künneke sang: ›Das Karusell, es dreht sich immer rundherum‹. Dann kamen der süßliche Rudi Schuricke, Heesters und Dora Comar mit Liedern aus ›Carneval der Liebe‹.

Irgendein Idiot stand auf, torkelte zum Radio und drehte es ab. Ein anderer schaltete es wieder an, suchte den nächsten Sender. Es war einer aus der Mozart-Clique.

»Mozart ist für mich heute«, sagte Meiners, »auch nur Scheiße«.

Jeder ging in sein Zimmer und haute sich auf die Koje. Bald darauf schrillte das Telefon auf dem Hocker neben der Pritsche des Oberst von Kramm.

Die Zentrale meldete:

SS-Obersturmbannführer Geiger ist soeben eingeflogen.«

Noch halb verschlafen schüttete sich Kramm Wasser ins Gesicht und schlüpfte in die Uniform. Dabei fluchte er innerlich. Als er den Einsatzraum neben der Flugleitung erreichte, waren die anderen schon da. Der SS-General stand in ihrer Mitte und starrte in das niederbrennende Kaminfeuer. Anscheinend fror er. Er hatte noch den knöchellangen schwarzen Ledermantel an. Der war aber so weit offen, daß man die weißen Streifen an der Breeches sah, die zwiegenähten Stiefel, die weichen Schäfte.

Der Anblick war für Kramm ein Schock. Der SS-Typ, das war Geiger, Hauptmann Geiger, sein früherer Staffelkapitän.

Das Geigerschwein. Sie hatten ihn erst abkommandiert zu einem Stab nach Breslau. Dort war der Schleimer wohl immerzu die Treppe hinaufgefallen und zur SS gewechselt. Das sah ihm ähnlich.

Geiger rieb sich die Stirn, als suche er nach den richtigen Worten. Dann drehte er sich etwas steif um und schnarrte los: »Komme soeben von einer Unterredung mit dem Reichsführer-SS Himmler.«

Von dem alten Hinterfotz war nicht mehr viel an ihm hängengeblieben. Was er zu sagen hatte klang realistisch. »Mein Storch war einer der letzten, der aus Berlin herauskam. Mußte auf der Straße Unter den Linden starten. Da haben sie alle Bäume umgesägt. Der Ring um Berlin ist geschlossen, der Entsatzangriff gescheitert. General de Lattre nahm Stuttgart und Ulm. Die Amerikaner stehen am linken Rheinufer bei Remagen. Sie schicken sich an, den Fluß zu überqueren und das Ruhrgebiet aufzurollen. Der Krieg ist verloren, meine Herren. Im Ruhrgebiet ist man dabei, Millionen Menschen, Alte, Kranke, Kinder, Verwundete aus den Städten aufs Land zu schaffen. Die Amerikaner haben rechtsrheinisch einen Brückenkopf gebildet und drücken nach Osten. Was das bedeutet, brauche ich Ihnen im einzelnen nicht zu schildern, Herrschaften. Die Rheinüberquerung der Amerikaner über die Brücke von Remagen ist zu verzögern. Verhindern wird man sie wohl nicht können. Aber die Brücke muß zerstört werden.«

Hinter Kramm flüsterte jemand: »Ich ahne Fürchterliches.«

»Ruhe!« zischte einer.

Doch der andere fuhr fort: »Bei der SS kann jeder soviel saufen, wie er will, er darf sich nur nichts anmerken lassen. Ich fürchte, der Obersturmbannführer ist betrunken.«

Es kam schlimmer als erwartet.

»Der Reichsführer-SS Himmler persönlich schickt mich zu Ihnen«, fuhr Obersturmbannführer Geiger fort. »Sein Befehl lautet, daß sich unverzüglich ein Freiwilliger zu melden hat, der eine Bombe auf den amerikanischen Brückenkopf wirft, oder ...«

Im Raum herrschte Stille. Nur das Kaminfeuer knisterte, und die Stimme des Generals war zu hören.

»... oder, nach dem Beispiel japanischer Kamikaze-Piloten, sich auf die Rheinbrücke stürzt, um dem Feind diese wertvolle Ausgangsposition wieder zu entreißen.«

Der SS-General hob seine Hand, eine künstliche, aus lederbezogenem Eisen.

»Ich würde ja selbst in den Blitzbomber steigen, Kameraden, war auch mal ein Jägeras, wenn ich nicht diesen verdammten Arm eingebüßt hätte.«

Wieder dieses Flüstern hinter Kramm.

»Was soll's, ein guter Flieger fliegt auch mit links.«

»Ich bitte um Freiwilligenmeldung!« forderte Geiger in schneidendem Befehlston.

Niemand trat auch nur einen halben Schritt nach vorn.

Der SS-General wurde erst aschfahl, dann wütend. »Klar, daß das ein Selbstmordkommando ist, meine Herren. Weiß ich, weiß ich alles. Aber im Vergleich zu unseren Landsern im Dreck an der Front geht es Ihnen hier noch vergleichsweise goldig.«

Daß sie am Himmel einen einsameren und grausameren Kampf führen mußten als je ein Infanterist einen Kampf, wie er nur mit dem der U-Boot-Leute zu vergleichen war, darüber wurde hier nicht gesprochen.

Oberst von Kramm begann sich seiner Kameraden zu schämen und trat vor. Geiger fixierte ihn mit eisgrauen Augen. Nur um seine Lippen zuckte es.

»Sie, Baron? Warum denn immer die gleichen? Ich denke, Sie haben in diesem Krieg schon genug für das Vaterland geleistet. Wir brauchen sie hier in diesem ... hm ... Saufhaufen.«

»Ich übernehme den Einsatz«, beharrte Kramm.

»Zurück ins Glied!« befahl der SS-General.

Oberst Kramm blieb stehen. Der Hauptmann, der hinter Kramm so gelästert hatte, stellte sich neben ihn.

»Bedaure«, wandte sich Geiger an ihn, »Sie mit Ihrem halben Auge und dann unsere miesen Bombenzielgeräte, nein, das schaffen Sie nicht, Kamerad. Dieses Ei muß hundertprozentig im Ziel sitzen.«

Mit Verachtung blickte Geiger die 14 Flugzeugführer an. Seine Worte trieften von Sarkasmus.

»Na schön, Baron, wenn es denn unbedingt sein muß. Danke für die Meldung, Oberst. Das wär's dann, meine Herren. Guten Morgen!«

Der SS-General marschierte hinaus zu seinem Fieseler Storch.

Später, als Meiners davon erfuhr, sagte er: »Du hast ja wohl einen Knall, Baron. Oder? Warum hast du ihn nicht erschossen?«

Kramm lächelte wie so oft, wenn er log. »Geiger mag mich nicht besonders. Ich hoffte, er würde mich hartnäkkiger ablehnen.«

»Die Brücke von Remagen«, bemerkte Meiners kopfschüttelnd.

»Was glaubst du, was da oben los ist? Wie viele Flakrohre – schätzt du?«

Ein paar tausend.«

»Du bist besoffen, Baron.«

»Es ist mein Ernst.«

Vom Stab des Generals der Jagdflieger kamen Einzelheiten über Telex, Uhrzeit des Einsatzes, auf die Minute genau, Anflugrichtung, das Wetter im Rheintal, sowie taktische Zeichen und Leuchtsignale, welche die Position der deutschen Verteidiger markierten. Oberst von Kramm legte sich noch eine Stunde hin. Pünktlich weckte ihn Meiners.

Durch das Barackenfenster drang fahles Morgenlicht. Die schneebedeckten Hallen und Splitterschutzgräben hoben sich kaum gegen das Grau ab. Der Oberst schlüpfte in die Lederkombi, zog die breiten Reißverschlüsse zu, daß die Hosenbeine fest um die Kniegelenke anlagen. Die Kombi mit dem Pelzfutter war schwer, aber sie schützte gegen die Kälte in großer Höhe. Im Einsatzraum studierte Kramm noch einmal die Karte. Besonders die letzten zehn Kilometer vor der Brücke. Ein Kurier brachte zwei neue Aufklärerfotos. Kramm nahm die Lupe und brannte sich jedes Detail ins Gehirn.

Spätestens nördlich Andernach würde er ins Rheintal hinunterstoßen. Anschließend Tiefflug bis der Fluß die sanfte Biegung nach Westen machte. Zwei Kilometer weiter mußte dort, wo es wieder enger wurde, die Brücke auftauchen. Also nach der Flußbiegung herunterdrücken, Zielanflug, Sturz auf die Brücke, Bombe auslösen.

»Punkt 10 Uhr«, erklärte Meiners anhand der Einsatzliste, »mußt du präzise über dem Ziel stehen. Die deutsche Flak macht nur 60 Sekunden Feuerpause. Von 10 Uhr 00 bis 10 Uhr 01.«

»Das reicht kaum zum Pinkeln«, feixte Kramm.

Mit dem VW-Kübel fuhren sie zu seiner Messerschmitt. Sie hatten eine 500kg-Bombe eingehängt. Mit dem Ding war sie noch schwieriger zu fliegen. Dazu kamen Zusatzbehälter und ein kaum erprobtes Visier, das beim Sturzflug meist nicht funktionierte.

»Theoretisch kann der Apparat mit diesem Monstrum von Bombe überhaupt nicht fliegen«, behauptete Meiners.

»Irgendwie wird er es schon tun. Irgendwie ging es immer.«

Meiners gab ihm einen letzten Rat. »Vergiß nicht, die Kiste ist schwanzlastig und weitgehend instabil. Wenn die Bombe ausgeklinkt hat, mußt du den hinteren Tank leergeflogen haben, oder sie ist nicht mehr zu trimmen, und sie schmiert dir einfach weg.«

Kramm zeigte verstanden.

Meiners gab ihm die Hand. Sie war eiskalt.

»Noch einen Rat«, sagte Meiners. »Wenn du heil durchkommst, hau ab und scheiß auf die Clowns, die in Berlin noch regieren.«

Kramm nickte nur, kletterte hinauf, Haube zu, Triebwerke anlassen.

Durch die Schneise zwischen Bergen alten Schnees rollte er zur Startbahn. Wind war aufgekommen. In Wirbeln trieb er Flocken vor sich her. Im Winkel von etwa 30 Grad traf er die Piste.

Kramm richtete die 262 aus und gab Gas.

Die Maschine begann zu zittern, zu rollen, rasch schneller werdend. Mit heulenden Turbinen fegte er über die frostglitzernde Betonfläche dahin. Die Me-262 driftete ein wenig. Er korrigierte und hob weit draußen ab.

Über den dunklen Wipfeln des Waldes stand ein Streifen Morgenrot. Kramms Me-262 wurde rasch kleiner.

Das war am 7. März 1945 deutscher Zeit.

Oberst von Kramm fürchtete, daß dieser Einsatz mit an Sicherheit grenzender Wahrscheinlichkeit zu seinem Abschuß führte. Das rechte Rheinufer war gespickt mit Flak. Spitfires und Mustangs drehten pausenlos ihre Runden. Bis heute hatte Kramm seinen Kopf unbeschädigt durchgebracht. Es hatte eine Menge Vabanquespiele gegeben, dieser Einsatz aber war ein klares Match mit vorhersehbarem Ende. Dem Tod. Trotzdem hatte er sich gemeldet. Auch wenn Joe Meiners ihn für verrückt erklärt hatte. Kramm hatte ihm eine zweideutige Antwort gegeben, die Meiners offenbar nicht verstanden hatte.

»Ich habe eine Menge gutzumachen«, hatte Kramm beim Abschied noch gesagt.

Göppingen, Heidelberg, der Neckar. Das Land lag unter ihm wie am Totensonntag. Rechts ging die Sonne auf. Ein zu schöner Tag, als daß irgend etwas glatt gehen konnte. Im Konturenflug hielt er sich dicht über Wäldern, Hügeln und Äckern. Zwischen Worms und Bad Kreuznach schnitt er das Rheinknie ab. Der letzte Dunst löste sich auf. Leider behielten die Wetterfrösche diesmal recht. Es wurde klar.

Automatisch glitt Kramms Blick über die Instrumente in der engen Flugzeugführerkanzel. Auf die acht Anzeigen rechts in Doppelreihe, auf die kam es an. Abgastemperatur, Einspritzdruck, Schmierstoffdruck. Alles lebenswichtig.

Der Fahrtmesser links oben zeigte knapp 700 an. Mit der Bombe am Rumpf wurde aus dem Sturmvogel eine müde Krähe. Noch einmal meldete sich Kramm über Funk. Der Rhein kam wieder in Sicht. Über Koblenz drückte er die Stoppuhr. Der Zeiger ruckte im Sekundentakt.

Unter ihm zog die ganze deutsche »Romantik« vorbei. Zwischen den Höhen mit den Burgen und Weinbergen lagen die alten Städtchen. Namen wie aus dem Geschichtsbuch, wie aus dem Reiseführer. Andernach, die Lorelei, Bad Breisig, Neuwied …

Nördlich der Mosel in den lichten Wäldern, standen Panzerkolonnen in endlosen Reihen. Shermans. Also die Amerikaner. Der Rhein machte eine Biegung nach Nordwesten. Im Dunst am Horizont – das mußte Remagen sein.

Die Stoppuhr tickte. Noch zwei Minuten bis 10 Uhr 00. Kramm war zu früh dran, also holte er ein Stück nach Westen aus. War das nicht Kloster Maria Laach? Schon vorbei. Vereinzeltes Flakfeuer empfing ihn. Zu hoch und zu weit ab. Mit Abschwung wieder zurück zum Rhein.

Jetzt lag er genau auf Zeitplan. Die Triebwerke liefen wie Uhrwerke. Von den Beinen herauf kroch das übliche Gefühl. Es war nicht Angst, nur eine Art Beklemmung. Sie kam hoch, steigerte sich und wurde fast unerträglich bis zu dem Moment, wenn man den Gegner im Visier hatte.

Und jetzt, voraus, die Brücke, um die alles ging.

Die Stahlbogen, noch weit entfernt, nahmen rasch Konturen an.

Um das westliche Viertel der Brücke ging es, um die zwei Pylonen aus grauem Stein.

Mit einem Schlag war der innere Knoten explodiert. Oberst von Kramm drückte auf den Fluß hinunter. Kein Schiff auf dem Strom, auf deutscher Seite kein Fahrzeug auf den Straßen. Tiefflug.

Noch fünfzig Sekunden. Die Biegung, der Rhein wich nach Westen aus. Kramms Höhe betrug 900 Meter.

Drücken zum Sturzflug. Bloß nicht zu steil werden und zu schnell, sonst montiert der Vogel ab. Mehr als 900 km/h hatte die 262 nie erreicht, ohne daß sie geborsten wäre.

Das Tal wurde enger, die Ufer rückten zusammen.

ZSK-244, das Reflexvisier einschalten. Kramm entsicherte die Bombe.

Rasendes Abwehrfeuer setzte ein. Trotz der Leuchtspuren stand die Brücke scharf wie ein japanischer Scherenschnitt in der Frühsonne. Von seiten der deutschen Batterien fiel kein Schuß. Sie hielten sich an die Feuerpause. Doch am Westufer brach die Hölle los. Sie ballerten aus allen Rohren. Ein mörderisches Stakkato empfing ihn. Leuchtspuren wie Perlvorhänge. Hoch über sich entdeckte Kramm mehrere Schwärme Thunderbolds.

So gut es ging, nahm er den Mittelpfeiler ins Visier, zählte die letzten Sekunden zurück und löste die Bombe aus. Sofort riß er die Me hoch. Bis hierher hatte er die Angst niedergeknüppelt, jetzt dachte er nur noch an Flucht. In einer weiten Rechtskurve zog er hinauf Richtung Westerwald. Es war ihm, als fege ein schwerer Hagelsturm hinter ihm her. Er bekam Treffer, klatschwumm! Splitter prasselten gegen Rumpf und Flächen.

Und dann kam von oben eine Mustang.

Sie stieß auf ihn herab wie ein Habicht, feuerte. Auf Kramms linker Fläche öffnete sich ein Loch, groß wie eine Schallplatte.

Schon weit hinter ihm im Gitterwerk der Brücke nahe dem Westpylon ein Blitz, grellweiß, gelb werdend, rot, dann schwarzer Qualm. Die Druckwelle schien die Messerschmitt einholen zu wollen. Sie schüttelte sich. Aber das war wohl der Treffer im Motor.

Ein Turbinentriebwerk tat nicht lange herum, sondern setzte schlicht und einfach aus. Und immer noch die Mustang im Genick. Neue Treffer, Glas splitterte. Kramm dachte schon, sein Knie sei getroffen, aber es waren wohl nur die Trümmer des beschädigten Armaturenbrettes.

»Viktor! Viktor!« schrie er seinen Sieg ins Kehlkopfmikrofon. Dabei versuchte er den Kurs so zu halten, daß er auf der deutschen Seite des Rheins blieb. Nur noch mit einem Motor versuchte er so weit wie möglich zu kommen.

Schon bald spürte er keine Ruderwirkung mehr. Unter ihm Wälder hügeliges Land, Weinberge. Rasch verlor er an Höhe und Fahrt. Ende. Er mußte raus.

Beide Triebwerke standen. Ringsum zerfetztes Aluminium, zersprungenes Glas, Löcher in Zelle und Flügeln. Aus der zweiten Turbine züngelten Flammen. Haubenentriegelung ziehen. Die Haube flog weg. Kramm zwang die Me noch einmal hoch, betätigte den neuartigen Katapultsitz. Damit schleuderte er sich hinaus. Nach mehreren Überschlägen und Saltos ging der Schirm auf. Bloß nicht in die Rebstöcke fallen.

In der Ferne sah Kramm seine Me-262 aufschlagen. Ein Blitz, schwarzer Rauch. Noch ein Blitz. Plötzlich war es unheimlich ruhig. Nur der Wind säuselte. Er fiel mit ungefähr acht Metern pro Sekunde. Dann landete er an der schrägen Südwestseite eines Hügels zwischen Weinstöcken. Der Berg bildete irgendwie einen toten Winkel und schützte ihn vor den Jabo-Schüssen. Zwischen einem eingetrockneten Bachbett und einem Feldweg kam er auf. Sehr heftig. Während der letzten Meter hatte sich sein Körper gedreht. Da der Wind von der Rückseite her drückte, schlug er mit dem Kopf gegen einen Grenzstein.

Oberst von Kramm verlor das Bewußtsein.

Es dauerte nicht lang und einer von diesen kleinen offenen amerikanischen Kübelwagen, die sie Jeep nannten, kam heraufgebrummt. Fünf riesige Negersoldaten saßen darin. Kramm hörte, wie sie ihn suchten, wie ihre Waffen klapperten, wie sie sich kaugimmikauend unterhielten.

Schließlich fand ihn einer. Er hielt sein automatisches Gewehr auf Kramm gerichtet und quetschte etwas heraus, das sich anhörte wie: »Hey man, come back here!«

Zweifellos handelte sich sich um ein Vorauskommando. Über Funk holten sie Befehle ein. Weil sie froren, gossen sie Benzin in eine aufgeschnittene Kanisterhälfte und machten Feuer. Wartend hockten sie in ihren grünlichen Uniformen und den Schnürstiefeln mit dicken Gummisohlen um die Wärme herum. Mit Messern stocherten sie Schinken aus Büchsen und kauten dazu Weißbrot.

Als Oberst von Kramm seine Benommenheit soweit überwunden hatte, daß er einigermaßen scharf sah, entdeckte er sein Ritterkreuz am sehnigen Hals eines Negers.

Der Corporal grinste und nickte ihm freundlich zu. »Du Nazi?«

»Ja, Nazi.«

Der Neger bot ihm eine Zigarette an. »Ich kein Nazi.«

64

Das erste Verhör fand in einem schiefergedeckten Wasserschloß in der Eifel statt. Das Schloß war amerikanischer Divisionsgefechtstand, Funkzentrale, Hospital und Nachschubdepot in einem. Ständig rollten Panzer und dreiachsige Lastwagen vorbei, hinein in den Schloßpark und wieder hinaus. Tankfahrzeuge brachten Sprit, Kastenwagen mit dem roten Kreuz luden Verwundete ab. Und immerzu dudelte Schlagermusik durch die Räume. ›It's only a Papermoon‹ und ›Pennsylvania six five thousand‹.

Im Erdegeschoß hatten sie den fürstlichen Rauchsalon als Verhörzimmer requiriert. Die Fenster waren ohne

Vorhänge, die Intarsien eines wertvollen Renaissancetisches zerkratzten Feldtelefone, Funkgeräte und Aschenbecher. Dahinter saß ein Colonel, groß und tapsig wie ein Bär, aber mit listigen Augen. Er gab sich scheißfreundlich.

»Colonel«, sagte er zu Kramm, »darf ich mich vorstellen? Mein Name ist Harlow, wie die Hollywoodschauspielerin Jean Harlow. Ich habe in Tübingen studiert, spreche leidlich Deutsch. Ich weiß, wer sie sind, doch ich kann mich nicht weiter mit Ihnen befassen. Das bleibt höheren Stäben vorbehalten. Wir befinden uns hier in einem Gebiet, das später den Engländern als Besatzungsabschnitt zugeteilt ist. Wie ich hörte, sind Sie aber zu kostbar, um Sie den Tommys zu überlassen. Wir bringen sie also über die Demarkationslinie. Hat mich gefreut, Sie kennenzulernen, Baron.«

Der Colonel reichte ihm sogar die Hand, stattete Kramm mit Zigaretten, Schokolade und Frühstücksfleischkonserven aus. »Daran wird es Ihnen im Gefangenenlager möglicherweise mangeln.

In einem nächtlichen Lastwagentransport, der schwarze Fahrer fuhr wie der Teufel, brachten sie Kramm nach Süden über die Grenze des britischen Abschnitts.

Im amerikanischen Gefangenenlager in Hammelburg lagen Tausende von Landsern bei Wind und Wetter auf der Wiese oder hausten in Erdlöchern. Sie starben dahin wie die Mücken, an Lungenentzündung oder an der Ruhr. Einmal am Tag gab es den typischen Gefangenenfraß, meist süße Reissuppe. Dann standen sie in 300 Meter langen Reihen an.

Ein Wachsoldat sah Kramms goldene Frontfliegerspange und versuchte, sie ihm abzureißen. Doch Kramm schlug ihm auf die Finger und bot ihm seine Fliegeruhr an. Der Sergeant aber wollte unbedingt das Gold und feuerte ihm mit der Maschinenpistole vor die Füße. Das machte andere Soldaten des Wachkommandos aufmerksam. Im letzten Moment schritt ein weiblicher Major ein. Sie nahm Kramm gleich mit zum Verhör.

Die dunkelhaarige bildschöne Frau mit Augen wie Eisblumen begann in perfektem Deutsch:

»Kennen Sie Dachau?«

»Eine Kleinstadt bei München. Jawohl.«

»Kennen Sie Konzentrationslager?«

»Ich hörte davon.«

An ihrer feingebügelten Armeebluse trug sie einen Stikker. Darauf stand ihr Name. ›Cpt. Davidson‹. Sie rauchte nervös.

»Ach wirklich, Sie hörten also davon«, bemerkte sie höhnisch. »Etwa auch von Menschen, die man zu Millionen in Verbrennungsöfen trieb?«

Kramm schluckte trocken.

»Von diesen Dingen erfuhr ich, als ich eines Nachts von Berlin im Zug an die Front fuhr.«

»Von wem?« hakte sie schnell und scharf nach.

»Ein junger Leutnant der Feldgendarmerie schüttete mir sein Herz aus.«

»Erzählte er auch von Massenerschießungen, von Massengräbern, von Vernichtungslagern in Polen?«

Kramm schwieg.

»Und Ihre Reaktion, Colonel Kramm?«

»Ich glaubte ihm nicht«, gestand er.

Ihr Blick brachte einen zum Frieren. Sie schnappte an ihrer Zigarette. »Es war Ihnen gleichgültig, geben sie es doch zu. So gleichgültig, wie sie kürzlich noch diesen verbrecherischen Befehl ausführten.«

»Welchen Befehl?«

»Ihr geliebter Führer ist tot. Feiger Selbstmord am 30.

April anstatt sich vor der Welt zu verantworten. Alle Nazisbonzen sind geflüchtet oder von uns inhaftiert, auch Ihr Mentor Göring. Und Sie ...«

Kramm wartete darauf, daß sie den Satz beendete.

»... und sie bombardierten einen Zug mit KZ-Häftlingen, der sich auf der Fahrt von Auschwitz nach Dachau befand. 2000 Menschen starben, eingepfercht in Viehwagen, eines grausamen Feuertodes.«

Dermaßen in die Enge getrieben, glaubte Kramm, daß ihn nur ein Angriff retten könnte. »Sind Sie sicher, Captain«, fragte er, »daß es nicht versehentlich Ihre eigenen Jagdbomber gewesen sind?«

Das machte sie mehr als wütend. Blut schoß ihr zu Kopf.

Sie schrie ihn an: »Ihr Flugzeug hatte Bombenaufhängung und war in Lechfeld die einzige startklare Messerschmitt. Das, was Sie führten, ist kein Krieg, das ist Massenmord.«

Kramm dachte an Dresden, sagte aber nichts.

»Ich werde den Beweis bringen«, versicherte Captain Davidson, »und dann will ich Sie hängen sehen, Oberst von Kramm.«

Sie sperrten ihn in einen Kellerraum. Als es dunkel wurde, kamen sie. Zwei Soldaten mit Schlagstöcken und diese bildschöne Frau. Er mußte sich völlig entkleiden. Doch als sie anfangen wollten, auf ihn einzuprügeln, schliff die Tür auf. Ein amerikanischer Zweisterne-General stand im letzten Licht. »Jetzt aber genug, Captain Davidson!« befahl er.

Der tut das nicht ohne Grund, dachte Kramm. Mit Sicherheit kommt es noch viel dicker.

Bei dem Gespräch mit dem General stellten sich dann die Hintergründe heraus.

»Zu der fraglichen Zeit waren sie im Anflug auf Remagen«, sagte der General. »Aber Sie sind uns eine Million Dollar wert, Colonel von Kramm. Unser Geheimdienst hat rasch einiges über Sie herausgefunden.«

Was die Amerikaner wollten, erfuhr Kramm mit wenigen Sätzen.

»Sie sind Messerschmittspezialist, Colonel. In Süddeutschland ist uns eine Reihe dieser fabrikneuen Me-262 in die Hände gefallen. Mit unserer eigenen Düsenjägerentwicklung sind wir noch weit hinter dem Berg. Zeigen Sie sich kooperativ. Es ist ja nicht mehr Landesverrat, wenn sie uns den Umgang mit diesen Apparaten beibringen. Gestern, am 9. Mai, fand übrigens die Gesamtkapitulation der deutschen Wehrmacht statt.« Zu den Verhandlungen wurden Offiziere der Air Force hinzugezogen. Sie alle wußten, wer von Kramm war. Der Schwarze Baron stand für sie ganz oben auf der Liste wichtiger Spezialisten. Gleich hinter Wernher von Braun. Sie achteten ihn als fairen Kämpfer, auch wenn er als einer der härtesten Gegner galt. Doch seine Ritterlichkeit hatte ihm einen hervorragenden Ruf verliehen.

Kramm kam in Gewahrsam nach Würzburg. Mehr ein Gefängnis als Gefangenenlager. Es beherbergte jene deutschen Offiziere, mit denen die Amerikaner zusammenarbeiten wollten. Binnen weniger Tage wußte Kramm, daß die Amerikaner seine Erfahrungen und Kenntnisse rigoros nützen würden. Man versuchte, ihm das Ehrenwort abzunehmen, daß er nicht fliehen würde. Doch das mußte er ablehnen. Also machte man ihn zum Zivilangestellten der amerikanischen Armee. Als Ingenieur und Fluglehrer schulte er amerikanische Fliegerasse auf den neuen Düsenjäger ein.

So etwas wie die Me-262 hatten die Amerikaner noch nie gesehen. Da nicht zu vermeiden war, daß Kramm selbst flog, füllten sie seinen Tank stets nur mit wenigen hundert Litern Kerosin. Selbst wenn er an Flucht dachte, kam er damit nicht weit. Für die Dutzende von intakten Me-262, die den Amerikanern in Riem, Landsberg und im Werk Augsburg in die Hände gefallen waren, fehlte es an Wartungspersonal, um die Vögel flugklar zu machen. Kramm erzählte den Amerikanern von den Fähigkeiten seines Chefmechanikers Joe Meiners. Daraufhin ließen ihn die Amerikaner suchen. Sie holten ihn aus einem US-Camp bei Freising.

Dort hatte Meiners Schwierigkeiten, doch immerhin war es ihm gelungen, seine Eleganz gnadenlos zu bewahren.

Mit Meiners Hilfe blieben die 16 Me-262 in Lechfeld nicht lange flugunfähig. Die ausgebauten Instrumente und Nebenaggregate lagerten im Bunker. Aber es fehlte an fachkundigem Personal.

Unterdessen machte sich Meiners an die Arbeit. Die Me-262 wurden behandelt wie Kunstwerke. Elitepiloten stellte das US-Wrightfield-Kommando ab. Kramm organisierte das Ausbildungsprogramm, und Meiners wies die amerikanischen Mechaniker ein. Gemeinsam brachten sie die erbeuteten Me-262 technisch in Ordnung.

Im Juni beauftragte man Kramm, die Me-262 nach England zu überführen. Dort sollten sie von Farnborough aus in die USA verladen werden.

Bald vertrauten die Amerikaner ihrem deutschen Experten von Kramm so blind, daß der Baron die Zeit für gekommen sah, seine Flucht zu planen.

65

Joe Meiners hatte unter den vorhandenen Me-262 die beste ausgesucht und für Kramm präpariert.

»Die ist nagler als neu«, versprach er unter vorgehaltener Hand. »Wann geht es los?«

»Bald«, deutete Kramm an.

»Und wie willst du es machen, Baron?«

»Ich löse das Problem nicht vierkant gradeaus, wie ein guter Deutscher«, erklärte Kramm leise, »sondern mehr wie ein Italiener. Abhauen solange es noch geht und wir Sohlen an den Schuhen haben. Sonst vereinnahmen uns die Sieger eines Tages noch total.«

Meiners wollte wissen, ob es nicht besser sei, mit den Amerikanern zu kooperieren.

»Die sind jetzt die Nummer eins.«

»Leider gnadenlos.«

»Hat dich dieser Scheißkrieg nicht klüger gemacht, Baron?«

»Klüger schon«, gestand Kramm, »aber die meisten Erfahrungen gehen doch vorne rein und hinten wieder raus. Was übrigbleibt ist luftleerer Raum. Bei mir allerdings mit einem Rest von Selbsterhaltungstrieb. Nämlich: Denk nie an die anderen, denk nur noch an dich selbst.«

»Kannst du vielleicht ein einziges Mal noch an mich denken?« fragte Meiners und korrigierte den Sitz von Kramms Krawattenknoten. »Würdest du mich ein Stück bis Paris mitnehmen?«

»Hast du von Paris noch nicht die Schnauze voll, Mann?«

»Mein Smoking hängt noch dort, Baron. Außerdem hab ich da was gehört. Die Bar-Lizenz im amerikanischen

Offiziersclub im Moulin Rouge soll vergeben werden. Das erzählt mein Kumpel Bimbo vom Schlagbaß in der Barkapelle, wo ich die Jazzgitarre zupfe.«

Glaubhaft klang das nicht gerade. Kramm wollte wissen, ob das wirklich die wahren Gründe seien.

Meiners zählte noch andere auf: »Nach unserer letzten Nacht in Paris, du erinnerst dich an das gnadenlose Besäufnis, mußte JK-1 mit den Lkw's rasch abhauen. Damals haben wir, der Spieß und ich, eine Kiste vergraben.« Mit den Armen deutete Meiners ihre Größe an, etwa zwei Meter und fuhr fort: »Die Kiste enthält ein paar Millionen Francs in Scheinen, bankmäßig gebündelt. Die gelten noch.«

»Damit kannst du dir den Hintern wischen«, fürchtete Kramm.

»Außerdem ist die Kiste bis obenhin voll mit Goldmünzen. Die hatten wir damals als Zahlungsmittel, um rare Sachen für das Jagdkommando einzutauschen. Soviel ich weiß, hat Gold seine Gültigkeit nicht verloren und ist jetzt eher noch mehr wert geworden. Und den Hintern kannst du dir damit auch nicht wischen. Die Kiste liegt nur 30 Kilometer nordöstlich von Paris im Wald bei Compiègne, 50 Zentimeter unter dem Kreuz eines in gnadenloser Tapferkeit gefallenen Kameraden namens Josef Meiners. Diese Kiste hätte ich ungern im Stich gelassen, Baron.«

Kramm, der an Meiners stets so gezweifelt hatte wie an sich selbst, fragte, ob das nun wirklich alle Gründe seien.

»Na ja«, gestand Meiners, »als Treffpunkt mit Traudl Hofer habe ich die Wohnung von Josephine Baker in der Avenue Foche verabredet. Josephine braucht immer Unterstützung. Meistens hat sie ihr ganzes Geld gnadenlos für arme Kinder und Bedürftige rausgeschmissen. Da kommen die Moneten aus der Kiste gerade richtig.«

»Und außerdem?« erkundigte sich Kramm fast schon amüsiert.

»Ja, und außerdem steht mein Mercedes-Cabrio in Josephines Garage. Von dem möchte ich die blaue Luftwaffenfarbe ablaugen und ihm wieder das gnadenlos strahlende Weiß verpassen. Der Motor muß auch überholt werden. Und wenn sich in Europa alles beruhigt hat, dann gibt es im Ruhrgebiet ein kleines Erbe anzutreten. Paarhundert Milliönchen.«

»Von Onkel und Tanten«, ergänzte Kramm.

»Von der Meiners A.G.«

Sie machten es ähnlich wie damals in Bagdad. Joe kletterte, Füße voran, in die ovale Öffnung im Rumpf, durch die das Funkgerät eingebaut wurde. Hinter dem Pilotensitz der Me-262 zwischen Batterien, Tank und Steuerkabeln krümmte er sich so klein wie möglich zusammen.

Es war ein blauer Spätfrühlingstag, wolkenlos, mit Luft wie Seide. Kramm startete den 262-Düsenjäger um ihn, wie schon ein Dutzend andere zuvor, nach England zu überführen. Wie immer mußte er in Paris zum Auftanken herunter. Das französische Tankpersonal war nie besonders aufmerksam und sehr zugänglich für amerikanische PX-Waren. Joe Meiners kroch aus dem Versteck, um sich zu verdrücken. Doch vor dem Weiterflug umarmten sich die Freunde zum Abschied noch einmal.

»Grüß mir die schwarzbraune Haselnuß«, gab Kramm dem alten Kameraden mit auf den Weg. »Auf daß eure Kinder lange Hälse kriegen.«

Auch Joe Meiners erteilte Kramm noch einen gutgemeinten Rat: »Und trag nicht immer diese Krawatten, Baujahr Leipzig einundleipzig.«

»Los, sag schnell adieu.«

»Servus«, sagte Meiners und schlich davon.

Gegen 14 Uhr meldete sich Kramm im Tower ab. Angeblich startete er Richtung Farnborough.

Noch eine Runde über Paris. Der Eiffelturm rostete ein wenig, die Boulevards liefen immer noch wie mit dem Lineal gezogen sternförmig auf den Arc de Triumphe zu. Gern hätte Kramm unter einer der Markisen vor einem Café gesessen. Mit einem Mädchen wie Ewa, wenn ein Brunnen dazu rauschte, die Spatzen zwitscherten und einer sang ›Parlez moi d'amour‹ ... Passé pour toujour ... à jamais.

Er schob die zwei Gashebel bis zum Anschlag vor. Seine Generalrichtung wäre eigentlich Nordwest gewesen. Er flog auch ein Stück 285 Grad, folgte dem verschlungenen Lauf der Seine und kurvte dann plötzlich, beinah rechtwinkelig, nach Süden. Er schlug einen Haken wie damals der Franzose Gérard in den ersten Kriegstagen mit seinem Morane-Doppeldecker, den Kramm als erstes Flugzeug vom Himmel geholt hatte.

Über Le Mans, Angers, nahm Kramm Kurs auf La Rochelle und hielt dort aufs Meer hinaus.

Oberst a.D. Julius von Kramm, genannt der Schwarze Baron, war Richtung Spanien-Portugal in die Freiheit abgebogen und wurde nie mehr gesehen.

MELDUNG DER ERPROBUNGSGRUPPE WHRIGHTFIELD-EUROPE AN DAS AIR-FORCE-KOMMANDO / PARIS:

»Heute, 17. Juni 1945, hat sich der deutsche Instructor Julius von Kramm unter Mitnahme einer Flugmaschine vom Typ Messerschmitt-262 von der Einheit entfernt. Nach Auftanken in Paris meldete er sich zum Stützpunkt Farnborough in England ab. Sein Start erfolgte regulär. Es gab keinen Anlaß, ihm den Weiterflug zu verbieten.

Nachdem eine Kursabweichung gemeldet worden war, schien eine Verfolgung durch eigenen Interceptor wegen der überlegenen Geschwindigkeit der Messerschmitt nicht angezeigt. Colonel von Kramm schlug, wie beobachtet wurde, Südkurs ein. Er kehrte nicht zurück und ist seitdem unauffindbar.«

Handschriftlich stand darunter: »He was a specialized expert – ein Profi eben.«

Als Quellen für diesen Roman dienten:

Adolf Galland: Die Ersten und die Letzten.
Heinz J. Nowarra: Die 109.
Johannes Steinhoff: In letzter Stunde.
Hans Werner Lerche: Testpilot.
C. H. Guenter: Liebe so kalt wie der Tod.

Bitte beachten Sie
folgende Seiten:

DIETER VOGT
HIMMEL, NIRGENDWO IST DIE ERDE!
Neue Fliegergeschichten

Ein Flug im Grenzbereich des Todes

Ein junger Militärpilot gerät mit seiner F-84 F Thunderstreak bei einem Routineflug in schweres Gewitter. Die Navigationsinstrumente fallen aus, der Funkkontakt zur Außenwelt reißt ab. Er ist jener Schwelle ganz nah, die jeder einmal überschreiten muß ...
Nach der glücklichen Landung wird niemand etwas davon erfahren, weder von seinem Kampf mit dem Tod noch von seinem Sieg.

Richard Bach
Meine Welt ist der Himmel
Roman
240 Seiten
Ullstein TB 24508

Ullstein Taschenbuch